CB022382

NECRÓPOLIS

LIVRO I

A Fronteira das Almas

DOUGLAS MCT

Edição *Artur Vecchi*
Revisão *Camila Villalba*
Ilustração da capa *Ed Anderson*
Mapa *Douglas MCT*
Diagramação *Luciana Minuzzi*

M 478

MCT, Douglas

Necrópolis : v. 1: a fronteira das almas / Douglas MCT. – Porto Alegre : Avec, 2023.

ISBN 978-85-5447-181-1

1. Ficção brasileira I. Título
CDD 869.93

Índice para catálogo sistemático:
1.Ficção : Literatura brasileira 869.93

Ficha catalográfica elaborada por
Ana Lucia Merege CRB-7 4667

3ª edição, 2023 – AVEC Editora
2ª edição, 2012 – editora Gutenberg
1ª edição, 2010 – editora Draco
Impresso no Brasil / Printed in Brazil

Caixa postal 7501
CEP 90430 - 970
Porto Alegre - RS
www.aveceditora.com.br
contato@aveceditora.com.br

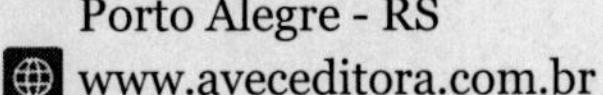

Dedicado ao meu irmão Danilo Francisco,
que chegou há mais de vinte anos e mudou tudo.
Para sempre.

Sumário

Primeira Parte
PARADIZO

Segunda Parte
NECRÓPOLIS

Terceira Parte
NIYANVOYO

PREFÁCIO

Às vezes surgem aquelas pessoas que não permitem muita dúvida de seu sucesso futuro. Podemos ver, pela maneira como se portam e pelo comprometimento, que têm um bom caminho à frente — e, por mais nebuloso que seja, parece que conseguem enxergar essa estrada com clareza, e o êxito é só uma questão de a trilhar, um pé depois do outro.

Na verdade, vamos esquecer isso por enquanto. Melhor começar de outro jeito.

Vou começar confessando minha falta de familiaridade com textos deste tipo. Minha experiência como escritor está em outros tipos de produção: romances, colunas, RPG, histórias em quadrinhos... Mas um prefácio? Não sei escrever isso. Com certeza minha ignorância vem de uma certa afobação, uma vontade de ignorar prefácios, orelhas, textos de quarta capa... tudo que não é a narrativa. É claro que se trata de ingenuidade, pois esses elementos são fundamentais para uma obra publicada. Douglas MCT não é ingênuo dessa forma. Eu soube que teria de aprender a escrever prefácios quando ele me convidou para escrever o prefácio deste seu primeiro romance, *Necrópolis – A Fronteira das Almas*.

Conheço Douglas há algum tempo — através da internet, em eventos e convenções de RPG, em lançamentos de meus próprios livros. De início, apresentou-se como um leitor, um admirador do meu trabalho. Qualquer escritor que diga não ter alguma espécie de simpatia instantânea por um leitor fiel está mentindo ou é um gênio perturbado. Não é o meu caso, então não escondo que, sim, minha simpatia começou daí.

Mas logo Douglas mostrou ser um tipo bem especial de leitor. Não estou sugerindo que escritores sejam de alguma forma superiores ao público. Quero dizer que Douglas mostrou que não apenas lia: mergulhava. Em nossos primeiros contatos, ele fazia perguntas a respeito de motivações de personagens, nuances de acontecimentos na trama, motivos pelos quais uma passagem era escrita de uma ou outra maneira. A maioria dos escritores produz para quem faz esses questionamentos. Quem se interessa.

Logo, entremeado nesse interesse, conheci o Douglas que escreve, que produz seu próprio material. Em uma matéria sobre prólogos para a revista *DragonSlayer*, ele analisou meu *O Inimigo do Mundo* e *A Bússola Dourada*, de Philip Pullman. O interesse ia além da mera especulação. E não demorou para que eu conhecesse o Douglas ficcionista, quando recebi em mãos as primeiras páginas de uma versão primitiva de Necrópolis.

Então ficou claro para mim que estava ali um novo talento — talvez um novo grande talento. As ideias no centro desta narrativa (os Amigos Imaginários, os limites entre os mundos dos mortos e dos vivos) já estavam lá. Também um domínio da linguagem e da narrativa. Era algo ainda bruto, a ser lapidado. Mas não havia como ignorar o potencial.

Douglas nunca desapareceu. Mesmo que eu passasse muito tempo sem vê-lo, vez por outra me deparava com uma entrevista sua na revista *Wizard Brasil* ou amostras de seu trabalho na internet. Aqui volto ao primeiro começo deste prefácio. Acompanhando de fora, parece que Douglas sempre teve uma ideia da estrada à frente, sempre soube que havia um caminho. E volto também ao segundo começo: se existem escritores que não sabem lidar com tudo que está "em volta" do romance, Douglas não é um deles. Cultivando seu público, mantendo contatos, fazendo-se presente e preocupando-se com todos os aspectos da produção literária, podemos ver ele se tornando essa criatura rara: um escritor profissional.

Quando recebi esta versão definitiva de Necrópolis, pude ver a grande evolução desde aquelas primeiras páginas impressas em sulfite. Se antes Douglas mostrava domínio da linguagem, agora mostra uma segurança quase total. Em frases curtas e precisas, é capaz de descrever elementos complexos — desde sentimentos até paisagens alienígenas. Se antes havia ideias que se destacavam, agora elas estão totalmente inseridas no contexto da obra. O autor não fica ansioso por torná-las o centro de tudo, mas sabe dosar seu uso e inseri-las como um diferencial a mais em seu mundo ficcional.

Por mais que, na superfície, Necrópolis seja a história de Verne Vipero adentrando e desbravando um mundo fantástico, a força deste romance está em outros lugares. Em sua essência, este é um livro sobre conexões entre pessoas, sobre estados e lugares intermediários.

O tema das conexões, do ser humano incompleto consigo mesmo, é deixado claro através dos Amigos Imaginários. Nenhuma criança está completa sem seu AI — e a maioria dos adultos, desprovida desse companheiro, também parece estar incompleta, perdida, à deriva. Talvez seja este o diferencial de Verne Vipero, o protagonista.

Mas mesmo Verne está incompleto. Em vez de entregar-se à conexão mais óbvia (o protagonista em busca de uma ligação romântica), Douglas faz com que a busca de Verne seja por seu irmão. É essa busca, literal e metafórica, que guia a trama de Necrópolis. Verne busca Victor, e encontra a si mesmo.

Também os intermediários surgem em vários níveis. Necrópolis é uma espécie de lugar entre a vida e a morte. Mas mais importante é o desconforto que sentimos (através da narrativa e do protagonista) fora de Necrópolis. A Terra, assim como apresentada no romance, é um lugar intermediário. No início do século XXI, mas com uma atmosfera que lembra mais o início do século XX. Com adultos que mais parecem crianças. Um lugar meio onírico, inquietante. Não é à toa que Verne não se sente confortável por lá. Na Terra, Verne parece deslocado. Na Terra, é quase uma criança.

Em Necrópolis, assume atitudes e postura de adulto. Também o leitor passa a se sentir mais confortável em Necrópolis. Douglas joga com nossas expectativas: no mundo "real", mudanças sutis tiram nosso equilíbrio. Na dimensão ficcional, ficamos firmes. Pelo menos para mim, fica claro que o "estado natural" do romance é o intermediário. Na Terra, os papéis são vagos, os personagens estão perdidos. Em Necrópolis, temos arquétipos, nichos muito bem definidos. A Terra é vaga e surreal, Necrópolis é concreta.

Falarei rapidamente sobre os elementos que Douglas construiu para povoar seu cenário, mas acho melhor que o leitor veja por si. Desde arquétipos convencionais como anões até criações novas como os corujeiros, temos aqui um universo denso, que vale a pena ser explorado. Não pretendo roubar-lhes este prazer.

Nesta narrativa episódica, Douglas MCT nos apresenta uma história com vários níveis. Talvez toda essa especulação seja infundada, talvez esses elementos sejam obra do acaso criativo. Mas acho que não. Acho que Douglas enxerga um caminho que nós não conseguimos ver, e tem uma estrada bem definida à frente. Mas está escondendo o jogo, e revelando só um pouco a cada momento.

Leonel Caldela, 2010
Autor da Trilogia Tormenta,
A Lenda de Ruff Ghanor,
A Flecha de Fogo e outros

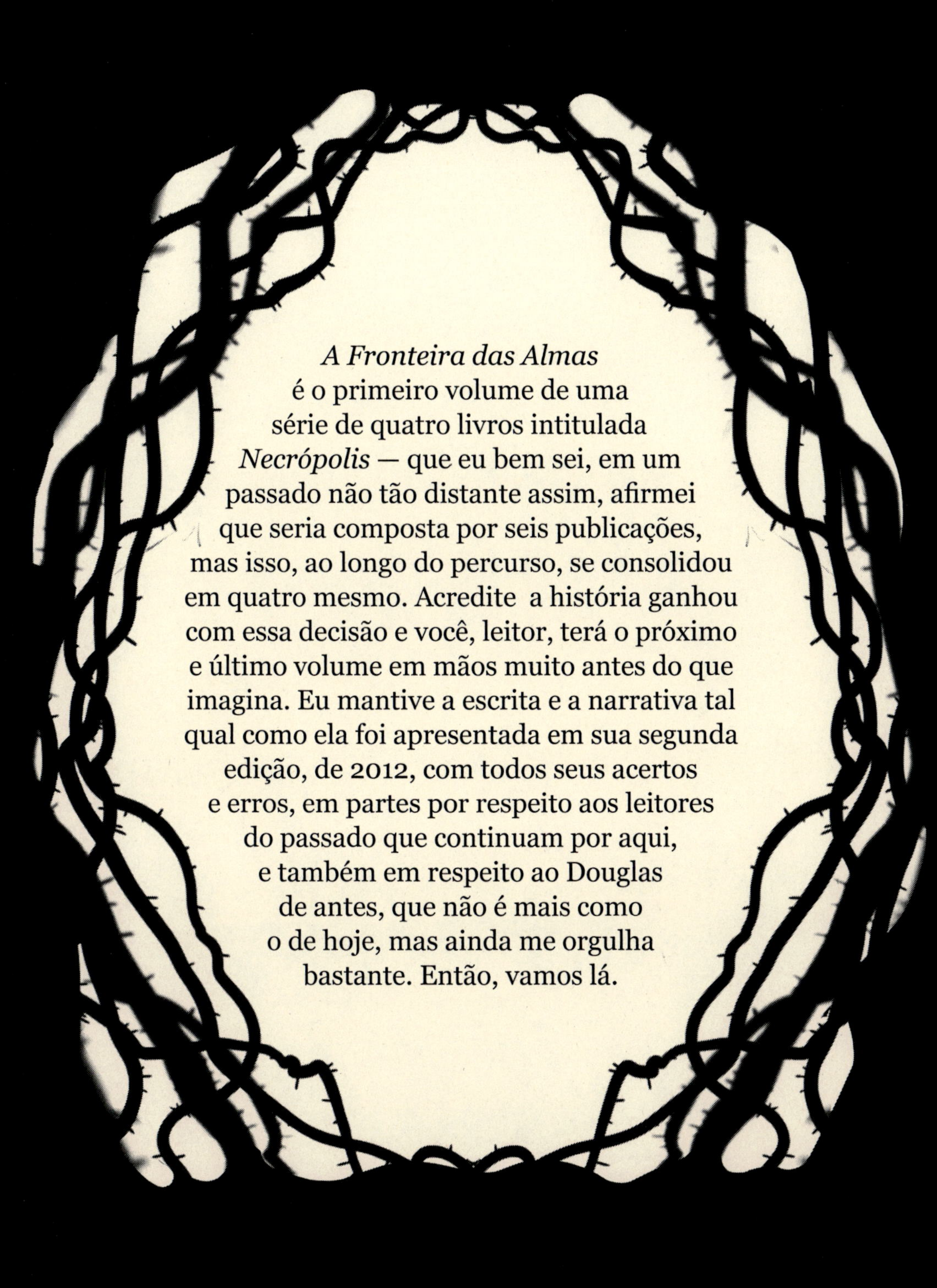

A Fronteira das Almas
é o primeiro volume de uma
série de quatro livros intitulada
Necrópolis — que eu bem sei, em um
passado não tão distante assim, afirmei
que seria composta por seis publicações,
mas isso, ao longo do percurso, se consolidou
em quatro mesmo. Acredite a história ganhou
com essa decisão e você, leitor, terá o próximo
e último volume em mãos muito antes do que
imagina. Eu mantive a escrita e a narrativa tal
qual como ela foi apresentada em sua segunda
edição, de 2012, com todos seus acertos
e erros, em partes por respeito aos leitores
do passado que continuam por aqui,
e também em respeito ao Douglas
de antes, que não é mais como
o de hoje, mas ainda me orgulha
bastante. Então, vamos lá.

KAZANAPATA
GOLGOTHA
CATEDRAL
REFÚGIO DE SAMMAEL
REINO DO DRAGÃO
PASARGADAS
ERMO
BALOR
ANIMA
GARGÂNTUA
LAGO DOS PECADOS
RIO NJORD
CONSELHO DE OÁIS
MONTE GÁ
GEMINA LIGNA
ESPARTOS
CEMITÉRIO DOS DRAGÕES
ARVOREDO
LYCAN
OGRES
FERAL
CAMPOS
DE
SOÍSILE
AUSAR
AL-QADIM
RIO SALGUOD
BASE DOS MERCENÁRIOS
NECRÓPOLIS
CAPITAL
DE
NÉDE
TORRE GELADA
CIDADELA POLAR
NARAKA
REINO DA NEVE
RIO KOLDA
GELEIRAS
INÁBEIS
ISTMO DE BOANERGES
HEFESTUS
GRENDEL
MORAX

Necrópolis é um mundo de fantasia ao mesmo tempo parecido e diferente do nosso. Os necropolitanos trabalham, constituem famílias e também morrem. Contudo, o deserto é azul, uma ilha flutua no ar, a magia é praticada normalmente e no céu brilham dois satélites, oito horas para o dia, treze para a noite. O Mundo dos Mortos, outro nome pelo qual é chamado, possui uma organização política estabelecida pela Supremacia, que congrega a maior parte das áreas habitadas, e também pela Esquadra de Lítio, que rege as leis. Necrópolis é um dos dois mundos de Moabite, o sétimo Círculo de oito da existência. É dividido em 15 regiões, possui sete reinos e dezenas de raças inteligentes além da humana. Este é um mundo com clima temperado no centro, polar a centro-oeste, desértico e muito quente a leste, árido a sudeste, mediterrânico a sul, equatorial a noroeste, tropical a nordeste, e alpino e semiárido a norte. Possui cinco milhões de habitantes, tem como principal idioma o necropolitano e, entre as moedas correntes, o ouro real, o ouro, a prata e o bronze.
TALESTRYS
FINTAL
ARENA
ERRAS
MÓRBIDAS
MUNIN
HUGIN
VILAREJO LESTE
ILHAS WODEN
FORTE ÍXION
ILHA
TÂNTALO
OCEANO TÁRTARO
ÉREBUS
RAÍZES DE GAIA
NEBULOUS
AELOS

PRÓLOGO

CONDADO DE BRAŞOV, ROMÊNIA, 1910

Depois de atravessar o vasto campo a cavalo, o homem finalmente avistou o casebre, o estábulo, e sentiu o cheiro da morte.

O tempo estava chuvoso naquele fim de tarde invernal. O viajante trajava uma túnica preta, carregava uma bolsa de lona e um odre preso à cintura. Havia levado mais de três horas até aquela região remota, tinha sido convocado tarde demais. Uma semana antes, o Ordinário local avisara o congregado sobre um caso de possessão que havia pesquisado minuciosamente, julgando provável a influência diabólica sobre uma das pessoas.

O viajante foi atendido pelos pais do garoto, o sr. e a sra. Raugust. Estavam pálidos, muito assustados e com os olhos verdes cansados. O casal já o aguardava, mas, mesmo assim, o sr. Raugust buscou a confirmação:

— Sacerdote Dimitri Adamov?

— Sim, senhor — assentiu. — Farei o possível para salvar seu filho.

Dadas as devidas mesuras, o homem robusto e de aparência vívida entrou no casebre. Retirou o crucifixo de bronze pendurado no pescoço, bebeu o último gole da água santa e abandonou seu odre sobre uma cômoda. Parou repentinamente no corredor quando sentiu o clima lúgubre ao redor. A sra. Raugust recostou-se aos prantos na porta, enquanto seu rígido esposo dirigia-se ao homem.

— Quer ver os corpos antes?

— Sim, senhor.

Sem hesitar, ele abriu a velha porta de madeira para o homem, que entrou pensativo, sentindo por antecipação o gosto amargo do que veria a seguir. Havia quatro corpos estirados, cobertos por lençóis amarelados. O primeiro foi apresentado como o da sra. Manastarla, a velha que cuidava dos garotos. O segundo era da pequena Ana Mandoju, a prima. Os outros eram dos jovens irmãos Branzan, vizinhos e amigos da família. O exorcista se manteve firme diante da cena trágica e do odor de decomposição. Beijou seu crucifixo e avaliou cada corpo cuidadosamente, levando pouco mais de uma hora até chegar às suas conclusões.

Na sra. Manastarla, ele percebeu arranhões nos braços e nas pernas, além de um ferimento na nuca, onde o sangue já havia secado. Encontrou marcas das mãos do garoto no pescoço da pequena Ana. Os irmãos

Branzan tinham feridas por todo o corpo, como se tivessem lutado. Um estava com a garganta cortada e o outro tinha um rombo enorme na barriga. Dimitri se aproximou do sr. Raugust e lhe apresentou as evidências:

— A velha foi assassinada enquanto contava ao possuído uma história de ninar, ou estava dando as costas a ele. A garota foi enforcada enquanto dormia e os irmãos foram assassinados quando brincavam com ele. Não sei ao certo. Talvez tenham lutado pela vida e provavelmente sofreram muito antes de morrer. — Um aperto enorme crescia em seu coração e um temor começava a nascer.

O sr. Raugust cobriu a face com as mãos, recostando-se na parede, com as pernas trêmulas, chorando discretamente. O homem, porém, já havia visto cenas assim em outras missões. Dimitri Adamov fazia parte da Ordem dos Senhores dos Céus, uma seita de exorcistas que passavam a vida confrontando demônios e espíritos malignos, exorcizando-os com a aprovação indireta do Papado quando recebiam as chamadas do bispo diocesano local. Seus membros viviam confinados num templo isolado da região. Faziam votos de castidade e clausura e, dentre eles, Dimitri era o único que havia sido padre no passado. Os sacerdotes da ordem praticavam um estilo peculiar de exorcismo, diferente daqueles no Rito do Sumo Pontífice Leão XIII. Era uma ação mais objetiva e brutal, muito eficiente. Ele já havia realizado sete exorcismos. Em cada um, enfrentara situações distintas, incluindo espíritos menores e anjos apóstatas. Sempre se saiu vitorioso nas missões. No entanto, o caso agora envolvia tamanha crueldade que ele temia a criatura antes mesmo de enfrentá-la.

Dimitri pediu ao pai do jovem que o levasse até o quarto. Antes de entrar, parou em frente à porta e iniciou uma oração, com a mão direita sobre o ombro do sr. Raugust e a esquerda firme no crucifixo. Seus dedos fortes deslizavam aleatoriamente pela forma mítica do objeto de bronze. Ele abriu a porta e entrou no quarto, deparando-se com Jacob Raugust. O garoto possuído estava com os punhos e tornozelos presos à cama por correntes. Sua tez estava podre, machucada e fétida. Os lábios estavam cortados e alguns dentes visivelmente quebrados. Ele babava uma gosma esverdeada. Sua cabeça tremia de tempos em tempos e se inclinava a ponto de encostar a orelha no ombro. Seus olhos macabros fitavam os do exorcista. Francis, o irmão caçula, dormia tranquilamente na cama ao lado.

Ao perceber a agitação da esposa vindo em direção ao quarto, o sr. Raugust trancou a porta e pressionou o corpo contra ela, como se quisesse impedir uma força maternal de atravessá-la, ainda que soubesse que a sra. Raugust era magra e frágil. De qualquer forma, o pai dos garotos só queria permitir que o exorcista fizesse seu trabalho sem interrupções.

Primeiro Dimitri se aproximou de Francis. O garoto devia ter perto de dez anos e possuía uma face angelical. Notou que ao redor do pequeno predominava uma aura de paz. Era como se nada estivesse ocorrendo naquela casa, como se ninguém tivesse morrido, como se ele não tivesse presenciado nenhuma ação maligna. Isso surpreendeu o homem e aquietou seu coração por um instante. Aproveitou para retirar de sua bolsa um minúsculo frasco de vidro contendo água beatificada que os exorcistas da Ordem dos Senhores dos Céus acreditavam conceder proteção divina. Derramou a água ao redor e sobre o corpo de Francis. Na sua crença, estava criando um "círculo de proteção divina".

Em seguida, pegou um ramo de sapindácea, colocou-o sobre o peito do garoto e orou:

> *"Gloria Patri et Filio et Spiritui Sancto.*
> *Sicut erat in principio et nunc et semper,*
> *et in saecula saeculorum. Amen".*

Todas as orações feitas pelos membros da Ordem dos Senhores dos Céus eram realizadas em latim, que acreditavam tradicionalmente ser a língua poderosa e mais apropriada para enfrentar seres demoníacos. Quando ia repetir a oração mais duas vezes para reforçar a proteção, foi interrompido por uma voz gutural:

— Dimitri?

Ele ficou tenso. Mal havia começado e a entidade já havia descoberto seu primeiro nome. Isso era extremamente perigoso para um exorcista, pois demônios poderiam dominá-lo se desvendassem seu nome completo e seu passado. Antes que a entidade fizesse mais indagações, ele foi até a cama do possuído. Viu que Jacob não passava de um pré-adolescente. O jovem mantinha seus olhos fixos nos dele, enquanto a língua passeava lentamente entre os lábios entrecortados, deixando a baba esverdeada escorrer. A aflição de Dimitri aumentou quando o sr. Raugust começou a soluçar apavorado. Sua esposa continuava desesperada no corredor, batendo em intervalos regulares na porta de madeira.

De repente, o possuído tentou dar um salto do colchão, estremecendo a cama e fazendo com que as correntes tilintassem. Sua cabeça tremia com mais intensidade e seus olhos reviravam. Ele fazia uma força enorme para tentar se soltar. O exorcista tentou se acalmar e ajoelhou ao lado da cama, próximo ao rosto de Jacob. Segurou novamente o crucifixo de bronze e, com a mão direita, pegou mais um frasco de água beatificada que jogou pela tez do possuído. Em seguida, iniciou o exorcismo:

"In nomine Patris, et Filii, et Spiritus Sancti.
Amen.
Pater noster, qui es in caelis:
sanctificétur nomen tuum;
advéniat regnum tuum;
fiat volúntas tua, sicut in caelo, et in terra.
Panem nostrum cotidiánum da nobis hódie;
et dimítte nobis débita nostra,
sicut et nos dimíttimus debitóribus nostris;
et ne nos indúcas in tentatiónem;
sed líbera nos a malo. Amen.
In nomine Iesu Christi Dei et Domini nostri, intercedente imma-culata Vergine Dei Genetrice Maria, beato Michaele Archan-gelo, beatis Apostolis Petro et Paulo et omnibus Sanctis, et sacra ministerii nostri auctoritate confisi, ad infestationes diabolicae fraudis repellendas securi aggredimur".

Dimitri balançava o crucifixo em frente aos olhos do possuído. Ele repetiu o ritual por mais seis vezes, até que então aconteceu. Pela vidraça, o exorcista viu o céu ganhar um tom rubro-enegrecido e uma forte tempestade se iniciar ao som de relâmpagos. Seu coração palpitava a ponto de ele temer um infarto. Em anos, essa era a primeira missão que o deixava inseguro. Jacob soltou um espirro devido ao fedor de enxofre que dominou o quarto. Em seguida, iniciou-se um tremor na casa que só terminaria ao fim do exorcismo. O vendaval no campo criava zumbidos que lembravam cânticos satânicos. Passados alguns minutos, o homem se recobrou.

— Dimitri? — disse o possuído. — Eu conheço o seu passado.

O exorcista sabia que era estritamente proibido conversar com entidades possessivas. No entanto, alguns anos atrás, havia conhecido um renomado bispo que lhe deu conselhos valiosos que pretendia pôr em prática. Dimitri sabia que se descobrisse o nome completo da criatura que confrontava, poderia dominá-la antes que ela tentasse o mesmo com ele.

— Revele-me seu nome, espírito das trevas! — ordenou Dimitri.

— Espíritos estão sob as minhas ordens — retrucou o possuído.

— Revele-me seu nome, demônio! — tornou a ordenar.

— Eu sou o Grão-Duque! O mais importante e poderoso dentre todos da região sul do Sheol. — Em seguida Jacob sorriu, maligno.

— Revele-me seu nome, demônio!
— Eu sou o anjo caído coroado. Eu sou aquele que domina o dragão e a serpente.
— Revele-me seu nome, demônio!
— Eu sou aquele que mostrou a morte a Caim! Eu sou aquele que tentou o sábio Salomão ao pecado e o levou à decadência! Eu sou aquele que sussurrou a traição nos ouvidos de Judas!
Dimitri mantinha uma falsa postura de segurança, mas, por dentro, o pavor tomava conta de seu raciocínio. Ele sabia estar lidando com uma entidade superior, nunca havia confrontado uma criatura de hierarquia tão elevada. Temia pela vida de Jacob e pela sua própria.
O sacerdote resolveu indagar o possuído:
— Você é Mastema?
— Mastema é inferior a mim. Já foi subjugado.
— Você é Valafar?
— Valafar foi destruído pelas minhas chamas!
— Você é Legião?
— Legião é meu criado fiel!
— Você é Belial?
— Belial é o Senhor da Terra e do Norte! Eu não sou Belial!
— Você é Leviatã?
— Leviatã é o Senhor das Águas e do Oeste! Eu não sou Leviatã!
— Você é Lúcifer?
— Lúcifer é o Senhor dos Ares e do Leste! Eu não sou Lúcifer!
Dimitri chegou à conclusão de que não descobriria o nome real da criatura. O velho casebre balançava com o vento demoníaco que vinha de fora e logo desabaria sobre suas cabeças. Foi então que resolveu fazer sua última tentativa:

> *"In nomine Patris, et Filii, et Spiritus Sancti.*
> *Amen.*
> *In nomine Iesu Christi Dei et Domini nostri, intercedente imma-culata Vergine Dei Genetrice Maria, beato Michaele Archange-lo, beatis Apostolis Petro et Paulo et omnibus Sanctis, et sacra ministerii nostri auctoritate confisi, ad infestationes diabolicae fraudis repellendas securi aggredimur".*

O possuído conseguiu arrebentar a corrente que prendia seu braço e agarrou o pescoço do homem, sufocando-o aos poucos. A possessão corpórea dava ao jovem uma força sobre-humana. Dimitri olhou fixamente nos olhos de Jacob e pôde ver como morreria, e também o ano e a hora de sua morte. Ao saber que aquele não era o momento, ganhou força e continuou suas orações em latim. O possuído forçou o outro braço, mas o pai do garoto postou-se sobre o corpo, tentando impedi-lo.

— Dimitri Adamov! — trovejou a entidade.

— Você não tem poder sobre mim, demônio! — retrucou corajosamente, sabendo que a criatura havia descoberto seu nome completo e poderia dominá-lo.

— Sua alma me pertence, Dimitri Adamov.

Naquele instante, o sr. Raugust conseguiu retirar os punhos de seu filho do pescoço do homem. Dimitri repetiu mais uma vez a oração, depois enrolou seu crucifixo de bronze na mão e beijou a testa de Jacob. A sra. Raugust gritava desesperada do lado de fora, batendo na porta com as poucas forças que lhe restavam. O possuído conseguiu escapar do domínio do pai, que foi atingido com a corrente no peito e jogado contra a janela, morrendo na hora. Num movimento veloz, agarrou a gola da túnica do exorcista e o lançou contra a parede oposta à da cama. Atordoado pelo impacto, Dimitri viu uma cena da qual jamais se esqueceria: um vulto saiu vagarosamente de Jacob e planou acima do corpo desfalecido sobre a cama. A sombra possuía olhos de um amarelo nítido, com pupilas dilatadas, e quase dois metros de altura. Os cabelos da criatura eram como serpentes vivas e ferozes, às dezenas. Nos punhos, havia garras letais. A sombra o fitava, como se pudesse ler sua alma.

Dimitri não conseguiu ver outros detalhes e logo desmaiou. Acordou no mesmo lugar, mais de seis horas depois. A sra. Raugust e mais um homem alto e magro, que depois descobriu ser o irmão dela, já tinham entrado no quarto. A porta ao lado estava arrebentada e aos pedaços. A mulher chorava sobre o corpo do marido, enquanto seu irmão, o sr. Mandoju — pai da falecida Ana —, indagava ao sacerdote o que havia ocorrido durante a sessão de exorcismo. Dimitri Adamov revelou apenas uma parte dos acontecimentos. O sr. Mandoju curou os ferimentos do exorcista e depois o abraçou em agradecimento, pois seu sobrinho não estava mais sob o domínio da entidade e havia sobrevivido, apesar de estar enfermo. Meses mais tarde, Dimitri descobriria que o garoto havia sucumbido a uma forte febre, e que sua mãe falecera duas semanas após, louca, de *causa mortis* desconhecida. Devido aos incidentes, Francis, o irmão mais novo, seria levado para morar num condado próximo com seus tios, o sr. e a sra. Mandoju, que se tornariam seus responsáveis por lei. Dimitri recebeu da sra. Raugust o pagamento que depositaria nos cofres sagrados do monastério e partiu com seu cavalo no cair da madrugada. O cheiro da morte e o ambiente fúnebre abandonariam o casebre aos poucos, mas a dor e tristeza em seu coração jamais cessariam.

Em sua viagem de volta, pensamentos perturbadores o acompanhavam: um era a curiosidade; o outro, uma omissão. Estava curioso por Francis ter sido poupado pelo possuído, e incomodado por ter omitido da sra. Raugust que o garoto não havia sido exatamente salvo. Na verdade, Dimitri havia fracassado em sua missão e o exorcismo de Jacob Raugust havia falhado completamente. O exorcista não tinha destruído o demônio que habitava o corpo do jovem. Ele o havia libertado.

PRIMEIRA PARTE

PARADIZO

O homem é o sonho de uma sombra.
Deve sofrer para compreender.
Ésquilo

01

HISTÓRIAS DE OUTROS MUNDOS

Região da Calábria, Itália, dezembro, presente

A cada biênio e sempre no solstício de inverno, um numeroso grupo de ciganos se instalava nas docas de Paradizo, onde permaneciam até o equinócio da primavera, quando partiam em viagens pelo planeta. Eles eram um povo de pele parda, cabelos crespos e escuros, habilidosos em artes circenses, famosos naquela rústica cidade e adorados pela maioria dos habitantes.

Os ciganos eram de muita serventia ao lugar, dispostos a quase todo tipo de trabalho. Ajudavam na pesca, na colheita e até no transporte de carga. O melhor para os paradizenses era que o povo nômade não cobrava euros pelos serviços prestados. Um prato de comida, uma consulta à vidente e uma dança pela madrugada no cais eram o suficiente. Ou até mesmo atenção para o Velho Saja, o cigano mais antigo do grupo, famoso contador de histórias, a maior e mais apreciada atração. Sempre na primeira noite de lua cheia, o cigano, de cabelos ralos e grisalhos e pele enrugada, fazia uma fogueira próxima ao Novo Porto de Paradizo, onde dezenas de pessoas se aglomeravam ao seu redor para ouvir suas histórias. Os ciganos, que já conheciam cada uma dessas tramas, ficavam aconchegados em suas tendas pitorescas a poucos metros de distância, ou em alguns barcos menores, de onde ouviam tudo novamente. O único que ficava próximo do Velho Saja era um homem de pele negra, olhar atento e aspecto sereno. Ele sempre estava ao lado do contador, nunca a mais de três passos do velho, fazendo com que alguns o chamassem de “a sombra do Velho Saja”. Essa alcunha pareceu nunca o perturbar, já que ele não reagia às brincadeiras e era sempre breve em seus comentários. Muitos o ignoravam e alguns não o consideravam um cigano.

As crianças e os jovens eram os primeiros a chegar, seguidos pelas senhoras e aqueles homens empolados que se acomodavam ao lado da fogueira. Naquela noite estavam presentes pessoas de alta importância na sociedade, como o prefeito Paolo Bonfiglio, o sr. Geanfrancesco Luccetti e o curioso Mr. Neagu, além de outros, ligados ao parlamento italiano, que passavam as férias em Paradizo, geralmente vindos da província de Catanzaro ou da longínqua Milão. Um dos últimos a chegar foi um rapaz de vinte anos, com cabelos revoltos e escuros que lutavam contra a gélida lufada de ar vinda do mar, a oeste. Seus olhos exóticos — o direito, azul, e o esquerdo, verde — se apertavam pelo vento. Naquela região o inverno era mais seco e por isso Paradizo recebia pouca precipitação de neve.

O frio era uma das coisas que Verne Vipero mais apreciava. Ele trajava uma blusa de lã azul, uma calça feita de um tecido grosso, e um tênis grande e chamativo que o atrapalhava ao andar no meio da multidão, em busca de um lugar para se sentar — um montinho de neve suja e gélida. Verne adorava ouvir as histórias do Velho Saja e mantinha a tradição bianual de se acomodar ao redor da fogueira, sem nunca ter faltado. Na maioria das ocasiões ele ia com alguns de seus amigos, como Ivo ou Lorenzo, mas dessa vez estava só. Incomodado com o assento improvisado, o jovem Vipero notava o olhar orgulhoso do prefeito, sentado no melhor lugar — uma banqueta de madeira bem de frente para o idoso cigano — com seu terno limpo, cabelo penteado e brilhoso, à medida que fumava um charuto fornecido por Mr. Neagu, um homem bem apessoado de nariz curvo e olhar penetrante, que estava ao seu lado. Na concepção de Verne, o prefeito estava ali, mais uma vez, apenas para se promover, enquanto ele desconhecia completamente as motivações do outro, que trazia um interesse vívido no olhar. O homem próximo ao prefeito era um pouco mais velho que ambos. Tinha a pele oleosa e um bigode nojento com restos de comida. O sr. Geanfrancesco era tão ou mais poderoso que o prefeito e mais rico do que Mr. Neagu, e Verne tinha seus próprios motivos para não gostar dele.

Um bater de palmas do homem negro fez com que a multidão silenciasse. Estava em pé ao lado do cigano quando se pronunciou:

— O Velho Saja vai falar! Por favor, peço silêncio. — Em seguida, sentou-se novamente à sombra do contador de histórias.

O cigano não se moveu, apenas sorriu. Primeiramente, colocou um punhado de uma erva em seu cachimbo, acendeu-o com as chamas da fogueira e o levou à boca, tragando longamente. Depois soltou a fumaça multicolorida que encantava as crianças, sempre na primeira fileira. Verne pensou ter visto formas nas fumaças. Em seguida, o Velho Saja levantou a palma enrugada e acenou para todos. A multidão acenou de volta — era uma tradição.

— Meu querido povo de Paradizo, boa noite! — disse o idoso cigano, com a voz cansada, mas sempre animada. — O que vocês querem que eu lhes conte nesta lua cheia?

— Contos de fadas, Velho Saja — proferiu uma voz vinda da frente, rompendo o silêncio. Era ríspida e tinha um poder imenso. Todos os olhos procuraram no escuro pela origem e descobriram vir de Mr. Neagu. Verne não se surpreendeu. — Há anos que o senhor não nos conta uma versão sombria de Rapunzel, por exemplo. — Sorria com cinismo.

— Oh, sim, contos de fadas — redarguiu o velho. — Pois todos sabem que os contos de fadas têm origem nos Oito Círculos do Universo, não é? — Algumas crianças gritaram e concordaram. — Mas antes de contar sobre essa origem, preciso lhes falar sobre os Círculos. — Riu bonachão.

Verne pensou ter ouvido Mr. Neagu cochichar algo como "esse velho e suas explicações idiotas", mas o ignorou e voltou sua atenção ao Velho Saja.

— O Sheol é o primeiro deles. É desse lugar horroroso que vêm as criaturas demoníacas, responsáveis por plantar o mal na existência. Grandes lordes e arquidemônios dominam o lugar. São bem conhecidos nas culturas cristãs. — Revirou os olhos de forma divertida, para amenizar o susto nas crianças. — O segundo Círculo é o Sonhar. Lá são gerados nossos devaneios mais profundos, guardados e comandados por seres oníricos. A Magia é o terceiro Círculo e, como todos devem saber, é habitada por seres mágicos e encantados. Essa dimensão é a fonte de toda a Magia no mundo!

— Eu já ouvi essa história mais de cem vezes! — murmurou uma voz familiar ao lado de Verne.

— Cale a boca, Chax! — resmungou Verne.

— Mas você também já ouviu essa história mais de cem vezes — continuou.

— Não interessa. Eu gosto de ouvi-la.

— Você vive é no mundo da fantasia, Verne.

— Você quer mesmo me aborrecer, Chax? E não fale em *fantasias*, você mesmo é uma.

Verne conversava com seu AI, o amigo imaginário, ainda tentando prestar atenção no Velho Saja.

— No quarto Círculo temos a estranha dimensão da Isolação e, no quinto, a Ilusão. Já lhes contei sobre eles uma vez, se me lembro bem, por isso vou seguir adiante... — Soltou um pigarro e mais uma fumaça multicolorida. — Bestial é o sexto Círculo e é a dimensão das feras adormecidas, que despertam em épocas indefinidas. No sétimo existe a dimensão de Moabite, e o oitavo e último é o Círculo da Criação, onde todos nós fomos gerados, de onde surgiram a natureza, o éter e o Universo. É onde reside o Poder Supremo e a partir do qual os outros sete Círculos foram criados. Este é o Círculo primordial e existia antes mesmo do Tempo e do Vácuo, antes até da palavra "antes". É onde o nosso planeta Terra está, é onde estamos.

— Velho Saja — começou uma criança de voz doce. — O senhor vai nos falar sobre o oitavo Círculo hoje?

— Não, pequenina. Não... — O idoso cigano fitou a menina nos olhos e, depois de tragar mais uma vez o cachimbo, continuou: — Hoje falarei sobre o mais intrigante dos Círculos, a meu ver. Hoje eu falarei sobre o Círculo de Moabite, o sétimo.

— Adoro histórias de outros mundos — murmurou Verne para si mesmo. Chax havia desaparecido segundos antes.

O sangue e a excitação corriam pelas veias do jovem Vipero, seus olhos vibravam e suas mãos se apertavam com força. Para ele, ouvi-las era melhor até do que ler um livro. Talvez nem tanto, mas no momento Verne queria pensar assim. A única coisa que o chateava era saber que Mr. Neagu, de uma forma ou de outra, tinha as mesmas sensações que ele em relação a tramas fantásticas. O interesse semelhante o incomodava, por considerar Neagu uma espécie de rival.

— No Círculo de Moabite existem dois mundos diferentes — continuou o Velho Saja. — Um se chama Terras Encantadas, reino das fadas. Aquelas mesmas, que vocês já conhecem dos livros e desenhos animados. — O crepitar das chamas da fogueira reluzia na face do cigano, dando a impressão de que suas rugas aumentavam. As correntes de ouro e prata e sua vestimenta de pano de cores vivazes pareciam distorcer algo na mente do rapaz. — E são essas mesmas fadas que vêm até o nosso mundo sussurrar suas histórias. Por isso nomeamos "contos de fadas". — Ele sorriu e voltou a olhar para a multidão, abandonando os olhos da garotinha. — Outros contadores de histórias antes de mim já receberam a visita delas, por isso sempre se inspiraram em contar essas fábulas para a humanidade.

O público manifestou-se pela primeira vez naquela noite, aplaudindo o cigano, que acenava de volta, sorridente. A madrugada se aproximava lentamente e a lua permanecia farta no céu estrelado, mas o frio aumentava, deixando a pele bronzeada de Verne ressecada e gelada.

— Há também Necrópolis, o Mundo dos Mortos. As almas de todos que morrem vão para lá. As almas dos seres de todos os Oito Círculos. Dizem que há um subplano naquele mundo, que é onde a vida termina.

Verne e Mr. Neagu disputavam em vibração, animados pelo que ouviam.

— O mundo de Necrópolis é como um... grande continente, digamos. Agora, saibam: — trovejou o velho, levantando o dedo. — Todas as histórias de vampiros, lobisomens, fantasmas, zumbis e faunos são *reais!* É de lá que elas vêm. E eles existem, sim, podem crer.

Na multidão, pessoas seguravam o riso, inclusive Verne. O rapaz era a pessoa mais cética que ele conhecia. Não acreditava em divindades, muito menos em fantasmas, vampiros e mundo dos mortos. Contudo, adorava saber que histórias tão maravilhosas seriam contadas ao longo do inverno. Já naquela época, algumas pessoas achavam que o Velho Saja começara a caducar e que suas histórias, antes mais atraentes e envolventes, estavam se tornando cada vez mais sombrias e bizarras. Alguns se levantaram discretamente e abandonaram as docas em surdina, nas sombras da noite. Verne observava atentamente, sentindo um pouco de pena do contador de histórias. Outras pessoas permaneceram em seus lugares. Ele não sabia se era por pena ou interesse. Mr. Neagu era uma delas, com seu olhar interessado. O prefeito adormecia aos poucos em seu ombro, enquanto o sr. Geanfrancesco retirava-se da banqueta, partindo. As crianças, sempre as mais interessadas, indagavam o Velho Saja sobre fadas e se em Necrópolis existiam outras pessoas como elas.

— Sim, há! Mas lá as pessoas não estão mortas, como vocês devem estar pensando. Elas têm vida, normal, igual à nossa. Em Necrópolis é chamada *sobrevida.*

Verne se debruçou sobre o monte de neve onde estava sentado. Seus olhos pesavam, mas ele persistia. Um cão de pelagem negra saltou sobre o seu corpo, despertando-o novamente.

— E como se faz para se chegar a Necrópolis? — alguém perguntou.

— Existem vários portais espalhados pelo mundo. Sabe-se de moinhos de vento na Inglaterra, árvores mortas e ocas na Espanha, altos picos na China, pequenos lagos no Japão e na Índia, cavernas na África e no Brasil, construções abandonadas no México, casas velhas nos Estados Unidos...

— E aqui na Itália?

— Neste país tínhamos dois portais, hoje apenas um. O primeiro desabou numa guerra antiga nos arredores de Roma, e o que restou está localizado justamente nesta cidade. É, isso mesmo, meus queridos. *Aqui.*

Algumas pessoas se surpreenderam, por mais absurda que a ideia fosse. Os que eram religiosos fizeram o sinal da cruz e oraram em murmúrios. Verne apenas ria, mas sentiu a vontade de perguntar algo. Hesitou e acabou perdendo a oportunidade para Mr. Neagu:

— O que são os portais?

— Uma boa pergunta, devo admitir — disse o Velho Saja, enquanto o jovem Vipero enrubescia de raiva. — Ninguém sabe ao certo por que eles existem. Há quem creia que eles são um tipo de defeito na existência. Alguma fenda dimensional causada por um problema ocorrido entre os diversos mundos existentes. — Tragou uma última vez o cachimbo. — O fato é que tudo nesta vida tem um propósito. E o propósito de um portal é permitir a passagem de criaturas de um mundo para o outro, o que não quer dizer que elas se arrisquem a fazê-lo. Há problemas com o oxigênio de um Círculo ao outro, é meio complicado.

Verne coçava a cabeça enquanto tentava descobrir de onde o cigano tirava tantas ideias.

— Na verdade, há apenas três maneiras de se chegar a Necrópolis. — Sorriu satisfeito. — A primeira é atravessar um portal, como vocês já sabem. A segunda eu não sei, e a terceira é ganhando uma sobrevida.

— E como se faz para ganhar uma sobrevida? — perguntou Mr. Neagu novamente.

— Isso, meu rapaz, eu também não sei lhe dizer.

O jovem Vipero vencia a noite, ouvindo o idoso explicar às crianças sobre o mundo das fadas e o dos mortos. Ele causava uma confusão de sentimentos nos mais curiosos. Ao fim da madrugada, restavam poucas pessoas para ouvir as lendas do cigano.

Quando decidiu partir para o orfanato, algo lhe ocorreu de súbito. Durante a noite, teve a impressão de que o homem negro cochichava discretamente palavras nos ouvidos de Saja. Aquilo o deixou pensativo, mas a canseira e o sono falaram mais alto e ele foi dormir. Bons e inspirados sonhos o aguardavam.

02

O PARAÍSO DE VERNE

Verne e Victor Vipero tiveram o privilégio de ficar com os maiores dormitórios do Orfanato Chantal quando se mudaram para lá anos atrás.

Sophie Lacet tinha muito apreço pela mãe dos garotos, que fazia bordados de graça para o orfanato, apesar de precisar do dinheiro para tirar o sustento diário. A falecida Bibiana Pasiono Vipero fora caridosa demais. Após sua morte, Sophie achou justo dar às crianças um quarto maior e próximo ao seu, no segundo andar.

O dormitório de Verne não tinha muitos móveis. Somente a cama, um guarda-roupa pequeno no canto esquerdo e duas grandes estantes de livros, com os quais ele tinha mais cuidado do que os da biblioteca. Mantinha uma limpeza diária e era muito dedicado ao que lhe pertencia. Seu quarto estava sempre arrumado e suas roupas sempre dobradas. Assim, ele sempre sabia onde encontrar alguma coisa quando precisasse. Em frente ao seu dormitório ficava o de Victor. Pouco menor que o do irmão mais velho, o quarto era cheio de pôsteres de bandas de rock e desenhos animados, com caixas repletas de histórias em quadrinhos pelo chão. A cama sempre estava desarrumada e as roupas ficavam jogadas pelos cantos. Em seu guarda-roupa havia um skate, um par de patins e brinquedos. Verne evitava chamar a atenção do caçula pela bagunça, mas vez ou outra o alertava de seus afazeres. Victor era obediente e admirava o irmão.

Eles se encontraram ao pé da escadaria, quando o rapaz andava em direção à porta, com algo coberto por um pano negro debaixo das axilas. O punho cerrado de Verne encontrou um chumaço dos cabelos bagunçados do irmãozinho e logo ele envolveu seu braço na nuca de Victor, puxando-o para perto de si. Deixaram o abraço terno acontecer.

— Onde vai? — indagou o menor, olhando da cintura do irmão para cima.

— Arejar a mente.

— E sua noite, como foi? — perguntou, sorrindo.

— Péssima. — Suas olheiras eram nítidas. Verne nem fazia mais questão de ocultá-las com maquiagem.

— Amanhã vou sair pra brincar com o pessoal! — disse, todo espoleta, meio saltitante, escapando do forte abraço.

— Tudo bem — respondeu sorrindo. Ver seu irmãozinho feliz o deixava feliz mesmo em dias sombrios. — Só não se esqueça de avisar Sophie.

— Tá! Pode deixar.

Um pequeno diabrete azulado surgiu das costas de Verne e escalou seus ombros, sempre inquieto e curioso, com sua longa cauda em movimentos constantes de um lado ao outro. Olhou atentamente para o garoto à frente, sorriu e lhe fez caretas. O rapaz tentava contê-lo, mas era inútil.

Victor não podia vê-lo, mas sabia o que acontecia. Chax e Verne sempre viviam situações clichês e a maioria delas o menino achava graça. Um pequeno grilo apareceu próximo ao seu ouvido, murmurou ideias divertidas, e o pequeno Vipero teve de se despedir do irmão, subindo a escadaria com ansiedade. Depois de calar Chax, Verne também se foi.

Paradizo era uma cidade modesta, de casas e pequenos prédios apinhados em ruas apertadas, com um número pequeno de habitantes. Basicamente todos se conheciam, mantinham costumes e práticas que pareciam ter saído de um livro de fábulas antigas. Era um lugar conservador, de predominância católica, sob a vista do Vaticano, atualmente representado pelo padre Nicolau Gualberto, que havia sete anos conseguira a construção de uma nova paróquia, localizada no centro. Paolo Bonfiglio regia com muita determinação a cidade em que nasceu. A maioria dos habitantes o considerava um bom prefeito e pretendia reelegê-lo na próxima eleição. Paolo fez questão de conhecer os habitantes em seu início de carreira e era visível o medo de perder a popularidade. Foi ele quem reformou a praça central onde ficava a nova igreja, e também conseguiu verbas para a construção de um coreto e de novas docas, já que o outro porto estava abandonado havia décadas.

Quando mais novo, Verne costumava brincar nessa região, um antigo terreno baldio, que deu lugar à nova praça e paróquia. Ele tinha o saudosista hábito de levar até os bancos daquele lugar uma caixa de papelão, onde guardava fotos, cartas e objetos pessoais. Era a sua caixa de lembranças. Verne deixava as memórias lhe alcançarem, fazendo-o viajar pela recente adolescência e sua infância remota. Nesses momentos, Chax não o perturbava e, por horas, o rapaz viajava por mundos e dimensões paralelas que algumas vezes gostaria de lembrar, muitas vezes de esquecer.

Havia dias a neve cessara. O clima, inconstante naquela região, indicava chuva nos próximos dias. E ela veio, pegando Verne desprevenido. Guardando o objeto que tinha em mãos às pressas dentro da caixa, ele se pôs a correr, tentando proteger algo que estragaria em minutos debaixo da chuva. Cobriu tudo com uma blusa de lã até chegar ao orfanato, todo molhado e estremecido de frio.

Sophie Lacet já era uma senhora de meia-idade. No entanto, cuidava da tez de forma a manter uma aparência jovial. Tinha olhos serenos e rosto quadrado terminando num queixo pontudo, com lábios finos. De cabelos negros presos à altura da cabeça, usava maquiagem forte e sempre vestia roupas decoradas que lhe davam a aparência de uma dama nobre. Fazia as vezes de mãe e pai dos dois irmãos e das demais crianças do orfanato, com o apoio das freiras. Não era uma pessoa muito expressiva e sua calma era imutável até nos casos mais surpreendentes. Verne sabia que sua tutora estava preocupada com sua saúde. Ela o fez guardar a caixa em seu quarto e logo lhe preparou um banho quente. O rapaz não gostava muito dessas atitudes, pois já era quase um adulto. Mesmo incomodado, ele fez o que lhe foi pedido. Banhou-se e depois se sentou para tomar a sopa, feita de legumes e frango, que desceu quente por seu corpo, causando um ardor inicial na garganta e depois um frescor no estômago. Para ele, não tinha alimento melhor num inverno daqueles.

— E Victor? — perguntou ele.

— Foi se deitar mais cedo — respondeu Sophie com seu sotaque arrastado, vindo se juntar ao rapaz na mesa, também com uma sopa. — Ele está aproveitando a folga para brincar com os coleguinhas. Na segunda-feira terá um exame no colégio, do segundo semestre.

— Sim, eu sei. Estou o ajudando nos estudos. — Subiu a colher de sopa à boca.

O silêncio durava pouco quando ambos conversavam.

— Ah, lembrei! — bradou Sophie, de súbito. — Hoje aquele belo rapaz veio ao orfanato.

— Quem? O Ivo? — perguntou, mas não fazia ideia de quem realmente fosse.

— Não. O vendedor de charutos.

O jovem Vipero queimou a boca com a sopa.

— O que ele queria por aqui?

— Um livro emprestado — continuou a tutora, como se não tivesse percebido que Verne tinha se aborrecido. — Um livro que fala de criptozoologia, ou algo assim.

— O quê? — soltou um grito. — Sophie, você emprestou?

— Sim. Por que não emprestaria?

— Eu já disse à senhora que não gosto que empreste nada do que é meu para ninguém, nem gosto que mexam nas minhas coisas! Ainda mais quando são meus livros! — Soltou a colher sobre o prato.

Sophie assentiu, seus olhos caíram para não mais levantar. Percebendo ter chateado sua tutora, Verne resolveu corrigir:

— Me desculpe, Sophie, não quis ofendê-la. É que eu não gosto muito de Mr. Neagu.

— Então ele se chama Neagu. — Ela deixou escapar um sorriso discreto. — Nome diferente.

— Ele é romeno. Não sei o que veio fazer por aqui. — Ele contorceu a boca.

— Ora! Veio vender seus charutos.

Verne conhecia muito bem o humor da tutora. Ela sempre permanecia inalterável nas expressões, mas o tom de voz mudava no decorrer da conversa. Se ela estava aborrecida, sua voz baixava de forma abrupta. Se ficava irritada, o tom aumentava e tornava-se sutilmente grosseiro. Porém, quando fazia brincadeiras e provocações, a voz era seguida de pequenos risos engasgados e quase inaudíveis. O rapaz conhecia Sophie havia tempo suficiente para saber que ela o estava testando. O motivo, ele ainda não sabia. Quis continuar com o jogo:

— Ele não precisa vender charutos. É rico por herança. Charutos não dão lucro algum!

— Como você pode saber? Você é apenas um bibliotecário. O seu campo de entendimento são os livros e nada mais.

— Com muito orgulho.

A sopa de ambos esfriava. O bater da colher nos pratos foi quase simultâneo. Ela havia terminado. Ele não.

— Aquela garota estava junto dele. A que passeia pelos cemitérios algumas noites — Sophie continuou.

Verne não disse mais nada. Levantou-se bruscamente da mesa e foi colocar seu prato sobre a pia.

— Eles pareciam bem contentes. Imagino que o belo moço fosse explicar a ela sobre esse livro. Mas não sei ao certo.

— Esse livro... — começou o rapaz. — Acho que ele era da biblioteca mesmo. Então o livro não foi emprestado, mas *alugado*. Em uma semana Mr. Neagu terá de devolver ou terei de buscar. — Retirou-se da cozinha direto para o quarto, furioso.

Sophie finalmente deu seu sorriso largo. Verne achava que somente Victor e Ivo sabiam de seu segredo. Mas a tutora descobrira havia tempos de que ele amava muito seus livros e mais ainda a jovem Arabella Orr.

03

A PEDRA ESFUMAÇADA

Victor era tão corajoso quanto Verne. Procurava imitá-lo em quase tudo, mas era mais espoleta do que o rapaz tinha sido. Admirava-o como um grande irmão, ou como um herói que pudesse salvá-lo de quaisquer circunstâncias.

Naquele domingo de sol, Verne estava furioso. Tinha tido uma péssima noite, com aquelas pessoas acorrentadas o atormentando e ditando as mesmas palavras inúmeras vezes. Estava com dor de cabeça e se irritava ainda mais quando lembrava que sua tutora havia emprestado um livro seu para Mr. Neagu e que ele estava na companhia de Arabella. Seus olhos ardiam e seu coração batia agitado.

Ao sair do banheiro, Victor entrou no quarto do irmão e o abraçou. Verne, a seu ver, estava estranhamente indiferente.

— O que houve? — perguntou o garoto, olhando para o alto.

— Nada — respondeu, ríspido.

— Me conta, vai. Posso ajudar?

— Não. — Separaram-se.

— Acordou de mau humor hoje?

— Não é isso.

— O que está acontecendo?

O rapaz, ainda furioso, fitou o irmão:

— A sra. Lacet viu Arabella junto de Neagu.

— Ah, entendi. Mas não precisa ficar assim.

— Isso vai passar. — Verne levantou-se da cama, os olhos repreensivos sobre o irmão caçula. Uma fúria escondida em seu âmago se contorceu numa voragem descontrolada, subindo sufocante garganta acima, até explodir. — Agora vá arrumar aquela bagunça em seu quarto!

O garoto arregalou os olhos.

— Ei, calma! Me desculpe, eu ando estudando muito. Não estou tendo tempo de arrumar o quart... — Foi interrompido.

— Não importa. Agora vá e deixe seu quarto em ordem! VÁ!

— Verne, eu... — Ele encarou o irmão mais velho, engoliu em seco e desistiu. Não se lembrava de ter visto Verne assim antes. — Sim. — Victor saiu do dormitório, triste, segurando um pingente de sangue pendurado ao pescoço, acompanhado de uma sensação ruim.

Verne continuava irritadiço. Respirou fundo e refletiu que seu nervosismo tinha de ser descontado em alguém, mas não em Victor. Por quê? Em seu dormitório, o rapaz andava de um lado para o outro, agitado. Pensou em ir até a casa de Ivo para desabafar, só que também corria o risco de ser grosseiro com ele. Contudo, poderia ter desabafado com o próprio irmão. O garoto sempre fora um ouvinte para todas as horas. Um sempre pôde contar com o outro. Aquela sensação da noite anterior havia perturbado a mente já inquieta dele. Seu coração apertava-se muito antes da discussão com o caçula. Ele acordara triste e o sentimento era péssimo. Amargura.

— Eu também estou sentindo — disse Chax.

— Foi só uma noite ruim. Nada mais.

— Não. Você sabe que tem algo nesses sentimentos que não é normal. — O AI se ajustava ao ombro do amo.

— Seja o que for, vai passar. — Verne suspirou.

— Sim. De uma forma ou outra isso vai acabar. Só espero que bem...

Respiraram fundo. Chax silenciou-se, estranhamente conveniente. Então, vieram as recordações e o elo. Havia um objeto em específico pelo qual Verne tinha mais zelo e apreço dentre todos. Um objeto que ele não tinha ganhado, encontrado, nem furtado. Era um objeto feito por ele, porque as melhores lembranças são aquelas que criamos para nós. Uma lembrança de tamanho pequeno e até insignificante, mas que tinha mais poder do que todas as demais que possuía. Com uma ligação forte, a única que restou, e que realmente importava: um pequeno pingente de vidro. Do tamanho de seu dedo mindinho, o frasco era transparente e ficava preso a um colar discreto, que podia ser colocado em volta do pescoço, mas que o rapaz preferia deixar guardado em sua caixa. No frasco havia sangue dele e do irmão.

Certa vez, quando Victor tinha sete anos de idade, feriu-se com uma faca de cozinha gravemente e teve de ser internado. Verne pensou que o perderia e entrou em choque. Dias depois, uma boa notícia: o corte não havia sido tão profundo e o garoto estava bem, recuperando-se no hospital. O rapaz se recobrou e, ao visitá-lo, levou consigo dois pingentes que havia personalizado — ele os encontrara dentre as quinquilharias do orfanato. Na ocasião, Victor se surpreendeu com mais essa ideia estranha do irmão, mas gostou do propósito dela e deixou que ele furasse a ponta de seu dedo com uma agulha para colher uma gota de sangue para dentro do seu pingente. Verne fez o mesmo com o outro frasco, e sua intenção se concretizou. Dentro daqueles minúsculos receptáculos estaria o sangue dos irmãos Vipero. Ali estaria a alma de ambos e sua ligação infinita. O rapaz havia criado uma união que jamais poderia ser desfeita, pois o sangue de ambos havia se unido e se fundido num só. Victor e Verne eram dois. Mas, naquele objeto, eram um e o mesmo.

O garoto sempre foi mais feliz e ativo do que o irmão tentou ser a vida inteira. Era uma criança brincalhona, de humor maleável. O sorriso era igual ao da mãe, amável e dócil. Mesmo peralta, jamais chegou a criar algum problema para sua tutora. Victor era calmo e amigável. Mesmo assim, Verne sentia pena dele e tinha suas razões para isso. Levou a mão ao pingente de vidro e o apertou fortemente, cerrando os olhos.

Grilo, o AI de Victor, estava ausente. Havia horas que não aparecia e isso não era normal. “Grilo? Grilo?”, gritava Victor de seu dormitório, enquanto arrumava algumas roupas dentro do armário. As lágrimas já tinham secado.

— Chamando por seu AI? — Sophie entrou no quarto com educação.

— Não sei onde o Grilo está, senhora! — desesperou-se.

— Não se preocupe, meu doce. — A mulher chamava todas as crianças do orfanato por esse vocativo. — Eles somem quando estamos confusos. Assim que você se acalmar, Grilo voltará.

— Espero que sim.

— Você e Verne discutiram, não é?

— Ele está nervoso.

— Eu sei. E compreendo o seu irmão. Mas vejo que tenho parte de culpa nisso, pois ontem à noite disse a ele sobre o Mr. Neagu. Não deveria ter dito.

— Pois é. — Victor sentou-se na cama, ainda cabisbaixo. — Mas vai passar...

— Meu doce, Verne ama muito você. — Ela se inclinou em direção ao garoto, colocando a mão em seus ombros.

— Não, senhora. Acho que meu irmão não ama nem a si próprio. Então não pode me amar. — Seus olhos lacrimejavam.

Sophie Lacet sentou-se ao seu lado.

— Verne passou por coisas difíceis na infância, coisas que você conhece melhor do que ninguém. Mas isso não vem ao caso agora. Por mais que você negue, é visível o amor entre os dois. E é lindo isso!

— Eu sei, senhora. — Chorando, Victor se deitou no colo dela.

— Seu irmão cuida de você desde que nasceu. Ele sempre o protegerá, sabe disso.

— Eu sei...

— É que Verne está passando por uma fase complicada também agora. — Ela sorriu, apaziguadora. — Seu irmão gosta muito de Arabella, mas não consegue expressar isso. Já conheceu várias garotas, muitas paqueras e namoricos, mas seu coração sempre foi daquela moça.

— Arabella é uma garota de sorte — disse Victor, mais calmo, coração amainado.

— Sim, é. — Sophie se pôs de pé, encarando o garoto com malícia nos olhos. — E eu também sei que você, meu doce, tem as suas paquerinhas.

Victor corou. Depois sorriu. Grilo surgiu no mesmo instante sobre seus ombros e gritou em provocação.

— Cale-se, Grilo! Cale-se!

— O que ele está dizendo?

— "Michela! Michela!" O Grilo é muito chato!

— Oh, sim. — Sophie sorriu. — Você acabou de me entregar o nome da sua paquera!

— Eu... não... disse nada. — Ele se enrubesceu ainda mais. — Foi o Grilo! E foi a senhora que perguntou!

— Ela é uma menininha muito bonita e simpática. Vem de uma boa família e será ainda mais linda quando for adulta.

— É. Sei lá. — Victor ria, Grilo também.

O AI do garoto era verde. Lembrava um gafanhoto e tinha o tamanho da palma de uma mão. Pequenas asas ágeis nas costas o faziam voar, olhos pretos e enormes e um par de antenas encimavam sua cabeça um pouco maior do que uma ervilha. Era um amigo imaginário que adorava conversas. Adorava falar.

— Por que o AI do meu irmão ainda não se foi, senhora?

— É uma pergunta que alguns fazem. — Sophie parecia satisfeita por ter feito o garoto voltar a sorrir. — Até onde a ciência explica, o caso do seu irmão é raro. Na verdade, pelo que sei, isso deve acontecer porque Verne tem o espírito jovem, mesmo sendo mais velho. Afinal, todos os AIs partem quando atingimos o nosso décimo quinto ano de vida. Acho que ele ainda não amadureceu muito.

— Talvez, né. E como era mesmo o nome do AI da senhora?

— Ann-Lee. Era uma ótima companheira. — A tutora saía pela porta do dormitório. — Agora termine de arrumar seu quarto e depois desça para almoçar. Sei que você tem um encontro com seus coleguinhas, não é?

— Sim, senhora. Vou brincar com eles, mas volto até o fim da tarde para estudar. Tá bem?

— Sim, meu doce. Vá brincar e divirta-se. — Fechou a porta do quarto educadamente.

Victor ainda dobrava algumas camisas quando lhe ocorreu que queria servir de exemplo para Verne. "Ele se orgulhará de mim um dia. Eu sei", pensou. O garoto queria mostrar suas capacidades ao irmão. Logo esqueceu a má sensação que teve ao acordar. Estava feliz, ia brincar com os amigos.

Verne, no entanto, ainda se sentia mal. Estava tendo uma péssima manhã e, provavelmente, nada melhoraria durante a tarde. Chax sumira havia horas, pois seu amo estava tenso e o afastava naturalmente. Pior ainda era a sensação ruim que lhe acompanhava e lhe apertava o coração. O rapaz por fim se acalmou e notou que era o momento de pedir desculpas ao irmão, mas, quando chegou, Victor não estava mais lá.

Tarso Zanin era o mais inquieto dentre os seis. Havia dias descobrira uma igreja abandonada ao sul da cidade, que fora a antiga paróquia de Paradizo. De tons pastel, era muito velha, com uma pequena torre no topo. Tinha os telhados sujos de fezes de pombas, as janelas empoeiradas e as portas rangentes. Deveria ter sido linda no passado, pensou o menino de olhar esperto que levara seus amigos para explorar o local e inovar em suas travessuras.

O AI de Tarso se chamava Fifonho: era gordo, rosado e com mais de dois metros de altura. Tinha uma aparência cômica e falava pouco. Quase nunca sumia da presença de seu amo e o ajudava a chegar até a igreja abandonada. Logo atrás vinham Alessio, Pietro, Michela, Enrico e Victor. Todos ansiosos, carregando suas mochilas. Levavam bugigangas divertidas para passar uma tarde brincando longe da vista conservadora de Paradizo. Alessio Felippo, sempre sereno, disputava os olhares de Michela com Victor. Todos eram novos demais para namorar, mas as paqueras já começavam. O AI de Alessio era uma cópia perfeita dele, tanto na voz, como em tamanho e gestos, e possuía o mesmo nome. Era loiro, de olhos verdes e vestia roupas caras, assim como seu amo.

Eles não podiam ver os AIs uns dos outros, nem os AIs podiam se ver. O amigo imaginário representava a essência de cada ser humano quando criança, algo único e pessoal que sumia ao se atingir a puberdade em sua plenitude. Por isso, Princesa Jordana — o AI da garota — não podia ver

Alessio ou Grilo. Michela Aziani tinha os cabelos castanhos e ondulados, olhar doce e sorriso constante. Possuía um carinho especial por todos os seus amigos e brincava e agia como se fosse um moleque, sem preconceitos. Talvez fosse a mais peralta de todos. Sua AI não era diferente. Também muito divertida, tinha fios de ouro no lugar do cabelo e um vestido todo rosado. Sua coroa reluzia em prata, e seus olhos eram azuis cristalinos. Tinha a boca vermelha e usava luvas brancas com seis dedos cada.

Sempre carrancudo, o mais velho da trupe era Enrico Faccete. De corpo obeso e forte, ele se sentia na obrigação de proteger os demais de qualquer encrenca que se metessem e sempre assumia as responsabilidades, mesmo que não fosse o culpado. Seu AI se chamava Escamoso e era um crocodilo filhote com duas cabeças e dentes de bronze. Um pouco mais atrás estava Pietro Concari. Tímido e pouco comunicativo, o garoto era franzino e cheio de hematomas por ser desastrado demais. Seu AI aparecia pouco e era tão sem graça quanto o amo: chamava-se Teófilus e tinha a aparência de um homem magro, com vestimentas de esgrima e uma máscara carnavalesca.

Não demorou muito para que as seis crianças encontrassem a igreja abandonada, e, sob sua sombra, o pequeno Dario Torino. Ingênuo em toda a sua natureza, o mais novo deles tinha um AI sem nome e sem forma. Cada vez que aparecia, era com um aspecto diferente. Médicos desconfiavam que o motivo fosse algum tipo de confusão de personalidade.

— Como chegou aqui sem o mapa? — perguntou Victor.

— Eu moro nas redondezas — respondeu Dario. — Mas nunca tinha dado atenção pra essa igreja até o Tarso me contar por telefone.

— Meu tio disse que essa igreja está cheia de mendigos e prostitutas. São os sem-teto de Paradizo — comentou Tarso. — Mas não ligo pra isso, quero é brincar.

— Como saber que não correremos risco? — indagou Alessio.

— Você está com medo?

— Não tenho medo de nada. Meu AI me protege. Só não quero entrar em mais uma encrenca. Ou melhor, das suas encrencas, né!

Tarso deu de ombros e virou-se em direção à igreja, gritando provocações ao amigo. Fazendo uma careta, Alessio o seguiu, sem nada mais dizer. Dario os acompanhou.

— Ei! Não vão sem mim! — exasperou-se Enrico, correndo em direção aos três.

— Eu ouvi dizer que a Catedral é um tipo de monumento histórico de Paradizo — dizia Michela. — Alguns turistas ainda vêm visitá-la, mas parece que é cada vez menos procurada. Está abandonada. O Tarso disse que o seu tio lhe contou que as pessoas veem fantasmas aqui... e monstros.

Victor soltou uma gargalhada, depois ficou com um pouco de medo, afinal não era cético como o irmão.

— Não devemos falar isso perto do Alessio.

— Tudo bem. — Ela sorriu. — Não falarei.

— Obrigado. — Victor a encarava com seus olhos negros e penetrantes com certa admiração.

Pietro estava quieto, recostado num canto à sombra de uma macieira, enquanto assistia aos amigos. Queria brincar, mas sua timidez o impedia. A primeira situação que observou foi Tarso, Dario, Alessio e Enrico voltando aborrecidos da igreja. Pelo visto, ela ficava fechada durante os fins de semana e ninguém poderia entrar além dos indigentes. A segunda situação que Pietro notou foi Victor tirando uma caixa de sua mochila. O Jogo do AI era de tabuleiro e consistia em os jogadores passarem por etapas, rolando dados, lendo regras em cartas e descrevendo a melhor qualidade de seu amigo imaginário. A terceira situação que observou foi Alessio colocando uma blusa. Os demais não notaram, mas uma discreta e fria corrente de vento chegava ao local. O garoto se arrependeu de ter esquecido a malha de lã em casa. Ouviu algo se quebrar, ignorou. A quarta e última situação que presenciou foi a pior delas. E tudo começou com uma pedra.

Era preta e esfumaçada. Menor do que um limão. Pietro não conseguiu identificar de onde veio. Ela caiu bem próxima aos seus amigos, exatamente ao lado do pequeno Torino. Curioso, Pietro se aproximou um pouco mais. A pedra fedia e parecia se desfazer com a fina fumaça púrpura que emanava de si. Dario foi o primeiro a cair, contorcendo-se desesperado. Seus olhos começaram a saltar do rosto. A pele se rasgou gradualmente, mostrando a carne vermelha. Os dentes apodreceram no mesmo instante e a barriga inchou num instante. Uma visão de morte. Jamais qualquer um deles tinha visto uma cena assim. O AI de Dario gritava e chorava junto ao amo, não queria morrer. A visão de seu amo se turvou e seus amigos sumiram. A última coisa que o menino viu foi seu amigo imaginário sem nome se desfazer no ar, e então morreu. Assustados e aos gritos, as outras crianças correram sem rumo certo. Todas menos Pietro. Curioso, ele ficou para ver o corpo do amigo se desfazer aos poucos. A cena era terrível, mas atraente aos seus olhos perturbados. Um dia depois, na segunda-feira, Pietro também partiria, com os mesmos sintomas.

As crianças tinham entre onze e treze anos. Jovens demais para morrer, ainda mais daquela forma, era o que pensavam enquanto corriam para suas casas. Choravam e pediam a Deus que não morressem igual ao Dario. Mas era tarde demais para todas elas, afinal, também tinham inalado a fumaça.

O tempo fechou. Uma leve chuva começava, igual ao dia anterior. Sophie olhava tensa pela janela de seu dormitório. A chuva. A neve. Victor. O garoto corria desesperado, mas não parecia ser por culpa do tempo. O coração da francesa se apertou, algo muito ruim estava acontecendo. O pequeno Vipero chegou aos berros no orfanato, assustando os outros órfãos, logo levados pelas freiras para seus quartos. Victor subiu no mesmo instante em busca do irmão, ofegante e pálido. Segurava fortemente o pingente de sangue em seu pescoço e subia degrau por degrau, com tontura e enjoo. Em seu dormitório, a sensação ruim de Verne retornou. Chax, presente no momento, derramou uma lágrima e depois sumiu. Abrindo a porta com força, Victor caiu, gritando para que o irmão o salvasse. Depois veio o desmaio. Atônito, o rapaz só conseguiu olhar a cena. Seu pior pesadelo havia se tornado real.

Era a semana do Natal quando Paradizo entrou em luto.

As famílias Torino e Concari realizavam o funeral de seus filhos mortos no único cemitério local. A cidade estava chocada. Poucos comentavam os acontecimentos, pois ainda havia cinco crianças doentes. Os Torino eram uma das famílias mais humildes da cidade e tinham poucos bens. Assim, Dario teve um caixão simples, que seria invadido por ratos antes que seu corpo se desfizesse. Os Concari eram mais reservados, somente alguns membros da família estavam presentes. O velório de Pietro também teve seu caixão lacrado. O estado dos cadáveres poderia chocar as pessoas, e Giulia Tuzzi queria preservar a imagem dos meninos. Ela era a senhora que organizava os funerais em Paradizo, uma responsabilidade que tomou para si por morar ao lado do cemitério. Os velórios eram realizados em seu casarão, com seus empregados servindo café, chá e biscoitos aos familiares e demais paradizenses. Seu primo Romero, tão velho quanto ela, era o único coveiro disponível. Ele abria as duas covas debaixo da forte chuva enquanto os demais velavam as crianças mortas. Isso foi na segunda-feira.

No dia seguinte, a tristeza ainda pairava sobre Paradizo. Seus habitantes estranharam o forte movimento estrangeiro no local. Romanos e londrinos aportavam em carros caros e pomposos. Era a grande família dos Felippo. Um ataúde adornado em ouro e rubis foi encomendado de Londres, chegando de barco. O funeral de Alessio foi grandioso e seu corpo ficou à mostra de todos. Os Felippo eram muito orgulhosos, jamais permitiriam que escondessem seu filho, mesmo depois de morto. Na verdade, Alessio tinha uma aparência normal. Cochichos diziam que ele tinha sido o que menos sofrera, por estar distante do gás mortífero.

Os fofoqueiros ditavam que um cirurgião plástico havia ocultado as chagas de seu corpo a pedido da família, mas ninguém sabia ao certo. Os Felippo contrataram três médicos de Roma para avaliar o caso e tentar, em vão, salvar Alessio. Depois de sua morte, a equipe permaneceu na cidade para tentar salvar as demais crianças e descobrir que gás era aquele que as havia envenenado.

Era madrugada de quarta-feira quando Enrico morreu. Sua mãe teve um ataque de nervos e foi internada. Seu pai enlouqueceu e jamais voltou à sanidade. Os demais Faccete o velaram. O trio de médicos fez tudo o que podia, mas de nada adiantou. Não conseguiam encontrar nenhum remédio que pudesse salvar a vida da criança. Ainda assim, não desistiram e correram até a casa da família Zanin. Tarso resistiu fortemente às dores, também teve o corpo mutilado. Seu tio precisou velar duas pessoas naquele mês. Tarso morreria na quinta-feira à noite e sua avó, com quem vivia, morreria de desgosto uma semana depois.

Nesse meio tempo, a polícia investigava o caso, interrogando os mendigos e prostitutas que habitavam a Catedral. A maioria nada teve a declarar. A Princesa Jordana chorava ao lado de Michela. A doce menina dizia que queria viver, pois chegara a ela a notícia de que seus amigos não tinham resistido. Seus pais e irmãos choravam em outro cômodo, e os médicos tentavam salvá-la sem muitas esperanças.

— Por que isso aconteceu, Princesa Jordana? — perguntava a menina, aos prantos, enquanto sua barriga inchava de forma assustadora.

— Não sei, meu amor — respondeu o AI, desfazendo-se aos poucos. — Talvez seja o nosso destino.

— Não quero morrer! — Michela tinha acabado de ficar cega do olho direito.

— Eu também não.

Antes que sua pele se rasgasse e seus cabelos caíssem por completo, a menina ainda teve forças de perguntar:

— E o Victor?

— Ele ainda está vivo — respondeu o AI.

— Então fico mais feliz.

Foram essas suas últimas palavras.

O funeral de Michela tomou a sexta-feira e foi até a madrugada de sábado. Sophie Lacet esteve em todos os velórios. Um grupo de ciganos também se fez presente, inclusive o Velho Saja e seu companheiro sem nome. No Orfanato Chantal o clima estava mórbido. Era um sábado, o mais sombrio da vida de Verne. Uma semana de pura agonia havia se passado e Victor não parara de sofrer. Estava quase cego, tinha três dentes restantes na boca, os lábios ressecados. Sua pele estava em carne viva. Ele fedia e pesava quinze quilos a menos. Sua barriga tinha parado de inchar e agora permanecia num aspecto estranho, cheia de bolhas que surgiam de hora em hora.

Sophie estava em prantos, acompanhada das freiras e os órfãos. Nenhuma delas pôde ver o corpo de Victor se desfazendo. A dor em seus corações era tremenda, mas não maior do que a de Verne. Ele estava do lado de fora, sentado no chão, de olhos abertos. Seu irmão morreria em breve. O rapaz sabia que a presença dos médicos de nada adiantaria. A única pessoa que restara da sua família estava morrendo. Ele preferia a própria morte à do irmão. Ver Victor morrer aos treze anos era inconcebível, surreal. O rapaz, porém, não chorava. Não sabia o porquê, mas não conseguia derramar uma lágrima sequer. Apenas tremia e relembrava tudo o que podia de seu passado com Victor. Do primeiro dia, quando a criança sorridente nasceu, até o dia em que havia gritado com ele. Depois, entrou num estado catatônico e nem seus olhos brilhavam mais.

Os médicos estavam apavorados com o aspecto do garoto, que era o pior dentre as sete crianças. Um dos doutores, uma senhora, desmaiou dentro do quarto, não suportando ver seu estado. O único que se manteve firme e sóbrio apenas chorava aos pés da cama, por não saber o que fazer. Naquele ano, nenhum paradizense teria um bom Natal. Verne não suportou a espera e entrou no quarto, exasperado e confuso, empurrando o médico que orava contra a parede. Em seguida, ajoelhou-se ao lado do irmão.

— Victor! Victor! Está me ouvindo? — perguntou, soluçando. O garoto nada dizia.

— Por favor, meu irmão. Diga algo!

Nada.

— Eu estou aqui do seu lado, vou te proteger. Não vou te abandonar nunca. — Em seguida, gritou: — Ouviu isso?

Uma lágrima escorreu pela face de Victor. Ninguém soube dizer se foi um efeito da degeneração ou sinal de algum sentimento.

— Grilo, você está aí? — perguntou o garoto.

Além do seu AI, ninguém podia ouvi-lo.

— Sim, amo. Ainda estou.

— Quando eu morrer, você também morrerá?

— Não. Nós, amigos imaginários, não morremos — respondeu Grilo, deprimido, faltando-lhe uma das antenas.

— Mas então, o que acontece com vocês? — A voz de Victor era como uma flauta. Soava baixa, como alguém que já esperava o inevitável.

— Nós apenas sumimos, meu amo. Deixamos de existir.

— Oh! Fico feliz por isso. — Lacrimejou. — Morrer deve ser bem pior do que deixar de existir.

— Não. — Grilo voou com pesar perante o rosto de Victor. — Deixar de existir é pior do que morrer. Porque, deixando de existir, nós sumimos para sempre e nunca mais voltamos.

— E na morte, o que acontece?

— Eu não sei, amo. Mas quem morre sempre tem uma chance. Sempre. — Victor sorriu. Grilo também.

— Você foi o melhor amigo imaginário deste mundo, Grilo. Foi meu grande companheiro. Nunca vou esquecê-lo.

— Obrigado, amo. Mas saiba que se fui tudo isso é porque sua alma é bondosa e pura. E isso se reflete em mim.

— Eu te amo, Grilo, assim como amo meu irmão.

— Eu também te amo.

— Adeus, Grilo.

— Adeus, Victor.

Em seguida o AI desapareceu para sempre.

As pupilas de Verne se dilataram ao ver as pupilas de seu irmão dilatando-se. Suas mãos tremiam junto às mãos trêmulas dele. Sua pele ficava pálida conforme a tez do outro perdia a coloração. Ele ficava mais ofegante diante da falta de ar do ente querido e sua boca se ressecava ao presenciar um líquido preto saindo da boca do garoto. Um silêncio pairava no ar, assim que ele deu seu último suspiro.

Ao lado de Victor, Verne também morria.

Era uma fria tarde de sábado quando o corpo de Victor Vipero foi velado. Sophie foi uma das primeiras a chegar, na companhia de algumas freiras. O caixão do garoto foi dado por sua tutora e estava lacrado, longe da vista das pessoas mais sensíveis.

Paradizo estava de luto havia uma semana. Era um costume local todos trajarem preto, não ligarem televisões nem comerem carne vermelha em dias sombrios como aqueles. Sete crianças haviam morrido em uma semana, e isso não era algo que poderiam considerar como normal. Os médicos partiram de volta para Roma depois da morte do último falecido. Inutilmente, alguns policiais e investigadores ainda tentavam desvendar a morte das crianças, interrogando mais pessoas da Catedral e vizinhas do meio rural que circundavam a igreja. Verne ajustava seu único terno negro. Vestia-o a contragosto, mas não conseguia pensar em outra coisa; estava triste, confuso e furioso. Nitidamente perturbado, não conseguia falar nada. Apenas se vestiu e caminhou até a casa de dona Tuzzi.

O jovem Vipero se incomodava mais com os cidadãos o encarando. De certa forma, era uma atitude esperada numa ocasião como aquela.

Ele não pôde deixar de notar, dentre toda a tristeza, um contraste na multidão. Um homem de pele negra, trajando terno, calça, sapatos e chapéu brancos, estava imóvel diante da calçada de uma pequena ponte, com o olhar perdido no riacho, o horizonte e além. Tinha um porte considerável e não aparentava ter mais do que quarenta anos. Verne passou por ele, voltando para o caminho que seguia, quando ouviu uma voz altiva:

— Você é Verne Vipero?

— Sim.

— Meus pêsames.

— Obrigado. — Retomou o caminho.

— Espere um instante.

— O que quer? — perguntou o rapaz, sem olhar para trás.

— Preciso falar com você após o enterro.

— Sobre o quê?

— Coisas de suma importância. — Tocou o ombro do jovem. — Eu posso lhe ajudar.

— Não preciso de sua ajuda! — disse Verne, ríspido e irritadiço, se desvencilhando. — Tenho minhas economias e a sra. Lacet pode me ajudar, caso eu precise.

— Não é esse tipo de ajuda que pretendo lhe fornecer.

— Qual é, então? Algum tipo de análise? Você quer me tratar? Acha que vou pirar com a morte de meu irmão? — Cerrou os punhos, enfurecido.

— Não é isso, Verne.

— Pois bem, estou indo velar Victor — disse e seguiu respirando forte.

— Estarei lá após o enterro.

Verne não respondeu, deixando subentendido que havia concordado.

O casarão de Giulia Tuzzi era um dos mais belos de Paradizo e também o mais mórbido. Suas paredes eram escuras como o vinho, e tinham adornos em dourado por toda parte. O acabamento das portas de madeira em mogno era impecável e o local era repleto de santos dos mais variados tipos. O casarão possuía dois andares: no segundo os quartos, e no primeiro banheiros, cozinha e um grande salão de festa, onde eram realizados os velórios da cidade, que então seguiam até o cemitério. Estudantes fanfarrões costumavam brincar dizendo que o cemitério de Paradizo era o jardim do casarão de dona Tuzzi. Lógico que tais brincadeiras nunca agradaram à senhora da casa, que ignorava, na medida do possível, esse tipo de comentários. Porém, aquele não era um dia para brincadeiras, e todos os corações amargurados se reuniam debaixo do mesmo teto. Somente as famílias que tiveram a perda de suas crianças naquela semana não compareceram ao velório de Victor. Ainda assim podia se ver um Aziani e um Torino dentre os presentes. A mais velha irmã de Michela, Maria, e Pablo, primo de Dario.

Verne já havia recebido muitas condolências ao fim da tarde e mantinha-se imutável. Até que três pessoas adentraram o casarão, um homem, uma mulher e um rapaz. O senhor tinha poucos cabelos loiros, um olhar cansado sobre os óculos e possuía um corpo redondo e alto. A senhora era a mais baixa dos três, com cabelos castanho-claros e um vestido negro que se arrastava pelo piso de mármore bege. O rapaz aparentava ter a mesma idade de Verne, tinha os olhos azuis e cabelos loiros. Era elegante e bem apessoado, ainda que com os cabelos lisos mal penteados. Era uma família que passava serenidade e quietude ao coração do jovem Vipero. Aqueles eram os Perucci. Depois das condolências de seus pais, Ivo se aproximou.

— Verne, como você está?

— Sinceramente, não sei.

— Não sabe o que sente?

— Amargura, talvez. Mas não sei ao certo.

— Quer dormir lá em casa? Nessas horas não é legal ficar sozinho.

— Obrigado, mas dormirei em meu quarto esta noite. E nas próximas também.

Verne ia dizer algo mais quando adentrou no casarão uma moça de cabelos negros lisos e compridos, olhar penetrante e rosto pálido. Tinha sua face pintada com tons de preto e usava trajes peculiares, todos negros. De longe ela passou suas condolências ao jovem Vipero. O coração dele disparou. Era Arabella Orr.

— Desculpe, mas meus pais não puderam comparecer — disse a garota, a passos de distância.

— Tudo bem. — Verne estava ainda mais confuso. — Obrigado.

Ela seguiu até o caixão e depois sumiu na multidão. Verne notou lágrimas discretas descendo pelo rosto da moça, que achava a mais bela de todas.

— Ela ainda lhe causa esses efeitos, não é? Desde o colégio.

— Arabella não se lembra mais de mim. — Ficou cabisbaixo e expressou indiferença. — Mas isso não importa agora.

— Me desculpe por não visitar vocês no orfanato nos últimos dias de Victor. — Ivo começou a chorar, sem se preocupar com os olhares alheios. — Mas você sabe que eu não teria forças para presenciar o que você presenciou. Muito menos os meus pais.

— Eu entendo. Você quis guardar uma imagem viva do meu irmão. Acho sensato da sua parte.

— Que bom que compreende. — Ele tentava se acalmar. — Você também sabe que eu sempre considerei você e Victor como irmãos para mim, não é?

— Sim. — Verne tentou esboçar um sorriso.

— Eu temo por você. O que vai acontecer agora?

— Não sei. Victor morreu e minha vida perdeu o sentido. Então, nada mais importa.

— Não diga isso. Você tem a vida toda pela frente. — O rapaz sentiu a tristeza tomar seu coração.

Verne nada respondeu, e Ivo achou melhor não fazer mais comentários. O padre Nicolau Gualberto chegou ao local com quatro homens que levantaram o caixão e caminharam em direção ao cemitério, seguidos pelos presentes. Um homem miseravelmente magro, com madeixas brancas e quebradiças terminava uma cova funda, limpando o suor que escorria pela testa. Era Romero, o primo de dona Tuzzi.

— Eu coloquei um bilhete nas mãos de Victor — cochichou Verne para Ivo. — Fiz isso antes do corpo dele ser preparado para o velório.

— E o que escreveu? — cochichou o amigo, curioso.

— "Siga o caminho escolhido."

— Então você começou a crer em forças superiores? Fico feliz.

— Nada disso! — murmurou com uma careta. — Escrevi aquilo porque achei que deveria escrever. Foi algo de ímpeto.

Uma mão cheia de joias, enrugada e acolhedora, envolveu o ombro de Verne pelas costas. Dona Giulia Tuzzi era um pouco mais baixa do que ele, com os cabelos vermelhos como o fogo. Tinha maquiagem forte no rosto e seu vestido negro não combinava com seus colares e brilhantes. Quando se deu conta, Verne estava próximo à cova. A multidão ao redor o encarava, cada olhar um sentimento, um julgamento. Ele nem chegou a ouvir as palavras ditas por dona Tuzzi, muitos se emocionaram, inclusive Mr. Neagu. O rapaz não viu nem ele nem ninguém. Não notou Arabella, nem mesmo Sophie, Maria e Pablo. Apenas olhava para o caixão e sentia a amargura crescendo em seu peito, uma vontade enorme de chorar que não conseguia concretizar.

Após as palavras do padre, Romero fechou a cova. As mãos de Verne apertavam contra o peito o pingente de sangue. As pessoas jogaram rosas sobre o túmulo e em seguida partiram. Uma a uma, foram se dispersando. O rapaz preferiu ficar um pouco mais. Ao fim da tarde daquele sábado, ele finalmente estava só perante o túmulo.

Uma fina chuva começou.

04

A PROPOSTA

Sentado sobre a terra úmida, Verne fitava com seus olhos tristes o túmulo do irmão. Estava imóvel havia horas, não sentia fome nem sede, só tristeza. Um galho na grama se partiu, alguém chegava ao local. Ele olhou por cima dos ombros, a garoa batia em suas pupilas e lhe embaçava a visão.

— Sou eu, Verne — disse o homem, acenando. — Vim como o prometido.

— O que você quer afinal? — indagou, com um suspiro aborrecido.

— Pretende adoecer olhando essa lápide?

— Não se preocupe comigo.

— Verne. — O estrangeiro hesitou. — Pode soar estranho o que vou lhe dizer...

— Senhor, minha vida sempre foi estranha, repleta de esquisitices. Meu irmão e outras crianças morreram de causa desconhecida. Você também é um estranho para mim e eu sou o mesmo para você. O que mais pode ser estranho neste momento?

— O que vou lhe dizer.

O homem subiu as mãos até a gravata de seu paletó branco, ajustando-a. Mesmo a certa distância, Verne notou seus dedos sujos de terra.

— Os membros das outras famílias não me ouviram, então vim na esperança de que você pudesse me ouvir. Me diga: no que você crê?

Foi a vez do rapaz hesitar, tentando compreender a pretensão da pergunta.

— Acredito em mim, acreditava em Victor. Acredito em algumas pessoas, amigos próximos.

— E algo acima disso?

— Você se refere a algo sobrenatural? Não, eu não creio em nada. Nem em assombrações nem em Deus. Sou cético.

— Eu já imaginava. — Verne teve a impressão de ver o estrangeiro sorrir por um instante. — Sempre notei seu olhar incrédulo ao ouvir os contos do Velho Saja.

Repentinamente o rapaz se levantou, um pouco surpreso.

— Ah! Você é o cigano que o acompanha na fogueira.

— Sim. Prazer, meu nome é Elói. — Sorriu suavemente.

— Prazer... — Ele deu um passo à frente. — O que você quer comigo?

— Sabe as histórias que ele costuma contar?

— Sim, gosto delas, mesmo sendo apenas histórias. — Um trovão ecoou por toda Paradizo.

— É aí que você se engana.

O jovem Vipero teve uma sensação que não soube definir, um misto de medo e confusão.

— Estou preso neste mundo há vinte anos — revelou Elói. — Fui expulso de minha terra e desde então vaguei perdido até encontrar os ciganos, que foram minha segunda família. O Velho Saja é um bom homem, mas suas velhas histórias nunca me convenceram, eram lendas dispersas que havia colhido mundo afora e que mudavam a cada narração. Quando lhe contei as histórias do meu mundo, ele passou a recitá-las nos encontros.

— Já percebi algumas vezes você falando no ouvido dele.

— É porque ele custa a se lembrar dos detalhes. — O homem colocou as mãos nas costas do rapaz e o levou ao sepulcro de uma família nobre, do tamanho de um pequeno cômodo, onde podiam se abrigar da chuva que aumentava a cada minuto. — Mas o fato é que Necrópolis existe. As fadas, as aventuras, os lugares... Tudo aquilo é real.

— Por isso as outras famílias não te ouviram. Você é um cigano maluco!

— Não sou um cigano, apenas um exilado. E não sou louco, posso provar.

— Não tenho interesse nas suas maluquices. Estou de luto, meu senhor. Gostaria muito que me respeitasse e não falasse mais bobagens.

— Se acalme. — Elói retirou o chapéu, revelando cabelos ralos e brancos. — Que idade acha que possuo? Tenho oitenta anos. Sei que não parece, mas a minha vinda a este mundo retardou meu envelhecimento.

Sem nada dizer, Verne saiu resmungando e voltou à chuva. Passava as mãos pelos cabelos nervosamente, dando passos trôpegos. Elói fez a última tentativa:

— Eu posso ajudá-lo a salvar seu irmão! — gritou para que pudesse ser ouvido acima dos estrondos da tempestade.

Verne interrompeu seus passos, confuso. Uma voz ecoou em sua mente. Era Chax.

— Amo, dê uma chance a ele!

— Esse homem é louco, não percebeu?

— Talvez ele esteja dizendo a verdade.

— Victor morreu e não podemos fazer nada. — O rapaz abanava Chax para que ele sumisse.

— Será? — Chax não aparecia para Verne desde a morte de Victor. Tinha escolhido a fria tarde de sábado para retornar e, como de costume, contrariar seu amo. O jovem Vipero se irritava com ele, mas, por dentro, sentia que o AI tinha razão. Elói observava-o socando o ar, pois não via a criatura.

— É seu amigo imaginário, não é? Por que o ataca?

— Ele me irrita. — Espirrou.

— Você já se perguntou por que ainda tem um amigo imaginário aos vinte anos de idade?

— Como sabe a minha idade?

— Você já se perguntou? — Elói insistiu.

— Já me perguntei e não lhe interessa a resposta.

— Você não é uma pessoa normal, Verne. Por isso estou aqui.

Elói se assustou pela primeira vez desde que havia chegado. Os olhos de Verne tomaram um aspecto agressivo, seus punhos se cerraram. Ele avançou ferozmente sobre o estrangeiro, fazendo com que ele batesse a cabeça no sepulcro de mármore. Alguns gemidos puderam ser ouvidos sob um forte trovão.

— O que pensa que sou? Acabei de perder meu irmão, a única pessoa que estava ao meu lado todo este tempo. Eu o perdi de forma horrível e você vem me dizer que não sou normal? Diga logo o que veio fazer aqui?

— Neste momento o niyan de Victor está fazendo a travessia dos condenados, passando pelo Niyanvoyo, a última fronteira, antes de cair no Abismo e inexistir. Mas ainda há uma chance de salvá-lo, você só precisa me ouvir.

O rapaz soltou o estrangeiro e se levantou. Estava zonzo e sentou-se na mureta da grande lápide onde estavam.

— Posso provar a existência de Necrópolis para você, mas tem de me dar uma chance. — O homem caminhou em direção a uma lápide mais humilde.

— Isso é loucura.

— O Círculo de Moabite é um universo complexo e Necrópolis é um grande mundo no meio dele, governado por seres acima da compreensão dos terrestres. Em Necrópolis existem subplanos como o Niyanvoyo, conhecido como a Fronteira das Almas, onde Victor está em desespero caminhando para o fim.

Verne pensou ter visto a mão de Elói brilhar na cor púrpura. Ele a enfiou sob a terra, abaixo do túmulo, em segundos retirou um crânio. O rapaz jamais conseguiu entender como ele poderia saber a localização exata de uma parte tão específica da ossada. Elói se aproximou com o crânio em mãos, a terra úmida escorrendo pelos dedos.

— No que você acredita?

Seus olhos se arregalaram. O jovem Vipero deu um pulo para trás, espantado. Tinha acabado de ver o crânio falando. Recobrando-se do susto, imaginou se tudo aquilo não era um truque de Elói, uma espécie de fantoche, mas logo percebeu que o brilho púrpura que vinha da mão dele era real, e que a energia cobria aos poucos o crânio, criando algo parecido com veias que faziam a mandíbula se mexer de forma natural.

— Você acredita em mim?

A voz que vinha do crânio não lembrava nada. Verne não conseguia reagir, a situação era surreal demais. Seu coração palpitava assustado.

— Crânios não falam — disse a mandíbula. — Essa voz é minha. Eu a canalizei para que ela chegasse até o crânio, de forma a aparentar que fosse isso falando com você.

— C-como conseguiu fa-fazer isso?

— Acalme-se. Sou humano, Verne. Mas sou um humano necropolitano. — Dessa vez era o próprio Elói que falava, desfazendo o efeito mágico do crânio.

Verne, ainda pasmo, apenas ouvia.

— Isto foi uma simples demonstração de que tudo o que digo é real. Seu tempo é curto e quero ajudá-lo, mas também precisarei de sua ajuda. — Elói jogou o crânio de volta ao túmulo de origem, mas este caiu fora do buraco feito. — Para isso preciso que me diga se algo de estranho vem acontecendo com você ultimamente.

Sem hesitar, o rapaz respondeu que sim.

— Eu vejo fantasmas. Ou acho que vejo.

— Há quanto tempo?

— Dois anos, talvez. — Ele balançava a cabeça, como se não aceitasse o que dizia.

— Onde?
— No meu quarto.
— Então vamos para lá.
Chax, presente, mas em silêncio desde então, sorriu. Elói também.
— Você aceita minha proposta?
— Talvez — respondeu Verne, realmente incerto.
Para Elói, isso significava um sim.

05

OS FANTASMAS DO DORMITÓRIO

Era noite quando chegaram ao Orfanato Chantal. Não existia horário mais propício para se ver fantasmas.

A sra. Sophie Lacet, as freiras e as crianças ainda estavam frágeis com a morte de Victor, e a maioria já dormia. Flores e faixas com dizeres reconfortantes cobriam o orfanato. Não foi difícil para Verne convencer sua tutora de que Elói tinha ido até lá fazer orações em nome do falecido. Os ciganos, afinal, eram muito bem-vistos pela sociedade local. Elói avaliava cada móvel e cada canto do dormitório do rapaz. Não conseguiu achar nada de anormal ali. Quando Verne saiu do banho, já vestindo o pijama, deparou-se com o homem sentado em sua cama, as calças sujas de barro dobradas até a altura dos joelhos e suas mãos entrelaçadas entre as pernas.

— Há algo mais neste quarto que eu não tenha descoberto?

— Não — respondeu o rapaz.

— E sua caixa de lembranças? — Era Chax, clareando a mente do amo. Verne correu até o guarda-roupa e retirou a caixa de papelão e quinquilharias.

— Isso aqui.

— Talvez tenha algo que possa nos ajudar. Agora é só esperar.

— Esperar pelo quê?

— Esperar que os fantasmas apareçam.

— Eles não vão aparecer. São apenas coisas da minha cabeça.

— Isso é o que veremos.

Conforme a madrugada se aproximava, as sombras aumentavam e cobriam o dormitório. Durante a noite, a sra. Sophie Lacet havia levado chá com bolachas para os dois, que ainda fingiam orar. Elói tinha comido todos os biscoitos, os seus e os de Verne, parecia esfomeado. O rapaz não quis comer, mas bebeu alguns goles do chá. A lua estava no centro do céu escuro, coberta por névoas densas e um frio vendaval sacudia os galhos das árvores, criando assobios que gelavam sua espinha.

Chax movia-se de um lado ao outro, inquieto, sua cauda abanando. Verne estava perturbado, mas não sabia com o quê. Seu coração doía pela morte de Victor, o corpo estava exausto e a mente, confusa. Logo se deitou na cama, com os olhos pesados, lutando para não adormecer. Num canto mais escuro do quarto estava Elói, sentado em posição de lótus, concentrado, com a caixa de lembranças ao seu lado, os objetos à mostra. A luz lunar que entrava pela janela criava um clima sombrio aos pés da cama do rapaz. Eram três da madrugada quando ouviram o primeiro barulho.

O som era de uma corrente batendo contra a porta do guarda-roupa. Verne despertou, espantado. Chax resolveu desaparecer. Procurando algo na escuridão, encontrou Elói parado no mesmo lugar com o indicador à frente da boca, pedindo silêncio ao rapaz. Ele obedeceu. O tilintar das correntes aumentou até se tornar insuportável aos ouvidos. Verne cobriu as orelhas com um travesseiro e se recostou mais para a cabeceira da cama, como se quisesse se afastar do que pudesse sair de dentro daquele guarda-roupa. Estranhou que estivesse com medo, afinal já havia enfrentado aquele pesadelo antes. Talvez a presença de Elói o fizesse temer coisas que nunca acreditara. Ou talvez estivesse admitindo pela primeira vez um medo que sempre estivera presente.

Mesmo com a vidraça da janela fechada, Verne viu a névoa entrar em seu quarto e formar um oceano de ondas cinzentas e gasosas ao redor da cama. O guarda-roupa tremeu uma vez. Depois novamente. Brilhos brancos começaram a surgir de dentro da porta do móvel, revelando-se lentamente. Oito mãos decrépitas e trêmulas com dedos ameaçadores seguiram em direção a Verne. O primeiro a sair do guarda-roupa foi um velho, com grandes olheiras, boca torta e desdentada e cabelos ralos que caíam conforme caminhava. Lembrava um mendigo e estava descalço, com um dos dedos faltando. O segundo era um homem tão alto quanto o móvel. Ele usava um terno rasgado, sorria, tinha cortes pelo corpo e os olhos vazios. Uma mulher pequena como a cama foi a terceira a surgir. Ela babava e usava um vestido curto, que revelava sua pele enrugada. Por último saiu alguém que Verne não soube dizer se era um garoto ou uma garota, com os longos cabelos que esvoaçavam para trás, perna manca e trapos que o ou a cobriam. Os quatro seres tinham um aspecto putrefato, mórbido e caminhavam dizendo repetidamente: "Nos dê o que nos pertence". Suas vozes lembravam ecos e não tinham emoção. As correntes cobriam seus corpos e vinham até as mãos, presas com força em outro liame de anéis metálicos.

— São fantasmas, Verne. Não se mova.

— Você também pode vê-los?

— Sim. Mas antes eu pude senti-los.

Verne não tinha mais palavras, estava embasbacado e só conseguiu assistir às ações de Elói. Não conseguia compreender a língua usada por ele, nem as palavras proferidas enquanto se dirigia aos fantasmas.

— Seres abissais, ordeno-lhes que abandonem este recinto! — sussurrou, ainda que para o rapaz sua voz soasse como um trovão.

Os quatro seres seguiram incólumes em sua marcha. Elói repetiu sua ordem, novamente sem efeito. Então, retirou um liame de anéis da caixa e jogou na direção deles, passando por dentro de seus corpos e caindo do outro lado do dormitório. Os fantasmas interromperam seus passos e o fitaram.

— Finalmente consegui a atenção de vocês!

Os quatro seres pareciam furiosos, esforçavam-se para arrebentar as correntes espectrais. Ameaçavam Elói e Verne com seus dedos mortos, mas se limitavam a caminhar. O rapaz levou outro susto ao ver o homem brilhar em púrpura e seu corpo ser tomado por uma luz intensa. Suas mãos formavam um triângulo, apontadas em direção aos fantasmas, enquanto ele proferia preces desconhecidas. Primeiro foi a cama, depois o guarda-roupa, até que finalmente o dormitório todo tremeu. A situação se assemelhava a um terremoto e, por um instante, Verne se preocupou se Sophie não surgiria pela porta do quarto. Mais tarde Elói explicou que tinha lacrado o ambiente com sua energia, impossibilitando que alguém percebesse de fora o que acontecia lá dentro.

O ataque pareceu durar horas. Verne não sabia mais contar o tempo, apenas observava tudo, espantado e confuso. Chamava por Chax, mas era inútil. A energia púrpura que saía do corpo de Elói atingia inteiramente a estrutura gasosa dos quatro seres, mas não os afetava. Sem forças, ele caiu de joelhos. O brilho desapareceu e a escuridão voltou aos seus domínios.

— Aqui na Terra meus poderes são limitados — ofegava. — Não tenho força o suficiente para detê-los.

— Então dê a eles o que querem!

Elói surpreendeu-se com a reação do jovem Vipero. Não pela obviedade do que ele havia sugerido, mas por ter tido consciência de que a situação era real e podia ser resolvida. Sem hesitar, Elói começou a jogar contra os fantasmas objetos da caixa que achava não ter muita importância. Atirou um cinto, uma pedra alaranjada, um pente e outras quinquilharias. Foi então que os quatro seres se acalmaram e olharam tensos para um dos objetos caídos no chão. Elói pediu silêncio a Verne, acenando com a mão.

— Eles encontraram o que procuram? — perguntou, ignorando o gesto do homem.

— Aparentemente sim. Seja qual for o objeto, é de suma importância e deve ter sido responsável por suas mortes.

Curioso, o rapaz se aproximou do pé da cama para observá-los e os viu olhando felizes para a pedra alaranjada. A mulher chorava, o garoto (ou a garota) pulava de alegria, com suas correntes produzindo um som bizarro, e os dois homens esfregavam suas mãos, como se estivessem ansiosos. Ele nunca tinha presenciado uma cena tão tenebrosa em sua vida.

— Eles estão olhando para a minha pedra alaranjada — disse Verne, surpreso.

— Deve ser um rubi — respondeu Elói.

— Era uma das minhas maiores preciosidades.

— Acredite, Verne, isso tem ou teve mais importância para esses seres do que terá para você. — Elói se aproximou da cama e dos fantasmas. — Acho que essa joia pode dar a paz que essas pessoas buscam. Olhe! — Apontou para os quatro repentinamente. — As correntes estão desaparecendo.

Verne ficou surpreso. Era verdade, as correntes sumiam.

— O que isso significa?

— É a libertação desses seres. Eles finalmente encontraram o que buscavam.

— Quando eu era criança, encontrei essa pedra próxima à Catedral, mas foi por acaso. Não sabia que tinha tanta importância assim.

— Mas tem. E agora o seu problema será resolvido.

Os quatro seres tocaram o objeto alaranjado no chão com seus dedos medonhos e compridos. Em seguida, uma forte luz branca e dourada tomou o quarto, cegando Verne e Elói temporariamente. Segundos depois a luz sumiu e o objeto explodiu em pedaços, tornando-se pó. Os fantasmas haviam desaparecido.

— Para onde eles foram? — perguntou o rapaz.

— Para onde nunca deveriam ter saído e de onde jamais voltarão.

— E que lugar é esse?

— Necrópolis. O Mundo dos Mortos.

Verne perdeu os sentidos e desmaiou. Só acordaria um dia e meio depois do evento, com Sophie ao seu lado e uma xícara de chá.

06

A CATEDRAL

Sophie Lacet evitava Verne desde o falecimento de Victor. Ela não entendia seus próprios sentimentos, mas julgou ter medo de falar com o rapaz e descobrir que ele havia enlouquecido. Havia três dias que ambos conversavam pouco e, quando a tutora tomou coragem de voltar a falar com ele, teve de ir atender a um chamado na porta do orfanato. Era Elói, usando um longo manto cinzento que cobria seus pés e ombros. Ela nem questionou o homem, pois só pensava no bem-estar de Verne e imaginou que as orações do suposto cigano poderiam lhe fazer bem.

Elói se deparou com o jovem Vipero em seu quarto, sentado sobre o chão, num canto, olhando fixamente para uma foto de Victor. Na mão, segurava o pingente de sangue que agora trazia pendurado em seu pescoço.

— Os fantasmas voltaram a aparecer?

— Nunca mais — respondeu com uma voz triste. — Obrigado pela ajuda.

— Por que você não chora? Isso faz bem às vezes.

— Não consigo. Mas isso também não importa.

Elói o notou passar os dedos pela foto do retrato do irmão e sentiu um forte aperto no coração. Aquela sensação lhe era familiar.

— Por que sumiu naquela noite? — perguntou o rapaz.

— Você adormeceu depois que os fantasmas se foram. Eu resolvi deixá-lo. Nós dois precisávamos descansar.

— E agora? O que acontece?

— Quero o levar a um lugar.

Quando desciam as escadas do orfanato, Sophie correu até eles e deu um forte abraço em Verne. Chorava e balbuciava palavras de amor ao rapaz.

— Sinto muito, meu doce. Não quero que se sinta só.

— Tudo bem, Sophie. Eu ficarei bem.

Permaneceram por mais um tempo abraçados, até que ela lhe entregou uma blusa preta com capuz.

— Está frio lá fora.

— Obrigado. — O rapaz sorriu por um canto da boca e depois seguiu Elói para fora do orfanato.

Durante a caminhada, Verne notou a morbidez que tomava conta de Paradizo. As casas estavam com as portas e janelas fechadas, era possível ouvir choros e berros em cada beco, e pessoas vestidas de preto perambulavam por todos os lados. O luto ainda permeava a cidade. Os dois atravessaram a grande esquina que ficava no centro de Paradizo e se dirigiram para o lado sul, passando pela ponte onde conversaram pela primeira vez. Depois seguiram caminho cortando por um bairro humilde. A cidade ia se findando conforme andavam, dando cada vez mais espaço à região rural.

— Aquilo que você fez foi um tipo de truque?

— Não! — respondeu Elói, ofendido. — De forma alguma. O que você presenciou no seu quarto naquela noite não foi nada disso.

— Mas você brilhou. — O rapaz gesticulava com as mãos, agitado. — E o quarto tremeu!

— Aquele pequeno tremor foi causado pelos fantasmas. Foi uma reação deles ao meu ritual.

— De onde veio aquela energia?

— Todo terrestre e necropolitano possui essa energia. Aliás, todos os seres de todos os Oito Círculos. Acontece que alguns a desenvolvem e outros não. Realmente só conheço um terrestre que desenvolveu isso. Nós, necropolitanos, temos mais facilidade de despertar essa energia latente em vocês, porque Necrópolis é um mundo com capacidades e limites diferentes dos da Terra. Eu fui treinado, por isso a controlo bem. Senão, poderia ter desmoronado seu dormitório e teria nos matado.

Verne soltou um grunhido de espanto.

— Chamamos essa energia de ectoplasma. Ela pode ter várias funções, dependendo da pessoa.

— Já ouvi falar a respeito. Pensei que fosse um termo científico — disse Verne.

— É que vocês, terrestres, estudam o ectoplasma de forma teórica, enquanto nós o usamos no dia a dia, de forma prática. Isso faz parte da nossa sobrevida.

— Li em jornais e vi na TV cientistas usando cobaias humanas para medir o ectoplasma. — O rapaz coçava a cabeça, confuso. — Uma máquina estranha, cheia de ferramentas... — Foi interrompido.

— A ectoplasmeter. Essa é a máquina que os terrestres criaram para medir a densidade, evolução e o tamanho da energia do ectoplasma. Foi criada anos depois que vim para Terra. — Elói ajeitava algo em seu bolso. — Achei um experimento interessante, mas não sei se necessário.

— Mas... como você emanou seu ectoplasma de forma tão intensa?

— Eu já lhe disse. Fui um homem treinado nessa técnica e sei como a utilizar da forma correta. No meu caso, retiro essa energia do Círculo Magia e é por isso que ela possui a cor púrpura.

— Geralmente qual seria a cor?

— O ectoplasma varia suas cores de Círculo em Círculo. Para os terrestres é azul. Para os necropolitanos, verde.

— O ectoplasma também é responsável pela existência dos amigos imaginários, não é?

— Sim — respondeu Elói com um sorriso. — Vejo que andou estudando bem a respeito.

— Eu leio tudo relacionado à ciência. Mas, para mim, a magia não faz sentido.

— Não diga o que não sabe. A magia é algo muito real, ou não se lembra mais das histórias do Velho Saja?

— São apenas histórias — resmungou.

— Agora você sabe que não.

— Isso tudo é muito insano para mim. — O rapaz balançou a cabeça.

— Eu sei que está confuso com essa história e sei que sua mente cética hesita em aceitar muitas das coisas que digo. Mas o que vou lhe mostrar agora vai acabar de uma vez com sua hesitação.

Subiram uma pequena colina, por entre alguns arbustos, com ruas asfaltadas de um lado e de terra do outro. Verne reconheceu a silhueta da torre.

— Você me trouxe até a Catedral.

— Sim. Lembra-se do que o Velho Saja contou?

O jovem Vipero parou por um instante. Pensou em sobrevida, mundos paralelos, criaturas míticas, portais e grandes guerreiros.

— O senhor está querendo me dizer que a Catedral é um portal para Necrópolis? — indagou ao recordar dos contos do cigano.

— Sim. E não me chame mais de senhor.

— Isso é loucura! Não faz sentido algum.

— E como acha que vim para Terra? Atravessei pela Catedral assim que fui expulso de Necrópolis. Nos primeiros anos quase morri com o oxigênio daqui, que é quase venenoso para nós. Vivi como um pária até me encontrar com os ciganos. Esse é um portal tão respeitado que existem *leis* dentro da Catedral.

— Eu não acredito.

— Eu vou lhe mostrar.

Elói parecia aborrecido e o arrastava, puxando-o pela manga da blusa. Bateu na porta várias vezes, até que um mendigo velho os atendeu. A porta se abriu lentamente e não houve contestações. Depois do falecimento das crianças, os indigentes nunca mais tiveram sossego em seu abrigo, com visitas constantes de policiais, detetives e legistas para averiguar o local e as pessoas que ali habitavam.

Verne não reconheceu o interior da Catedral. Só guardava lembranças da época em que a rústica construção era considerada a igreja principal da cidade, com um aspecto bem diferente do atual. Idosos, um mais velho que o outro, dominavam grande parte do chão, com cobertores rasgados, pratos plásticos vazios e bolsas de pano. Junto aos bancos que sobraram da antiga época, havia mães com crianças no colo, algumas ainda amamentando. Num pequeno pedaço ao lado dos cômodos e escadas estavam os bêbados e delinquentes. Muitos deles exaustos e desanimados. O rapaz ficou com um forte aperto no coração. Elói o levou até o fundo da Catedral, próximo de uma pequena abóbada adornada em cobre nas bordas que a circundavam, pintada com anjos celestes combatendo uma besta com sete chifres. Enquanto seguiam, o jovem Vipero notou que os indigentes eram indiferentes à presença deles, e o homem percebeu algo de estranho desde a última vez que estivera por lá.

— Esse povo está revoltado. — Elói apontava para as janelas, pouco ao alto, da igreja. — Veja. Algumas vidraças quebradas.

— Não faz sentido eles destruírem o lugar em que vivem.

— Concordo. — O homem se interrompeu ao ver pequenas manchas nas paredes. — Parecem pegadas de duendes!

— Duendes? — indagou Verne, fazendo uma careta.

— Criaturas terríveis que habitam Necrópolis! Eles proliferam como insetos e atacam em bandos. Numa batalha, são como gafanhotos num milharal.

O rapaz balançava a cabeça em reprovação. Elói arrastou uma imponente cadeira almofadada de madeira que estava sob a abóbada. Ambos viram, nas sombras, um homem magro, alto e careca, cujas vestes estavam sujas e fediam. Quando abriu a boca, notaram que ele não tinha dentes e, quando apontou para a portinhola no chão, viram que ele não tinha unhas. Verne ficou horrorizado.

— Este é o Porteiro dos Mundos — revelou Elói. — Muita coisa mudou mesmo desde que cheguei à Terra. Há vinte anos era um gnoll que guardava o local. Agora colocaram um terrestre para fazer o serviço. — Torceu a boca enquanto abria a portinhola com um solavanco. — Espero que esteja fazendo um bom serviço.

— Para onde está me levando? — questionou Verne.

— Você nunca reparou neste calabouço antes? — Metade de Elói já estava dentro do chão.

— Não. Eu me lembro de ter explorado a igreja quando criança, mas nunca vi essa entrada.

— Aqui embaixo existe um túnel que nos leva a uma porta idêntica à da entrada da Catedral do outro lado. — O homem descia, seguido pelo rapaz. — E essa porta é a passagem para Necrópolis.

Verne demonstrou espanto com a afirmação. Viu em seguida um extenso túnel que se dirigia às sombras. Era úmido, frio e fedia a enxofre. Ele teve náuseas.

— Esse é o odor do Mundo dos Mortos — afirmou Elói.

— Tem fantasmas aqui?

— Sim. Alguns vagam por esses túneis. Mas existem outras criaturas que você ainda não conhece.

— Não estou vendo nada. Só estamos nós dois neste lugar.

— Tenha paciência.

O rapaz resolveu respirar fundo. Seu ceticismo era maior do que ele e, mesmo depois de ter visto fantasmas em seu próprio quarto, ainda resistia a crenças de criaturas do além-mundo. Primeiro ele fechou os olhos e cerrou os punhos: queria colocar a cabeça no lugar e entender onde estava. Por segundos, chegou a sonhar. Victor aparecia para ele e depois desaparecia no meio de uma sombra. Espantado, Verne voltou a abrir os olhos, procurando por coisas que não conseguia ver. Encontrou Elói, sentado num canto do túnel, sorrindo satisfeito.

Encarou-o fazendo uma careta. Suas náuseas aumentaram, ele ficou zonzo e caiu direto no chão. Não sentiu o piso úmido e pedregoso, muito menos a batida de sua nuca, pois tinha sido pego por quatro pequenas mãos de pele rosada, pertencentes a criaturinhas de bochechas azuladas e olhos lilás. Tinham belos sorrisos. Verne ficou tranquilo, mas ainda não conseguia se levantar. Duas cabeças, uma de cada lado, sorriam para ele, como se seu peso nada valesse. Para o rapaz, eram como crianças, mas de força incrível. Não eram infantes, concluiu.

Uma luz diferente surgiu do outro lado do túnel, era intensa, porém pequenina. Alternava as cores branca e dourada, e era o brilho mais belo que Verne já tinha visto. Vinha em sua direção e logo passou por sua cabeça, subindo o alçapão rumo à Catedral. O rapaz sentiu uma tristeza quando a luz se foi e nem sabia o porquê.

— Era uma fada, Verne — revelou Elói. — Elas são as únicas criaturas de Moabite com o direito de transitar entre os mundos. Sejam eles quais forem.

— Por quê?

— É porque elas nos trazem alegria e sua magia é pura, como o coração de um bebê.

— Eu vi uma fada. Eu vi uma fada! — repetia Verne para si mesmo, apalermado.

Pela luz coruscante, ele de fato não as tinha visto, e sim as sentido. Apenas a ideia da existência daquelas criaturinhas e a felicidade mágica que despertavam no coração humano era o suficiente para qualquer bom delírio que pudesse ter.

— Olhe — gritou Elói, apontando para o outro lado do túnel. — Estão vindo mais delas!

Daquela vez eram quatro luzes. O rapaz sentiu-se a pessoa mais feliz da Terra. As fadas passaram bem devagar ao seu lado, e ele finalmente pôde ver — porque assim a magia delas permitiu — o seu aspecto pequenino, belo e nu. Eram como mulheres do tamanho de um polegar, com um par de antenas insetoides e olhos sem pálpebras, soltavam um pó cintilante de seus corpos antes de subirem pelo alçapão. Passado o brilho, a tristeza de Verne retornou com a lembrança da morte de Victor.

— Não me olhe espantado — disse Elói para o rapaz, abanando a mão. — Todos se encantam com as fadas. Eu mesmo já as vi mais de mil vezes e até hoje me animo na presença delas.

Recobrado, o jovem Vipero esfregava as mãos com furor. Parecia estar confuso e chegou a pensar que, talvez, apenas quisesse estar confuso. Mas não tinha mais motivos. Ele tinha visto fadas. Não podia mais negar a existência de seres mágicos. Elói se aproximou e disse:

— Isso foi uma celebração. Elas são as únicas criaturas que celebram um visitante. Mas no meu mundo as coisas não são bem assim, infelizmente.

— Eu não me vejo merecedor de celebração alguma.

— Elas o fazem mesmo assim. Porque você é um novato e, em Necrópolis, você vai precisar de sorte. É o mínimo que as fadas fazem por você. Por nós.

Ambos estavam no breu novamente. Elói esfregou as mãos, algo faiscou e então seus punhos brilharam em púrpura. Não iluminavam como eles gostariam, mas clareava o suficiente para que Verne pudesse ver o que deveria.

— Olhe ao seu redor. Quem o segurou quando caiu? — indagou o homem.

— Não sei ao certo. Eram como crianças.

— Não. — Ele parecia estar se divertindo com tudo aquilo. — Sorte sua que os sátiros têm um excelente humor, pois poderiam ter lhe decapitado por confundi-los com a prole da raça.

Verne arregalou os olhos e ficou boquiaberto. As criaturas lembravam em muito crianças, mas tinham cauda, pelugem escura abaixo da cintura, pelos nas palmas das mãos, joelhos voltados para trás e pequenos cascos no lugar de pés. Meneavam seu cabelo revolto num afago e riam em gargalhadas estridentes. Depois correram para as sombras do túnel, sumindo.

— Notei uma flauta presa à cintura de um deles — disse enquanto se levantava do chão, tentando processar aquelas visões.

— São excelentes músicos. Algumas das mais belas melodias necropolitanas são tocadas por eles. Você ainda precisa assistir a sátiros e bardos tocando juntos. Os bardos são magníficos cantores, uma bela união!

O rapaz ouviu um relinchar. Estranhou. Buscou respostas trocando olhares com Elói. Continuaram andando túnel adentro.

— O que eles queriam comigo?

— Não sei. Alguns são canibais, outros querem apenas se... reproduzir. — Elói viu Verne engolir em seco, pasmo. — Diferente das fadas, os sátiros também celebram os novatos, mas de sua própria forma. São músicos felizes por natureza, imprevisíveis. E o seu cheiro certamente os atraiu, então não sei bem o que eles poderiam lhe fazer. Sorte a sua eu estar por perto.

Verne interrompeu os passos quando a luz púrpura refletiu numa parte mais estreita do túnel e ele pôde ver a origem do som recente.

— Uau! Aquilo é um unicórnio? — gritou ao notar um cavalo branco com um chifre cristalino despontando da testa. Ele estava sentado e preso por correntes no canto do túnel na companhia de um homem com um jeito hostil.

— Sim. Uma criatura que admiro muito — respondeu Elói. Seu olhar mudou ao notar o sujeito incomodado com a presença deles. — E está acompanhado de um ladrão ou mercenário, certamente. Não fique os olhando muito, Verne.

— Há algo errado aí... — sussurrou.

— Sim. Tráfico de criaturas raras. Príncipes de Necrópolis ainda mantém alguns em cativeiro e, por mais que seja em condições que condeno, é melhor do que deixar a mercê do mercado clandestino. Traficantes dos mundos. Ouro e sangue envolvido.

— Você me parece capaz de detê-lo.

— Eu sou. Mas o homem tem as costas quentes. Não me envolvo com este tipo de gente. Não mais. — Suspirou, como se desapontado pela impotência atual. — E não estamos aqui para isso.

Verne assentiu e espiou ao seu redor, ainda preocupado com a criatura. Andaram em silêncio por quase meia hora, até que o jovem viu, na profundidade do túnel, a pequena silhueta de uma garota. Ela o encarava com preocupação e curiosidade. Ele acenou, mas a menina não se moveu. Ouviu trotes e desviou sua atenção. Quando voltou a olhar para ela, não estava mais lá. O som de trotar se aproximou e o rapaz pensou que veria mais unicórnios, mas se enganou. Das sombras surgiram dois homens altos e pardos, musculosos e de cenho franzido, com expressões rígidas. Não pareciam satisfeitos. Enquanto caminhavam em sua direção, Verne também notou que eles eram como cavalos do tronco para baixo. Já os tinha visto várias vezes em livros de criaturas fantásticas.

— São centauros. — Era Elói, ao perceber que o jovem Vipero não conseguia parar de olhar para eles. Fez uma mesura perante as duas criaturas, que retribuíram com outro cumprimento. — Os respeite e será respeitado e jamais brinque na presença de um deles. O humor desses seres é muito complicado.

Os centauros passaram por Verne e se dirigiram a Elói.

— Você sabe que não pode trazer terrestres para cá — disse uma das criaturas, aparentemente furiosa.

— Eu o trouxe com um propósito.

— Não importa. Isso não é permitido! — rinchou o outro.

— Vocês não regem leis aqui, senhores. Trouxe-o porque foi preciso e o Porteiro dos Mundos nos concedeu passagem.

Um dos centauros levantou as duas patas dianteiras como se fosse dar um coice em Elói. Bufou, praguejou e logo se retirou para o fundo do túnel, levantando grande poeira da parte não úmida.

— Sabemos a razão de estar preso na Terra — relinchou o centauro que havia ficado. — Se causar algum problema que coloque nosso mundo em risco, o entregaremos às autoridades.

Enquanto a criatura se retirava para junto do companheiro, Elói, aborrecido, resmungava sem parar. Fechou os olhos e concentrou-se até se acalmar novamente.

— Se era proibido, por que me trouxe? — indagou Verne.

— Porque, se não viesse para cá, você jamais acreditaria nas minhas palavras.

— Então vamos embora — disse, retomando os passos de volta à Catedral. — Eu já vi demais por hoje.

Sem pestanejar, Elói concordou, apagou as luzes da mão e os dois subiram de volta ao alçapão. Duas notas de euro foram entregues pelo rapaz ao Porteiro dos Mundos, encolhido num canto da abóbada, babando muito, com os olhos enevoados.

— Ele não precisa disso — murmurou Elói.

— É claro que precisa. Esse homem precisa comer e beber, está muito fraco.

— Ele não precisa — insistiu, mas foi um sussurro para si próprio.

Caminharam em direção à grande porta da Catedral. O estrangeiro notou uma presença diferente no meio dos indigentes, logo também percebida por Verne, que se espantou quando viu um velho bode caminhando em duas patas até eles. Ostentava grandes e retorcidos chifres na altura da cabeça, cabelos grisalhos como palha caídos para trás e um manto escuro que cobria a sua cintura animal.

— Este é Carpatos, o fauno — revelou o homem, sério e preocupado.

— O que está havendo? — perguntou Verne, suando e com as pernas dormentes.

— Me espere aqui. — Ele se dirigiu até a velha criatura, que o chamava com os dedos de garras enormes. Não levou muito tempo e o rapaz notou algumas fadas, ao longe, sobrevoando as crianças órfãs, que pulavam de alegria na presença delas. No outro lado, ele percebeu sátiros tocando flautas e rindo junto dos bêbados, que brindavam garrafas vazias de conhaque. O cenário era uma bizarrice que ele começava a aceitar.

Houve um estrondo. Verne ouviu pios tenebrosos. Somente ele se amedrontou, ninguém parecia se importar. Os vitrais frontais da Catedral mostravam uma gigantesca sombra crescendo. Houve um segundo estrondo, dessa vez na entrada. A porta não aguentou o impacto e centenas de corvos passaram por ela, voando na mesma sincronia. Uma agonia tremenda tomou o coração do jovem Vipero. Seu corpo enfraqueceu e suas náuseas voltaram mais fortes do que antes. Os pássaros atravessaram a nave da catedral e sumiram pelo alçapão adentro. O medo no coração do rapaz terminou junto dos pios, como se nada tivesse acontecido. Plumas negras ainda caíam do alto quando Elói retornou, parecendo mais calmo. O fauno havia desaparecido.

— O que foi isso?

— Não é belo o Revoar dos Corvos? — disse o homem, estendendo os braços.

— Esses pássaros estavam agitados.

— Eles estavam fazendo seu trajeto. Talvez o último.

— E qual seria?

— Um dia você saberá. Quando estiver em Necrópolis entenderá melhor as coisas que está presenciando agora.

— Como pode essas pessoas não se assustarem nem se importarem com criaturas sobrenaturais? — perguntou Verne, olhando para os indigentes, sempre indiferentes.

— Esses homens e mulheres passaram por tanta coisa na vida, terminaram na mais absoluta desgraça. Muitos pensam estar alcoolizados ou sob efeito de drogas, alguns pensam estar loucos. Somente as crianças veem tudo na sua pureza, que é o que lhes resta.

Já era noite quando saíram, deixando para trás a grande porta fechada da Catedral com os indigentes e as criaturas necropolitanas.

— Carpatos me disse algo importante. Você corre risco caso atravesse o portal da Catedral até Necrópolis.

— Qual risco?

— Isso não importa no momento. Tenho outra solução para sua viagem. — O homem saiu em caminhada e pediu com as mãos que o rapaz o acompanhasse. — Vamos visitar mais um lugar.

Verne sentiu um nó no peito com o peso das lembranças. Respirou aliviado por finalmente deixar o local onde seu irmão tinha sido envenenado.

07

ROSA DOS VENTOS

A noite estava fria e úmida e a chuva já havia cessado. Próximo à avenida principal de Paradizo, Verne e Elói desciam uma ladeira de paralelepípedos, bem iluminada por grandes postes. Chegaram a uma enorme tenda, quase do tamanho de uma casa, com cores vivazes.

— Essa é a tenda da vidente Carmecita Rosa dos Ventos — disse Verne.

— Ela te mostrará mais do que eu já mostrei — revelou Elói, percebendo o ar interrogativo do novo amigo. Em seguida, bateu duas fortes palmas.

Ninguém os atendeu. O estrangeiro repetiu o gesto, dessa vez mais forte. Novamente nada. Apesar das intensas luzes que brilhavam do lado de fora, seu interior parecia escuro. Elói gritou pela vidente várias vezes, bateu mais palmas e nada. O jovem Vipero cobriu a cabeça com o capuz da blusa e sentou-se pacientemente na sarjeta em frente à tenda. Sua fome por conhecimento e imensa curiosidade lhe tomaram por completo e, naquele instante, decidiu que iria até o fim. Elói sentou-se ao seu lado aborrecido. Esperaram tanto, que a madrugada os alcançou e cobriu com neblina as estrelas em escuridão plena. Ambos adormeceram depois de lutar contra o cansaço.

Uma luz despertou Elói. Surgia no céu rubro o primeiro raio de sol. Aos poucos os pássaros e a cidade acordavam. Notou que a luz vinha de dentro da tenda, uma iluminação que parecia emanar de um objeto esférico.

— Ela acendeu sua bola de cristal — disse o homem para si, percebendo que Verne não estava por perto.

Sem hesitar, entrou na tenda e se deparou com o rapaz bebericando um chá quente, com os cotovelos apoiados sobre uma pequena mesa de madeira coberta por toalhas vermelhas e rosa. Uma bola de vidro brilhava sobre ela. Do outro lado, havia uma mulher de volumosos cabelos cacheados e castanhos, com olhos e boca pintados com uma maquiagem forte, e uma seda leve e alva que esvoaçava com a brisa. Ela tinha as mãos entrecruzadas sobre a fronte e um grande sorriso de satisfação. A tenda cheirava a incenso.

— Elói, meu caro. Quanto tempo!

— Olá, Carmecita. Que bom revê-la!

Ambos se abraçaram e o jovem Vipero percebeu que a mulher era tão velha quanto Saja, mas de tão bem vestida e cuidada, parecia ter vinte anos a menos.

— Pelo visto, Verne se antecipou.

— Sim. O pobre coitado estava jogado na calçada, decidi trazê-lo para dentro.

— E por que não fez o mesmo comigo? — perguntou Elói, sorridente.

— Eu ia, mas você chegou logo em seguida.

— Você sabia que eu viria? — indagou Elói.

— Sim, logicamente, só não sabia o horário. Nem que estaria na presença deste garoto.

— Quem lhe contou sobre nossa vinda? As fadas? Os bardos?

— Não, de forma alguma. Eu vi tudo pelo meu Globo Milenar. — Apontou para a bola de vidro, que ainda brilhava.

— Eu me esqueci desse artefato. Nunca simpatizei com essa bola de cristal.

— Eu sei, meu querido. Mas você também sabe que elas têm um poder desconhecido que é incrível. E eu conheço muito dos segredos desse objeto. Já previ muita coisa com isso aqui.

Enquanto Elói se acomodava junto à mesa, Carmecita pegou a bola de vidro e a arremessou no ar. Ela caiu diretamente no centro do móvel e, para a surpresa de Verne, não se quebrou. O Globo Milenar apenas atravessou a mesa e desapareceu.

— Não se assuste, meu querido — disse a vidente enquanto passava a mão cheia de anéis pela tez dele. — Existem vários pequenos mundos dentro desta tenda, presentes de um grande mago de Necrópolis. Eu apenas guardei o globo num desses subplanos, para que não se quebre durante nossa conversa. Está tudo bem, o objeto é necropolitano e não será afetado.

— Eu pensei que a senhora fosse uma fraude — disse Verne como um soco, meio sem graça.

— Muitos paradizenses já vieram ler a sorte comigo, isso sem falar nos turistas da Itália e do restante da Europa. Também já tive clientes norte-americanos, brasileiros e até japoneses. Todos saíram satisfeitos.

— Você acha que mudou a vida deles lendo cartas e olhando para uma bola de cristal?

— Não sei se mudei. A intenção nunca foi essa. Meu único intuito foi trazer um significado ao coração dessas pessoas, muitas delas desesperadas e amarguradas por não saberem que rumo tomar. Tenho enorme prazer nisso.

— Não me leve a mal, senhora, mas seus serviços são pagos, pelo que eu sei.

— Sim. Afinal, preciso sobreviver e pagar as contas. Não sou uma idiota. Uso de meus dons para ajudar os outros, mas cobro por isso, porque ainda assim isso é um serviço prestado.

Verne se calou. A vidente havia vencido o debate. Ele hesitava em pedir desculpas. Viu-se entre dois caminhos e escolheu o segundo.

— Ouvi a senhora mencionar Necrópolis. Sabe muita coisa sobre o lugar?

— Muita coisa, certamente. Certa vez esse velho mago me levou a Necrópolis para um passeio. O lugar me causou arrepios, mas não nego que foi fascinante — dizia, estralando os dedos de forma repetida.

— Agora me bateu uma curiosidade. A senhora compreendia a língua dos necropolitanos?

— Não é preciso — respondeu Elói, antes que a vidente se manifestasse. — A viagem a mundos paralelos através dos portais é algo acima de nossa compreensão. Quando você vai de um mundo ao outro, se torna automaticamente adaptado à atmosfera e clima local, e também compreende a língua usada. Isso é um efeito da viagem dimensional pela Teia e serve para todos os Círculos e direções.

— Teia?

— Teia é como chamamos o tecido que divide essas realidades em todos os Círculos.

Enquanto o rapaz tentava assimilar as novas informações, a vidente trouxe alguns vasos de plantas que encheram a mesa.

— Olhe esta aqui — disse Carmecita, apontando uma bem no meio. — O que ela parece?

O jovem Vipero quase caiu da cadeira ao perceber que a planta lembrava um feto e que dentro dela havia brotos colados uns nos outros, parecidos com uma pequena criança de três cabeças e espinhos nascendo aos poucos de seu interior.

— Esta é uma orquídea-perpétua — revelou a mulher. — Quando adulta, é uma grande assassina de homens que vagam pelos desertos necropolitanos. — A vidente chacoalhava o vaso de um lado ao outro e a planta parecia reagir com pequenos tentáculos espinhosos. — Mas não se preocupe, eu descobri uma maneira de manter essa plantinha de forma que jamais evolua.

— E posso saber qual é? — indagou Elói, curioso.

— Alvejante, meu querido. Nem adianta. Vocês, necropolitanos, não possuem esse produto por lá. Teriam de importá-lo. — Soltou uma gargalhada, seguida do estrangeiro.

— De que forma pretendem me ajudar? — disse Verne, cansado de toda aquela conversa.

— Se Elói o trouxe aqui é porque você fará uma travessia espiritual para Necrópolis. Posso ver em seu coração que pretende salvar alguém que perdeu recentemente. Seu tempo para tomar a decisão é curto. — A vidente cortou o pedaço de uma outra planta estranha sobre a mesa e entregou a ele. — Coma e não pare de mastigar, senão ela te envenena.

— O que é isso? — perguntou o rapaz, assustado.

— É uma rainha-da-noite-brumária, encontrada apenas em regiões remotas de Necrópolis. Aquele velho mago foi quem recolheu para mim. Você fará uma viagem ectoplasmática muito complicada e para isso precisará de fôlego. Esta planta permitirá que você chegue consciente até o Mundo dos Mortos e siga a sua busca.

Num repente, Chax apareceu no ombro de Verne. O rapaz demorou a notá-lo. O AI se aproximou bem devagar do ouvido do amo e sussurrou um incentivo:

— Vamos. Coma! Você viu coisas diferentes na Catedral. Elas eram reais. Ainda tem dúvidas? — Enrolou sua cauda sobre o pescoço do amo. — Até seu ceticismo tem limite. Não seja cabeça-dura.

— Ora...

— Agora coma! — repetiu mais uma vez e sumiu.

O jovem Vipero suspirou e, sem pestanejar, comeu o caule da planta. Achou o sabor horrível, mas seguiu mastigando. Em segundos tinha terminado de engolir. Sentiu vontade de vomitar, mas se conteve.

— Existem três maneiras de se chegar a Necrópolis, não é? — perguntou, ainda fazendo caretas.

— Sim. — Elói sorria. — Você realmente se lembra dos contos do Velho Saja. — Em seguida se calou, reprovando-se. — Oh! Desculpe-me, Carmecita.

— Não se preocupe, meu querido. Eu e Saja já resolvemos nossos problemas. Ele inclusive veio me visitar recentemente.

— Fico feliz que tenham se entendido.

Verne os indagou e Elói lhe contou que Saja e Carmecita tinham namorado quando jovens, viajando pelo mundo com os ciganos. O casal estava destinado a não dar certo desde o início, mas ficaram juntos por décadas, de teimosos, até se separarem de vez. Ele continuou suas viagens e ela fixou residência em Paradizo, posteriormente se envolvendo com um mago do outro mundo — relação que também não durou muito.

— Se não irei pela Catedral, qual será a maneira? — perguntou Verne, retomando o assunto. — Seria por outro portal?

— Hum... — A vidente se aproximou do rosto dele, o cheiro de incenso era mais forte na mulher do que na tenda inteira.

— Faremos com que seu niyan entre em sintonia plena com seu ectoplasma. Seu corpo físico permanecerá aqui na Terra, aos nossos cuidados, mas seu niyan será transportado para Necrópolis com a força de seu ectoplasma. Assim, você irá se materializar naquele mundo, como se estivesse lá em pessoa. Poderá tocar e ser tocado, ferir e ser ferido — respondeu Elói.

— Fantástico! — disse o rapaz, vibrando com as novidades. Começava a curtir a ideia.

Carmecita Rosa dos Ventos pareceu espantada, mas Elói a acalmou com uma mesura.

— Eu viajei por várias partes deste planeta nesses últimos anos, junto dos ciganos, e nunca encontrei alguém como você. Já parou para pensar no motivo de ter um olho verde e o outro azul? — Elói prosseguiu.

— Não sou o único assim. Já vi outras pessoas iguais a mim. Não aqui em Paradizo. Mas já vi.

— E quantas dessas pessoas tinham a capacidade de ver criaturas necropolitanas? Quantas tinham um ectoplasma desenvolvido como o seu?

— Aqueles indigentes da Catedral também podiam ver as criaturas.

— Mas o caso deles é diferente. Eles estão habituados com o dia a dia do portal há anos e se acostumaram à atmosfera local. A Catedral é um ponto neutro entre os dois mundos, por isso é diferente daqui e de Necrópolis.

— Mas e Carmecita? Ela também pode ver as criaturas, já viajou para o outro mundo e tem poderes sobrenaturais.

— Ela é especial como você, mas não é igual. Ninguém é.

— Cada um tem sua individualidade — retrucou.

— Concordo — continuou Elói, dirigindo-se à passagem na tenda. — Agora venha comigo, preciso explicar e realizar o ritual. Enquanto isso, Carmecita preparará um novo chá para você.

Quando Verne olhou para a mesa onde estavam, a vidente já havia afundado para outra parte da tenda. Ele seguiu o estrangeiro até a saída, tropeçando em algumas almofadas no caminho. Foi parar num pequeno quarto escuro, onde havia apenas um lampião aceso sobre o chão.

— Onde estamos? Aqui não era à saída?

— A tenda de Carmecita se tornou um subplano de forças ocultas que somente ela domina. Esse foi o presente do mago necropolitano. Há várias passagens dentro da tenda que levam a lugares da mente humana. Não para outros mundos, mas sim para as obscuridades terrestres.

— E por que ela criaria planos para as pessoas se perderem ao tentar sair de sua casa?

— Ela não criou nada. O presente que recebeu é uma benção e uma maldição. Tudo tem um preço. — O homem tateava o ar, em vão. As quatro paredes pareciam não ter mais uma porta de saída. — A tenda é encantada, está acima de meus poderes e os de Carmecita.

— E como faremos agora? — indagou Verne, sentando-se num canto.

— Não faremos. Só sairemos daqui quando Carmecita vier nos buscar. Ela certamente tem algo a dizer para você.

O tempo e o espaço não faziam mais sentido naquele cubículo de paredes mal-acabadas. Enquanto Elói mantinha-se em posição de lótus, de olhos cerrados e em plena concentração, o jovem Vipero arrastava um dos pés no chão, inquieto. Vez por outra levantava-se, tateava a parede e voltava a se sentar. Estava com medo, saudoso de seu mundo lógico. De repente, sentiu o corpo afundar no piso do quarto e desapareceu da presença de Elói, caindo num buraco que parecia infinito. Logo estava de volta à tenda, sentado na cadeira bem em frente de Carmecita. Ela segurava um punhado de baralhos.

— O que você fez? — perguntou o rapaz, confuso.

— Elói precisa se concentrar antes de realizar o ritual. Como seu tempo é curto, eu me adiantei. Ele deve estar aborrecido comigo, mas foi necessário.

— E enquanto isso?

— Veremos o seu destino. Essas cartas vão dizer mais sobre você. — Carmecita mostrava alguns baralhos com belos desenhos de criaturas e elementos mitológicos.

— A senhora devia saber que não acredito nisso — disse Verne, balançando a cabeça em negação.

— É? E no que você acredita? — disse a vidente.

— Em mim.

— Isso já basta.

08

TARÔ MÍTICO

— Conhece a história do velho rabino, meu querido?

— Não.

— "Deixem-me cuidar da minha vida, porque, para morrer, basta estar vivo."

Verne não compreendeu suas palavras. Indiferente, a vidente prosseguiu e lhe contou a história:

— Um rabino e sua esposa tinham uma filha de quatro anos que havia contraído uma doença incurável. Triste, o casal de religiosos permitia que a menina adormecesse com eles, levando-a em seguida de volta à sua cama. Um dia, ela pergunta ao pai: "Papai, o que é morrer?". O rabino, angustiado e surpreso diante da pergunta, buscou dentro de si uma resposta que pudesse contemplar tanto a precária condição da filha quanto sua tenra idade. Respondeu-lhe: "Toda noite você adormece numa cama que não é sua e acorda numa cama que é sua. Morrer é igual. Você dorme num lugar que não é seu e acorda num lugar definitivamente seu".

O rapaz estava aflitivo.

— Aonde quer chegar com isso?

— Sou muito respeitada neste meio — disse Carmecita Rosa dos Ventos, séria como nunca. — E gostaria que respeitasse a mim e ao meu trabalho, Verne Vipero.

— Desculpe.

— Não se preocupe, você me entenderá ao longo desta sessão — ela concluiu.

— Vou acompanhá-lo, amo — disse Chax, surgindo em seu ombro.

— Seu AI se manifestou? Posso senti-lo.

Verne estranhou, mas assentiu.

— Esse baralho de Tarô Mítico é baseado nos mitos gregos e sua simbologia, com seus deuses e personagens arquetípicos. — Suas palmas permaneciam sobre as cartas, na mesa. — Eu o descobri há quinze anos, o estudei e compreendi sua filosofia — dizia, didaticamente.

— Qual a função exata de um tarô?

— O tarô compreende setenta e oito cartas, que se dividem em vinte e dois Arcanos Maiores e cinquenta e seis Menores. Cada carta apresenta um conjunto de imagens, com significados que dialogam entre si. Ele é um instrumento que nos permite analisar, meditar e refletir sobre nosso passado, presente e futuro, através de seu sistema de simbologias e metáforas, guiando-nos pelo caminho do autoconhecimento.

Verne assentiu, enquanto Chax balançava sua cauda, inquieto.

— Você acredita nas cartas, meu querido?

Ele não soube o que responder. Crença tinha se tornado uma palavra de significado muito relativo desde o primeiro encontro com Elói. Em um dia, tinha visto coisas que jamais havia imaginado.

— Eu creio no que a senhora pode me dizer — disse, decidindo ser a melhor resposta para o momento.

— Isso já é uma evolução — falou Carmecita, nitidamente satisfeita. — Com você, farei o método de leitura da Cruz Céltica e usarei apenas os Arcanos Maiores. Eles nos bastarão.

A vidente embaralhou as vinte e duas cartas e as colocou sobre a mesa, viradas para baixo. Chax olhava atentamente para elas, cada vez mais inquieto, agindo de um modo que seu amo não compreendia.

— Agora escolha dez cartas.

Verne pegou as que mais chamaram sua atenção e as entregou a Carmecita, que colocou seis cartas do lado esquerdo da mesa, na vertical, depois as arrumou em forma de cruz: uma no topo, uma no centro, uma de cada lado da central, outra abaixo e a última na horizontal sobre a carta do meio. As quatro cartas restantes foram deixadas no lado direito da mesa, uma embaixo da outra.

— A primeira é a carta Significadora. Ela reflete a sua situação interna e externa no momento — explicou Carmencita. Verne retirou a carta do meio. Pelo olhar, a vidente parecia interessada na revelação. — Esta é Pandora e a Estrela da Esperança. A despeito de suas frustrações, desapontamento e perdas, a carta diz que você ainda tem forças para se agarrar ao sentido da vida e ao futuro, e que poderá superar a infelicidade do passado. — Ela sorria para ele.

Verne pensou em Victor. Tragédia e morte. Lembranças do irmão voltaram com força, causando um aperto em seu peito. Chax o fitou, mas permaneceu quieto. Quase chorou naquele momento, mas conteve-se. Em seguida, retirou a carta horizontal.

— Esta é a carta Cruzada. Ela descreve uma situação que gera conflito. — Verne revelou em suas mãos a carta "O Carro". — Esse é Ares, o deus da Guerra. Ele representa os instintos agressivos guiados pela vontade do consciente. Os cavalos que o puxam seguem direções opostas e simbolizam os anseios selvagens em conflito dentro de você, mas ao mesmo tempo sem vontade de operar em harmonia. Essas forças devem ser trabalhadas com firmeza e não podem ser reprimidas. É possível que você também tenha de enfrentar a agressividade alheia.

— Passado ou futuro? O que essa carta dita? — Sorriu, irônico. — Não fui um bom aluno, sabe? Brigava, apanhava. Me acalmei por uns anos, mas fui tomado por uma fúria desde a morte do meu irmão. Tento controlá-la como posso, mas às vezes tenho vontade de... — Parou e suspirou.

A vidente nada disse, só esperou. Ele ponderou por alguns segundos, então retirou outra carta, chamada por Carmecita de carta de Cabeça, que descreve o clima e a situação que pairam sobre o presente do consulente. Era "O Louco".

— Esta carta configura o impulso misterioso dentro de você, aquilo que o impele para o desconhecido. Dionísio representa o impulso irracional que provoca a mudança, a abertura de caminhos e a ampliação dos seus horizontes. A carta indica o advento de um novo capítulo da sua vida.

Verne saiu de si por um instante. Viu, do alto, um horizonte sombrio. Não estava sozinho, mas não reconhecia os rostos nem as formas. Ouviu gritos mórbidos, um rugido furioso. Então, uma energia vermelha bruxuleou e ele estava de volta à tenda. Sentiu-se zonzo, mas para a vidente foi apenas um piscar de olhos do rapaz.

Chax aproximou-se da mesa e se aquietou. O jovem Vipero, cada vez mais interessado, retirou a carta de baixo, chamada de Base de Questão. Ela descrevia o motivo real por trás da superfície aparente mostrada na carta de Cabeça. Era "A Roda da Fortuna".

— As Moiras agarradas à roda representam os vários estágios de seu destino. Toda vez que a vida muda, você não pensa no movimento da roda como causa de alteração, simplesmente se preocupa com sua própria reação a tais mudanças. Você não poderá saber o que te espera ou o que encontrará.

— Você já está lidando com o meu futuro. Como isso é possível? — Ergueu as sobrancelhas.

— Tudo é possível, Verne. Os significados interpretativos são vários, cabe a você entender cada uma das cartas e usar isso para o seu bem maior.

— Livre-arbítrio. Você está no controle, amo.

— Não é isso. — Apertou os olhos, concluindo seu próprio entendimento. — A escolha. O problema é a escolha.

— A velha não pode prever o futuro — resmungou Chax.

— Não sei o futuro, demônio do devaneio, são as cartas que sabem — disse Carmecita, séria. — E o tempo é paradoxal, ninguém pode afirmar nada sobre ele. Cada um faz o seu futuro, mas existem caminhos entrelaçados e eles facilitam a leitura do destino para algumas pessoas especiais. E sim, eu sou uma delas, antes que pergunte.

Verne e Chax ficaram atônitos ao perceber que ela tinha a capacidade de ouvir o que o AI dizia ao seu amo. Como a curiosidade com o tarô era maior, o jovem decidiu prosseguir com o jogo e retirou a carta colocada ao lado direito da primeira. A casa era chamada de Influências do Passado e, segundo a vidente, descrevia o que já ocorrera na vida do consulente: "O Enforcado".

Carmecita Rosa dos Ventos fitou-o por um momento. Seu olhar havia mudado. Ela estalou os dedos e passou-os sobre as joias em suas mãos.

— Este é Prometeu, o Titã. Esta carta simboliza a imagem do sacrifício voluntário em benefício de um bem maior. Algumas pessoas não conseguem se adaptar e se agarram ao passado perdido. Outras se tornam amargas, desiludidas e culpam a vida, a sociedade e Deus por seus fracassos. Prometeu simboliza aquilo que dentro de você consegue antever e compreender que algumas mudanças são necessárias para o desenvolvimento de um desígnio superior que ainda não se manifestou. Essa carta indica algo muito mais valioso do que possa imaginar.

O rapaz notou que Chax havia desaparecido. Como ainda sentia sua presença, olhou ao redor procurando pelo AI. Segundos depois, viu-o nos ombros de Carmecita. Chax a olhava com furor, sua cauda balançava em movimentos cortantes, como se quisesse enforcá-la. Quando percebeu o amo, apavorou-se e voltou para o seu lado, tão rápido quanto tinha sumido. Verne o encarou aborrecido. "Não faça mais isso", ordenou.

A vidente parecia saber do ocorrido, mas se mostrou indiferente.

— A sexta carta é a Influências do Futuro e descreve uma situação preste a se manifestar em sua vida. — Verne retirou a carta ao lado esquerdo da primeira, ao centro. — Essa é "A Torre". Nesse momento nos deparamos com o famoso Labirinto de Minos, destruído por um terremoto quando Poseidon surgiu das águas para colocar o reino abaixo. "A Torre" partida pelo deus retrata a destruição de antigos padrões.

Carmecita bebericou seu chá, ponderando, de olhos fechados.

— Ela tirou a xícara de debaixo da mesa — disse Chax.

— Não. Ela estava com as mãos sobre a carta. Eu vi. Ela não se moveu.

— Então como pode ter surgido essa xícara?

— Não sei, poxa.

Carmecita continuou, ignorando a distração de seu consulente:

— De modo geral, "A Torre" também representa as estruturas que você construiu no mundo externo para completar o seu Eu inacabado. Essa carta, da mesma forma que "A Morte" e "O Diabo", depende de sua atitude frente às dificuldades e ao sofrimento numa separação. Contudo, "A Torre" cairá, independentemente de sua vontade, não por ser obra do destino, mas porque algo dentro de você atingiu o ponto de ebulição e já não pode ser contido.

Quando ele notou, a xícara já havia desaparecido.

Restaram apenas as quatro cartas laterais, uma sobre a outra. Verne posicionou sua mão sobre a sétima, abaixo de todas, mas foi interrompido por Carmecita.

— Atenção. Lembra-se da primeira carta?

— Sim. A carta Significadora.

— Exato. Esta é a carta de Posição Atual e ela representa uma extensão da carta Significadora. Descreve suas atitudes dentro das circunstâncias que o cercam.

Verne assentiu e retirou a sétima, que tinha a ilustração mais interessante até agora. Carmecita notou o brilho nos olhos dele.

— Essa carta se chama "O Mundo". Este é Hermafrodito, filho de Hermes e Afrodite. Ele é a imagem da experiência de sermos inteiros, completos. Todos os opostos que continuamente lutam dentro de você e que, devido a essa batalha, conseguem aprimorar sua personalidade, estão contidos nesta carta, convivendo em harmonia dentro do grande círculo da Serpente, símbolo da vida eterna. "O Mundo" implica um período de realizações e de totalização. É o instante de você alcançar um objetivo pelo qual lutou por muito tempo.

"E pelo qual continuarei lutando", pensou. Mas lutar pelo quê? Pelo irmão? A ideia de um destino o incomodava. Verne sentiu o calor de Victor em seu corpo. Era aconchegante, mas distante. Algo como um fino véu os separava. Novamente um aperto no coração. Respirou fundo e recobrou-se. Tinha mesmo uma chance de salvá-lo? Nitidamente mais interessado, o rapaz retirou a oitava carta: Fatores Ambientais, que descrevia a imagem que os outros faziam dele. Saiu "O Julgamento".

— Óbvia, como eu previ. Ainda assim, interessante.

Verne estava imóvel, mordia os lábios. A vidente sorriu, havia conquistado a plena confiança de seu consulente. Chax voltou a se agitar.

— Hermes Psicopompo, o acompanhante das Almas é o chamado para que o morto desperte para as várias decisões que tomou, colhendo os frutos. Ele prenuncia o período da recompensa pelos esforços empreendidos anteriormente, mas, por ser uma carta ambígua, pode também indicar o confronto com as próprias fugas. A recompensa pode não ser agradável, Verne.

— Nunca são. Eu posso lutar.

— Nem sempre. Como você disse: o problema é a escolha.

O jovem Vipero pediu uma xícara de chá. Estranhou ao ver Carmecita levantando-se para ir até o outro lado da tenda enquanto estalava as costas. "Por que ela não faz aparecer o chá, como antes?", pensou.

Duas cartas. Eram as que faltavam. Verne agora queria a revelação das cartas finais.

— Cuidado com as cartas, amo. — Chax se manifestou, preocupado. — Elas nem sempre dizem aquilo que queremos.

— Eu sei.

Quando Carmecita retornou com a xícara nas mãos, o rapaz já havia retirado a nona carta, que representava as Esperanças e Temores.

— Tanto seus desejos como ansiedades se apresentarão nesta carta — disse a vidente, repousando a xícara sobre a mesa. — Uma vez que todas elas têm significado duplo. — A carta era "O Eremita". — Cronos, o deus do tempo, é imagem da lição do tempo e das limitações da vida morta. Nada pode ir além do âmbito da própria existência e nada permanece inalterado.

Ele não evitou uma risada. Ironizou novamente:

— Assim essa carta acaba com meu livre-arbítrio. — Seu sorriso pelo menos era sincero.

— Ah, não se preocupe. Sei que o que não pode ser alterado não o impedirá de tentar.

— Não mesmo.

— A descoberta de que se está realmente sozinho na vida é um dilema que todo homem precisa enfrentar. Com você não será diferente. — Ela adquiriu uma expressão séria, mas logo voltou a sorrir. — A aceitação da própria condição também significa o efetivo rompimento com a infância, o sacrifício da fantasia de que alguém possa transformar a aridez da existência em aconchego.

— Ou seja: vê se cresce, amo. Eu preciso sumir logo.

— Ela não me deu uma indireta.

— Mas a carta sim. Você é um adulto e eu já poderia estar integrado a você.

— Não importa no momento. O objetivo é outro.

Carmecita apreciava com olhos meigos o diálogo entre humano e AI.

— Vai importar no futuro. Você vai ver.

Olhos aflitos. Mãos suadas. Esse era Verne. O chá havia terminado.

— Por fim, a carta indica um período de exílio voluntário das coisas mundanas, com o objetivo de se obter paciência e sabedoria. É uma grande oportunidade de fortalecer a sua personalidade. Se estiver disposto a esperar, é claro.

Chax se calou, aborrecido.

Restava uma carta na mesa. O rapaz sabia que, depois daquela, o caminho para encontrar Victor seria mais fácil. O AI tentou lhe dizer alguma coisa e foi ignorado. Era como se Verne estivesse em transe, na ânsia de saber o que viria.

— É a casa do Resultado Final. Mas não a interprete ao pé da letra, nada é absolutamente final. Eu diria que ela não descreve uma situação definitiva, mas uma consequência natural da situação que você atravessa no momento.

Ele virou a última carta e encontrou "A Morte". Sentiu um frio percorrer sua espinha. Estava completamente envolvido por aquela sessão.

— Este é Hades, também chamado de Senhor da Morte. Sempre que você adota uma nova atitude, morre a postura antiga. Dessa maneira, Hades é o símbolo daquilo que você encontrará em todos os finais. Ele indica o luto, a dor que sempre acompanha um término, tão necessário para podermos começar um novo ciclo. A experiência pode estar ligada a fatos agradáveis, como o casamento ou o nascimento de uma criança, porque eles indicam um novo início. Se essa experiência será dolorosa ou não, depende da sua capacidade de aceitação.

O rapaz não sabia o que dizer. Seu AI sossegou e o abraçou no pescoço. Carmecita recolheu o baralho de forma rápida e o guardou sem que Verne percebesse onde. As cartas haviam desaparecido. Ele estava em pé, esperando o retorno de Elói, como ela havia anunciado. Chax despediu-se de um jeito estranho. A vidente se aproximou e colocou suas mãos sobre o garoto. Ele olhou para a vidente por cima dos ombros, quando viu os olhos dela desaparecerem, tornando-se completamente brancos.

Levou um susto.

— Eu vejo a morte e a obsessão — sussurrou ela, em transe. — Vejo o desafio, o perigo e o inimigo. Eu vejo a traição, a tristeza, o desespero e o amor. Eu vejo a solidão.

Nada mais falou e caiu aos pés do rapaz. Ele a acolheu, balançou seus ombros e chamou por seu nome. Quando Carmecita recobrou a consciência, não se lembrava do ocorrido.

— Você está preparado para a decisão que vai tomar? — a vidente perguntou, ainda tonta pelo ocorrido.

Ele suspirou. O tempo parecia não correr naquele instante.

— Sim. Eu já me decidi.

— Muito bem.

Carmecita sorriu. Preferiu não contar a Verne que durante a sessão de leitura das cartas eles estavam sendo observados de longe, por alguém fora da tenda.

Os olhos de Mr. Neagu eram curiosos e analisavam a tudo.

09

A PASSAGEM

Verne não percebeu, mas Elói se aproximava, expressando serenidade e paz.

— Como foi com ela?

— Interessante.

— Que bom. Então você partirá para Necrópolis? — Sorriu.

— Sim. Quero e vou salvar a alma de Victor. Eu o terei de volta. — Suspirou profundamente. — De alguma forma...

— Torço para que obtenha sucesso em sua busca. — Elói passou por Verne e se acomodou numa cadeira que antes não estava lá. — Você sabe o que lhe espera?

— Não. Mas imagino que verei muitos mortos perambulando.

— Não verá. Os zumbis são mais discretos do que imagina. E os niyans estão na Fronteira das Almas, se conseguir encontrá-la. Primeiro você deve procurar o Covil das Persentes e, por lá, Martius Oly.

— Quem é ele?

— Um traficante de informações de Necrópolis. Ele sabe de tudo e mais um pouco. Qualquer notícia ou boato que corra naquele mundo alcança seus ouvidos. Não tem pessoa melhor para ajudá-lo. Diga que me conhece.

— Certo. Necrópolis é um lugar perigoso, não é? — Verne também se sentou numa cadeira que não estava lá um segundo antes.

— Necrópolis é um lugar imprevisível.

Chax pulava de um ombro ao outro de Verne, descia até o colo, ia para os pés e voltava. Não parava quieto. Expressava tristeza e aquilo começava a incomodar seu amo.

— Por que está assim, Chax?

— Momentos de transição nem sempre são bons.

— São somente imprevisíveis.

— Mas algo me aflige. E nem eu sei o que é.

— Você teme por nós, Chax. Só isso.

— Espero que seja isso mesmo.

Elói pegou seu manto cinza e retirou do bolso um pequeno saquinho branco sujo de terra e amarrado na ponta.

— O que é? — perguntou Verne.

— O pagamento do Barqueiro. Ele é uma criatura necropolitana a quem você jamais deve dirigir a palavra. Apenas entregue isso a ele e será levado até a outra margem. É a única forma de atravessar o Salguod, um rio negro habitado por seres hostis como as sereias. Fique atento, permaneça acordado e jamais hesite. Ah! E não toque naquelas águas.

Verne engoliu em seco. Chax agarrou-se no amo.

— O que é esse pagamento? — indagou o rapaz enquanto abria o saquinho.

— Globos oculares — respondeu Elói.

— Isso explica seus dedos sujos de terra naquele dia. Você violou túmulos.

— Não vi outra saída. Coletei alguns olhos humanos de mortos para entregar ao Barqueiro, porque esse é o único pagamento aceito por ele. É uma criatura de intenções que ninguém compreende.

— Preciso saber algo mais sobre as sereias? — O jovem Vipero voltou a amarrar o saquinho.

— Claro. Quanto mais souber, menos chances de cometer erros. Sereias são seres aquáticos que habitam o enorme Rio Salguod. São belas, porém fatais. Não ceda aos seus encantos, ouviu bem? — Levantou-se da cadeira, que logo desapareceu. — Se vir uma delas, apenas repita três vezes: ninfa, ninfa, ninfa! Todas as sereias já foram uma ninfa no passado e deixaram seu coração ser infestado pelas trevas. Por isso, quando elas ouvem seu antigo nome, fogem em desespero. Essa é a única forma de espantá-las.

Verne concordou com a cabeça, tenso. O peso de sua decisão se mostrava maior a cada momento que passava.

— Como eu lhe disse antes, você vai se projetar em Necrópolis, graças ao meu ritual e ao uso de seu niyan e do ectoplasma em conjunto. Por isso, você permanecerá lá por um tempo limitado e, espero eu, suficiente para salvar seu irmão. Então não fuja de seu objetivo ou não conseguirá concluir sua missão.

— Fique atento, meu querido — disse Carmecita, dando-lhe um abraço.

— Agora, terei de lhe pedir algo — disse Elói, mudando o tom da voz.

— O que é?

— Você sabe, eu fui banido de Necrópolis há anos. Errei, mas vejo que meu tempo de exílio já foi o suficiente. Preciso voltar.

— E por que não vai comigo?

— Não posso. Por mais estranho que meu mundo pareça, ele tem leis que o regem e autoridades dispostas a eliminar qualquer ser que entre sem uma autorização em seus domínios. Preciso que me traga um passe. Durante sua busca por Victor, preciso que use alguns minutos para conseguir esse passe para mim. Preciso voltar para Necrópolis, não aguento mais ficar aqui. Estou adoecendo há décadas, respirando esse oxigênio terrestre.

— É, tudo tem um preço...

— Não pense isso. É apenas um favor que estará me fazendo. Já não é mais saudável para o meu corpo como foi no começo. — Elói quase engasgou.

— Uma troca de favores — corrigiu Verne.

— Chame como quiser. Lembre-se de que Martius Oly passará as informações de que precisar.

— Muito bem. Agora quero partir. Victor me aguarda. — Verne estava sério, escondendo seu nervosismo.

— Antes que vá, tenho que dizer algo importante. O seu AI não poderá acompanhá-lo nesta jornada — revelou Carmecita.

Chax soltou um grunhido ensurdecedor. O jovem se espantou assim como seu AI. Separar-se dele era como perder uma parte de si. Como se alguém viesse tirar metade de sua alma. A ligação entre o ser humano e o AI se dá de um jeito tão natural que é inconcebível que se separem de uma forma bruta como essa.

— Nem pensar! Chax vai comigo.

— Isso não é uma escolha sua, minha, nem de ninguém. Os necropolitanos não possuem AI, isso é irreal naquela existência. Ele simplesmente não se manifestará por lá.

— Chax...

— Não precisa dizer, amo. Eu compreendo. É inevitável.

— Eu sinto muito... — insistiu o rapaz.

— A alma de Victor precisa ser salva. Ele é o mais importante agora.

Verne assentiu, com aperto no coração. Pela primeira vez, estaria separado de Chax. Era estranho, mas tinha de ser feito.

— Não precisa se preocupar tanto assim, meu querido — falou Carmecita. — O AI é uma parte de sua essência, uma manifestação do seu eu. Nada mais é do que você próprio em forma de consciência e personalidade conflitante. Mesmo que não se manifeste no outro mundo, ele ainda estará contigo. Quando voltar, seu AI voltará também.

Amo e AI se abraçaram, despedindo-se.

— Vou continuar com você, amo — disse Chax. — Até sua partida para Necrópolis.

Elói pediu que o rapaz se deitasse. Carmecita improvisou um tapete bordô e dourado, que insistia em voar, mas o corpo de Verne pesou sobre ele, como a consciência do próprio. Estava tenso, mas não voltaria atrás. O homem ajoelhou diante dele e retirou uma faca peculiar do manto. Tinha a lâmina ondulada em três curvas no fio de corte e era nova e afiada. Foi pedido ao jovem que relaxasse e se mantivesse imóvel na pose, com os braços e pernas esticadas. Elói fez dois cortes precisos nos pulsos de Verne. Seu sangue tingiu de escarlate o tecido do tapete de Carmecita Rosa dos Ventos. Estranhamente, não sentia dor nem medo, como se estivesse anestesiado.

— Isso parece suicídio! — murmurou Verne.

— Não se preocupe. Os cortes foram feitos por uma faca ritualística, não vou deixar você morrer. Só preciso fazer a Prece de Passagem. Vai ficar tudo bem.

A vidente sorria, transmitindo tranquilidade. Sabia que aquela não era uma situação comum para um humano da Terra. O rapaz ouviu um "Boa sorte, amo", e viu seu AI pela última vez antes de sua visão se turvar. A prece de Elói era incompreensível e parecia interminável.

— Por favor, Elói, invente alguma desculpa para a Sophie sobre meu sumiço — disse Verne, sem ter certeza de que era escutado. O brilho púrpura voltou a emanar do homem, dessa vez mais intenso. — Trarei seu passe e salvarei Victor, nada vai me impedir.

Em seguida, o rapaz entrou em transe. Seus olhos reviraram e ele começou a babar. A luz púrpura esvaeceu e a prece foi terminada.

Para Verne, restou a escuridão e a chegada em um novo mundo.

Segunda Parte

NECRÓPOLIS

Há buscas e trilhas que conduzem sempre
para a frente, e todas elas terminam
no mesmo lugar — no território da morte.
Stephen King

10

SALGUOD

Foi como uma queda infinita no vazio, na escuridão.

Amargura, solidão e desespero se tornaram um sentimento só. Mas tudo ocorreu de forma suave. Ao abrir as pálpebras, os olhos de Verne arderam como se tocados pelo fogo. As pupilas se dilataram de forma assustadora. O ar retornou aos pulmões numa inspiração densa e dolorida. Sentia dor de cabeça e mal-estar pelo corpo. Levou a camisa até o nariz para se proteger do forte odor de enxofre. Quando se levantou, Verne Vipero não resistiu à passagem e vomitou no canto do rochedo em que se descobriu. Acima, viu um arco de metal enferrujado onde estava grafado "Necrópolis" numa língua que ele podia compreender, apesar de não a ter reconhecido de imediato. Ao redor, neblina e água. Muita água negra.

A roupa que vestia era a mesma: calça, tênis e blusa com capuz. Na boca, o gosto amargo da rainha-da-noite-brumária. Em seu bolso, o saquinho que recebeu de Elói. Na neblina à sua frente, Verne avistou uma figura assustadora. Pouco a pouco, notou a silhueta de um ser encapuzado enorme, de aparência cadavérica. Conduzia uma gôndola comprida e ligeira, de aspecto bizarro, com adornos que lembravam peles humanas retesadas. Ele remava, era o Barqueiro, e vinha em sua direção.

O rapaz se lembrou de cada palavra de Elói e tomou o devido cuidado. Com olhos vazios e fúnebres, o Barqueiro encarava-o, esperando por algo, até receber os globos oculares no saquinho. Ele estendeu uma enorme e putrefata mão que agarrou o pagamento com desejo, avaliou cuidadosamente cada olho e, depois de um tempo, meneou o braço indicando para que Verne subisse na gôndola. Apavorado, ele deu passos cuidadosos até subir por completo. Sentou-se em uma extremidade oposta do barco, enquanto o Barqueiro ficava na outra, indiferente à sua presença. O saquinho de olhos foi jogado para dentro de seu capuz e ele começou a remar. Em minutos, o portal de Necrópolis sumia na densa neblina.

Verne estava assustado. Seu lado cético havia entrado em choque. Não podia mais duvidar da existência de um mundo sobrenatural: estava em Necrópolis em busca da alma do irmão. Tudo era inegavelmente real. Não conseguia ver seu reflexo nas águas sinistras do Salguod. Olhando com mais atenção para si mesmo, percebeu que sua pele, antes corada na Terra, havia empalidecido como a pele de um defunto. Sentiu náuseas e resolveu aquietar-se na gôndola, desconfortável, segurando na borda. Ao longe, as sombras das montanhas necropolitanas muravam a passagem até a outra margem. Nos céus cinzentos, Verne percebeu dois satélites curiosos. Um lembrava muito a Lua de seu mundo, grandiosa, branca e de brilho fosco, clareando algumas partes do Salguod. O outro era um pouco menor e tinha uma coloração meio avermelhada, meio enegrecida, e parecia brilhar como uma espécie de Sol, atrás de densas brumas negras. Naquele momento, porém, parecia estar *apagado*.

Durante o trajeto, predominou o silêncio. Verne respirava fundo, transpirando o medo. Sutilmente, podia ouvir a gôndola cortando as águas, deixando uma cicatriz nefasta por onde passava. As pequenas ondulações formadas pelo rio que batiam no casco do barco pareciam convidativas à morte. O rapaz sentia o desespero subir pela garganta, enquanto lhe congelava a espinha. Era um tipo de ansiedade mórbida e fugaz. Ele engoliu em seco com o sibilar da brisa da treva, que vinha da costa. O remo conduzia seu destino incerto nas mãos de um estranho. Verne tinha perdido a noção do tempo, que parecia não avançar, sem saber se tinham se passado minutos ou horas. Não bastasse esse ambiente bizarro, a presença do quieto Barqueiro o atordoava demais. Chegou a considerar se a criatura falava e como seria a sua voz. Imaginou quais seriam seus reais propósitos e as razões de seu interesse por globos oculares de defuntos. Pensou e pensou e depois olhou novamente para o Barqueiro. Recebeu o olhar de volta e engoliu em seco, suou frio e desviou a vista para outros lados. Percebeu uma agitação nas águas, mas não conseguiu descobrir o que era. Por toda a viagem esteve enjoado com o odor de enxofre. Parecia que tudo ali estava morto.

De repente, deu-se conta de que os cortes haviam desaparecido dos pulsos e ficou surpreso com o processo magnífico de projeção de um mundo para outro. Ele viu novamente uma agitação na água, sem que pudesse precisar o lugar. Ignorou. Cochilou e descobriu poder sonhar. Lá estava Victor, sorrindo para ele e correndo para um abraço. Verne estava feliz, sorria também. Ao redor, um campo florido, com um belo sol acima de suas cabeças. Tudo brilhava e a morte não existia ali. Quando os irmãos iam se abraçar, as trevas os alcançaram e um buraco negro engoliu o garoto, destruindo seu corpo. Primeiro foi o braço, depois as pernas e a cabeça. Verne gritou, em vão. O Abismo já tinha levado seu irmão embora. Ao despertar, seus olhos arderam. Por pouco não se desequilibrou sobre a gôndola. O Barqueiro, indiferente, continuava a remar. Em Necrópolis também era possível ter pesadelos.

A neblina estava menos densa e o que antes era um grande vulto começava a se mostrar uma praia macabra. Era o princípio daquele mundo. O rapaz estava eufórico. Tentou mudar de lado quando sentiu uma nova agitação. Dessa vez não pôde ignorá-la, pois veio seguida de um cântico belo e atraente. Ficou imediatamente excitado e não compreendeu o porquê. Teve prazer com a voz de uma mulher, encantadora e lasciva, enquanto o corpo se aquecia. Ao longe, viu uma moça de beleza exótica, com olhos, cabelos e pele de cor anilar. Os lábios eram carnudos e anfíbios. Com meneios suaves, ela chamou por ele — havia membranas entre os dedos. Sentada sobre uma rocha que despontava do rio, a moça possuía uma cauda fragmentada por escamas espessas, semelhante a um golfinho, que substituía suas pernas. Tudo nela o excitava e atraía. O Barqueiro parecia não se afetar, mas Verne não conseguia ficar imune ao seu canto. A moça tinha brânquias em volta do pescoço que pulsavam a cada nota de sua bela canção.

Ele se viu num mundo de prazeres infindáveis, que iriam evoluir a cada passo, olhar e toque. Verne queria tocá-la. Tinha entendido o que ela era e não a temia. Perguntou-se como Elói fora capaz de maldizer tão encantadoras criaturas e o recriminou em pensamento. Estendeu o braço e o alongou até não poder mais. A gôndola era baixa, muito próxima do rio, e a manga da blusa do rapaz tocou a superfície escura da água sem que ele percebesse. Seus dedos seguiram em riste na direção dos da sereia, ansiosos pelo toque.

— Venha, humano — sua voz ressoou, lírica e sublime. — Venha me possuir.

E ele foi.

A gôndola alcançou a margem da praia, jogando-o bruscamente até a areia fofa. O Barqueiro fez sutis movimentos com o remo e logo voltou seu barco em direção ao Salguod. Quando Verne se levantou, o Barqueiro sumia entre a neblina densa. Ele procurou em volta e encontrou a sereia na pedra, esperando por ele. A bela criatura já nadava ao seu alcance, de braços abertos, os seios nus. O rapaz estava prestes a se entregar quando ouviu uma voz de menina, que ecoou por toda aquela margem:

— Ninfa. Ninfa. Ninfa.

Ele caiu sobre a areia, espantado. A sereia gritou estridente. Algumas algas-negras morreram com a voz maligna da criatura, que agitava sua longa cauda no Salguod. Antes que escondesse sua face de fúria, o jovem Vipero viu que ela não era tão bela quando parava de cantar. Assemelhava-se a um baiacu monstruoso, com olhos grandes, redondos e plenamente pretos, sem as pálpebras. Nas narinas, apenas dois pequenos furos; suas orelhas eram dobradas para trás e coladas como uma membrana na extremidade da nuca, e ela possuía uma minúscula boca, de beiços ressecados. Envergonhada e irada, a sereia mergulhou e sumiu no rio negro. Mesmo por debaixo das águas, era possível ouvir seus gritos de revolta.

Recobrado da hipnose, Verne notou como tinha sido idiota ao não seguir os conselhos de Elói. Tinha caído na armadilha de uma sereia e poderia ter morrido devorado. Ele percebeu a manga da blusa se desfazendo na parte em que havia tocado na água. Pelo visto, o Salguod era mais perigoso do que as criaturas que o habitavam. O rapaz procurou pela voz que o salvara, olhou para o rio e depois ao redor, na margem. Não viu nada nem ninguém. A neblina variava de densidade, dificultando a sua busca. Forçando os olhos, achou ter visto um vulto menor, de aparência compacta. Era a silhueta de uma garota de cabelos curtos. Verne acenou e seguiu em sua direção, mas, quando chegou perto, ela já havia desaparecido.

11

VOCÊ NÃO É BEM-VINDO AO MUNDO DOS MORTOS

Clareou, ou algo parecido.

Verne não sabia distinguir o dia da noite em Necrópolis. Quando chegara com a gôndola, estava escuro e tinha visto pouco. Agora clareava e já conseguia discernir a estranha areia azul da praia que deixava para trás, sem um rumo certo. Quem brilhava mais era o satélite menor, num tom rubro e alaranjado, nesse momento aceso. O outro, de aspecto lunar, apagava e sumia por detrás de nuvens cinzentas e azuladas, dando ao céu uma tonalidade violácea. Os tênis do rapaz afundavam numa terra que sempre cedia e, por vezes, cobria-lhe os pés. Começou como uma difícil caminhada, que foi melhorando conforme a areia ficava mais densa. Quando se deu conta, encontrava-se em um grande deserto, de um azul infinito. Avistou rochedos ao redor e nada mais. Andou incansável na vastidão arenosa. Cactos negros e sinistros pareciam respirar quando ele passava por perto.

Kornattuz era o chefe do clã. O mais forte e feroz dentre os virleonos, sua juba negra era a maior dentre todas e isso fazia dele o chefe. Não era o mais velho nem o mais novo. Não era o mais esperto nem o mais inteligente. Mas possuía a maior juba e isso ditava as regras entre os de sua espécie. Somente uma vez um jovem virleono resolveu discutir sobre a escolha da posse de seu novo chefe. Lutou, foi feroz, mas morreu com uma bocarra cheia de dentes afiados no pescoço. Sua carne foi compartilhada entre o grupo. Sangue jovem trazia energia renovada, mas não era sempre bem-vindo.

Esses seres só viviam da caça. E das profecias. Caçavam em bandos, montavam grupos de quinze a vinte e atacavam outras criaturas necropolitanas, de qualquer porte. Os virleonos eram exímios caçadores e não tinham equivalentes em seu mundo. Sozinhos eram perigosos, em bando eram fatais. Jamais falhavam.

Desde filhote, Kornattuz mostrou ter um tamanho avantajado. Era enorme e sua mãe sofreu ao pari-lo. Feroz, chegou a matar alguns filhotes. Ambicioso, sempre desejou o posto de chefe do bando. Dez anos depois, ele tinha conseguido. Mas não foi uma tarefa fácil. Primeiro, ele teve que copular escondido com as fêmeas de outros virleonos. Elas se sentiam atraídas por sua magnitude. Kornattuz não se considerava inescrupuloso, mas um galanteador. Todas o amavam e eram suas amantes. Então ouve a revolta. Alguns machos também queriam o posto de chefe e copularam com as fêmeas que antes eram deles e com as fêmeas de outros bandos. A anarquia tinha sido imposta. Assim viviam os virleonos até Kornattuz mudar alguns conceitos. Ele precisava ser detido. Só que o sangue jovem correu e ninguém mais o desafiou. O antigo chefe, Fazckar, estava velho demais e não interferiu. Depois morreu, abandonando sua sobrevida. Kornattuz desde então reinava absoluto. Era o chefe de seu bando e dos demais, porque todas as fêmeas lhe pertenciam ou viriam a lhe pertencer quando nascessem. E os machos, desde filhotes, queriam seguir seu exemplo. Kornattuz agora era bom e adorado.

Havia uma semana, enquanto descansava, recebeu a visita em sua toca de Gonderfullz, o ancião do bando. Ele trazia uma profecia. Uma que havia escrito dias atrás com seu rabo em forma de pincel, quando uma visão lhe alcançou. Kornattuz se apavorou, pois não esperava tão cedo ter de lidar com elas. Nunca havia ficado tenso dessa forma. Um terrestre chegaria em poucos dias ao seu mundo. E, com ele, traria o caos.

Verne percebeu que estava sendo seguido. Alguns grãos de areia escorreram entre seus pés, depois um pedaço de terra rachou à sua frente. Por fim, as dunas próximas se deslocaram. Eram as criaturas antigas caminhando, a cada passo um tremor, fortes como nunca. O rapaz se apavorou diante do desconhecido. Fosse o que fosse, estava caçando-o.

Sabia que não adiantava correr, porque seria uma presa fácil. Andando, imaginava ele, poderia passar um ar de destemido ou de indiferença enquanto pensava em como se defender. A verdade é que não havia opção, então caminhou.

Na vastidão azulada, as criaturas sedentas cochichavam algo que ele queria ouvir. O grito de susto foi inevitável quando uma delas postou-se à sua frente, a poucos metros de distância. Tinha o olhar róseo, feroz e a postura imponente. Era como um leão negro, mas com o dobro do tamanho. A juba ia para todos os lados, majestosa.

— Sou Kornattuz, chefe deste bando, e você não é bem-vindo neste mundo — bradou, criando um som que fazia tremer os tímpanos do rapaz.

— Sou Verne Vipero. Vim a Necrópolis com um propósito e não pretendo voltar antes de cumpri-lo — disse, tentando esconder o medo.

— Qual é o seu propósito? — trovejou o chefe.

— Salvar meu irmão. Ele morreu. Vim resgatá-lo. — Cerrou os punhos. Suava.

— Ele já está condenado. — Kornattuz soltou um rugido que fez Verne cambalear para trás, com as mãos nas orelhas. — Volte enquanto é tempo. Você não pertence a este lugar.

— Só voltarei depois de salvar meu irmão.

— Então terei que matá-lo! — grunhiu uma voz fêmea, tão terrível quanto a do macho, que vinha de um dos lados das dunas.

O rapaz observou de canto de olho a fêmea enorme e sem a juba.

— Vou comer seus rins e intestinos, terrestre! — Dessa vez foi a voz de um jovem virleono ávido por sangue.

— Você condenará a todos nós se ficar. Vá embora — sussurrou o ancião.

Outro rugido alto e feroz ecoou pelo deserto. Todos os virleonos se calaram. Kornattuz rodeava Verne, mas nunca se aproximava, mantendo uma distância segura. Era um chefe precavido.

— Gonderfullz pincelou uma profecia. Você traz o caos.

— Eu peço permissão para passar. Só vim buscar meu irmão, depois irei embora e deixarei este mundo em paz.

Kornattuz franziu seu rosto negro e felino. Tinha o olhar irado, a boca salivando. As patas potentes deformavam as dunas onde pisava e o rabo balançava no ar. Rodeou o humano, encarando-o com intimidação, analisando-o. O rapaz lhe pareceu ter um ar inofensivo, incompatível com a desgraça anunciada. Deu várias voltas por ele, deixando seu rastro na areia, rodeando-o sem parar.

Silêncio. Nenhum virleono se manifestava diante da imponência de Kornattuz. Nem suas fêmeas prediletas, nem seus admiradores. Verne, tenso, não pensava em nada no momento a não ser fugir. Sua única certeza era que não voltaria antes de salvar Victor. Essa tinha sido a sua escolha. Ouviu outro rugido, ainda mais forte. Ele ajoelhou, levando as mãos aos ouvidos de novo. Quase ensurdeceu dessa vez. Viu bem na sua frente um filhote ter o olho arrancado. Kornattuz limpou a pata ensanguentada no rabo de uma fêmea que o agradava para apaziguar a fúria, enquanto o pequeno virleono gritava de dor. O chefe o calou com apenas um olhar.

— Estarei observando-o, forasteiro — urrou, depois virou de costas e caminhou, com os demais atrás dele, sumindo entre as dunas.

Verne não sabia, mas os virleonos o temiam. Kornattuz, mais do que qualquer outro.

12

VENENO

Foi tudo muito rápido. Quando percebeu já era tarde demais. Uma saraivada de setas veio em sua direção. Um virote atingiu sua coxa esquerda e ele tombou com dor. Verne arrastou-se até uma duna segura. Olhou ao redor. Estava numa área menos arenosa do deserto azul. Ali acontecia um combate.

De um lado, dois homens maltrapilhos: o magricela disparava com uma pistola, o outro, com uma besta. Atrás deles, um animal que lembrava um corcel. Estava agitado e mantinha as patas dianteiras suspensas no ar, relinchando sinistramente. Do outro lado, três pequenas criaturas verdes com orelhas pontudas para os lados e olhos grandes amarelados contra-atacavam, disparando flechas. Elas tinham o corpo magro, menores do que crianças, cabeça desproporcional e, nas mãos, as bestas. Virotes zuniam em todas as direções, o cheiro de pólvora se espalhava no ar.

Verne retirou a seta da coxa com muito esforço, rangendo os dentes com expressão de dor. Um líquido roxo jorrou junto do sangue sobre a areia. Lembrou-se das explicações de Elói que poderia se ferir, mesmo projetado, e que poderia morrer.

O homem que disparava com a pistola foi atingido com uma flecha no peito e caiu, agonizante. Furioso, o seu companheiro, rotundo e parrudo como um barril de porte médio, correu na direção das três criaturas, disparou com a besta e matou uma delas. Seus punhos encontraram o rosto da segunda, em socos fortes e raivosos, até que o crânio se partiu em dois. Antes que pudesse matar a terceira, foi atingido no braço por uma flecha. Grunhiu, controlando a dor, e logo retirou a seta do braço, mas seu adversário já apontava outra para sua testa. O pequeno sorriu perverso e preparou-se para matá-lo. Um virote rasgou o ar, atingindo o monstrinho na mão. Era Verne movido por pavor e coragem impetuosa. Ficou parado, ameaçando a criatura com a besta apontada. O maltrapilho aproveitou a distração causada e, em passos velozes demais para outros olhos, aproximou-se da criatura e torceu o pescoço dela até quebrar.

O homem ofegou, abandonou a besta pelas dunas e seguiu até seu colega ferido, agarrando-o sob os braços. Retirou a seta do peito, que vertia líquido roxo e sangue. Verne olhou ao redor e viu mais daquelas criaturas, mortas antes de sua chegada. Mesmo mancando, tentou acompanhar o ritmo do maltrapilho. Ele usava calça e jaqueta surradas da cor da terra, de um couro batido e empoeirado, com uma camisa bege por baixo, molhada de suor. A gola alta escondia o pescoço curto e cobria metade do rosto rechonchudo. Tinha óculos acobreados para viajar pelo deserto encimados sobre aquele espesso esfregão castanho que era o seu cabelo. Um cantil comprido como uma bainha pendia pesado na cintura.

— Não dá só para ameaçá-los, é preciso matá-los, senão eles matam você, entende? — Sua voz era rouca. Os olhos castanhos fitavam Verne e as sobrancelhas grossas arquearam. A barriga caía por sobre o cinto, enquanto abaixado. Botas desgastadas pelo uso afundavam na areia com o peso.

— Apenas ataquei. Não sei nem como fiz isso. Acho que foi no susto.

— Só que você hesitou. Poderia ter morrido.

— É verdade... — Suspirou.

— Obrigado de qualquer modo. — Os dentes se destacaram no sorriso em meio à barba cerrada. — Sou Simas Tales. E você?

— Verne Vipero, prazer.

— Este é Marino Will — apresentou o homem em seus braços. Tinha cabelos cinzentos que caíam lânguidos sobre os ombros, com uma faixa vermelha amarrada da testa à nuca, também com roupas marrons. — Ele vai morrer se não o levarmos daqui!

— Eu ajudo. — O rapaz ainda sentia dor em sua coxa. — Também preciso me curar, fui atingido.

— Existe um curandeiro a pouco mais de oitenta quilômetros daqui. — Retirou o cantil da cintura, sedento. Virou bastante do líquido na boca, deixando-o escorrer pelo canto dos lábios. Demonstrava enorme prazer a cada gole. De onde estava, Verne sentiu cheiro de álcool.

— Como faremos para chegar até ele?

— Gorgo! — gritou Simas, levando uma das mãos ao alto.

O animal relinchou em resposta ao chamado. Apesar de lembrar um corcel, sua pele era rasgada em vários membros, revelando ossos e músculos escuros e decrépitos por debaixo da carne cadavérica. Os olhos reluziam vermelhos e seus cascos eram grossos como rochas. A crina era suja e rebelde, parecia um animal jovem e sagaz. Trotou em direção a Simas e roçou o focinho na bochecha rosada do homem.

— É um equinotroto. Sua montaria.

Com auxílio, o jovem Vipero levantou Marino em seus ombros e subiu em Gorgo, mantendo o doente preso em suas costas. Não havia sela, e ele teve aflições ao montar.

— Mas e você?

— Vou correndo — revelou Simas. — Será mais rápido assim!

Verne espantou-se com a declaração. Antes que pudesse falar algo, Simas findou:

— Apenas me acompanhe. Gorgo seguirá as trilhas — disse ele, ajustando os óculos que lhe protegiam a vista da areia.

O homem partiu em disparada pelo deserto. A maneira como corria pareceu sobre-humana ao rapaz. Areias levantavam a cada vez que as botas tocavam o chão, deixando reflexos dele próprio para trás. Verne só conseguiu ver, estupefato, uma mancha se mover ligeira à sua frente. Simas não demorou a sumir nas dunas azuladas. Gorgo correu, indo em direção à trilha que rasgava o deserto. Era um animal veloz, mas não se equiparava ao dono.

Quando a corrida cessou, ainda estavam sobre as terras quentes e azuis. O equinotroto possuía uma resistência impressionante, não ofegava. A trilha terminou próxima a uma pequena tenda envelhecida e suja no meio do deserto, amarrada nas pontas em pedras pontudas que despontavam da areia. Marino Will delirava sobre os ombros do rapaz.

— Acho que vou morrer... Dói muito.

— Você não vai morrer. Resista! — disse Verne, aflito.

Marino caiu sobre a duna, revelando uma pesada bolsa de couro em suas costas. O pobre agonizava. Verne desmontou de Gorgo e sentiu a perna esquerda falhar ao apoiar-se no chão. Foi até a tenda, entrando arcado. Viu Simas se esbaldando com seu cantil, pediu um gole e sentiu um sabor refrescante semelhante ao de cerveja.

— Esta tenda é do curandeiro?

— Sim. E você não é daqui, estou certo?

— Está. — Verne sentou-se na areia fofa, sob a sombra da tenda. — Sou da Terra.

O outro o olhou surpreso e depois balançou a cabeça, um pouco incrédulo.

— Imaginei que fosse um estrangeiro mesmo. O que veio fazer em Necrópolis? — Ele retomava seu cantil, quase vazio.

O rapaz ia responder, mas foi interrompido por uma voz cansada:

— Tragam-no aqui. Não deixem o pobre moribundo envenenado lá fora.

Um senhor baixote, de pele enrugada e antiga, com uma barba farta branca e triangular, aproximou-se, analisando o ferido. Estava coberto por um manto cinzento como ele, sujo com a poeira do deserto. Verne viu que na tenda havia muitos frascos, papéis com anotações espalhados em todos os cantos, saquinhos abertos com grânulos e tapetes coloridos enrolados. Resistiu ao ímpeto de ir se acomodar nas almofadas esburacadas mais ao fundo. Sua perna precisava de descanso.

As mãos antigas do curandeiro passearam pelo corpo de Marino até encontrarem a ferida aberta pela flecha.

— Foi envenenado, mas viverá.

— Quanto tempo até que ele se recupere, Absyrto? — indagou o amigo, preocupado.

— Três dias. Talvez quatro. — Passava um pano umedecido sobre o buraco no peito.

Simas levantou-se, arqueado sob a tenda baixa.

— Volto nesse meio tempo para buscá-lo e depois eu te pago, velho. — Retirou a bolsa das costas do companheiro.

— E minha perna? O senhor não pode curá-la?

— Eu devo. — Absyrto sorriu, mostrando os dentes meio amarelados, meio enegrecidos. Suas centenas de rugas se tornaram milhares na mudança de expressão. O curandeiro pegou um frasco fosco de uma das estantes empilhadas, retirou a rolha e derramou um líquido espesso e amarelo sobre a ferida. A ardência foi compensada pela sensação de alívio. — Interessante. O veneno não avançou tanto em seu corpo como em Marino. Hoje mesmo sua perna voltará ao normal.

O maltrapilho aproveitou para mostrar a ferida em seu braço e também foi medicado.

— Simas, o seu foi de raspão. Menos mal ainda fará.

Verne agradeceu novamente. Sentia um frescor correr pelas veias da coxa. Deu alguns passos testando a perna e foi atrás de Simas, que já o esperava entre a tenda e o deserto.

— Onde estamos?

— Estas são as Terras Mórbidas — revelou o homem. — O que você procura por aqui?

— O Covil das Persentes. Conhece?

— Mas é lógico! — Abraçou-o pela nuca e socou o topo de sua cabeça de forma amigável. — Eu estava mesmo pensando em ir para lá beber umas, sabe? Preciso encher meu cantil. Faz mais de uma semana que não vou lá. É um lugar divertido e muito movimentado, você vai gostar. — Colocou a bolsa em suas costas e preparou-se para correr novamente. — Cavalgue em Gorgo. Eu mostrarei o caminho.

— Obrigado. — Montou. As rédeas eram as crinas do equinotrotos.

Correram. Verne não fazia ideia do que lhe aguardava.

13

O COVIL

Muitas coisas passavam pela cabeça de Verne durante a corrida. Questionamentos, pensamentos estranhos e confusos, alguns deles conflitantes. Começou a se perguntar se Victor não teria completado a Fronteira das Almas e caído no Abismo. A hipótese o afligia.

Não demorou muito para que o rapaz avistasse Simas próximo a uma construção de aspecto grandioso. Ela era feita de concreto esverdeado, com dois andares visíveis. Sua entrada tinha forma de uma naja com a bocarra aberta, com duas estalagmites e duas estalactites representando os dentes. De dentro dela, ecoava um som meio perturbador, meio dançante. Silhuetas de criaturas diversas eram vistas pelas janelas sem vidros, abertas como buracos ao redor do lugar.

— Esse é o Covil? — perguntou Verne.

— O próprio.

— Preciso encontrar Martius Oly. Meu tempo é curto.

— Ele é o taverneiro do Covil. — Simas empurrava o rapaz pelas costas em direção à bocarra de entrada. Gorgo foi amarrado a um pequeno poste, ao lado de outros animais. Rinchava meio contrariado. — Se procura uma informação, ele é o sujeito certo. Vá direto ao balcão, eu estarei rondando o bar. Se você se meter em encrencas, estarei por perto. — Piscou.

Verne foi engolido pela naja. Várias criaturas, entre humanos, centauros, anões, sátiros e outros que não reconheceu, dançavam, riam, brigavam e bebiam, principalmente.

Alguns namoravam pelos cantos, outros estavam desmaiados de tão bêbados. Não muito diferente de uma noitada na Terra, pensou.

— Se puder, experimente o sangue de orc das montanhas. É o melhor destilado servido na taverna — gritou Simas em meio ao caos, lambendo os beiços. — Tem o denso e o suave. Eu prefiro o denso, porque tem um gostinho mais amargo. — E sumiu na multidão.

Verne seguiu até o extenso balcão de madeira meio apodrecido. De modo geral, todos pareciam ignorar a sua presença. Do outro lado, viu um homem enorme, quase metade da taverna, com um olhar aborrecido, mas logo voltou sua atenção para um brilho bizarro próximo de onde estava. Era o brilho de dentes perfeitos, brancos e bem cuidados. Um sorriso largo que ia de uma orelha à outra.

— Pois não? O que deseja? — A voz não tinha um padrão. Era estrídula e divertida.

— Eu procuro por uma pessoa... — Foi interrompido.

— Sim, sim, rapaz, aqui há várias pessoas, hoje no palco contaremos com uma banda vinda diretamente do Refúgio de Sammael, perto da janela estão garotas de Hör, homens do Monte Gárgame, centauros do Arvoredo Lycan e uns bandoleiros dos Campos de Soísile, também vejo magnatas de ótimo paladar, requintados e dispostos a gastar seu ouro em apostas da jogatina e... — O homem falava sem respirar, seus lábios e dentes se moviam sem parar. Ele agitava as mãos no ar, apontando os clientes da taverna. Verne ficou zonzo. Jamais em vida conheceu alguém que falasse tanto.

— Qual é seu nome, senhor? — ele conseguiu perguntar.

— Martius Oly, muito prazer, mas não me chame de senhor, ainda tenho trinta anos e muita sobrevida pela frente — O sorriso aumentou de uma forma que o rapaz acreditou que a boca fosse engolir o rosto inteiro. — Trabalho e sou dono do Covil das Persentes desde os treze anos de idade, comecei como garçom, mas logo consegui comprar esta taverna no meio do nada; não posso negar que ela está sempre lotada e com seres interessantes dispostos a se divertir. Há alguns anos a minha antiga ajudante se tornou minha amante, seu nome é Maryn-Na, hoje somos noivos e pretendemos casar em breve, e também ter filhos, muitos filhos, sim, eu gostaria de um casal, mas ela prefere só uma menina, porque é mais fácil de lidar, entende? Eu sei que serão belas crianças, Maryn-Na é uma linda rapariga e certamente meus filhos teriam a beleza do pai, e sem querer me gabar...

— Por favor, espere um momento! — O rapaz já estava atordoado. — Se é mesmo Martius Oly, preciso de um favor seu. Sou Verne e fui enviado por Elói. Você o conhece?

— Certamente que sim, afinal Elói é um grande homem e me ajudou quando precisei, e você deve saber que eu sempre me encrenco neste mundo e fora dele também; Elói é um bom homem que já errou no passado, agora procura expiar seus crimes e erros da forma que acha correta, eu confio muito nele, o respeito por demais e o considero como um pai, um mestre, um guia, algo fenomenal, sem contar que ele é o único ser neste mundo ao qual eu jamais cobro um centavo por bebida, quitutes ou informações.

Enquanto Martius Oly falava sem parar, Verne ponderou sobre três palavras: "Elói", "expiar", "crimes" e fez uma ligação.

— Preciso de sua ajuda, Martius. Preciso de uma informação.

— Antes eu gostaria de lhe oferecer o sangue de orc das montanhas, o licor mais recomendado do Covil...

— Você tem respostas para as minhas perguntas. Eu não confio em ninguém aqui e há muito barulho, meu tempo é curto e preciso dessa informação! Existe algum lugar mais calmo para conversarmos? — Ele foi enfático.

— Sim, a cozinha dos fundos, é lá que preparamos os alimentos servidos no Covil e também as bebidas, dentre elas a nossa principal, que é o sangue de orc das montanhas que eu sei você vai adorar...

O taverneiro era um homem muito magro, quase da mesma altura de Verne, com os cabelos escuros despenteados. Sua pele era amarelada e ligeiramente enrugada, e os olhos negros como a noite estavam sempre atentos. O seu sorriso era perturbador. Uma boca enorme com palavras sem fim. O rapaz achou que enlouqueceria em minutos, tinha de se apressar. Ele espiou a colorida roupa do atendente — um colete verde e uma camisa vermelha de mangas compridas por cima da calça preta. Suas botas, também verdes, faziam ruídos ao passar pelo corredor do Covil, grudando em sujeira. Mais uns passos e os tênis do jovem começaram a emitir os mesmos sons. Martius era frenético demais, seus passos eram como os de um símio. Se Verne já tinha achado a taverna um caos, descobriu que a cozinha era o inferno. Avistou uma mesa podre no centro e três cadeiras em volta, com algo marrom que escorria e gotejava no piso. A pia estava imunda e recebia água escura de um cano que fazia as vezes de torneira. Os armários, caindo aos pedaços, estavam com as portas penduradas. Dentro deles, frascos, copos, talheres e diversos ingredientes de cores, cheiros e formas variadas. Sentaram-se.

— Maryn-Na, minha linda, venha cá, quero lhe apresentar um novo amigo...

Uma moça de aparência madura logo entrou na cozinha. Sorria timidamente. Usava um vestido longo, com detalhes em verde e preto, que se arrastava pelo piso asqueroso. Maryn-Na beijou o taverneiro, acariciou seus cabelos, sorriu para o rapaz e seguiu em direção ao balcão. Martius falava pelos cotovelos e Maryn-Na não falava nada. Provavelmente, o noivo não lhe dava oportunidade, deduziu Verne.

— Maryn-Na, Maryn-Na, como eu amo essa mulher, e pensar que a conheci há alguns anos quando fui fazer um trajeto por um vilarejo mais humilde que me...

— Martius!

— Desculpe-me. O que quer de mim, afinal? Eu sou apenas um homem que ouve demais...

— E fala demais também — disparou Verne. Aproveitou o breve silêncio para enfim perguntar o que queria: — Elói me disse que você era o melhor informante de Necrópolis.

— Hã. Desculpe, meu rapaz. Eu falo muito, né? — Ficou corado, piscando várias vezes ao tentar processar a crítica. — Eu sou mesmo o melhor informante de Necrópolis, se eu não falo a verdade, a invento, mas na maior parte do tempo sou sincero, juro. — Estalou os dedos, tenso com o olhar do outro, recriminando-o. — Desculpe. Desculpe! Eu não sei como posso te...

— Onde termina o percurso da Fronteira das Almas?

— Oh, mas que pergunta simples, o percurso termina no Abismo.

— E qual é a localização do Abismo?

— Bem, eu não faço a menor ideia, sabe, lá é onde tudo se finda, porque assim é a natureza de Necrópolis...

— Pensei que soubesse de tudo.

— Eu descubro informações que jamais gostaria de saber, mas essa pergunta em específico eu não saberei responder, é um lugar sagrado fora do nosso alcance...

— Entendo. Então você não pode me ajudar. — O rapaz parecia decepcionado.

— Espere, eu não disse isso — gritou Martius. — Eu posso dizer o lugar onde você pode conseguir a informação que procura, meio assim, a informação da informação.

Uma esperança. Verne assentiu.

— Procure por conde Dantalion, acredito que seja o único capaz de lhe dar a localização exata da Fronteira das Almas, pois, como ele é imortal, fugiu da inexistência imposta por esse limbo diversas vezes. — O taverneiro estava radiante por conseguir ser útil. Num movimento brusco, lançou a flanela sobre suas cabeças, em direção a um corredor próximo. — Você sabe como são esses vampiros...

— Um vampiro? — O rapaz balançou a cabeça, meio incrédulo, meio tenso.

— E o que esperava? Eu não sei como o conde Dantalion sempre escapa do Abismo, mas, de qualquer jeito, ele acabou se dando mal numa guerra travada contra Ceres, a feiticeira de Regnon Ravita: ela o aprisionou em seu próprio castelo, conjurou uma cerca de luz ao redor dele e, como você bem deve saber, vampiros não sobrevivem à luz.

— E como chego até o conde?

— O Alcácer de Dantalion fica bem no centro da divisa entre as Terras Mórbidas e Regnon Ravita, talvez seja o lugar mais escuro de Necrópolis...

— Obrigado. Preciso partir agora, tenho pressa.

O rapaz voltou a se animar, certo de que salvaria Victor a tempo. As respostas finalmente começavam aparecer e sua busca não parecia mais impossível.

— Espere! — O taverneiro esticou ao máximo seu braço magro e ossudo, retirando um frasco de um dos armários ao lado. — Leve isso com você, poderá ser útil quando chegar no castelo...

— Um frasco de... plástico?

— Nem mais nem menos, você deve enchê-lo com o sangue de uma virgem. — Sorriu macabramente.

— Não compreendo.

— No momento certo você compreenderá, o que sei é que esse frasco preenchido com o conteúdo certo poderá salvar a sua vida...

— Certo... Obrigado. — Verne guardou o frasco no bolso da blusa. — Mais uma coisa. Elói me disse que precisava de um passe para retornar a Necrópolis.

— Oh! — O homem parecia espantado. — Assim que te vi, imaginei que fosse um estrangeiro...

— Sou terrestre e vim para Necrópolis em uma busca. Mas também preciso desse passe para ajudá-lo.

— Elói é alguém que admiro muito, eu já devo ter dito a você que ele foi expulso por um erro cometido no passado, é compreensível que deseje retornar; nesse caso, a melhor pessoa para ajudar você é Karolina Kirsanoff, uma mercenária excelente, é competente, forte e esperta, capaz de feitos incríveis, além de ser uma belezinha, está com vinte e dois anos, mas possui o vigor de uma rapariga...

— Onde eu a encontro? — interrompeu Verne.

— Você não a encontra. Ela encontra você! — Martius pareceu ponderar, o que era esquisito vindo dele.

O rapaz fitou o taverneiro por alguns segundos, pensativo. Passou a mão sobre o frasco e refletiu sobre as informações recolhidas. Realmente ele tinha sido muito útil.

— Obrigado, Martius. Suas informações serão muito valiosas. Mas agora preciso partir mesmo. — Verne se levantou e foi em direção à porta.

— Não sem antes provar do meu sangue de orc das montanhas.

O taverneiro explicou um pouco sobre a origem do destilado e como ele descobriu os ingredientes essenciais ao sabor denso ou suave da bebida. Verne bebeu e não gostou. Fez uma careta e engoliu contrariado. Teve a impressão de ter mordido a língua, porque sentia gosto de sangue na boca. Um sangue grosso, meio seco. Um resto do destilado permaneceu num canto de sua boca. Martius parecia satisfeito, sem se importar com o enjoo do visitante, e considerava as caretas um sinal de que a bebida estava excelente. O rapaz demoraria a entender como funcionava a cabeça dos necropolitanos. Despediu-se de Martius Oly, depois de Maryn-Na. A voz infinita do taverneiro ainda ressoava em sua cabeça. Assim que passou pelo balcão, aproveitou para dar uma cusparada. O gosto ruim começou a desaparecer.

Verne atravessou o salão. Uma das garotas, com a aparência de uma abelha de seu tamanho, olhou-o com interesse e sorriu. Ele achou mais curioso do que sensual. Quando deu por si, já estava do lado de fora. Tinha sido levado num único solavanco, pego pelo braço e arrastado rapidamente de dentro do Covil. O responsável pela carona forçada fora Simas, um pouco exausto e bêbado, porém satisfeito.

— Essa noite eu lucrei! — Sorria e fedia a bebida.

O rapaz olhou para o céu e o viu novamente escuro, com o satélite de luz fosca iluminando todo o deserto. À sua frente, a areia azul começava a adquirir um aspecto sombrio. Percebeu Gorgo agitado, fazendo movimentos bruscos, amarrado naquele poste. Uma sombra enorme pairou sobre os dois. Simas não parecia muito feliz com o visitante. Verne se deu conta de que tinha visto aquele homenzarrão na taverna. As mãos dele, visivelmente furioso, eram do tamanho do corpo de Verne.

— É um gigante! — gritou Simas, desamarrando Gorgo. — Ele não está nada contente comigo!

— O que você fez? — O jovem Vipero estava imóvel de medo, a voz exasperada.

— Nada de mais. Só roubei o ouro dele! — Sorriu, sarcástico.

Verne não conseguiu responder. A mão do gigante se projetou aberta em sua direção e por milésimos de segundos ele não foi capturado. Gorgo passou trotando rápido pelo rapaz e Simas o puxou para cima, jogando-o na traseira do equinotroto. Partiram em meio à noite, deixando o gigante engolir poeira.

14

O SEGREDO DOS LADRÕES

— Você é um ladrão? — indagou Verne.

— Lógico! — respondeu Simas por cima dos ombros, com um sorriso maroto. Eles em disparada pelas Terras Mórbidas.

O rapaz permaneceu em silêncio, depois ficou constrangido. O que deveria dizer? A bolsa chacoalhava as moedas furtadas, o som podia ser ouvido mesmo com o forte vento da corrida.

— Fui treinado nas artes ladinas desde criança. Meu pai me ensinou tudo o que sei. E eu aperfeiçoei as técnicas com meu tio ao longo dos anos, depois que meu velho abandonou essa sobrevida. — Soltou um pigarro, parecia estar sentindo falta do álcool. — Marino Will também é um ladrão.

— Então... Vocês são como uma comunidade de criminosos? — Ele estava assustado e um pouco revoltado. Notou que Simas não gostou da forma como se expressou.

— Não somos *criminosos*. Somos ladrões, é bem diferente. Mas, sim, existe uma comunidade e é para lá que vamos agora, então trate de se acostumar com a ideia. Vilarejo Leste, é como a chamamos. Mas os outros o chamam de Vila dos Ladrões. — Gorgo relinchou, satisfeito em voltar para casa.

— Furtos neste mundo não são considerados crimes?

— São. Mas o que importa é o que *nós* consideramos. Os militares da Esquadra de Lítio representam a lei em Necrópolis. Alguns dos nossos já foram presos, julgados, executados ou absolvidos, é uma sobrevida complicada, mas é o que sabemos fazer. Há outros ladrões pelo mundo, que não vivem no Vilarejo Leste. Esses são capturados mais facilmente. A nossa comunidade é a nossa força.

— Você revela informações demais para alguém que deveria ser furtivo.

— É! É! Eu tenho esse probleminha. Marino é o furtivo da dupla. Eu sou o rápido.

— Mas... se existe um vilarejo só de *ladrões*, como nunca ele foi descoberto pelos militares?

— Você compreenderá logo, logo, não seja apressado. O que vê em nosso caminho?

O rapaz viu árvores gigantescas apinhadas na areia, formando uma muralha de madeira. Suas copas rasgavam a neblina no alto. Elas lembravam palmeiras da Terra, mas enegrecidas. Seus troncos eram retorcidos como parafusos colossais e sem galhos, de folhas ressequidas, com pecíolos resistentes. O ladrão se referiu a elas como lenhostral. Eram dezenas agrupadas em círculos, numa área das Terras Mórbidas onde a areia azul era menos fofa e mais endurecida. Os cascos de Gorgo ecoaram com mais intensidade conforme se aproximavam do conjunto arbóreo.

— Árvores no meio do deserto, que curioso.

— Bem-vindo ao Vilarejo Leste, Verne!

O ladrão abriu um sorriso. Verne avistou duas silhuetas próximas às copas das lenhostrals. Eram homens em movimento, Simas acenava para eles. Um pequeno estrondo e as areias se moveram abaixo de seus pés.

— Cuidado — o ladrão alertou o rapaz.

Mais um estrondo e dois troncos gigantescos tombaram na areia, revelando um grande portão de madeira. Simas guiou Gorgo até o interior das árvores, seguido por um visitante impressionado. Conforme entravam no vilarejo, Verne notou que o caminho era iluminado por diversas caixas de vidro e metal que lembravam lampiões. No seu interior, bruxuleavam chamas verdes e fluorescentes. O corredor estreito de árvores terminou num pátio vasto e oval, com casebres feitos de madeira enegrecida.

— Vocês parecem organizados.

— E você tem muito preconceito. — Simas cuspiu.

— Desculpe. Qual é o nome... daquele satélite? — Verne desconversou, apontando para o círculo branco como a Lua da Terra.

— Nyx, a nossa noite — revelou o ladrão. — Os habitantes de Ausar dizem que ela foi uma imperatriz da Era Arcaica de Necrópolis, que ascendeu aos céus. Mas eu e meu povo não acreditamos nessas coisas. Deuses? Besteira! — Depois ele apontou para o satélite menor, de brilho alaranjado e difícil de ser visto através das folhas, oculto em brumas negras. — Aquele é Solux, que ilumina o nosso dia. As lendas de Ausar contam que ele era o amante da tal imperatriz. — Deixou escapar uma risadinha atrevida.

Um moço magriço surgiu das sombras. Corria babando, rindo e era meio desengonçado. Tinha braços e pernas longos e ossudos, e seus cabelos claros sacudiam pelo vento sublime.

— Que bom que voltou! — Sorriu como um pateta.

— Kal! — disse Simas, de braços abertos. — Que bom revê-lo, primo! — Abraçaram-se fortemente por um longo tempo.

Kal e Verne se apresentaram, depois o abobado se dispôs a levar Gorgo ao estábulo. Não demorou para que outras pessoas se aglomerassem ao redor dos dois recém-chegados, alguns ainda sonolentos, repletos de curiosidade. O jovem Vipero notou criaturas pequenas de aspecto familiar, que descobriu serem lêmures-das-trevas, pulando nos ombros de algumas crianças. Eles o fizeram lembrar de Chax. Olhou para os animaizinhos com ternura natural, sentindo fortes saudades de seu AI. Estava sendo muito estranho ficar sem ele. Realmente era como se uma parte de si estivesse faltando.

— Simas! — Um homem robusto e de ombros largos se aproximou. Tinha um sorriso simpático, vestia roupas de couro limpas com filigranas dourados, e tinha os cabelos castanhos bem penteados um pouco abaixo da nuca. Na cintura pendia um odre redondo, do tamanho de uma cabeça infante. — É sempre bom vê-lo com sua bolsa cheia de Ouro, meu caro sobrinho.

— Eu que fico feliz em vê-lo, tio! Contente em ver você e o seu cantil maior que o meu!

Todos riram.

O homem virou-se para Verne.

— Pavino Tales, líder dos ladrões do Vilarejo Leste. — Estendeu a mão de maneira respeitosa. — Você é...?

— Verne Vipero. Estou numa busca. — Hesitou. — Simas está me ajudando.

— Excelente! — respondeu, sem dar grande atenção ao visitante. — Sobrinho, quanto de ouro nos trouxe desta vez?

— Dez moedas e um rubi. E adivinhem... de um GIGANTE! — Estava orgulhoso.

Os outros o exaltaram.

— Um bom número. — Pavino recebeu a bolsa cheia das mãos do ladrão e avaliou o conteúdo valioso. Seus olhos vibraram. — Somado esse valor com os furtos efetuados por Kal, Matyas e Rafos na semana anterior, e o plano combinado com Marino, bateremos a cota do mês. O rubi ficará comigo, vou enfeitar meu trabuco com ele.

O líder chamou por Kal, seu filho bastardo com uma prostituta qualquer, e pediu a ele que levasse o ouro recolhido para o Cofre.

Era madrugada quando adormeceram.

O breu tomou conta do Vilarejo Leste. A cabana de Simas era simples e humilde. Num pequeno espaço cabia sua cama feita de hastes secas de grama negra, coberta por um extenso pano fino. Um saco feito com cipó, recheado por um material esponjoso e amarelado, servia para descansar sua cabeça. Seu visitante dormia nela, enquanto o ladrão roncava sobre uma almofada maior sobre o chão. Verne permanecia tenso pela busca a Victor, mas seu corpo estava exausto e incapaz de dar qualquer novo passo sem um descanso.

Pessoas e outras criaturas caminhavam numa mesma direção, com Victor entre elas. Seguiam adiante, determinadas, como se em transe. O rapaz corria atrás do irmão, mas suas mãos não o alcançavam e ele se distanciava cada vez mais. Logo à frente havia um buraco negro destruidor e todos que ali caíam deixavam de existir. No meio do pesadelo, Verne teve consciência de estar sonhando e resolveu observar o lugar, pois poderia ter alguma indicação de como chegar lá. Nada. Notou uma serpente, ela aproximava-se dele perigosamente. De repente começou a crescer e o engoliu.

Pavino Tales sonhou o mesmo que sonhava todas as noites. Em seus devaneios, lembrou-se de sua esposa, Tandra, aprisionada havia muitos anos. Foi mais fundo em seu passado e viu-se ao lado da amada, do colega Lobbus, do irmão Kendal, e de outros ladrões, enquanto invadiam e furtavam um lugar sagrado e perigoso que lhes trouxe muitas desgraças. Recordou cada detalhe daquela tarde quente: joias valiosas, relíquias antigas e uma maldição. No final, tremeu em sua cama com o coração cheio de dor ao se lembrar de Tandra sendo levada grávida pelos militares.

Nos sonhos de Simas, ele muitas vezes via-se no meio de mulheres seminuas servindo-lhe sangue de orc das montanhas em odres prateados e bem adornados, com ouro e pedras preciosas espalhados ao redor, enquanto uma ninfa tocava na harpa uma linda música em sua homenagem e contava seus feitos como o maior ladrão de Necrópolis. O povo de seu vilarejo o reverenciava como um campeão. Mas, bem no fundo de seu âmago, ele sabia: era um sonho, um desejo, nada mais. A realidade era outra: furtos, fugas e coisas nada belas. Nem sempre conseguia a recompensa. O medo de ser preso era constante e, por mais adrenalina que pudesse dar, não compensava o que de ruim vinha junto. Sua existência era um risco para si e para os membros do Vilarejo Leste, com militares e caçadores de recompensa em seu encalço. Precisava de álcool para se embebedar e voltar aos bons devaneios. Temia o fim daquele pesadelo.

Verne acordou ouvindo um barulho funesto muito próximo. Levantou-se da cama e despertou Simas. O ladrão se recobrou e saiu da cabana, dirigindo seu olhar para o rapaz.

— Vamos. Eu vou lhe mostrar.

15

A MARCHA DOS MORTOS

Simas levou Verne novamente aos troncos retorcidos na entrada do Vilarejo Leste, depois o conduziu por uma estrada alternativa no meio da mata. Atrás das grandes árvores, era possível ver um evento peculiar ocorrendo nas Terras Mórbidas.

Os sons lembravam lamúrias, grunhidos que ainda causavam um frio na espinha. Inicialmente, o rapaz viu silhuetas de homens, mulheres e crianças caminhando lentamente pela imensidão azul. Andavam enfileirados, com os corpos curvados para a frente, mancos e trêmulos. Não demorou muito e Nyx revelou com seu brilho o corpo decrépito dos seres. Verne reparou que um tinha vermes no lugar dos olhos, viu outro com a mandíbula pendurada pelo crânio. Todos eles tinham alguns fios de cabelo misturados ao visual apodrecido, como o dos fantasmas que saíam de seu guarda-roupa. Fediam muito.

— São zumbis — revelou Simas.

— Ah... mas é claro — sussurrou um Verne abobado e assustado. — Eles são bem mais feios do que mostram na televisão.

— Isso é o que chamam de A Marcha dos Mortos.

O zumbi que parecia ser o líder guiava os demais em sua rota. Ele era o maior e mais horrendo. Sobre a putrefação, usava roupas sujas e rasgadas, que pareciam ter sido da nobreza num passado longínquo. Encimada na cabeça disforme havia uma coroa negra, de onde despontavam espigões enferrujados.

— Ah, aquele ali é o Lorde Zumbi.

— Nossa!

— As histórias da Era Arcaica contam que os zumbis são tão antigos quanto os dragões. Até onde sei, foram os primeiros mortos na criação dos mundos, no início da existência dos Oito Círculos. Há quem diga que foram os zumbis que clamaram aos Protógonos, que são os deuses primordiais, por um mundo próprio para que pudessem passar seus dias em paz, já que estavam condenados a vagar pela eternidade.

— Ou seja, foram os zumbis os responsáveis pela criação de Necrópolis. É por isso que este lugar é chamado de Mundo dos Mortos?

— Sim, é o que falam. Quando os mortos receberam este mundo, eles levantaram um reino. Dizem que fica no subterrâneo e é gigantesco, mas ninguém nunca chegou lá, ou, se conseguiu, não saiu vivo. — O ladrão levou a mão à cintura, em busca de um cantil que não estava ali, o que o deixou aborrecido. — A história também conta que centenas de anos depois criaturas de outros Círculos aprenderam a romper a Teia e começaram a atravessar portais de um mundo ao outro. Algumas chegaram em Necrópolis, travaram uma guerra contra os zumbis e perderam. Só que, ao morrer no combate, essas criaturas ficaram presas aqui. As sobreviventes só foram libertadas depois de acordado que jamais atormentariam os mortos novamente. Muitas delas vivem em regiões remotas.

Verne notou uma moça zumbi, que deveria ter sido linda quando viva.

— Agora sei por que há tantos habitantes diferentes neste mundo. Muitos atravessaram portais para Necrópolis.

— Talvez. Necrópolis é mórbido, sim, mas um bom lugar para ter uma sobrevida, eu não reclamo. Não para terrestres, claro. A maioria de vocês que consegue chegar aqui, desiste e volta para a Terra. Muita gente acaba morrendo.

— Mas você é humano como eu. Há muitos humanos aqui! — o rapaz contestou.

— Sim, mas *nascemos* em Necrópolis. Somos humanos necropolitanos. Você é um humano terrestre. Há diferenças de adaptação, há muitas outras diferenças lógicas.

— Como os humanos vieram para Necrópolis?

— Quando eu era criança, meu pai me contava que o primeiro humano chegou a Necrópolis há seiscentos anos. Ele atravessou um portal acidentalmente. Perdido neste mundo, o homem se deparou com o Lorde Zumbi e sabia que teria seu cérebro devorado, porque é isso que os mortos fazem: comem cérebros e depois o restante do corpo. — O ladrão colocou o indicador dentro da boca, colocando a língua para fora, expressando nojo. — Mas a inteligência do humano foi maior e ele conseguiu convencer o Lorde Zumbi apenas no diálogo. É o que a história chama de O Acordo.

— Entre um terrestre e um zumbi? — Verne levantou uma das sobrancelhas.

— O homem fez um tratado com o Lorde Zumbi. Prometeu que traria cem homens e cem mulheres da Terra para Necrópolis, atravessando o mesmo portal que ele tinha cruzado por acidente. Com isso, os zumbis poderiam se alimentar de cinquenta homens e cinquenta mulheres escolhidos pelo Lorde, e o restante ficaria em Necrópolis para povoar uma região humana e, com isso, o homem também não seria morto por ele. Queria reinar aqui.

— Não me parece um bom acordo. Ele deu certo?

— O que acha? Nós, humanos, estamos aqui, não estamos? Somos das criaturas com mais territórios. — Gargalhou, chamando a atenção de três ou quatro zumbis, os últimos da fileira que caminhava. Verne, apavorado, pediu silêncio ao ladrão, que gargalhou mais uma vez. — Não se preocupe, eles não irão nos atacar. Não atacam ninguém em Necrópolis.

— Eles precisam se alimentar, certo?

— Sim, sim. Meu pai dizia que os zumbis mantêm aquele grupo como um estoque de alimentação. Conservam os cem humanos há seiscentos anos. Toda vez que alguém tem algum membro comido pelos mortos, cresce outro no lugar. Faz parte da maldição de ser atacado por um.

— Isso é bizarro, se você quer saber minha opinião. — Verne estava meio enojado e ainda curioso. Simas ficava entre bocejos e gargalhadas. — E nessa Marcha dos Mortos, eles estão indo comer?

— Eles estão rumando para outra de suas áreas. Os zumbis habitam milhões de lugares, pois este mundo pertence a eles. Talvez não sejam os seres mais poderosos de Necrópolis, mas são muito respeitados. — O ladrão fez um gesto como se quisesse voltar à cabana. — A cada madrugada, os zumbis fazem o mesmo ritual de transição. Eu sinceramente não compreendo os motivos, nem quero compreender. É como se os zumbis ainda vivessem a sós neste mundo e ninguém sabe de onde eles vêm ou para onde vão.

— Eu pensei que Necrópolis era o Mundo dos Mortos por causa dos niyans.

— Sobre espíritos meu conhecimento é limitado. Mas o Niyanvoyo é um subplano de Necrópolis, então faz sentido também. — Ele postou a mão sobre o ombro do rapaz. — Relaxa, Verne. Sei que está se sentindo perdido. Eu sou um aventureiro, minha sobrevida é correr por aí, roubar, me meter em encrencas e depois sair ileso. — Gargalhou novamente. — Vou tentar te ajudar nessa.

O rapaz pareceu surpreso.

— Você tem me ajudado desde o deserto. Queria aproveitar e agradecer.

— Ainda não fiz nada, deixe para agradecer depois! — falou, entre risos. — Pelo que você disse até agora, está bem claro que busca alguém que morreu. Alguém importante.

— Sim. Meu irmão. — Verne manteve-se firme. — Victor. Ele só tinha treze anos.

— Você precisará de um ladrão como eu para chegar aonde quer. Conheço Necrópolis como a palma da mão. Por mais que eu não entenda do plano espiritual, sei que serei útil. Sempre sou. — Simas sorriu e passou o braço pelo pescoço do jovem, apertando-o de leve.

— Obrigado! — Ele recobrou a força e o ânimo que havia perdido, sentindo-se mais determinado.

— Agora vamos terminar nosso sono, estou parecendo um zumbi, quer dizer, não esses aí. Amanhã cedo partimos em busca do seu irmão. — O ladrão o puxava de volta para a cabana.

Antes que Verne ou Simas pudessem dizer alguma coisa, um som terrível ecoou. Dessa vez não eram os mortos. Uma agitação inesperada tomou conta do vilarejo, os portões foram abertos às pressas e os lampiões acesos. Pela entrada, um ladrão ferido pedia por socorro. Consigo, trazia o pavor e a morte.

16

ARMAS E DUENDES

Andando a passos tortos, o moribundo ladrão tinha ferimentos pelo corpo, como que vindo de uma batalha. O crânio podia ser visto através de uma ferida aberta acima da testa, ossos quebrados no braço direito e uma perfuração no abdômen. Ele caiu aos pés de uma criança. Seu filho.

Simas chegou em poucos segundos, correndo, e homens e mulheres já acolhiam o homem, sem saber ao certo o que fazer. O garoto berrava.

— Por favor, não fiquem parados aí! Me ajudem ou Erbert vai morrer! — bradou Simas, desesperado.

Não demorou e Matyas, Rafos e um adulto ajudaram-no a levar o ferido até uma grande cabana. Um deles carregava uma pesada bolsa que Erbert deixou cair quando chegou. Verne observava a tudo pasmado e logo se juntou aos demais na enfermaria. A cabana era larga, mas não muito espaçosa vista de dentro, o teto alto era feito de palha e madeira enegrecida. Algumas mesas, também de madeira, estavam repletas de frascos, lâminas, agulhas e objetos que o rapaz achou semelhantes a talismãs. O ferido foi colocado sobre um colchão no chão. Os rapazes lhe trouxeram água, um medicamento com ervas e o adulto pousou panos úmidos sobre sua testa e lhe cobriu o corpo. Simas, ajoelhado, tentava mantê-lo desperto.

— Ele é o segundo nos últimos dias — lamentou Simas.

— Quem foi o primeiro, sobrinho? — disse uma voz retumbante ao fundo. Era Pavino, parecia ter acabado de acordar.

— Will — respondeu, suspirando longamente. — Desculpe-me, tio. Esqueci de te contar, mas Will foi ferido numa luta contra duendes e o deixei com Absyrto para ser medicado.

— Não se desculpe — disse Pavino, sério. — Nós é que nos esquecemos de perguntar sobre ele. Marino Will, filho de Jael, grande amigo meu. Agora há outro dos nossos morrendo. Temos de salvá-lo. — Espalmou seus punhos para o alto, observado por todos. — Homens, este ladrão vai morrer se não for curado logo. Quero o esforço de todos vocês, se empenhem ao máximo, cuidem dele, o mediquem, não vamos deixar mais um órfão por aqui!

Cada um tomou seu posto e foi cumprir uma tarefa designada. Verne os admirou. Notou como os ladrões eram unidos e zelavam uns pelos outros.

— O que houve com ele?

— Vê estes buracos? — disse Simas, revelando outros ferimentos por debaixo da calça e camisa de Erbert. — São virotes atirados por bestas de duendes. Dezenas daqueles malditos! Com certeza ele lutou contra eles, foi ferido na cabeça também. Isso não é bom. — Um dos moços forçou o ferido a bebericar mais uns goles de água. Ele estava quase desmaiando.

Acassyo, o adulto que examinava o homem havia algum tempo, falou:

— Na verdade, ele tem problemas piores para lidarmos.

— O que pode ser pior que um ferimento na cabeça? — murmurou Simas.

— Veneno de escorpionte. — Acassyo passou o dedo pela ferida e mostrou a gosma que vinha com o pus, melada e avermelhada. — As pontas dos virotes daqueles duendes estavam cobertas de veneno de escorpionte.

Os ladrões ficaram tensos na enfermaria, Simas mais do que todos. Verne não fazia ideia do que seria um escorpionte, mas sabia que não era bom e temeu, afinal tinha sido atingido na perna pelo virote disparado também por um duende. Naquele instante restava-lhe torcer para que o bando de monstrinhos não tivesse usado o mesmo veneno.

— O que é preciso para curar isso? Existe alguma cura?

— Lágrima de dragão vermelho — revelou Pavino, repentinamente. — E somente dessa raça de dragões. Nada mais pode curar um veneno de escorpionte.

Pela cabana entrou um garoto apavorado e choroso, não tinha mais do que doze anos. Caído de joelhos perante o ferido, balbuciava e tremia muito. Era Elias, o filho do moribundo. Verne se lembrou de Victor, um sentimento estranho lhe tomou o corpo. Ficou emocionado.

— Pai! Pai! — Os gritos de Elias apavoravam os corações dos presentes.

Verne via Victor.

— Senhor — murmurou um moço para Pavino. — Se ele não for curado, morrerá em menos de duas horas. O que faremos?

— Precisamos do medicamento urgente!

— Pai! — Berros em desespero.

Pavino saiu em disparada da enfermaria e o rapaz o acompanhou pelo olhar. Ele chamou Matyas e Rafos e entrou com eles em uma tenda menor. Verne foi até a porta da cabana e os viu saindo, recolhendo virotes novos para ataques, armando bestas, amarrando botas, colocando suas mochilas. Depois notou Kal trazendo equinotrotos preparados para uma corrida. Um trabuco com um rubi incrustado foi engatilhado pelo líder dos ladrões.

— Eles não devem estar muito longe. Vamos caçar esses duendes, matá-los e trazer a cura. Eles devem ter o medicamento — Pavino trovejou, engatilhando o último virote em sua besta.

— Pai! — a criança gritava e a atenção do rapaz voltou-se novamente para dentro da enfermaria. Ele se aproximou do ferido, seu filho e o amigo ladrão.

— Onde podemos encontrar a cura? — indagou Verne.

— Com Absyrto — respondeu Simas. — Não se encontra facilmente lágrima de dragão vermelho nesta região. Muitos a cobiçam, pois dizem que sua cura é milagrosa. Mas já ouvi dizer que o curandeiro possui um estoque do medicamento em sua tenda. Espero que ainda tenha o suficiente.

O ferido tossia sangue, tingindo o chão de escarlate. O menino berrava, balbuciante e trêmulo.

— O-o se-senhor... — Elias gaguejava para Simas. — O senhor po-pode salvar me-meu pai? Pode?

— Farei o possível, pequeno.

Mais um suspiro do ladrão e o coração de Verne foi tomado pela mais alta piedade desde que seu irmão havia morrido. Tinha algo naquele ocorrido que se assemelhava muito ao seu passado recente. Família. Perda. Amargura.

Victor.

— Eu quero meu pai! — O menino se debruçou sobre o corpo desfalecido do ferido. — Eu quero meu pai. Não deixe ele morrer!

— Farei o possível. — Simas continha suas lágrimas. Dirigiu-se para o jovem Vipero: — Ele perdeu a mãe recentemente. Se perder o pai, não sei o que será dele. Droga! Malditos duendes. Droga!

Victor.

Simas olhou ao redor, o rapaz havia sumido.

Pavino, junto de Matyas e Rafos, já preparavam a montaria. Faltava apenas mais um equinotroto para um deles, quando Kal correu em suas direções, alertando que Gorgo, o animal de Simas, havia sido levado do estábulo.

— Quem? — perguntou o líder dos ladrões.

— O jovem que chegou essa noite.

Verne.

17

O ALERTA

Anamaria era uma velha baixa e rechonchuda, com poucos dentes e cabelos. Era tão antiga que a maioria dos órfãos do Vilarejo Leste já havia passado meia sobrevida com ela e a tinha como uma mãe.

Simas entregou Elias para os braços de Anamaria e a velha o levou para sua tenda. Serviu docinhos, leite de equinotrota, água e amêndoa doce para acalmá-lo. Minutos depois, nenhum grito ou choro foi ouvido. Ela fazia bem o seu serviço. A tensão, porém, continuava na enfermaria do Vilarejo Leste. Simas e Acassyo cuidavam do ferido. A madrugada atingia o seu ápice no breu.

— O seu amigo partiu com Gorgo! — revelou Matyas, seguido de Rafos, ambos aborrecidos.

— Eu imaginei. Ele deve ter ido até a tenda de Absyrto.

— Fazer o quê?

— Disse a ele que talvez o curandeiro possuísse o medicamento que precisamos.

— Idiota! — trovejou Pavino repentinamente, ao entrar na cabana. — As coisas precisam de organização, de planejamento. Eu e os rapazes estávamos indo atrás dos duendes que atacaram Erbert para pegar a cura.

— Desculpe-me, tio. — Simas ajudava Acassyo a terminar de enfaixar a cabeça do ferido. — Verne realmente não devia ter tomado essa atitude, mas creio que ele conseguirá trazer o medicamento antes que vocês encontrem os duendes.

Pavino Tales bufou, fechou os punhos e encarou o sobrinho com fúria. Depois, saiu da cabana, acompanhado de Matyas e Rafos, que jogaram as bestas no chão. O ladrão bem sabia que quando seu tio se aborrecia, alguma punição viria em seguida.

O ferido abriu os olhos de repente. Tossiu sangue, moveu alguns dedos e depois pegou firme nos braços de Simas. Seu olhar moribundo trazia pavor.

— Duendes. — Tossiu novamente.

— Eu sei. Eles andam rondando esta região nos últimos dias.

— Foi uma... *emboscada.* — Cuspiu mais sangue onde já havia uma poça.

— O quê?

— Não se deve roubar um duende... *jamais!*

Simas sabia que os duendes eram vingativos. Ele também sabia que não devia roubá-los, afinal eles ganham o ouro em trabalhos prestados aos bárbaros sulistas, um pagamento obtido a muito custo. O ladrão sabia que duendes eram criaturas mesquinhas e ambiciosas, seus serviços prestados eram assassinato, construção de transportes de guerra e alguns armamentos personalizados. Ele bem sabia que, ao ter roubado um duende, os outros iam querer de volta o que era deles por direito. E Simas não só roubou os duendes como também os matou.

— Eu e outros ladrões fomos pegos de surpresa horas atrás. Eles mataram nossos equinotrotos — continuou Erbert.

— Por quê? — Simas perguntou, mas já sabia a resposta.

— Não sei. Não fizemos nada a eles.

O ferido se encolhia de dor, tremia nas mãos do ladrão, mas eram os punhos de Simas que suavam.

— Eles disseram que nós, ladrões, roubamos e matamos os de sua espécie. Os meus companheiros foram mortos, trucidados! — Começou a chorar, as lágrimas se misturando ao sangue. — Mas... não foi o meu grupo... Não foi!

— Eu sinto muito. Vai ficar tudo bem. Meu amigo já foi buscar seu medicamento. — Simas estava desconcertado. Não sabia o que fazer, nem o que dizer.

— Os duendes não estavam sós. Tinha mais alguém... — Erbert mordeu os lábios, tenso.

— Onde foram atacados?

— Nas imediações do Cume Escarpado.

Simas engoliu em seco, assustado. Esse cume, um destaque discreto que despontava no meio das dunas, ficava próximo à tenda de Absyrto.

— Quem estava acompanhado dos duendes? — ele indagou, suando frio.

— Um homem... tatuado. — Erbert tossiu. Um líquido avermelhado borbulhava no ferimento maior.

— Um bárbaro sulista.

O pavor tomou conta de Simas.

— Seu amigo vai... morrer — o ferido teve forças para dizer, antes de desmaiar.

Mas Simas já tinha partido em disparada, correndo a pé pelas Terras Mórbidas. Atrás de si, a areia azul se levantava. À sua frente, o medo.

18

UM VULTO EM MEIO À PERDIÇÃO

Gorgo era incrivelmente veloz, mais rápido que um corcel na Terra. Talvez todos os equinotrotos fossem assim, pensou Verne. O animal, aparentemente, tinha gostado do rapaz e este, se adaptado à sua montaria. Ele pensava no homem ferido, no forte vínculo que os ladrões mantinham, no menino que chorava e em Victor.

Viu o garoto sofrendo pela possível perda do pai e recordou-se de quando era pequeno e também viu sua mãe morrer no parto do caçula. Recordou-se de quando seu pai os abandonou e da tarde em que Victor morreu. Quis chorar e mais uma vez não conseguiu. A madrugada chegava ao fim e Solux apontava sua nesga de luz avermelhada. Por um instante, se perguntou se não estaria se desviando de seu objetivo. Torcia para que o irmão não tivesse caído no Abismo. Em Necrópolis, o tempo era incerto e o destino de Victor, imprevisível. Ele sentia que devia algo aos ladrões e que estava no caminho certo. Precisava confiar em seu instinto. Eles o acolheram e lhe deram abrigo, água e comida. Deram-lhe segurança e apoio em sua busca. O mínimo que podia fazer por eles era buscar o medicamento com o curandeiro. Ele não era dado ao bom-mocismo, contudo achava certo compensar gestos, ainda mais aqueles com os quais se identificava intimamente.

Verne avistou a tenda de Absyrto, fez com que Gorgo interrompesse seu galope e apeou. Entrou e gritou pelo curandeiro, mas não ouviu resposta: não havia ninguém lá dentro. Olhou ao redor e notou um rastro de sangue que começava perto de almofadas furadas e ia até o lado de fora da tenda, onde sumia nas dunas. Hesitou, mas continuou. Vasculhou o lugar em busca da lágrima de dragão vermelho, apesar de não saber como era o medicamento. Procurou o líquido amarelado derramado em sua coxa anteriormente, mas eram muitos frascos e ele não tinha tempo. Pegou o maior número que conseguiu e colocou na bolsa que levava consigo.

Um barulho: *creck*.

Gorgo relinchou agitado. O animal bufava e raspava seu casco contra a areia, quase indomável.

Creck.

Verne colocou a bolsa pesada sobre o equinotroto e verificou que som era aquele. Entrou cauteloso na tenda, pé ante pé. Ali o cheiro de sangue seco, nada mais. Limpou o suor da testa molhada e sentiu o crescente palpitar do coração.

Creck.

Deu a volta pela tenda, olhou por cima e para baixo. Nada. Imaginou que Gorgo não se agitaria à toa; ele só tinha que descobrir qual era o motivo. O rapaz engoliu em seco e respirou fundo, tentando se acalmar.

Creck.

Assustou-se quando, de repente, uma serpente surgiu das dunas. Verne permaneceu imóvel, odiava serpentes. Ela vibrava sua língua bifurcada e mostrava-lhe as presas de forma ameaçadora. Em seguida ela afundou na areia e desapareceu. Talvez o som fosse dela, quis acreditar.

Creck.

Gorgo levantou as patas dianteiras. A bolsa caiu na areia, algo se quebrou e líquidos começaram a vazar. O jovem praguejou e correu na direção da montaria.

— Droga! — resmungou enquanto inclinava-se para pegar a bolsa. — Espero que não tenha quebrado o frasco do medicamento.

O barulho cessou. Uma pequena sombra foi projetada na areia. Verne percebeu que vinha de cima da tenda. Ficou imóvel, para não chamar atenção, mas era tarde demais. A sombra cresceu e revelou uma cabeça grande de orelhas pontudas, com movimentos hostis. Um duende.

Antes que pudesse reagir, o rapaz foi atacado pelo monstrinho, que saltou em suas costas com ferocidade. Ele se virou e rolou pela areia, ficando frente a frente com a criatura.

— Ladrão! — grunhiu o duende, com sua voz estridente e minúscula. — Carne fresca! — Lambeu os beiços ressecados.

— Não sou ladrão nem carne fresca! — Verne o temia, ao mesmo tempo em que era tomado por uma fúria. Recordou-se do ferido e seu filho. Victor.

— Carne fresca! Seu ouro é sua carne. — O duende riu sinistramente.

Ele voltou a saltar sobre o rapaz, mas este reagiu, dobrando os joelhos e impulsionando-o para o outro lado. A criaturinha rolou. Verne arrastou-se pela areia e vasculhou a bolsa em busca de algo que não fosse um frasco. Aquilo pertencia a Simas, um ladrão, então tinha de ter algo conveniente, torcia. O duende correu, passou por debaixo de Gorgo e o alcançou. Os dentes à mostra, o corpo pequeno e esguio pulando sobre ele. O rapaz riscou o ar com uma faca em mãos e o pescoço da criatura foi cortado, jorrando sangue azul como aquele deserto. O inimigo caiu morto na areia.

Outros três duendes surgiram das dunas. O primeiro saltou de qualquer maneira e caiu desastrosamente sobre a tenda ao lado. Os outros dois pularam na direção do rapaz, mas foram escoiceados por Gorgo e morreram na hora. A criaturinha que estava sobre a tenda recobrou-se e assoviou. Cordas retesadas em suas extremidades surgiram das areias e prenderam o corpo do equinotroto de forma que o animal não conseguisse se mover. Mais dez duendes apareceram e circundaram Verne. Apontavam suas bestas com virotes envenenados. As línguas para fora denunciavam a fome e o olhar apertado entregava a crueldade. Dentre eles surgiu um homem alto e musculoso, com serpentes tatuadas pelo corpo pardo. Segurava uma longa lança em um dos punhos e um chicote noutro. Seu cabelo era roxo, comprido para cima e cortava o meio da cabeça careca. Usava uma túnica curta, na altura da coxa forte, feita de pele branca de animal.

— Divirtam-se! — trovejou o guerreiro.

Apavorado, o rapaz deixou cair a faca. Frio e calor tomaram seu corpo. Verne foi dominado por pensamentos mórbidos e cerrou os olhos para não ver o inevitável. Não queria assistir à sua morte.

Silêncio.

Depois, um ruído: grunhidos agonizantes. Seguido de um zumbido de lâmina.

O som do gume cortava o ar e também as carnes. Barulho de ossos quebrando e sangue sendo jorrado. A lâmina assobiava cortes próximos ao seu ouvido. Grunhidos. Carne. Ossos.

Silêncio.

O jovem Vipero abriu um olho, depois o outro. Olhou ao redor e viu os duendes mortos, decepados, esquartejados. Ao seu lado, o homem tatuado, feroz e temeroso, encarava-o, ainda armado. Verne mantinha-se imóvel. O que estaria acontecendo?

Sutil e repentinamente, uma enorme espada passou próxima de sua orelha, vinda de trás, dançando em giros pelo ar, acertando o adversário na garganta, atravessando-a até o outro lado. O sangue vermelho esguichou na areia, se misturando com o azul das Terras Mórbidas. O corpo do guerreiro morto demorou alguns segundos para tombar no chão.

Espantado, Verne observava seu salvador. Não era Simas. A silhueta projetada por Solux mostrava outro ser. Um muito mais belo.

19

A MERCENÁRIA

Os cabelos dela estavam presos no alto da cabeça, descendo a partir dali como uma cascata ruiva maravilhosa. A moça era um pouco mais alta do que o rapaz, de tez clara, com as maçãs do rosto simétrico pintadas com sardas. Os lábios vermelhos eram convidativos e sua roupa rubra colada ao corpo provocava com curvas estupendas, as coxas grossas numa calça fina e os seios fartos revelados em grande parte por um decote conveniente. Nas mãos delicadas tinha luvas com os dedos nus e, nos pés, botas negras compridas.

Solux foi mais bondoso aos olhos de Verne e deixou que a visse por completo. As neblinas se dissipavam ao seu redor, os grãos de areia abriam-lhe caminho e a luz contornava seu corpo como se fosse um objeto valioso. Os movimentos dela eram curiosos, num misto de agressividade e delicadeza. A moça esbanjava glamour, ferocidade e encanto.

Ela se aproximou e o rapaz se entorpeceu com o perfume que exalava rosas e mel. A beldade passou por ele, dirigindo-se até o homem morto para recuperar sua espada, ainda maior do que ela. No fio da lâmina pendiam pedaços do defunto. Ela retirou um pano rosado da cinta, limpou a arma e embainhou-a nas costas.

— Pelas descrições que me passaram, você deve ser Verne. Estou certa? — Sua voz era quase uma linda canção. Seu sorriso ressaltava ainda mais os lábios vermelhos e brilhosos.

— Sim. Verne Vipero. — O rapaz se achou em hipnose. Estava abobado e imaginou que a moça poderia notar.

Resolveu recobrar-se, por mais que isso fosse difícil na presença dela. — Como sabe?

— Martius Oly. O taverneiro falador do Covil.

— Oh, sim. O taverneiro. Martius — disse, bobo. — Kirsanoff? Você é... Karolina Kirsanoff?

Ela fez que sim.

— Como me encontrou?

— Vou te dizer algo e nunca mais se esqueça: sou a melhor no que faço. — A moça tocou o punho da espada de forma curiosa.

Dois homens se aproximaram. Vestiam uniformes pretos e vermelhos camuflados, com coletes firmes sobre os corpos fortes e esguios. Possuíam quase a mesma altura e uma idade próxima à dela. Tinham botas firmes e longas nos pés, boinas sobre a cabeça e uma arma semelhante a uma metralhadora nas mãos. O punho esquerdo de ambos tinha tatuado as iniciais *KK*.

— Esses são Joshua e Noah. Mercenários como eu.

O rapaz os cumprimentou de longe e apresentou-se. Eles não reagiram, parados em posição defensiva. Suas faces eram pétreas.

— Você veio até aqui para me ajudar?

— O que você acha que acabei de fazer?

— Obrigado. Martius disse que você seria capaz de me levar até o Alcácer de Dantalion.

— Sim, sim. Sou capaz disso e do que mais quiser, por uma boa quantia de ouro, mocinho. — A moça piscou para ele e aquele mundo pareceu mais suave e bonito por um instante.

Ouro. Verne não fazia ideia de como conseguir o pagamento, mas de imediato a mercenária lhe passou objetividade o suficiente para a missão. Karolina havia matado dez duendes e um homem, e aquilo, para o bem ou para o mal, deveria ser vantajoso num mundo perigoso, pensou. Joshua e Noah se dirigiram até os mortos e os vasculharam, não demorando a encher mochilas com o ouro encontrado. Ela sorriu mais uma vez e foi como se o brilho de Solux ficasse mais intenso e quente.

— Vou facilitar as coisas para você. — Pegou uma das mochilas das mãos de seus homens e a estendeu para o alto. — Cobrarei metade do valor que costumo cobrar para serviços desta natureza. — Ela o fitou e o rapaz conseguiu notar os olhos verdes como duas pedras de jade. — Agradeça aos duendes mortos.

Ele assentiu em gratidão. A mercenária fez com que a seguisse. Os auxiliares já haviam soltado Gorgo, que relinchava de ânimo, vindo esfregar seu focinho em Verne. Depois a moça o levou um pouco mais abaixo de onde estava a tenda de Absyrto e lhe revelou algo inacreditável. O que ele viu foi um construto enorme semelhante a um avião, mas nada que realmente lhe remetesse a um veículo de seu mundo. A nave tinha gigantescos pares de asas, que faziam sombras extensas pelas Terras Mórbidas e, ainda presos a elas, mísseis acoplados em tubos para disparo. Sua base era triangular para baixo e sobre a areia. Na frente, algo emulava uma cabeça com bico comprido, findando o que seria a cabine do piloto, e duas formas ao redor formavam olhos gigantes. Encimado, um par de poderosas turbinas e, na traseira, uma espécie de cauda vergada para o alto. Tudo era metalizado naquele construto vermelho e chumbo. Verne sentiu um odor estranho vindo da nave. Curioso, aproximou-se e percebeu que ela respirava.

— O Planador Escarlate — revelou Karolina com orgulho. Os olhos dele ainda expressavam dúvidas. — Martius me contou que você é um terrestre. Não é estranho ficar surpreso ao ver um gorgoilez mesmo. — Ela deu um tapinha na nave, que emitiu um ruído mecânico e orgânico gutural. — Mas mesmo os necropolitanos ainda se surpreendem com uma invenção dessas.

— Gorgoilez?

— Gorgoilez é a raça dessa criatura rara, concebida para tornar-se transporte de mercenários. Ele nasce incompleto, e ainda filhote recebe os implantes mecânicos. Quando cresce, o implante entra em simbiose com o gorgoilez e vai assumindo a forma necessária. O meu, um eficiente planador. — Ela lhe sorriu e o quão incrível isso era.

— Magnífico... — ele conseguiu dizer.

Um dos auxiliares, de cabelos escuros e rasos, com a pele morena, subiu facilmente pelo planador, usando uma membrana que brotava ao lado do bico-cabine. Jogou as mochilas com ouro no interior e vasculhou por algo. Voltou e saltou em frente à sua patroa.

— Estoque de poluemita completo, senhorita.

— Obrigada, Noah.

O rapaz imaginava como aqueles dois homens eram capazes de suportar uma presença tão encantadora como a da mercenária sem ter qualquer tipo de reação. Karolina aproximou-se, os olhos verdes encarando os dele:

— Podemos partir, mocinho?

— Sim. Não sei quanto tempo eu tenho, mas é pouco.

Antes que pudessem partir, uma nuvem de poeira se formou adiante e algo muito veloz se aproximou. Era Simas Tales.

— Verne! — gritou o ladrão, aparentemente mais calmo ao ver seu amigo em segurança. — Você está bem?

— Sim. Agora sim. — Sorriu e apontou para a mercenária. — Esta é... — Foi interrompido.

— Karolina Kirsanoff! O que faz aqui, caçadora? — Simas fez uma careta de desgosto, cerrava os punhos.

— Ajudando um contratante. — Seu encanto deu lugar à ferocidade. Verne percebeu que algo bom não podia surgir daquilo. — E você, o que quer aqui, ligeirinho?

Joshua e Noah engatilharam suas armas. Elas eram chamadas de terminatas. O metal das armas era cor de prata enegrecida e reluzia o vermelho do Planador Escalarte. Sete mil disparos por minuto. O ladrão sabia disso e temeu, pois elas estavam apontadas para ele.

— Vocês se conhecem? — indagou Verne, ao notar a tensão no ar.

— Não tão próximos assim, até então. Mas essa caçadora já capturou muitos dos meus companheiros.

— Falta você se juntar a eles. — Ela sorriu, dessa vez de um jeito malicioso. Em menos de um segundo, Simas estava frente a frente com a mercenária. Foi rápido demais e ninguém percebeu a tempo. A moça não demonstrou surpresa.

— Sou paga para fazer tudo o que faço. — Sua pose era imponente. O ladrão não se afetava, o ódio era maior. — Você está na minha lista há muito tempo! — Empunhou a espada, pronta para desembainhá-la a qualquer instante.

As terminatas encontraram a nuca do ladrão. Para Joshua e Noah era impossível errar daquela distância. Verne se apavorou, não sabia o que fazer. Simas notou que poderia correr e sumir, mas ainda assim seria arriscado. Suando, encarou Karolina, tenso e furioso.

— Não se preocupe, essa missão nada tem a ver com você, ligeirinho. — Ela se virou, ignorando-o, indo na direção do Planador Escarlate. Subiu em uma das membranas e logo alcançou a cabine. — Por ora, vou poupá-lo. Homens, abaixem as armas.

Eles obedeceram, também ignorando o ladrão.

— Me *poupar?* — Ele soltou uma gargalhada, abriu seu cantil e bebeu um gole. — Nem que você quisesse! Não conseguiu antes nem nunca conseguirá. — Deu uma cusparada na areia.

— Verne — disse Karolina, acenando maravilhosamente para o rapaz. — Vamos! Você tem pressa na missão, não?

— O que significa isso? — Simas cruzou os dois braços na frente do corpo redondo.

— Eu deveria ter lhe contado, desculpe. Na conversa com Martius, procurei informações sobre os lugares onde posso encontrar meu irmão. Karolina sabe onde fica um desses lugares. Preciso dela. Espero que entenda.

— Eu sempre soube que os terrestres eram burros, por isso não me surpreendo. — Ele arrotou o conteúdo do cantil. – Só espero que saiba o que está fazendo, amigo.

— Eu também. — O ladrão o agarrou pelo pescoço, brincalhão, mas ainda tenso. — Absyrto e Marino não estavam na tenda. Eles sumiram! — Verne revelou.

— Provavelmente o curandeiro levou Will para um lugar mais seguro ao saber que os duendes estavam rondando esta região. Só pode. — Simas quis mostrar segurança, mas também estava preocupado. — Encontrou o medicamento?

— Não. — Joshua entregou a Verne a bolsa com os frascos. — Mas encontrei vários na tenda, peguei tudo o que pude. Espero que a lágrima de dragão vermelho seja um destes.

— Eu também.

— Alto lá! — Era Karolina, sua voz trovejava altiva. — Fui contratada pelo mocinho aqui, para ajudá-lo seja no que for. Por isso, levarei esses medicamentos comigo. Com o Planador Escarlate, chegaremos mais rápido até esse doente.

— Mas não mesmo! — Simas bradou. — O doente é um ladrão e ele está no Vilarejo Leste. Ninguém conhece a localização. E eu posso correr mais rápido do que esse planador é capaz de voar. Eu levo os medicamentos.

— Estou oferecendo ajuda extra num momento de curta trégua, seu idiota.

— Você é esperta, caçadora. Acha mesmo que vou revelar um dos lugares que há anos os mercenários procuram? — Gargalhou. — Posso ser idiota, mas não burro.

— Tsc, tsc — ela lamentou. Verne percebeu que a moça tentava conter uma raiva crescente. — Você terá de partir com seu equinotroto, não terá como correr. Meu planador voa mais rápido do que seu animal trota. Esse doente morrerá. Um ladrão a menos no mundo. Hum, boa ideia. Isso, bandido, vá! Pode levar os medicamentos. — Ela lhe mostrou a língua. O gesto saiu mais sensual do que provocador.

— Por favor, vocês dois, parem... — A mercenária interrompeu Verne e continuou:

— Mas você é muito ingênuo mesmo, ligeirinho! — Ela levantou o braço e apontou na direção norte das Terras Mórbidas, o indicador seguro em riste. — Eu conheço a localização da Vila dos Ladrões. — Alargou um sorriso. — Lenhostrals no meio do deserto, né? Eu entendo o pensamento de vocês: é um lugar tão manifesto que fica secreto.

Simas Tales jamais imaginou que alguém, que não um ladrão, soubesse a localização exata de seu vilarejo. Seu esconderijo, um segredo bem guardado havia décadas. A ele parecia impossível, impensável, inconcebível. Mas era real, e a maior mercenária de Necrópolis sabia. O ladrão cogitou a possibilidade de Verne ter revelado, mas um olhar incriminador para o rapaz revelou imediatamente que não. Pensou e pensou, mas não compreendeu. Pavor e fúria faziam parte de Simas naquele instante.

— Como... Como sabe?

— Informantes. Espiões. É normal nesse meio em que atuo, sabe? — Ela ergueu a cabeça e encarou-o. — E bandidos, depois de presos e desesperados, acabam falando demais.

O ladrão levou rapidamente as mãos até sua besta e em segundos já a empunhava apontada para a mercenária. Em seguida, os auxiliares miravam-no com suas terminatas.

— Calma, Simas! — gritou Verne, postando sua mão sobre os braços dele. — Não faça uma besteira. Se ela já sabe, agora não adianta mais. Deixe que Karolina leve os medicamentos. Vamos curar aquele homem primeiro, depois nos preocupamos com o resto. Por favor. — Suspirou.

Simas permaneceu mais um tempo com sua besta apontada para a testa de Karolina. Encarava-a com raiva, mas engoliu em seco. Pensou no doente, nas palavras de Verne e na criança que poderia ficar órfã. Hesitou e devolveu a besta às suas costas. Jogou a bolsa com os medicamentos para um dos auxiliares e disse firmemente:

— Cure aquele homem, caçadora. Mas qualquer ato suspeito ou hostilidade e eu juro que não vou hesitar na próxima vez. — Virou-se para o rapaz, mas ainda falando com ela: — E também não me responsabilizo pelos atos dos outros ladrões. Faça o que tem de fazer e depois desapareça de lá! — Montou em Gorgo, acariciando sua crina. — Verne, não confie totalmente num mercenário. Jamais!

O ladrão partiu em disparada pelas Terras Mórbidas. O coração do rapaz se apertou, mas era preciso e ele não tinha pensado em uma alternativa naquele momento.

Verne subiu por uma das membranas do Planador Escarlate e sentiu um objeto pegajoso e ressecado. Os três mercenários já se encontravam dentro da cabine, que era como uma bolha transparente, uma película forte e resistente, grande por dentro. Para adentrá-la, ele teve de passar por debaixo da pele do planador, uma fenda de tamanho mediano, bem no centro da coluna do transporte. Dentro da cabine, ele viu Joshua e Noah em lados opostos, sentados sobre um formato de carne que moldava um pequeno banco. Ambos os auxiliares tinham diversas e minúsculas membranas nas mãos, entrelaçadas entre os dedos, que Verne descobriu ser o controle de ataque, de onde os dois comandavam os projéteis e mísseis do planador. Mais à frente estava o suporte de comando, com várias bolhas de tamanhos diversos que faziam as vezes de botões de controle e mais algumas pequenas membranas, localizadas em lugares específicos. À frente do suporte estava Karolina, em pé, com as mãos espalmadas sobre as esferas. Tinham um tom vermelho-cinza estranho e Verne notou que a mercenária não as tocava, mas ficava com os dedos bem próximos. Depois viu uma membrana finíssima que vinha por debaixo do suporte subir o belo corpo e se alocar na nuca de Karolina.

— Por que quer conhecer o conde vampiro? — ela perguntou.

— Martius me disse que ele é o único que sabe a localização da Fronteira das Almas.

Karolina arregalou os olhos, levantou uma sobrancelha, fina e graciosa.

— E por que lidar com os planos etéreos, qual o propósito disso?

— Meu irmão morreu. Quero salvá-lo do Abismo — disse o rapaz, seguro. Sentou-se sobre um dos montes de carne, que eram como bancos.

— Irmão... Compreendo — sussurrou num tom sublime e mórbido.

— E, nessa missão, precisarei de mais um favor seu.

— Não diga isso. Não faço favores. Estou cumprindo uma tarefa paga. Me peça e eu farei.

— Existe um necropolitano exilado na Terra que quer voltar para Necrópolis. Preciso conseguir um passe.

— Sem problemas, mocinho. Essa será a parte fácil. — Ela fez um movimento com uma das mãos sobre a esfera flutuante e o Planador Escarlate virou-se para o lado bruscamente, a toda velocidade. Necrópolis podia ser visto abaixo, grandioso e sombrio. Verne olhou pela janela e teve a impressão de ver as dunas se mexendo. Decidiu que era o cansaço falando mais alto e voltou sua atenção para a mercenária.

— Como conseguiremos o passe?

— Tenho bons contatos, fique tranquilo. Só preciso do nome do necropolitano.

— Elói.

— Certo.

Outro movimento sobre a esfera do planador e o rapaz já conseguia avistar o Vilarejo Leste, escondido nas sombras do núcleo das lenhostrals.

— Por que nunca conseguiu capturar Simas antes?

— Você já viu como aquele bandido corre? Não é normal. Os militares da Esquadra de Lítio me contrataram uma vez para caçá-lo, pois eles mesmos não conseguem. Simas está com a cabeça a prêmio há um bom tempo. Vários mercenários estão em seu encalço, mas nenhum obtém sucesso algum. — Ela riu graciosamente.

— Ele deve ter furtado muito mesmo. Por que nunca invadiu o Vilarejo Leste, se sabia a localização? Seria sua única oportunidade, creio.

— Sim, sim. Somente eu e meus homens conhecemos a localização da Vila dos Ladrões. Joshua e Noah são leais a mim, jamais entregariam a informação, afinal eu não deixaria que algo assim escapasse de mim, não é? Mas para tudo existe um momento favorável. — A mercenária mordeu um canto dos lábios deliciosamente, depois olhou para ele por cima dos ombros. Suas sardas se moviam com seu sorriso sutil.

— Karolina — disse ele, sério.

— Sim?

— Me prometa uma coisa.

— Sim?

— *Trégua*. Me prometa que, enquanto estiver em missão comigo, vai manter trégua com Simas e todo o Vilarejo Leste.

— Sim. Você quem manda, mocinho! — Ela piscou. — Agora se segure. Vamos pousar!

As areias foram jogadas longe com o forte vento causado pelo gorgoilez ao redor das lenhostrals. O Planador Escarlate pousava, pouco a pouco. Houve um brusco tremor e Verne sentiu seu intestino ser jogado de um lado ao outro. Mas, naquela companhia formosa, tudo valia a pena.

20

OURO REAL

Os auxiliares seguraram o doente com força. Joshua as pernas e Noah o tronco, enquanto Karolina despejava a lágrima de dragão vermelho sobre a perfuração letal em seu abdômen. O pobre teve espasmos, mas em alguns minutos estava curado. Levantou-se devagar, sentindo a força retornar ao corpo. Erbert agradeceu aos mercenários, agora sem dores. Karolina Kirsanoff achava a situação divertida, e seus homens permaneciam indiferentes.

Alguém pediu que trouxessem Elias, que chegou acompanhado de Anamaria. Os olhos de pai e filho se encheram de lágrimas, houve uma comoção geral. O coração de Verne foi tomado por uma felicidade apaziguante, afinal, de uma forma ou de outra, havia sido um dos responsáveis por salvar uma vida, experiência inédita que descobriu fazer muito bem. Quem dera também tivesse conseguido a de Victor, pensava.

— A sorte te acompanha mesmo, não é, mocinho? — A mercenária sorriu.

Verne a agradeceu. Erbert abençoou a todos, contente e com o filho nos braços. Partiu para repousar em sua cabana. Fora dela, Simas ouvia sermões de seus primos, Matyas e Rafos, tão tensos quanto ele.

— Inacreditável! — grunhiu Matyas, um rapaz de cabelos cacheados e castanhos, com um nariz achatado.

— Como pôde trazer uma mercenária para nosso vilarejo? — Este era Rafos, um moço alto de pele alva e olhos murchos, com cabelos escuros e bagunçados que caíam sobre o rosto.

— Eu já expliquei antes, droga! — disse Simas, trêmulo.

— Não interessa! Somente ladrões ou aliados podem saber a nossa localização. Mais ninguém! — Rafos levou as mãos ao rosto, dando voltas sobre o mesmo lugar. — Muito menos mercenários. Simas, seu idiota. SEU IDIOTA!

Com a revolta pairando no ar, as demais pessoas não se aproximavam.

— Isso foi um caso diferente. E ela nos ajudou a salvar Erbert — continuou Simas, braços cruzados frente ao corpo, cenho franzido, não olhava para seus primos.

— Droga! — Matyas disparou um soco num poste ao lado, descontrolado. — Mas agora essa caçadora sabe a nossa localização. Ela sabe!

— Ela já sabia! — Simas apontou o dedo para o rosto do outro. — Não me faça repetir o que eu já disse. Agora saiam do meu caminho! — Ele estendeu os braços agressivamente para frente e seguiu para lugar nenhum, quando se deparou com seu tio pelo caminho. O medo lhe dominou por completo, não conseguiu se mover.

— Segundo erro do dia, sobrinho — sussurrou Pavino friamente. Não conseguia encarar Simas, o aborrecimento era maior. — Você me desapontou muito.

— Me desculpe... tio. Já expliquei tudo. Isso não voltará a acontecer, foi por razões maiores. Logo os mercenários se vão, tudo vai acabar e voltar a ser como antes — dizia, cabisbaixo.

— Com certeza vai. — Virou-se e seguiu andando, com Matyas e Rafos, seus filhos, o acompanhando. — Não quero esse tipo de gente no nosso vilarejo. Se eu me deparar com eles quando voltar do estábulo, sangue mercenário tingirá nossas terras. Não serei piedoso.

— Tudo... bem. Eles partirão logo. — Suspirou, sentindo-se minúsculo e sujo.

— Pensarei numa punição para você.

Solux brilhava forte no céu quando todos no Vilarejo Leste almoçavam. Avisados, os mercenários foram comer sua ração do lado de fora, dentro do Planador Escarlate, pousado numa região remota do deserto para não chamar a atenção de viajantes, fora do agrupamento de lenhostrals.

Próximo à entrada do vilarejo, onde podia vigiar Karolina e seus homens, Simas juntou galhos secos e pedaços de madeira, depois retirou da bolsa uma pequena pedra vermelha. Bateu-a duas ou três vezes contra os galhos e a madeira, fazendo fogo.

— Labaredium — revelou o ladrão, antes que Verne o indagasse.

— O que disse?

— É o nome deste minério. Com algumas raspadas criamos fogo. — Jogou-a nas mãos do jovem e, ainda quente, saltitou em suas palmas. Segundos depois, esfriou como gelo. — É facilmente encontrada nesta região.

Anamaria trouxe água gelada e pedaços de carne-seca, que eles colocaram sobre as chamas. Ao redor da fogueira, histórias. Verne contou-lhe tudo, sobre Elói, a conversa no Covil, o encontro com a mercenária e depois:

— Mais uma vez me desculpe. Não quis causar confusão, nem trazer Karolina aqui. Mas foi preciso... — Sua voz sumia. — Ou acho que foi. — Suspirou.

— Tudo bem. Você é um terrestre, eu já disse. — Riu, mas não estava exatamente feliz. O cantil estava cheio e aquilo, sim, o deixava contente.

O rapaz, no entanto, omitiu sobre Simas estar com a cabeça a prêmio. Nesse meio tempo, o ladrão lhe contou por que atacou os duendes na companhia de Marino Will, quando Verne os conheceu. A história o surpreendeu.

A carne-seca era saborosa, tinha um gosto desconhecido, mas ele adorou e nem quis imaginar de qual animal originara-se. Verne comeu até seu estômago conseguir suportar. A mercenária e os auxiliares se aproximaram. Os ladrões que ficavam de guarda na entrada do vilarejo cuspiram na presença deles, praguejando impropérios.

— Fiz alguns cálculos, mocinho. — Karolina mantinha sua pose elegante e um sorriso no canto dos lábios fartos. — O ouro dos duendes foi suficiente só para aquela ocasião mesmo. Preciso de mais para seguir adiante na missão e preciso de um pagamento adiantado.

O rapaz não sabia o que dizer. Hesitou por uns instantes. Onde conseguiria um pagamento?

— Ah, eu já estou ferrado mesmo! — bufou Simas e lavou a garganta com o conteúdo do odre. — Eu te ajudo nessa, amigo. — Ele sorriu um pouco alcoolizado. Apagou a fogueira e pediu que o seguissem vilarejo adentro por uma trilha que rumava pelos flancos, onde as árvores comprimiam a passagem e obrigava-os a andar enfileirados. Indagado, respondeu: — Vamos para o Cofre. — Karolina gostou do nome.

Simas Tales conferia de tempos em tempos se não estavam sendo seguidos. Ele sabia que aquela rota não era usada pelos ladrões havia muitos anos, mas agora utilizavam um caminho interno para o Cofre. Quando criança, Simas costumava brincar ali, por isso acreditou ser a melhor solução. Alguns quilômetros e meia hora depois, eles chegaram de frente a uma cavidade aberta no solo, com uma profundidade escura. Tinha uma forma cilíndrica revestida de alvenaria.

— Certo. Um poço — disse Verne, sem entender.

— Suponho que isso seja o Cofre, ligeirinho — provocou Karolina Kirsanoff.

— É, sim. Agora fiquem aí, vou resolver seus problemas — respondeu o ladrão enquanto colocava uma das pernas dentro do poço e depois a outra. Encontrou o primeiro pedaço de metal e desceu pelo que seria a escadinha até o fundo. A mercenária estava ansiosa e curiosa. Aguardaram.

Repentinamente, um tilintar rompeu o silêncio. Ela reconheceu o barulho de moedas. O ladrão retornou, saltou do topo do poço e jogou um saco enorme ao chão, espalhando várias das moedas douradas. Os olhos da moça brilharam vibrantes.

— Ótimo! Quanto tem aí? — Ela tocou a ponta da bota em algumas moedas delicadamente.

— Duzentas moedas de ouro.

Karolina fez uma careta.

— Não é o suficiente. Esse valor não paga nem a metade dos serviços que fiz até agora.

— Você receberá a outra metade depois que terminar a missão, espertinha.

— Está bem, está bem. — Ela fez um sinal e Joshua recolheu as moedas, carregando o pesado saco nas costas. — Depois você me pagará mais seiscentas dessas moedas.

— Não. Você receberá mais cem moedas.

A mercenária se dirigiu para Verne, levando sutilmente seu indicador até o queixo do rapaz, passeando com ele por sua face. Ela expressava desapontamento.

— Verne, seu amigo está me pagando uma quantia que não considero válida. Com trezentas moedas de ouro eu abasteço meu planador com mais poluemita. E só. — Ela meneou a cabeça para seus homens e eles se moveram, prestes a descer o morro, partindo de volta à trilha. — Acho que o bandido não te ajudou muito. A missão acaba agora! — bradou e partiu também.

Verne ficou pasmo. Depois, ele direcionou seus pensamentos para outras probabilidades, como o fato de Karolina ter se aborrecido com o pagamento e buscar vingança no futuro, quebrando assim a trégua prometida. Ela e seus auxiliares já conheciam o funcionamento e a rotina do Vilarejo Leste e poderiam voltar lá mal-intencionados. Quebrando seu raciocínio, veio uma gargalhada. Era Simas.

— Do que está rindo?

— Ei, caçadora! — Seu sorriso era sarcástico. Levou mais um gole de seu cantil à boca. Estava se divertindo. — Por um acaso você já avaliou que tipo de moeda é essa que carrega?

Karolina apertou os olhos e fez um bico. Levou a mão, curiosa, até o saco e retirou uma moeda. Arregalou os olhos quando percebeu.

— Ouro real!

Em Necrópolis as moedas se distinguiam não apenas pelo material, mas também por outros detalhes. Uma moeda de ouro era um metal liso e dourado. O ouro real era razoavelmente maior, com uma coroa da realeza grafada em ambos os lados.

— Como conseguiu? — ela perguntou, ainda embasbacada.

— Não se esqueça que sou o melhor ladrão por estas bandas! — Gargalhou.

Karolina rogou uma praga, mas foi tomada por contentamento e satisfação. O ouro real era a mais preciosa das moedas, mais valiosa até do que o ouro, a prata dos anões e o bronze das terras do norte. Essa moeda era dificilmente encontrada fora do cenário real. Um grande furto, ela tinha de admitir. Ficou curiosa para descobrir como ele fora realizado e qual das realezas era a vítima. Karolina guardou a moeda de volta, amarrou a ponta do saco e começou a descer o morro, acompanhada dos demais.

— E você, ligeirinho, lembre-se: eu sou a melhor mercenária por estas bandas! — Gargalhou também. Joshua e Noah nunca tinham visto sua patroa rir daquela maneira exagerada.

Os mercenários aguardavam os dois no Planador Escarlate. De volta à cabana de Simas, Verne resolveu indagar, mais uma vez, seu novo amigo:

— Por quê?

— Porque foi preciso. — Sorriu o ladrão. — E aquele ouro real foi roubado. No Cofre tenho uma quantia muito maior do que você possa imaginar. Ninguém notará a diferença, relaxa.

— Mas seu tio... — O rapaz foi interrompido.

— De qualquer modo, meu tio vai me punir. Mas ele não saberá sobre isso. Agora vamos embora: precisamos salvar seu irmão e conseguir um passe! — Encarou Verne de soslaio. — Você é uma boa pessoa. Ajudará pessoas e eu vou te ajudar. — Piscou para ele, cômico. — Não tente me impedir disso, terrestre!

O jovem Vipero assentiu e, antes de partirem, recebeu do ladrão uma pequena mochila que viria a carregar a partir daquele momento. Em seu interior, colocou o frasco de plástico dado por Martius Oly, uma pedra de labaredium dada por Simas e a faca com a qual matara o duende no deserto, agora com o cheiro de sangue da criaturinha impregnando na lâmina. O ladrão, contudo, além de seu cantil, carregava apenas uma bolsa de couro pesada e algumas surpresas.

O Planador Escarlate decolou, diminuindo o Vilarejo Leste na vista abaixo. A cada impulso dado, subia mais um pouco. Os auxiliares assumiram seus postos no controle de ataque; Verne e Simas ficaram sentados ao fundo da bolha; e Karolina foi para o suporte de comando. O rapaz não conseguiu evitar o pensamento: mercenários dentro da Vila dos Ladrões. Um ladrão como passageiro dentro de um planador mercenário. O que tinha feito?

— Antes do Conde Vampiro, iremos em busca do passe de Elói? — ele indagou quando voltou a si.

— Sim. Mas antes do passe tenho uma missão a terminar, que ficou incompleta nesse intermédio, quando te encontrei nas dunas.

Verne ficou aflito. Daria tempo? Não fazia ideia. O tempo era seu maior inimigo. Mas o trajeto estava lhe impondo pequenos obstáculos para aumentar sua agonia.

— E qual é?

— Tenho uma prisão a fazer.

21

COMO E POR QUE DOIS LADRÕES ATACARAM SETE DUENDES

Dias antes, Nyx alcançava os céus sombrios de Necrópolis quando alguém bateu à porta da cabana de Simas. Bateu uma, duas, três vezes. Ninguém atendeu. Entrou. O ladrão estava deitado em sua cama, a barriga para cima, o cantil para o lado. Bêbado, para variar. Não dormia, mas estava feliz em seus devaneios. O visitante levou as mãos até a testa e virou os olhos; fazia isso sempre que assistia a uma cena patética como aquela.

— Simas — gritou Marino Will. — Acorde, seu bufão!

Não foi na primeira, nem na segunda, muito menos na quinta chamada que o ladrão despertou. Precisou que seu companheiro jogasse um balde com água gelada sobre seu rosto e gritasse mais algumas vezes pelo nome.

— Droga! — disse enfim o ladrão rotundo. — Eu bebi muito hoje! — Arrotou.

— Você sempre bebe muito, seu alcoólatra maldito. — Ele balançou a cabeça em desaprovação, mas acabou gargalhando com o amigo. Marino não bebia, odiava o sabor do álcool.

Simas levantou-se e foi para o aguário, um sistema criado havia anos pelos necropolitanos. Era usado um tubo para extrair a água do solo, fazendo-a passar por um processo de limpeza com minérios específicos, que desembocava numa caixa metálica no alto, de onde a água jorrava por diversos pequenos orifícios. O ladrão banhou-se. Depois comeu pedaços de pão, bebeu leite de equinotrota e tentou se recobrar da ressaca. Não conseguiu, mas já estava sóbrio o bastante para seguir com a viagem, ou assim acreditava. Verificou a sua besta e encheu uma bolsa de couro com virotes, faca, marcadores de tempo, corda, pedaços de carne e pães embalados, um cantil com água e outro com álcool, nenhum ouro. A bolsa de Marino era menor e mais discreta, mas levava quase as mesmas coisas. À noite, partiram. Era o turno da dupla e eles tinham furtos a fazer.

— Como será desta vez? — perguntou Simas, pendendo sobre Gorgo. Sua cabeça doía.

— Pavino já nos passou tudo. O resto é improviso, como sempre. Não se lembra mais?

— Lembro. — Hesitou, mas não se lembrava. — É que... Sabe, ando com alguns problemas de memória esses dias... — Arrotou.

— O seu "problema de memória" é esse! — resmungou, enquanto alcançava o cantil de Simas e balançava-o no ar.

— Dê-me isso aqui! — Ele pegou de volta e bebeu mais uma quantidade, sua sede por álcool parecia infinita. — Essa é a fonte da minha energia. — Riu.

Seu companheiro balançava a cabeça, desaprovando, como de hábito.

— Pois então, vou barganhar Zanzo com aquele velho fedorento. — Ele passou as mãos pela crina de seu equinotroto e o animal relinchou, aborrecido. — Temos de alcançar a Cordilheira de Deimos até a metade do dia de amanhã ou não vamos mais encontrá-lo.

— Droga! Odeio passar por aquelas montanhas. — Simas soltou o cantil que estava pendurado em seu pescoço. — E o que mais?

— Tentaremos enganar o príncipe Paulus II. Ou melhor, eu tentarei enganá-lo numa trapaça.

— O príncipe? — Rogou uma praga. — Mas que droga! Mexer com a realeza... de novo!

— Pois é. Pavino quer mais ouro real. Você bem sabe, tem trazido benefícios enormes para o nosso vilarejo. Na trapaça, vamos conseguir uma boa quantia de ouro real, direto dos cofres da realeza. — Ele deixou escapar um sorriso esperto. — E é aí que você age, meu amigo! — Mostrou-lhe os dentes, satisfeito.

— Imaginei — Suspirou. — Preciso trocar de botas, estas estão com as solas desgastadas. Vou ter de correr muito?

— Um pouco. Mas será breve, o príncipe nem notará. Além do mais, eu estarei ali para distraí-lo.

— E como pretende fazer isso? Já vi você trapaceando pessoas da realeza antes, mas eram guardas e cozinheiros. Nunca alguém dos tronos.

— Vou me disfarçar de mercador e tentar lhe vender *isto*.

Os olhos de Simas brilharam quando Marino retirou da bolsa uma coroa de prata. Seu tamanho era um pouco maior do que as coroas normais, com serpentes adornadas ao redor e quatro objetos esféricos pretos incrustados, dois de cada lado do diadema. Era uma bela peça, imponente e brilhosa na luz noturna de Nyx. Sentimentos antigos e ruins voltaram a Simas.

— Droga, Marino! — O ladrão franziu o cenho. — Onde você pegou esse objeto maldito?

— No Cofre. Num canto escondido lá dentro — respondeu, calmo, orgulhoso do plano. — Foi necessário, e seu tio aprovou a ideia quando planejávamos.

— Não foi esse um dos objetos que os Cinco roubaram no passado? — indagou o gordo. Seu estômago borbulhava, incômodo.

— Sim. — Ele sorriu e guardou a coroa de prata novamente na bolsa. — Nenhum príncipe neste mundo seria capaz de rejeitar um item como este. É valioso demais. Até mais que o ouro real.

— E Pavino quer se livrar disso, se bem o conheço.

— Ouro real traz menos problemas do que uma peça como esta. E, antes que você pergunte, iremos até o velho primeiro, porque, depois da barganha, ele também será o responsável pelo nosso contato com o Príncipe Paulus II, o idiota! — Gargalhou.

Simas não o acompanhou na alegria. Daquela vez, tinha se assustado demais com o que acabara de ver e até ficara sóbrio.

Marino era apaixonado por planos e estratagemas. Gostava de cada detalhe, de cada linha de um plano e tudo tinha que ser milimetricamente pensado. Sempre participava das reuniões de estratégia dos ladrões, fornecia ideias, sugestões e alternativas. Muitos o ouviam, pois sabiam ser ele o melhor nesse quesito. Pavino o respeitava e sentia orgulho. Marino Will era o melhor, o senhor dos planos e trapaças.

Diferente de Simas, que preferia agir sem pensar demais, pois era da opinião de que a velocidade numa ação de furto era a melhor solução. Não que estivesse errado, mas agir impensadamente poderia ser imprudente algumas vezes, ainda que em sua maioria ele tenha mostrado resultados satisfatórios e furtos incríveis. Afinal, era o único ladrão com uma velocidade sobrenatural, que lhe permitia entrar em estabelecimentos, roubar e sair sem ser visto. Também tinha o respeito de Pavino e de outros ladrões. Simas Tales era o melhor, o senhor da velocidade e precisão. Ainda que alguns ladinos acreditassem que o álcool pudesse ser a ruína de um desses planos.

Solux reluzia os céus de Necrópolis naquele dia, quente como nunca. Na noite anterior, os dois ladrões se abrigaram sob uma rocha que despontava no meio da imensidão azul, onde existia uma pequena fonte de água. Suas vestes estavam sujas de barro e suas cabeças ferviam com o calor. Gorgo e Zanzo eram velozes e resistentes, e logo alcançaram as mais altas das montanhas. Uma fileira imponente com rochas gigantescas e pontudas, dentadas e apinhadas que rasgavam os céus. A Cordilheira de Deimos.

A travessia pelas montanhas era difícil e árdua. Elas eram íngremes demais, lisas e traiçoeiras, e também repletas de mantícoras, virleonos e, pior, mercenários. Eles costumavam rondar a cordilheira, pois com seus transportes aéreos podiam avistar a caça e as difíceis montanhas só os ajudavam na perseguição. Todo ladrão temia passar por lá. Simas, mais do que qualquer outro. Afinal, ali, ser superveloz não adiantava. Um passo em falso e poderia cair num precipício ou ser pego de surpresa por uma criatura feroz. Porém, a Cordilheira de Deimos era como um atalho, um caminho mais curto para o destino da dupla: os Campos de Soísile. As montanhas faziam a divisa dessa região com as Terras Mórbidas. Um outro caminho seria longo demais.

Guiavam seus animais pelas rochas cuidadosamente, um passo de cada vez, movimentos sutis, olhos e ouvidos atentos, tentando manter o máximo de silêncio, ainda que isso fosse impossível, pois pedregulhos rolavam abaixo em cada passagem. Mas ladrões eram sutis e sabiam se tornar invisíveis quando queriam.

— Olhe! — murmurou o gordo repentinamente. Seus olhos indicavam preocupação.

Por dentre as montanhas, numa fenda do tamanho de uma criança, Marino dirigiu o olhar para onde seu companheiro apontava: ao longe havia um agrupamento de duendes em uma tenda improvisada levantada sobre as rochas e as dunas. Um bárbaro sulista caminhava entre as criaturinhas, dando ordens. Lanças eram afiadas, bestas eram armadas e um plano era preparado. Não pareciam se preocupar com uma possível ronda dos militares da Esquadra de Lítio, um ataque de mantícora, um grupo de virleonos, nem com a chegada de mercenários. Eram mais de vinte duendes sob as ordens de um único homem.

— Droga! — resmungou o magricela. — O que será que esses desgraçados estão querendo por estas bandas?

— Não sei. Mas posso descobrir.

— Não! — Marino colocou uma mão sobre o ombro do companheiro.

— Isso vai desviar nossa rota. Não podemos fugir do plano nem por um mísero minuto. O velho nos espera e temos menos de uma hora até chegarmos. Se nos atrasarmos, ele partirá e o plano não vai funcionar.

— Isso é verdade. — Simas encontrava dificuldades ao passar sua barriga por uma fenda e puxar Gorgo junto. Suava. — Duendes e bárbaros sulistas não frequentam as Terras Mórbidas e, se estão rondando esta região, é porque algo ruim vai acontecer. Isso me preocupa. — Ele passava a mão sobre a testa molhada.

— Deixemos para nos preocupar com eles depois. Agora o velho e temos de ser rápidos. — Marino Will cavalgou veloz com Zanzo, seguido por Simas e Gorgo. A passagem pela Cordilheira de Deimos não havia sido fácil. O calor era intenso e cortes marcaram seus corpos. Por sorte, nenhum perigo surgiu em seu caminho.

Ladrões só idolatravam o ouro roubado, não acreditavam em deuses e menos ainda em seres capazes de providenciar o destino. Mas um deles disse àquela tarde:

— Tudo até agora foi fácil demais...

E realmente fora.

O Abrigo era composto por um amontoado de casebres de madeira velha, palha e pedaços de metal enferrujado. Um lugar onde as pessoas mais antigas de Necrópolis procuravam morar, como um retiro para descanso de uma sobrevida sofrida ou de aventuras esquecidas. Um ambiente que fedia à poeira, antiguidade e ferrugem, onde tudo ou nada podia ocorrer. Ali, a sobrevida perdia o sentido e a morte era bem-vinda. Um cenário onde velhos aposentavam seus mantos, cálices, espadas e coroas, e a lei não regia mais. Um lugar onde a magia natural foi criada e a magia sombria aperfeiçoada. Onde as aventuras acabavam e o ócio predominava. Tédio. Magia. Solidão. Um espaço para antigos magos repousarem seus corpos cansados e fingirem uma magia quando tivessem força para isso. Esse lugar, se é que poderia ser chamado assim, era o Abrigo.

A dupla de ladrões havia chegado a tempo. Um diminuto velho aleijado de aspecto carcomido e com roupas tão antigas quanto ele acenava ao longe, apoiado sobre um pedaço de madeira para se sustentar em pé.

— Dizem que ele explodiu a própria perna quando errou uma magia de cura — sussurrou Marino Will. O fedor era forte e eles passavam despercebidos pelos outros idosos. Ninguém se preocupava com nada por ali. O nada também não se preocupava com eles.

— Nossa — Simas surpreendeu-se, enjoado. A bebedeira da noite anterior era a principal responsável, mas o fedor do local colaborava para seu mal-estar. — É ele o velho? — Seu companheiro fez que sim. — Qual é o nome dele, afinal?

— Ninguém sabe. Nem mesmo ele. Seu nome se perdeu há muito, entre o tempo e o limbo. — O magricela acariciava Zanzo, despedindo-se.

O gordo notou velhos e velhas sentados à beira das portas de suas casas caindo aos pedaços. Uma tristeza lhe tomou por alguns segundos, mas decidiu ignorá-los. Era melhor assim. Não podia se desconcentrar do plano tão zelado pelo companheiro, precisava fazer o seu melhor. Pelo menos foi o que pensou naquele momento.

O velho mago aproximou-se mancando e sorrindo. Eles frearam seus equinotrotos.

— Olá, ladinos. — Sua voz era pausada e em seu sorriso faltavam-lhe dentes. — Um corvo me trouxe a informação que vieram barganhar... mais uma vez.

— Sim — disse Marino, sério. — Já conseguiu o encontro?

— Certamente. — Soltou risadinhas e seu bafo foi sentido ao longe pela dupla. — O príncipe está à espera de um mercador no jardim do Palácio Real.

— Ótimo. — Marino conseguiu rir, quebrando rapidamente um pouco de sua seriedade. — Vejo que ainda tem excelentes contatos na realeza.

— Pois é. Pois é. — Riu e mais fedor veio ao ar. — Eu já fui um dos principais magos do Palácio Real, por isso... — Foi interrompido.

— Poupe-nos de sua história, velho. — Marino Will desceu de Zanzo, estava sério novamente e o mago ainda era pequeno perto de si. — Você sabe que meu equinotroto é valioso por sua velocidade e resistência. Não é uma criatura qualquer.

— Eu servi ao próprio rei... — O velho parecia querer concluir suas histórias, mas, com um olhar tenso do ladrão, conteve-se e retornou ao assunto. — Sei que seu animal não é um qualquer, reconheço o quanto é valioso. — Chamou-o para um canto, afastando-se do animal. Simas aproximou-se, descendo de Gorgo, para também ouvir. — Não quero que seu equinotroto ouça, mas, assim que ele me for dado, eu o matarei.

Simas quase deu um grito de incredulidade. Franziu o cenho e fechou os punhos, jamais permitiria que um equinotroto fosse assassinado. Marino fitou seu companheiro, frio, como se já esperasse uma atitude daquelas.

— Eu não posso permitir que ele faça isso com Zanzo! — trovejou o gordo, tenso.

— O plano não muda — disse o magricela, indiferente. — Acordo é acordo. Barganhei meu animal com esse velho para ele fazer o que bem entender. Teremos o encontro com o príncipe e, depois, o ouro real. É isso o que importa.

Simas Tales engoliu em seco e quis esmurrar o companheiro, mas voltou a Gorgo e abraçou seu longo pescoço como se fosse o de Zanzo. Nada mais podia ser feito e ele percebeu que nem mesmo o ouro era mais importante para Marino do que o plano. O plano estava acima de animais, amigos, família, de tudo. Menosprezou-o e depois ficou em silêncio, porque compreendia sua forte disciplina, por mais que não concordasse com ela.

— Ora, ora. — O sorriso do mago era cada vez mais feio. — Você me lembrou do ouro real. — Ele entrou em seu casebre e levou alguns minutos até sair novamente. — Aí está a sacola que você me pediu.

— Uma sacola?! — Simas mostrou-se indignado ao ver o companheiro pegar o objeto. Era simples, costurada com um tipo de tecido fino e bem menor do que a bolsa que o outro carregava nas costas. — Como isso nos será útil?

— Carregar ouro real por aí não é nada seguro fora da realeza, você bem sabe — respondeu Marino. O velho complementou:

— Por isso, assim que furtarem o ouro real, tratem de jogá-lo dentro dessa sacola. Ela pode parecer pequena para a quantia que pretendem roubar, mas eu a encantei com uma magia simples, chamada *exdestinatio*. — O velho levantou o dedo indicador para o alto, orgulhoso. — Por isso, ao escreverem o destino do furto no interior da sacola, é para lá que o ouro real será direcionado, com toda a segurança. — Ele mostrou os dentes podres num sorriso sábio.

— Obrigado, velho. — Marino jogou a sacola mágica para Simas, que a guardou em sua bolsa. — Realmente vai nos ajudar muito e fará com que sobre espaço em nossas bolsas para outros furtos. — Ele virou-se para Zanzo. — Adeus, companheiro. Você foi o melhor, obrigado por tudo! — disse, contendo o choro.

Simas e Gorgo estavam com mal-estar pela perda. O animal sentia a morte aproximando-se. Relinchou porque perdia seu dono.

— Boa sorte, ladinos! — O velho se despediu, puxando Zanzo consigo para trás do casebre.

— Velho! — gritou Marino, subindo em Gorgo e apoiando-se em seu companheiro. — O que exatamente fará com ele?

— Um ritual que precisa dele para ter sucesso. — Desviou o olhar.

Zanzo sabia ser ele a quem o velho se referia e quis fugir, mas não conseguiu. A presença do mago era mais forte. Os ladrões partiram, sem olhar para trás.

— Como saberemos o horário correto para nos encontrarmos com o príncipe? — indagou Simas, querendo mudar de assunto sobre o equinotroto. — Sua conversa com o velho foi estranha.

— Ele conseguiu o encontro com o idiota e é isso o que importa. O príncipe estará lá, no jardim, e não fará nada de mais importante. Estará aguardando um mercador. — Marino passou as mãos em sua própria bolsa, nas costas, sentindo a coroa dentro. — Mas não pense que é fácil lidar com o velho ou com qualquer outro de sua espécie. Fiquei aliviado que você tenha falado tão pouco. Juro que fiquei!

— Por quê?

— Porque magos são imprevisíveis. Têm poder demais e competência de menos. O velho podia ter nos matado se quisesse, mas não ganharia nada com isso, por isso a barganha e o sacrifício de Zanzo. Eles podem alterar a realidade, nos transformar em pedras ou deixar nossas mentes insanas. É preciso saber falar com um deles. Nossa sorte é que aquele velho já não é o mesmo que foi um dia.

A dupla alcançou as gramas cinzentas. O vento era agradável fora do Abrigo.

"Palavra estranha, essa. 'Sorte'", pensou o gordo. Marino Will finalmente conseguiu chorar pela perda de Zanzo. Simas Tales bebeu uma grande quantidade do seu cantil. Sentiu-se tonto.

Uma das maiores heranças humanas em Necrópolis era o Palácio Real. "Uma ideia que veio do outro mundo", ditavam os bardos.

Mesmo ao longe, podia ser visto, todo majestoso e imponente, próximo a dois cumes também majestosos e imponentes. Era dourado, com adornos em prata e azul, e possuía três torres altas. Naquela que ficava no centro havia a heráldica da família real: um diadema de fogo com um pássaro flamejante atrás. Seus muros eram baixos, mas bem guardados pela Milícia Real. O lugar era formado pelos mais belos arbustos, um campo de gramíneas verde-oliva, com árvores frondosas — era o jardim. O Palácio Real era habitado e governado pelo rei Ronaldus Príamo I, sua esposa, a rainha Izil Carvallos, e seu casal de filhos, a princesa Lucilla e o príncipe Paulus II, que recebera esse nome em homenagem ao avô, o rei anterior.

Gorgo era determinado como quem o cavalgava. Pouco mais de uma hora havia se passado desde que partiram do Abrigo e a tarde esquentava com Solux. O plano já havia sido explicado detalhadamente para Simas quando eles chegaram até Alvorada, a vila mais próxima do palácio, um lugarejo calmo, de pessoas humildes, apaixonadas pelo seu rei. Naquele cenário, um pequeno grupo de sátiros tocava uma famosa música necropolitana com suas flautas de cobre, enquanto bardos divertiam os mais velhos com suas histórias épicas em rodas de fogueira, pão e álcool. Outros tipos frequentavam Alvorada, buscando assistir ao rei passar por suas ruas de terra batida — e isso ocorria a cada duas semanas. Alguns comentavam que esse evento era invenção dos habitantes, para arrecadar fundos para a vila conseguir pagar seus impostos. O rei que passava por Alvorada era um charlatão. O verdadeiro estaria ocupado com seus assuntos reais.

Ao atravessar Alvorada, a dupla soube que um bando de duendes havia passado por lá criando uma pequena confusão, mas ninguém fez nada e a sobrevida prosseguia, pois as criaturinhas já haviam partido. O propósito dos duendes ainda era desconhecido.

Os ladrões tiveram de esconder Gorgo em um estábulo e não deixar pistas de quem eram realmente. Depois, Marino procurou por um mercador, sabia que existiam vários deles perambulando por lá vendendo suas geringonças. Ele furtou um deles, deixando-lhe apenas as roupas de baixo. O ladrão se tornou então um mercador. Nesse meio-tempo, Simas foi a uma taverna beber uma boa dose de álcool, enchendo também seu cantil.

A Milícia Real não guardava o palácio fora de seus muros. Era totalmente desprotegido, talvez porque não fosse preciso guardar por fora algo que já era impenetrável por dentro. Esses e outros pensamentos ocupavam as mentes da dupla. Eles já estavam em frente ao Palácio Real. Simas aguardava o sinal do companheiro, escondido atrás de um grande arbusto que sombreava a entrada da morada da realeza. Marino Will, o mercador, bateu três vezes na grande porta com a aldrava em forma de cabeça de pássaro, o mesmo pássaro flamejante da heráldica real.

— Mercador! — gritou o ladrão disfarçado.

A porta foi aberta, revelando três rapazes trajando o dourado e o azul, de armaduras reluzentes e leves sobre o corpo forte, com um elmo simples sobre suas cabeças. Mantinham a postura ereta e carregavam a lança em uma das mãos e o escudo na outra. Atrás deles havia uma segunda porta, menor que a primeira, reforçada com ferro nas bordas e na tranca.

— O que quer, homem? — perguntou um dos guardas.

— Tenho algo para a realeza.

— O rei está ocupado em uma reunião com barões. A rainha participa de um jantar em outro reino. — Que Marino sabia ser Nefastya e também que o Palácio Real dos Campos de Soísile selava uma aliança com aquele reino, para combater um perigo que, esse sim, ele desconhecia. — A princesa está em seu banho de cactus-tantricos, o que pode levar horas, e o príncipe... — Foi interrompido ousadamente pelo ladrão.

— Está me esperando no jardim. — Sorriu para o guarda, meio sarcástico, fazendo um meneio com a cabeça, meio submisso.

Certamente que, para Simas, o magricela sabia interpretar, enganar e trapacear. E tudo a favor do plano. Um guarda foi conferir a informação e voltou confirmando a resposta. Ainda assim, indagou-o novamente:

— Você é...

— O mercador do norte — respondeu o ladrão, como havia combinado com o velho anteriormente. — O príncipe Paulus II me aguarda ansioso no jardim. Por quanto tempo mais vão me segurar aqui? Querem mesmo aborrecer alguém da realeza com essa burocracia? — Ele quase não conteve uma gargalhada ao ver as expressões apalermadas dos três rapazes.

Com uma das mãos posicionada estrategicamente nas costas, Marino Will fez um sinal para Simas, cruzando o indicador e o polegar. Com o mapa do palácio em mãos, o gordo correu como só ele conseguia. Antes mesmo do mercador adentrar o jardim do Palácio Real, seu companheiro ladrão já havia entrado. Os guardas estranharam a nuvem de poeira que passara por eles. Em sua mente sarcástica, Marino comemorava que tudo seguia conforme o planejado e ria dos três palermas. O magricela foi guiado por um guarda até a presença do príncipe. Ele estava sentado num banco grande de madeira com adornos dourados e em seu colo havia uma garota de vestido curto e rosa, desconfortável com a situação. Ela ficou aliviada quando conseguiu se desvencilhar das carícias com a chegada do mercador e partiu. Marino tentou esconder o nojo que lhe tomou, conteve-se e reverenciou o príncipe.

— Vossa Alteza, é um prazer conhecê-lo pessoalmente. — O ladrão, agora um mercador, vestia um manto bege-claro, de um pano fino e discreto. Sobre a cabeça havia um desajustado chapéu, que lhe escondia estrategicamente os detalhes do rosto.

O príncipe fez um meneio com a mão e o mercador se sentou. Um guarda permanecia ao lado.

— O que tem a me oferecer, plebeu? — perguntou Paulus II, com sua voz fina e um olhar rude.

— Algo que jamais viu, Alteza. — Marino colocou sua bolsa na frente do corpo e as mãos dentro desta, sentindo o objeto entre os dedos. — Algo que qualquer homem da realeza desejaria possuir. Um objeto tão magnífico e belo que nem mesmo o ouro real será capaz de pagar, mas que eu aceitarei de bom grado como pagamento.

— Mostre logo o que tem a me oferecer — insistiu o príncipe, que se aborrecia muito facilmente.

Foi então que o mercador lhe mostrou a coroa de prata. Naquele momento, o par de olhos reais brilhou, de forma intensa e ambiciosa.

Em sua correria sobrenatural, Simas Tales colidiu com um dos empregados da realeza ao entrar no corredor que dava acesso ao alpendre. O homem era redondo como ele, talvez um cozinheiro, e tinha visto apenas um vulto atravessando o jardim para atingi-lo logo em seguida. Com o empregado desmaiado, o ladrão tomou-lhe as vestes para se disfarçar.

Caminhando pelos corredores com o mapa em mãos, não foi difícil encontrar o cofre real, que ficava na segunda torre, no terceiro andar. Era guardado por dez homens armados. Simas esperou com paciência e em silêncio. Enquanto isso, ele bebia. Seu cantil estava cheio e sua sede era enorme. O mundo distorcia-se à sua frente. Alguns minutos depois, surgiu um empregado carregando uma bolsa imensa, abrindo caminho até o cofre com superioridade.

— Deem-me passagem, guardas. Estou autorizado a retirar quinhentas moedas de ouro real em nome do príncipe.

A porta foi aberta para o empregado. Simas alargou seu sorriso bêbado.

— Onde encontrou esta coroa, plebeu? — perguntou o príncipe, com o objeto ao alto, suas mãos passeando por cada parte dele delicadamente.

— Foi uma barganha que fiz com ladrões no passado. — Marino sorria por detrás do chapéu. — Aqueles ladrões desgraçados!

— Por que desgraçados? — Paulus II achou graça. — Afinal, eles foram muito habilidosos no furto desta coroa de prata. Ela é linda, não é?

O mercador fez que sim.

— São desgraçados porque roubaram meu equinotroto e cobraram um alto preço pela coroa, Alteza. — O magricela deliciava-se com as próprias palavras, porque, ao menosprezar sua raça ladina, fazia, ao mesmo tempo, ela se engrandecer na boca da realeza. Isso poderia parecer bobo, mas para o ladrão era algo divertido.

— Seu ouro real já está chegando. — Ele surpreendeu o mercador e o guarda que o protegia quando retirou sua pequena coroa dourada para colocar a coroa de prata. Ela não se acomodou corretamente em sua cabeça. Seus cabelos curtos e escuros, caídos sobre a testa e raspados na nuca, ganharam um aspecto estranho com a peça sobre eles. — O que acha? Ficou bem em mim?

— Sim, Alteza. A coroa ficou ainda mais bela e grandiosa sobre sua cabeça.

— Não pense que eu lhe darei algum equinotroto, porque isso não farei. O pagamento de quinhentas moedas de ouro real é mais do que o suficiente por esta coroa de prata. — Olhou para ela novamente através do reflexo de um espelho que surgiu repentinamente em suas mãos, maravilhado. — Você disse que os ladrões lhe cobraram um alto preço por esta coroa. Isso quer dizer então que ela vale menos do que me foi ofertado?

— Não, Alteza. — Ele quase gaguejou, mas lembrou-se que tinha de findar um plano perfeito e se recobrou. — Esta coroa de prata vale mais do que qualquer ouro real que este mundo poderia pagar. Acontece que na época que negociei com aqueles malditos ladrões eu possuía muito pouco e era mais pobre do que agora sou. E eles roubaram meu equinotroto, como bem sabe.

Ele não sabia o valor de uma coroa, muito menos daquela, mas era um trapaceiro dos bons e, se tinha algo que realmente sabia, era enganar. Paulus II meneou a mão mais uma vez e voltou a apreciar sua nova peça. Marino Will o observava, divertindo-se e pensando em como o apelido daquela criatura da realeza era a mais apropriada possível: o idiota.

Uma lufada de vento. Foi isso que os dez guardas sentiram quando Simas deu seu impulso e correu até o interior do cofre real.

— Fechem as janelas, guardas! — ordenou o empregado. O ladrão ria em silêncio.

A porta do cofre estava entreaberta e somente o empregado permanecia em seu interior, recolhendo quinhentas moedas de ouro real de um baú feito de bronze e aço. Foi tudo muito rápido. Enquanto o homem recolhia uma quantia, Simas roubava mais quinhentas moedas de ouro real de um baú semelhante, ali ao lado, e as jogava velozmente dentro da sacola mágica fornecida pelo velho mago. As moedas desapareciam dentro dela para o destino escrito ali: Cofre do Vilarejo Leste. O plano de Marino Will e Pavino Tales era realmente genial, pensava o gordo. Eles recebiam honestamente o ouro real das mãos da realeza, enquanto Simas saqueava a mesma quantia sem ser notado. O roubo perfeito. O ladrão se orgulhava.

O ladrão teve um enjoo inesperado e depois uma tontura. O mundo tremeu aos seus pés, ele derrubou algumas moedas no chão e um estrondo ecoou pelos corredores, chamando a atenção do empregado e dos guardas. Dentro do cofre, os homens viram apenas algumas moedas pelo chão, nada além. Ele havia corrido de lá segundos antes.

Naquele momento, foi a vez de Marino vibrar os olhos e tê-los ambiciosos, porque um empregado da realeza se aproximava com as quinhentas moedas dentro de uma sacola grande e pesada.

— Aqui está seu pagamento, mercador. Quer conferir?

— Isso seria desonrar a honestidade de Vossa Alteza, meu senhor. — Ele sorriu para o príncipe, que já ignorava sua presença, olhando maravilhado para a nova coroa através do espelho.

Simas parou próximo a uma coluna, numa curva de um dos corredores do palácio. Estava enjoado. Vomitou.

Era o homem mais rápido que conhecia, mas ali ele cometeu um erro. Enquanto limpava sua boca do álcool consumido, recobrando-se aos poucos, viu dois olhos enormes e azuis encarando-o. Era uma criança de roupa rosa e curta muito assustada. Ela viu um homem gordo com as roupas de um cozinheiro em específico, seu pai. Aquele homem não era seu pai, nem mesmo um cozinheiro, afinal a garota conhecia todos os empregados da realeza. Então, ela gritou.

Apavorado, Simas quis correr, mas na primeira tentativa escorregou no próprio vômito e caiu. Na segunda, olhou para trás e viu a Milícia Real chegando com as lanças apontadas e olhares indignados. Por que um cozinheiro fazia uma criança berrar? A mente do ladrão se turvou em consequência da bebedeira. Ele tirou o disfarce de cozinheiro e revelou sua roupa de couro de ladrão por debaixo dela. Em seguida, correu, errou o caminho algumas vezes e se deparou com guardas em várias delas, até encontrar a passagem para o jardim e avistar seu companheiro despedindo-se do príncipe, a passos curtos e pausados, como se quisesse atrasar a si mesmo e esperá-lo passar por ali.

Em sua loucura, Simas teve um mal pressentimento ao ver a coroa de prata sobre a cabeça de Paulus II. Era estranho e não deveria, mas ele sentiu que ela não podia ficar na posse de um idiota daqueles. Então, velozmente o ladrão capturou a coroa de prata e a substituiu pela de ouro, do próprio príncipe, sem que esse percebesse. Depois fugiu. Marino, tendo notado o ato do companheiro, continuou atuando e escondeu seu constrangimento até passar pelas duas portas do Palácio Real. Lá fora, respirou aliviado e repentinamente foi agarrado por Simas, que correu com ele daquele lugar para bem longe.

— O que foi isso? — conseguiu perguntar um estupefato príncipe, ajustando sua coroa sobre a cabeça.

— Não sei — respondeu seu empregado, sentindo-se tão perdido quanto ele. — Mas... Alteza, a coroa de prata sumiu.

Paulus II quase surtou quando percebeu a troca improvável. Ninguém soube dizer nada sobre aquele feito rápido e curioso. Nem os guardas, nem a garota, muito menos o cozinheiro atingido. A alcunha *idiota* reforçou-se no príncipe Paulus II a partir daquela tarde.

— Por que pegou essa coroa de volta? — perguntou Marino.

— Não sei... — Simas hesitou. — Tive um pressentimento estranho... Ruim. É melhor deixarmos ela bem guardada.

Enquanto a dupla relatava um para o outro os seus feitos, Marino percebeu que Simas estava ébrio. Rogou pragas e palavrões, mas seu companheiro as ignorou. Recolheram Gorgo do estábulo de Alvorada, passaram na mesma taverna em que o gordo estivera e encheram seu cantil, para então partirem de lá tão velozes quanto chegaram. Depois, enviaram para o Cofre de seu vilarejo mais quinhentas moedas de ouro real, recebidas dignamente pelo falso mercador interpretado por Marino; assim poderiam viajar de mãos livres, sem levantar suspeita. O magricela foi enviar a coroa de prata por último, mas o gordo o impediu.

— Ei! O que está fazendo?

— Melhor não — disse Simas.

— Não vou andar com isso por aí, Simas! A coroa de prata volta para o Cofre, não perdemos nada com isso. Depois o Pavino decide o que fazer com ela. Foi você mesmo quem sugeriu dela ficar bem guardada!

— Sim, conosco. — O ladrão encarava a peça com temor num olhar amargurado. — Eu disse que tive um mau pressentimento, oras! Ela não deve ficar com o príncipe nem com os ladrões. Pode trazer alguma desgraça, sei lá. Eu confio nos meus pressentimentos.

— Ah, minha nossa! — Marino bufou. Respirou fundo, se acalmou. — O que sugere, então?

— Ela fica conosco. Depois decidimos o que fazer. Talvez procurar um meio de destruí-la.

Simas também sabia que carregá-la consigo poderia ser ainda pior.

A luz prateada de Nyx ganhava os céus quando os ladrões terminaram a difícil travessia pela Cordilheira de Deimos. Simas dormia no dorso de seu animal, ainda alterado. Marino sentia o cansaço lhe tomar o corpo. As quinhentas moedas haviam sido enviadas para o Cofre através da sacola mágica, mas o lar dos ladrões ainda estava distante. Pararam sobre as dunas das Terras Mórbidas e por lá dormiriam uma última noite antes de retornar.

— O plano saiu mais perfeito do que imaginei! — disse Marino Will, levantando a coroa de prata para o alto, fazendo com que a luz de Nyx refletisse no objeto. As cobras adornadas pareciam vivas quando reluzidas. Simas despertava sonolento, ainda bêbado.

— Pois é, meu amigo. E isso graças à sua genialidade com as trapaças. — Arrotou e então riu como um louco. O magricela divertia-se com os movimentos patéticos de seu companheiro. — E graças à minha velocidade, é claro! — Pausou, tomado por enjoo.

— Você é um desastre ambulante! — completou Marino. Ambos gargalharam. Simas Tales pegou a coroa e brincou com ela em sua cabeça por um tempo, fingindo ser alguém da realeza.

— Veja, Marino, veja! — balbuciou, exaltado, cambaleando sobre a areia. — Eu sou dos tronos. Sou importante! — Ria sem parar. O magricela já havia dormido nesse meio-tempo. Simas caiu com a peça em mãos e voltou a adormecer, entregando-se ao cansaço.

Ouviu um ruído ao longe. Em seguida, um grunhido mais de perto. Abriu os olhos com preguiça, estava tudo embaçado e distorcido. Reconheceu a figura de um homem alto e forte parado à sua frente. Mas ainda estava escuro, e ele, bêbado.

— Obrigado por encontrar a coroa de meu príncipe, de meu deus, seu beberrão desgraçado! — Ele cuspiu em seu rosto.

Simas tentou se recobrar, mas o processo foi lento. Limpou a face, enojado. Abriu os olhos com força, mas a visão ainda estava turva. Ficou aterrorizado quando finalmente entendeu o que se passava. O homem partia a pé com a coroa de prata em mãos, seguido por um bando de criaturinhas risonhas. Era como se tivessem conquistado o maior dos prêmios. Ou pior, reconquistado.

— Bárbaro sulista! Duendes! — Simas gritou e Marino Will acordou num pulo. — Eles levaram a coroa! Levaram a coroa! — gritava ao mesmo tempo em que procurava por virotes em sua bolsa. O magricela sacou sua pistola, já armada.

Sete duendes. Esse era o número de criaturas que o líder havia deixado para impedi-los de tentar recuperar a peça de suas mãos. Eles grunhiam ao redor dos dois, mostrando seus dentes de forma ameaçadora e armando suas bestas com os virotes envenenados. Ao lado, sacos com ouro, o pagamento recebido pelos duendes.

— Tive uma ideia! — trovejou o gordo, quase sóbrio pela adrenalina. Ele correu até os monstrinhos e nem as dunas puderam impedi-lo de roubar as bolsas cheias de ouro e atravessar metade daquela imensidão azul. Marino Will tentou acompanhá-lo, montado em Gorgo. — Vocês nos roubaram a coroa e agora pegamos seu ouro em troca! — ele disparou, levantando a sacola para o alto.

Virotes choveram sobre os ladrões. Marino encontrou dunas altas e saltou detrás elas. O equinotroto parou, relinchando sinistramente, com as patas dianteiras no alto.

— Por que parou? — perguntou Simas, fazendo a volta nas areias, velozmente. — Temos de fugir!

— Não! — respondeu num grito. — Se não os impedirmos, eles virão atrás do ouro depois. Temos de acabar com isso agora! — E matou o primeiro duende com um tiro da pistola na cabeça. Eles aproximavam-se revoltados.

— Humanos malditos! — resmungou um deles. — Esse ouro nos pertence! E sua carne é nosso alimento! — Sorriu maligno para o ladrão, virote apontado.

A criaturinha foi atingida por duas setas no pescoço disparadas por Simas e caiu morta. Ele parou ao lado do companheiro, aumentando a chuva de virotes.

— Eles realmente são vingativos? — perguntou o gordo no meio de todos os grunhidos.

— Você sabe que sim! — respondeu Marino Will. — Mas você fez bem em lhes roubar. Aquela coroa nos pertencia. — Ele explodiu a cabeça de mais um duende.

— O ouro deles já está na minha bolsa e tinha um rubi também! — Gargalhou ao mesmo tempo em que acertava três virotes em outra das criaturas. — Meu cantil ainda está cheio, eles estão morrendo e estamos bem, amigo. — Fitou-o, enquanto mais três duendes corriam em sua direção, longe nas dunas. — Esse plano foi um sucesso!

— Foi sim, seu bêbado! — Marino sorriu pela última vez antes de ser acertado por uma seta em seu peito.

Fim das memórias de Simas Tales. Verne entrou naquela história logo depois, como ele bem sabia. E foi aí que ela terminou junto à fogueira.

22

O PRISIONEIRO QUE VEIO DOS CÉUS

Um risco vermelho cruzava o céu nublado de Necrópolis. Era o Planador Escarlate.

Verne observava o pequeno pingente nas mãos, com seu sangue e o do irmão dentro dele. A ligação feita anos atrás lhe trazia sentimentos conhecidos. Perda. Tristeza. Agonia.

Havia se passado pouco mais de meia hora desde a partida do Vilarejo Leste. Simas ponderava sobre palavras esquecidas. Realmente não havia contado ao seu tio sobre o ouro real transportado magicamente para o Cofre e tal informação poderia salvá-lo de receber a punição prometida. Algo a se cogitar, certamente. O jovem Vipero observava Necrópolis através da bolha. Era de fato grandioso aquele mundo. Notou, bem abaixo do planador, duas sombras que tinham o formato de enormes membranas que quase alcançavam o chão.

— A caçadora usa isso para capturar suas presas. Essas membranas têm na ponta um material pegajoso, que gruda no capturado e não deixa que ele escape — respondeu Simas quando indagado pelo rapaz. Apertou os olhos e bebeu um gole de seu cantil. — Devo admitir que parece bem eficaz.

— Você deveria admitir muitas coisas, ligeirinho — disse Karolina, encarando-o sobre os ombros, com um sorriso malicioso. Fez mais um de seus movimentos sobre as esferas de controle e o planador tremeu bruscamente. A bolsa do ladrão caiu, pesada. Verne notou que havia algo de diferente nela. — Estamos chegando — findou a mercenária.

O Planador Escarlate pousou sobre um campo aberto de gramíneas oliva, rodeado por centenas de árvores e plantas que o rapaz desconhecia.

— Estes são os Campos de Soísile — revelou Simas. Verne lembrou-se do nome. — É o centro do mundo. Aqui fica a capital do Reino de Fênix, governado pelo rei Ronaldus Príamo.

— E um péssimo lugar para se fazer uma negociação — disse Karolina, tentando disfarçar um sorriso.

Joshua e Noah engatilharam as terminatas, saíram da bolha e desceram à grama, firmes e posicionados, com as armas apontadas para o céu nublado. Curiosos, Simas e Verne deixaram a cabine, mas permaneceram na coluna do planador, olhando para o alto, esperando por algo que não sabiam o que era. Dentro da bolha, Karolina retirou a membrana ligada à nuca e desligou sua conexão com o Planador Escarlate. A nave gemeu.

Os céus assumiram uma aparência estranha. A neblina girou densa no alto, como se afetada por um princípio de furação e em seguida dissipou, dando espaço para um maquinário grandioso e feroz que desceu tão rápido quanto surgiu. Era como um helicóptero de fuselagem verde e escura, com dois rotores gêmeos sobrepostos, quatro pás em cada um, presos à sua estrutura. O forte vento que gerava arrastou os corpos de Simas e Verne para trás e eles precisaram se segurar nas membranas do planador para não caírem.

— Helipteroplan! — gritou o ladrão através do barulho.

— O quê? — perguntou o rapaz, também gritando.

— Essa é a principal nave usada pelos militares da Esquadra de Lítio. Eu não deveria estar aqui!

O helipteroplan pousou e os rotores foram desligados. O vento cessou, mas a tensão no ar tornou-se ainda mais densa. Karolina saiu da bolha com a mão na bainha da espada. Ela se posicionou sobre a coluna do Planador Escarlate, atenta ao que viria. Noah e Joshua permaneceram firmes com as terminatas apontadas para o veículo. Verne e Simas se recobravam ao lado da mercenária, a curiosidade falando mais alto que o medo. Uma grande porta de carga abriu-se diante de seus olhos, pesada, alcançando o chão e batendo com força.

O primeiro a descer do helipteroplan foi um senhor alto de farda azul-escura com filigranas brancas, ostentando várias medalhas pelo peitoral imponente, grandes ombreiras metálicas e longos coturnos escuros. Tinha a pele bronzeada pela luz de Solux, um rosto pétreo, a boca oculta por um bigode farto sob aquele nariz quebrado de quem já pelejou muito, e olhos azuis e pequenos como os de um falcão. Debaixo da boina escondia parte dos cabelos loiros bem aparados, e o queixo quadrado lembrava uma pequena rocha escarpada.

— Coronel Alexey Krisaor — disse Karolina com respeito.

— Mercenária Kirsanoff — bradou o coronel, imóvel sobre a porta de carga da nave. Sua voz gutural ecoava forte pelos ares. — Sabe o que está prestes a fazer, senhorita?

— Sim — ela respondeu, impassível.

— Sabe que, a partir deste momento o prisioneiro não está mais sob nossa jurisdição, que o lugar para onde o levará está fora dos limites autoritários e que nenhum militar tem poderio sobre?

— Sim.

— Muito bem então. — Os dois se encaravam e nada desviava suas atenções.

— Tenho pressa, coronel. — Ela desembainhou sua espada e a levantou para o alto.

— Soldados — ele ordenou. — Tragam o prisioneiro!

O coração de Verne foi tomado por um medo estranho e diferente. Olhou para o prisioneiro que descia pela porta de carga. Os auxiliares ficaram mais tensos e suas mãos suavam sobre as terminatas. Cercado por quatro homens fardados, o prisioneiro desceu a rampa do helipteroplan pausadamente, com correntes nos pulsos e dois grilhões em cada pé. O rapaz ficou surpreso com o aspecto do outro. Ele parecia um garoto não maior do que Victor. Usava apenas uma bermuda surrada amarela. Seus pés assemelhavam-se a patas de alguma ave, com três garras afiadas e as panturrilhas eram arqueadas para trás. O prisioneiro estava coberto por plumas negras e algumas delas despontavam abaixo de seus braços, formando curiosas asas. As correntes de aço tilintavam, batendo uma noutra.

— Um corujeiro! — Simas estava surpreso.

Verne quis perguntar o que seria um corujeiro, mas não houve tempo. Os soldados levaram o prisioneiro para a grama, onde Joshua e Noah o esperavam de armas em mãos. A mercenária leu um pequeno pergaminho sépia preso ao cinto:

— Ícaro Zíngaro, você será levado por mim, mercenária Karolina Kirsanoff, até a Prisão Belfegor no reino de Érebus, por assassinato e traição. — Ela o encarou por um instante, mas os olhos grandes e negros dele não revelavam nada. — Sua punição não pertence mais aos militares nem aos mercenários. Sua sobrevida foi comprada e posso lhe garantir que sofrerá as consequências de seus atos criminosos. — A mercenária guardou o pergaminho. A outra mão ainda sobre o punho da espada. — Algo a dizer antes de ser levado?

O silêncio predominou por alguns instantes. O vento assobiava num ar tenso. Ícaro Zíngaro estava diante do Planador Escalarte.

— Eu... — começou o prisioneiro. Sua voz lembrava um guincho. — Gostaria de saber o que está acontecendo aqui. — Ele deitou a cabeça para o lado como uma coruja.

— O prisioneiro afirma não se lembrar do ocorrido — revelou Alexey Krisaor. — O encontramos desmaiado ao lado dos corpos.

— Hum, certo. Podemos prosseguir. Tragam ele até o planador — ordenou Karolina, movimentando a espada para o alto. Os auxiliares o colocaram sentado e imóvel em um dos bancos num canto da cabine. Noah permaneceu com sua terminata apontada para a cabeça de Ícaro, e Joshua voltou à Cabine de Controle.

— Sobre a negociação, senhorita — continuou o coronel.

— Ah, sim. Quase me esqueci. O estuprador e a trapaceira já foram deixados na Ilha Tântalo. Meus homens os acorrentaram na praia há dois dias. — Ele a encarou, esperando por algo a mais. — Oh! O coronel não pensou que eu fosse entrar naquele lugar, não é? O senhor sabe muito bem como a ilhota me causa arrepios. Jamais pisaria lá. — Ela levou a mão à boca graciosamente.

— Imaginei — disse Alexey friamente. — Se a morte ainda não os levou, então vou aprisioná-los no Forte Íxion. Não há julgamento para seres como aqueles.

Karolina fez uma mesura para o coronel e se despediu. Antes que ela entrasse na cabine, ele ainda a indagou:

— Senhorita, esse homem que está em seu planador não é o nosso procurado, Simas Tales? — Os olhos dele encontraram os do ladrão, que se apavorou, mas permaneceu imóvel. Algo gelado subiu pela garganta de Verne.

— Exato — respondeu a mercenária. O rapaz não acreditou no que ouviu e Simas teve vontade de matá-la naquele instante. — Ele é *meu* prisioneiro e o estou levando para ser executado.

— O quê? Simas Tales é um homem procurado pelas nossas autoridades e deve ser levado a julgamento. Não à morte! — trovejou Alexey Krisaor.

— A sobrevida deste bandido foi comprada antes, coronel. — A mercenária voltou-se para o ladrão. — Desculpe-me, mas o senhor chegou tarde. Simas Tales será executado ao fim da tarde de hoje.

O coronel rogou pragas, movido pela fúria que o tomou.

— E por que ele está solto?

— Ah! — Ela pensou rapidamente, não podia hesitar. — Não se preocupe. Eu e meus homens implantamos duas bombas programadas nas pernas dele. Foi um dos requisitos do... velho que comprou a cabeça deste bandido. Se Simas tentar fugir, explodirá antes do terceiro passo.

A boca do coronel era devorada gradualmente pelo emaranhado loiro sob o nariz. O bigode farto dele subiu, desceu e subiu de novo nos movimentos tensos de sua face.

— Muito bem! — Alexey Krisaor quis dizer algo, mas desistiu e entrou no helipteroplan. Seus soldados o seguiram e logo a nave subia com velocidade, até desaparecer completamente nas neblinas acima, que voltaram a tomar o céu.

Verne quis sorrir, mas conteve-se. A mercenária mantivera sua palavra e a trégua ainda existia entre ela e o ladrão. Antes que os três entrassem na bolha, Simas disse:

— Obrigado, caçad... — Corrigiu-se: — Karolina.

— Não agradeça a mim, bandido. — Ela passou por ele e adentrou a pele do planador, chegando até a cabine. — Você deve sua sobrevida a Verne. Ele o salvou, lembre-se disso.

O cenho de Simas se fechou novamente. Ele e o rapaz se entenderam com um olhar e entraram na bolha. O Planador Escarlate ganhou os céus mais uma vez e partiu.

Dentro da cabine, Simas e Verne sentaram-se em lados opostos a Noah e Ícaro. O prisioneiro observava o rapaz com interesse. Verne fazia o mesmo, de forma curiosa. A face do corujeiro era humanoide, ele não possuía orelhas e podia-se ver um buraco no ouvido, abaixo de uma cabeleira negra que se misturava às penas na altura da nuca. Um bico amarelado despontava da pele comprida que fazia as vezes de nariz e cobria parte da boca pequena.

— Ele é só um menino — murmurou um inconformado Verne para Simas.

— Não. Corujeiros se tornam adultos aos dez anos. Deve ser a idade dele.

— Corujeiro é como um... homem-pássaro, certo?

— Corujeiros vivem acima das nuvens, Nebulous, o reino dos céus. Lar e origem em grande parte de todos os pássaros e criaturas aladas de Necrópolis. Essa raça não se mistura muito conosco aqui embaixo, sabe?

— Você está me dizendo que há uma cidade flutuante sobre Necrópolis?

Simas fez que sim. Verne observou Ícaro mais uma vez. Os olhos negros dele oscilavam entre a ira, a indiferença e a incompreensão.

— Qual foi o crime deste prisioneiro, Karolina? — o rapaz ousou perguntar.

— Ele matou outros três corujeiros — respondeu a mercenária, sem desviar os olhos do controle do planador. — Na manhã de hoje, os recrutas-negros encontraram os corpos das vítimas despedaçadas e Ícaro sobre eles, coberto de sangue amarelo. Sangue corujeiro.

— Qual seu nome? — perguntou Ícaro para Verne de súbito.

— Verne... Vipero — respondeu, ainda processando a revelação.

— Não fale com o prisioneiro! — repreendeu Simas.

O Planador Escarlate fez um movimento brusco e a bolsa do ladrão caiu no chão de carne até os pés de Ícaro. Temeroso, ele foi buscá-la. Era notável para Verne a preocupação do amigo em não revelar o conteúdo da bolsa para os mercenários. O rapaz arrastou-se no banco na direção da moça e cochichou para ela:

— Ele não parece inofensivo para você também?

— As aparências enganam, mocinho. Eu averiguo os casos antes de aceitá-los. Houve testemunhas dos assassinatos cometidos por Ícaro. — A voz dela demonstrava aborrecimento.

— Disseram que ele estava descontrolado. Em estado berseker — complementou Joshua.

— Ei! — Era Simas. — Acho que você se enganou, caçadora!

Karolina Kirsanoff o encarou aflitivamente por cima dos ombros.

Verne aproximou-se do corujeiro e viu o mesmo detalhe que chamou a atenção do ladrão: duas minúsculas perfurações na jugular. Ícaro também pareceu surpreso.

— É mordida de serpente, senhorita — disse Noah.

— Droga! — ela praguejou.

— Exato — orgulhou-se Simas pela descoberta.

Verne não compreendia o ocorrido.

— Do que vocês estão falando?

— O corujeiro sofreu controle da mente. Foi enfeitiçado — revelou o ladrão. — Só as serpentes enfeitiçam através de mordidas no pescoço.

Ícaro guinchou, saltando do banco. A terminata de Noah encontrou sua cabeça.

— Fique quieto! — ordenou o auxiliar.

— Estabilizar — ordenou Karolina para o Planador Escarlate. Era seu controle de voz sobre o gorgoilez. A nave interrompeu o voo lentamente e pairou no firmamento.

A mercenária deixou as esferas de controle e foi até o corujeiro, abrindo caminho pela cabine. A fina membrana, porém, continuou ligada à sua nuca, retesando-se no ar a cada passo que ela dava. Ela fez com que Simas e Verne voltassem aos seus lugares, e avaliou cuidadosamente a pequena ferida no pescoço de Ícaro. Depois passou sua língua sobre ela. O corujeiro foi afetado pelo calor do toque, não era comum que fêmeas da raça fizessem algo assim, nem mesmo tinham volumes enormes na fronte como os daquela moça. Voltou a preocupar-se com a ferida.

— É. Foi uma serpente — ela concluiu, aborrecida. — Deu para sentir o gosto do veneno ainda quente.

— Você disse que o prisioneiro foi comprado pelo reino de Érebus, não? — perguntou Simas.

— Sim. — Os dois refletiam sobre a questão. Verne ficou curioso.

— Serpentes que enfeitiçam mentes são criaturas de Érebus. Geralmente enviadas por seres superiores...

— Um reptiliano, talvez? — Ela passeava com os dedos inquietamente pelos orifícios na jugular do corujeiro. — Só reptilianos podem comandar essas serpentes.

— Talvez. — O ladrão apoiou o queixo sobre o punho, estava de olhos apertados. — Mas é um fato: ele foi enfeitiçado por uma serpente. Sofreu manipulação da mente.

— Então Ícaro Zíngaro é inocente. — Verne sentiu-se no direito de concluir.

O silêncio pairou na cabine. Ícaro Zíngaro apenas arregalou seus olhos negros. Joshua e Noah permaneceram em suas posições, jamais contestavam. Simas mordia os lábios, ansioso pela desfecho do caso. Ele não percebeu de imediato, mas, de um minuto a outro, passou a torcer pela libertação do prisioneiro. O coração do rapaz palpitava forte, agoniado pela resposta.

— Não vamos tirar conclusões precipitadas. Ainda é cedo para tomarmos uma atitude — disse Karolina, colocando a mão sobre a cabeça e voltando às esferas, para reativar o controle do planador. — Estou cansada e ainda há muito a fazer.

Em seu mundo particular, dentro da mente, Ícaro tinha vagas lembranças do acontecido. Antes não pudera ver, mas naquele instante sim. Três corujeiros mortos. Todos seus amigos. *Irmãos.*

23

RUAS DE ÔNIX E PAREDES DE OPALA

Chax saltava de um ombro ao outro, inquieto. Verne ordenava para que o AI se calasse. Ele não parava de falar asneiras ao pé de seu ouvido e isso o irritava. O jovem Vipero perturbava-se com o falatório do demoniozinho, como se alguém na cabine pudesse escutá-lo, mesmo sabendo que isso era impossível. O rapaz também sabia que Chax não poderia existir em Necrópolis. Sentia sua falta. Sentia-se vazio, incompleto, dominado pela agonia e angústia.

Ele despertou com a visão daquele mundo tenebroso, surpreso com o deslumbre de uma cidade grandiosa abaixo. Ela parecia brilhar. Solux refletia na Capital de Néde.

O Planador Escarlate pousou numa pista enorme e circular, ao lado de outras naves de diferentes tamanhos e formas. Homens instruíam os pilotos movimentando suas bandeirolas sem parar.

— Capital de Néde. Por que esse nome? — perguntou Verne.

Simas Tales contou ao rapaz que Néde Vahagn, um dos humanos da primeira geração, destacou-se como Herói da Era Arcaica. Ele fora general de dezenas de exércitos, tomando a frente no campo de batalha e vencendo todas as guerras que participara, conquistando inúmeras riquezas e honrarias. Em sua época, Néde também organizara um grupo de poderosos guerreiros de distintas raças para enfrentar o kroboros, a terrível fera canídea tricéfala que devorava mulheres e crianças. Sua liderança os fez vitoriosos e a fama do Herói se espalhou por Necrópolis, angariando tribos de norte a sul, que se tornaram aliadas. Os filhos dele com outra terrestre geraram os primeiros humanos necropolitanos daquele mundo. Néde e a grande família que concebera passaram a fixar moradia numa extensa clareira, antigo cenário de peleja. Ele alcançara mais de cem anos de sobrevida e durante meio século levantara — com o auxílio de um de seus aliados, os anões — uma cidade conhecida em toda Necrópolis como a Capital dos Homens. No dia em que viera a falecer, os habitantes do lugar a renomearam como Capital de Néde, que desde então se tornou o centro comercial do Mundo dos Mortos.

Naquele instante o brilho de Solux era fraco, mas expandia quando reluzido pelas ruas e paredes da cidade. Verne percebeu a visão ofuscada pela luz que refletia.

— Impressionante... — murmurou ele.

Karolina Kirsanoff deu ordem aos seus auxiliares para saírem do planador e levarem o prisioneiro para fora. O rapaz voltou a encontrar os olhos de Ícaro Zíngaro, antes indiferentes, agora tristes.

— Você ainda o levará para a Prisão Belfegor?

— Não — respondeu a mercenária. — Enquanto eu não tiver provas concretas de que ele foi mesmo manipulado para cometer os crimes, não o levarei a lugar algum.

— Vai libertá-lo, então?

— Não. Nunca cometo erros, mocinho. Não cometerei o de levá-lo a prisão, mas também não o soltarei. Mas corujeiros dormem só três horas por dia e costumam se mover muito. Vou deixá-lo aos cuidados de meus homens e ele poderá se movimentar, ainda que acorrentado. Ele precisa disso.

Alguns dos homens que cuidavam da pista de pouso foram até o Planador Escarlate e o abasteceram com mais poluemita, lavaram seus olhos, a cabine, as asas e as membranas também. Verne percebeu o quanto os nedeanos eram receptivos. Joshua e Noah deixaram as terminatas abaixadas, mas com os olhos firmes a qualquer movimento do prisioneiro.

— Você — piou Ícaro Zíngaro, enquanto mantinha-se agachado na pista, passando as mãos pelas correntes que o prendiam. — Verne?

— Sim.

— Você não é como os outros.

— Que outros?

— Os outros de sua raça — Ele olhou de repente para os céus, como se buscasse a sombra de seu reino e depois se voltou para o jovem Vipero. — Você é diferente.

Verne não soube como reagir.

— O rapaz Verne acredita que sou inocente?

Ele responderia se pudesse, mas a mercenária interveio:

— Prisioneiro, você não está autorizado a falar nada além do necessário. — Ela lhe lançou um olhar autoritário.

Os olhos negros de Ícaro Zíngaro se apertaram. Por trás do bico via-se a pequena boca com os dentes cerrados e agressivos. Suas plumas pareceram enrijecer na fúria momentânea.

— Vamos, Verne! Vou conseguir o passe para o seu amigo — chamou Karolina.

O jovem se foi, seguido de Simas Tales. Suas mochilas e bolsas pendiam nas costas e ombro.

Verne estava impressionado com a precisão da construção da cidade, ela realmente tinha sido levantada com tremenda perfeição e detalhamento. As calçadas eram rochas escuras e polidas, permitindo passos sem tropeços. Por quase todos os quarteirões que cruzou, ele percebeu simetria nas medidas. As ruas reluziam Solux de forma fosca. Feitas de mármore fino, suas camadas eram de uma policromia interessante: via-se o azul-escuro, o vermelho do dia e o preto da noite que se aproximava. As cores geralmente causavam tonturas ou vertigens em habitantes mal acostumados com aquele ambiente. Era tudo puro ônix. O rapaz descobriu que essa era uma das pedras fornecidas pelos anões para o levantamento do local. Existiam casas pequenas e casarões na Capital de Néde, assim como prédios de diferentes tamanhos encimados por gárgulas. As paredes eram feitas de um material de pedra azulada e leitosa. Nelas, Solux emitia tons avermelhados, às vezes amarelados, aumentando ainda mais a vertigem causada pela cidade nos olhos desacostumados. Era tudo puro opala. As cores das ruas e das paredes criavam uma gama complexa quando vistas de relance, uma espécie de arco-íris de pedras habitadas por homens, anões e outras raças.

Karolina e Simas revelavam mais sobre a cidade para um maravilhado Verne à medida que afundavam pelas ruas terrosas, fazendo as vezes de guia turísticos. Ele descobriu que Dennis Tollen Vahagn XXII governava a Capital de Néde havia três décadas e representava o Palácio Real do Reino de Fênix. O regente era descendente direto do Herói e nasceu na cidade. Antes de ascender ele viajou o mundo, conviveu com as pessoas comuns e entendeu sua natureza. Para isso, ele se tornou um aventureiro e percorreu todos os cantos de Necrópolis. Mais tarde retornou para assumir a regência, trazendo consigo a sabedoria conquistada em anos de jornada. Dennis Tollen era adorado pelo seu povo, cem mil habitantes multirraciais e trabalhadores, numa cidade sem preconceitos, sempre disposta a evoluir espiritual e comercialmente.

Enquanto caminhava, Verne ouviu o som de guizos. Olhou para os seus companheiros e entendeu que só ele escutava aquilo. Estranhou. Procurou receoso por uma serpente, não encontrou.

"Verne... Verne...", o rapaz ouviu em seguida. Mais uma vez procurou ao redor e nada viu. Era a mesma voz que tinha escutado na praia de Necrópolis, quando chegara. Não havia ninguém por perto. Ele cogitou estar enlouquecendo.

Os três pararam em frente a uma casa de esquina, de onde uma fila de pessoas e criaturas se formava. A construção era feita das mesmas rochas escuras e polidas da calçada e parecia uma extensão desta que nascia do chão.

— E então, caçadora, pelo visto vai demorar para concluir sua missão? — provocou Simas.

— Não se preocupe, ligeirinho — respondeu Karolina, com um olhar de desprezo, mantendo o sorriso provocativo. — Eu sempre tenho sucesso.

— Bom saber. Mas, se me lembro bem, você só descobriu que o corujeiro tinha sido mordido por uma serpente graças à minha perspicácia! — Levou o cantil a boca enquanto ria.

— Muito pelo contrário. — Ela virou-se para ele, nitidamente aborrecida. Colocou as duas mãos na cintura, imponente, e levantou o rosto, olhando-o por debaixo de seu delicado nariz. — Você apenas poupou meu tempo! Uma hora ou outra eu notaria aquele detalhe.

— Não é verdade! — Ele colocou as mãos nas cintura, imitando-a. — Você só queria receber o pagamento pela prisão daquele coitado. Agora está furiosa e frustrada, porque terá de inocentá-lo e perderá o ouro que ia receber.

— Você não sabe o que diz! — A voz dela aumentou, seus olhos se apertaram. — As coisas mudaram um pouco de rumo. Mas, assim que cumprir a missão de Verne, irei investigar melhor o caso de Ícaro. Afinal, eu jamais comento engan... — Foi interrompida.

— Já falhou, sim, caçadora. — Ele guardou seu cantil e arrotou alto. Seus olhos ardiam em ódio por ela. — Nunca me capturou. Não teve essa capacidade. Você é falha como mercenária!

— Isso é uma questão de tempo. Seu dia chegará e nem mesmo essa velocidade anormal o salvará de mim! — A mercenária pousou a mão sobre o punho da espada.

— Você pode tentar! — Simas alcançou sua besta, mas não a retirou das costas.

— Próximo. — A voz vinha de dentro da casa e nem o ladrão nem a mercenária notaram que a fila havia terminado. O chamado foi suficiente para interromper a discussão e apaziguar os ânimos.

— Entrarei sozinha e trarei o passe. Me espere aqui e não deixe esse seu amigo me atrapalhar — Karolina dirigiu-se a Verne, aliviado com o fim da troca de farpas. O rapaz assentiu e a moça entrou na casa.

— Não vai conseguir — resmungou Simas. — Não será tão fácil quanto ela pensa!

24

O COMPÊNDIO DAS QUESTÕES OCULTAS

— Para onde está me levando? — perguntou Verne conforme Simas o conduzia pelas calçadas da Capital de Néde.

— Um lugar que será útil para você aproveitar o tempo enquanto espera pelo passe, eu acho. — respondeu o ladrão. Quando o rapaz procurou uma resposta mais objetiva com seu olhar, ele lhe deu: — A Biblioteca da Coroa. O Palácio Real e os contatos do regente a tornaram a maior do mundo.

O prédio era grandioso e ocupava o espaço de uma praça mediana no centro da cidade. Ao redor, um portão de ferro circundava o lugar, feito de rochas escuras, ônix e opala que reluziam belas cores ao fim do entardecer nos vitrais das janelas. Uma gigantesca coroa tinha sido esculpida acima da enorme porta. Pessoas entrevam e saíam de lá o tempo todo. Alguém esbarrou em Verne acidentalmente, deixando cair um caderno e dois livros.

— Desculpe-me — disse um jovem alto de cabelos lisos e bem penteados, com a pele acobreada e expressões fortes. Era bem peludo e usava batas folgadas sobre o corpo, e sapatos lustrosos. Seu olho, atrás de óculos discretos, era acastanhado.

— Um lycantropo — revelou Simas. Verne conhecia o nome da raça e ficou surpreso. — Existem dois tipos em Necrópolis. Os lycans civis habitam os reinos humanos, se vestem como humanos, agem como humanos e dificilmente se transformam. A maioria, porém, é de lycans tribais, que povoam o Arvoredo Lycan, a noroeste daqui. Vivem em seu habitat natural e por isso se transformam quando lhes convém. Evite esses. — Riu.

— E no que essa biblioteca pode me ser útil?

— Há nas estantes dela um livro capaz de revelar segredos impensados. Respostas jamais respondidas.

— Qual?

— *O Compêndio das Questões Ocultas*. Este livro foi escrito na Era Média pela Tríade: Perydutuz, um monge anão; Dikke, uma poderosa feiticeira; e Myrddin, o maior mago de sua época. Eles criaram a obra com o intuito de revelar seus próprios mistérios. — Simas sorriu, coçando a cabeça. — Ou assim as lendas contam. Dizem que a própria Tríade desconhecia os limites do livro. Na feitura do Compêndio das Questões Ocultas, o mago embutiu em suas páginas a magia *exoraculum*, o monge anão escreveu com o próprio sangue todo o conhecimento coletado em suas viagens pelos Oito Círculos, e a feiticeira encantou o livro para que este servisse ao seu real propósito, ao qual serve até agora.

— E qual é?

— Responder a qualquer pergunta que o leitor tenha em mente. Qualquer dúvida ou algo que queira descobrir. É só você pensar e o livro irá te revelar.

— Você já o consultou?

— Ainda não. O Compêndio das Questões Ocultas só pode ser consultado três vezes durante a sobrevida. Eu quero esperar o momento certo para fazer minhas perguntas. Elas são tantas...

— E como sabe se funciona? — O ceticismo de Verne ainda aflorava.

— Porque conheço quem já tenha consultado e ninguém que o leu ficou decepcionado, isso eu também sei. — Pousou sua mão no ombro do jovem Vipero. — Você tem algo de muito importante que queira saber?

— Sim. Tenho muitas dúvidas e muitas coisas para organizar aqui dentro. — Apontou seu indicador para a cabeça. — Mas tem algo que quero saber mais do que tudo.

— Então consulte o livro e obterá a resposta. Talvez ajude em sua busca.

— Espero que sim. — O rapaz entrou pelo portão. Simas não o acompanhou. — Você não vem?

— A consulta desse livro é algo pessoal demais, deve ser realizada sozinho. Vou para a Pedra Maciça, enquanto espero você e a caçadora. Preciso encher meu cantil. — Acenou para o amigo e partiu.

A entrada era escura e uma nesga luz invadia a Biblioteca da Coroa. Na recepção, uma velha diminuta como uma criança estava sentada sobre uma cadeira alta, lendo um livro apoiado sobre uma mesa de madeira enegrecida. A senhora enrugada simpática lhe pareceu uma anã. Ela tinha cabelos grisalhos e curtos e vestia uma camisola rosa e branca. Uma xícara com algo quente repousava ao lado do livro.

— Por favor, onde posso encontrar o Compêndio das Questões Ocultas?

Ela ponderou por alguns minutos, sem pressa. Bebericou de seu líquido desconhecido. Voltou a folhear o livro que lia e fitou o rapaz por mais um tempo, até que finalmente revelou:

— Siga adiante por ali. — Ela apontou na direção leste. Sua voz era tão miúda quanto o corpo. — E quando terminar de passar por treze estantes na linha reta, vire para o lado esquerdo numa escada, suba e vire à direita, passe por mais sete estantes e depois vire à direita e entre na segunda sala. O livro estará lá.

Verne agradeceu e seguiu o caminho indicado. Enquanto andava pela biblioteca, notou humanos, anões e lycans civis concentrados em suas leituras à meia-luz nas mesinhas ou procurando por livros nas estantes, ignorando a sua presença. O lugar era iluminado por lampiões com chamas verdes fluorescentes e exalava um forte cheiro de poeira. Ele subiu, passou mais sete estantes, virou e encontrou a segunda sala. Ela era pequena e oval, com apenas três estantes cheia de livros de cores e tamanhos diferentes. As obras tinham títulos grafados numa língua que o jovem Vipero desconhecia. Ele procurou e procurou. Nada.

"Teria alguém vindo consultá-lo antes?", pensou. Resolveu sair da sala e voltar a perguntar para a velha anã, afinal ela também poderia ter se enganado sobre a localização do compêndio. Enquanto saía, bateu acidentalmente o ombro numa das estantes e um barulho se fez. Depois, um pequeno tremor. A estante do meio moveu-se lentamente, emitindo um som estridente de metal riscando a pedra polida que irritava seus ouvidos. Ela girou completamente, revelando um livro maior do que a recepcionista da biblioteca. Na capa negra estava grafado em dourado algo que os olhos de Verne levaram alguns segundos para se acostumar. Ele então conseguiu ler: *Compêndio das Questões Ocultas*. Retirou-o da estante com certa dificuldade pelo peso e o colocou sobre uma das várias mesinhas de madeira. Ao abri-lo, frustrou-se com todas as folhas em branco. Fechou o compêndio praguejando, quando então lembrou do que Simas havia lhe dito. O rapaz pensou no que mais queria saber naquele exato momento: *O que é a Fronteira das Almas?*

Aquilo, imaginou, deveria facilitar sua busca por Victor.

Sua mente turvou por um instante, depois seu corpo formigou. Ele se sentou e repetiu a pergunta na mente. As páginas do livro se abriram sozinhas aleatoriamente. Em seguida, palavras começaram a ser escritas pelo encanto, formando letras mágicas que invadiam suas memórias e lhe projetavam a resposta solicitada:

O propósito da vida é a morte.
Tudo depende da escolha.
É a regra das coisas sem regras.
É a regra da existência, da vida e da natureza.
Tudo que tem um começo tem um fim.
Para que possa ter outro começo e outro fim.
Ectoplasma.
A morte, o ciclo.
Duas forças da natureza opostas.
Niyanvoyo e Ouroboros.

Todos os mortos seguem até a Sala de Mors e passam pelo Julgamento, que determinará o destino de seu niyan.

O Niyanvoyo é a Fronteira das Almas. Um lugar antigo, criado na mesma época que este mundo e que este universo. Foi nos primórdios da existência e muito antes dos Oito Círculos que este subplano surgiu.
O Niyanvoyo se encontra escondido atrás das sombras, onde as trevas dominam e a luz rende-se à escuridão.
Uma força da natureza, o limbo da inexistência, chama-se Abismo e é um dos responsáveis pela criação do Niyanvoyo. Nos Oito Círculos do Universo existem seres feitos de matéria e ectoplasma, consumidores de energia infinita e ocupadores de espaço na existência, que em seu propósito o Abismo deve findar, fazer com que inexistam, que se tornem Nada e assim a vida possa continuar com novos seres, fornecendo espaço para o novo, o que está por vir.
Tudo que tem um começo tem um fim.

Assim como a Luz e as Trevas são duas forças opostas, o Niyanvoyo e o Ouroboros também o são. O Ouroboros é tudo o que o Niyanvoyo não é. É um lugar antigo, criado junto deste mundo e este universo. Foi nos primórdios da existência e muito antes dos Oito Círculos que este subplano surgiu. O Ouroboros é o Ciclo. É uma força da natureza capaz de transformar e continuar aquilo que já existiu. A força do Ciclo é aquela que traz de volta à existência, transforma matéria morta em matéria nova e ectoplasma antigo em ectoplasma renovado. Todos os que morrem podem retornar. O Ouroboros transforma tudo em chances infinitas, reciclando a vida. Onde a vida termina, a morte se transforma, tornando-se vida novamente. É a ressurreição do Ser. O propósito do Ouroboros é continuar a existência. Reciclando o que já existiu e não eliminando, como ocorre no Niyanvoyo. É transferir a consciência plena do que é ou foi o ectoplasma de um ser para o outro, recomeçando. É a renovação através da morte, a não morte, um novo início. O Ciclo.

Tudo que tem um começo tem um fim. E um novo começo.

Verne cambaleou para trás, atordoado.

Absorveu uma quantidade de informações que fez sua tez se tornar ainda mais pálida do que já estava. Seu corpo tremia diante dos propósitos e da metafísica de Necrópolis. Ficou temeroso com o que descobriu e foi novamente invadido pela angústia. Victor atravessava um caminho definido para o seu fim. Verne deveria impedir sua morte definitiva, sabia disso, e o fator tempo, que passava de um jeito desconhecido naquele mundo, estava cada vez mais curto. Ele se ajoelhou, cerrando os olhos.

— Eu entendi — murmurou para si mesmo. — Existe uma chance.

Permaneceu ali, relaxou o corpo e conduziu seus pensamentos para algo lógico dentro de seu entendimento. Quis compreender muita coisa e conseguiu. O raciocínio lhe auxiliava prontamente.

Mais alguns minutos passaram-se e então a mente do rapaz foi tomada de novas ideias, pensamentos antigos e recentes misturados. A mente era um universo infinito de memórias que chegavam e saíam sem avisar. Precisava de mais respostas.

Ele, então, pensou em sua nova pergunta: *Como meu irmão morreu?*

As páginas do livro viraram-se e depois pararam. O rapaz ficou encarando aquelas folhas num esforço desnecessário. Nada lhe foi revelado. Imaginou que, por Victor ter morrido na Terra, talvez a resposta não pertencesse a Necrópolis e, consequentemente, ao livro. Por isso voltou seus pensamentos para uma pergunta mais focada e que lhe desse segurança dos futuros atos: *É possível salvar meu irmão? Como?*

Nenhuma resposta. Daquela vez as folhas nem viraram. Indignado, ponderou como seria possível o livro ignorá-lo, já que o assunto tinha conexão direta com aquele mundo. Será que o compêndio não queria fazer a revelação? Foi tomado pela raiva. Respirou fundo, suspirou. Precisava se concentrar. Devia estar fazendo algo de errado, pensou.

Verne não sabia que o livro tinha capacidades muito além do que imaginava. Que ele era capaz de ver o subconsciente de seu leitor e dar-lhe uma resposta, mesmo esta não sendo a desejada nem a questionada. Sem nenhum aviso, as páginas começaram a se folhear mais uma vez, revelando gradualmente letras mágicas. O rapaz aproveitou para pensar em "Victor". Mas não. O Compêndio das Questões Ocultas lhe narrou uma história diferente, com o título "Simas Tales", porque assim achou conveniente. Não se discutia com um livro, ainda mais um como aquele. E Verne descobriu a história do amigo ladrão.

Porque era preciso.

25

A MALDIÇÃO DOS CINCO (OU "A HISTÓRIA DE SIMAS")

Sabe-se da trágica história de cinco ladrões que se tornaram lendas. O fato ocorreu há quinze anos.

Jael Will era o líder dos ladrões. De poucos cabelos e corpo magro, comandava-os havia duas décadas, de forma singular e poderosa, mantendo os costumes antigos. Naquela época existia um grupo de ladrões insuperáveis na arte do furto. Os melhores dentre os melhores, únicos em seu tempo e magníficos como nunca um ladrão fora antes nem chegaria a ser depois. Eram eles: Pavino Tales, o astuto. Zya DiMonei, a bela. Lobbus Wolfron, o feroz. Tandra Thisdæa, a estrategista. Kendal Tales, o esguio. Esses personagens ficaram conhecidos como os Cinco.

Diferente dos outros ladrões de sua vila, os Cinco jamais foram capturados, nem mesmo sobre uma sombra de ameaça de autoridades. Sempre escapavam, ocultavam-se com disfarces e ninguém, fora os próprios ladrões, sabia sua real identidade. E isso, para eles, mais do que um mérito, era essencial.

Ao longo de uma semana eles planejaram um furto que consideravam perfeito. Haviam escutado dentro de uma taverna sobre a existência de seis relíquias antigas, de valor inestimável, localizadas numa região obscura de Necrópolis: Érebus. As relíquias envolviam joias, artefatos, objetos sagrados e de poderes desconhecidos. Não poderiam falhar no plano. Tandra havia traçado cada detalhe do grande furto, explicando como deveriam conduzi-lo e realizá-lo. Na madrugada, quando Nyx comandava os céus de Necrópolis, os Cinco partiram com seus equinototos através das Terras Mórbidas, encarando o difícil trajeto pela Cordilheira de Deimos e então a travessia pelos Campos de Soísile até o sul. Conseguindo escapar por um atalho, eles chegaram finalmente à região de Érebus no quinto dia. E o cinco era realmente o número da sorte daquele grupo. Ou não, como viriam a descobrir.

Do alto de um monte, uma mulher de longos cabelos loiros e cacheados avistou o seu destino. Seu corpo era lindo e curvilíneo; seus olhos, sagazes; e os movimentos, atraentes. Era Zya DiMonei, a bela. Tinha uma visão treinada e excelente mesmo em cenários escabrosos como aquele, onde uma colossal construção de rochas e metal, em forma de uma serpente medonha, ascendia até a mais alta das nuvens de Necrópolis. A Fortaleza Damballa era guardada fortemente pelas mais perigosas criaturas daquele mundo.

Por quase um dia eles atravessaram a região sem serem avistados. Enganaram escorpiontes e reptilianos até alcançarem a fortaleza. Lobbus e Pavino foram os responsáveis pela passagem do grupo através dos portões negros, e Kendal, o primeiro membro a se arriscar a entrar no local. Conseguiram, com sucesso.

Tandra, uma jovem de cabelos escuros e curtos até a altura dos ombros, possuía um mapa desenhado pelo informante da taverna onde descobriram sobre as relíquias da fortaleza sagrada. Eles sabiam que o rei de Érebus havia partido dias antes para o norte com uma guarnição, durante a Guerra do Deus-Serpente, que viria a se estender por anos. Seu filho, o Príncipe-Serpente, ainda era uma criança e, por isso, a Fortaleza Damballa não representava grande perigo naquele momento. Os Cinco chegaram até os porões, onde existiam pequenos calabouços e portas apodrecidas pela umidade. Onde também estavam as relíquias que buscavam.

A primeira delas era uma espada feita de um metal raro e nobre, em cinza-ardósia, com uma lâmina comprida do tamanho de um homem. Várias víboras estavam entrelaçadas no fio de corte, enquanto no punho havia detalhes em espiral. Na base dela estava acoplado um pequeno orbe preto. Era Adonai, a espada-sagrada do Deus-Serpente, herança real de Érebus, capaz de rasgar a realidade, abrindo fendas no espaço e cortar o mais duro dos metais.

A outra relíquia era uma rocha âmbar do tamanho de um crânio, com pequenos espigões despontando de toda sua circunferência. Ela brilhava e reluzia toda sua cor aos olhos cobiçosos dos ladrões. Era Mercuryon, a pedra da velocidade, pertencente a um antigo rei anão, capaz de fornecer ao seu usuário uma velocidade sobrenatural que transcendia as barreiras do som e até do tempo.

Uma longa capa negra com um enorme capuz era outra das relíquias. Se aquele porão estava tomado pelas sombras, a maioria delas circundava aquele objeto. Era Treval, o manto das trevas, capaz de abrir o portal para o Mundo das Sombras, um subplano de Necrópolis onde a escuridão plena dominava e permitia que qualquer percurso através do espaço fosse feito em poucos minutos. Ninguém sabia sua origem.

A quarta relíquia era um globo de vidro transparente pouco maior do que uma criança. Em seu interior uma fumaça cinzenta se movia. Era Iom, a esfera da verdade, capaz de revelar um possível futuro para o seu usuário, assim como para outros que lhe fossem próximos. Pertencera ao líder e general dos escorpiontes, que a presenteou ao Rei-Serpente quando as duas raças se aliaram.

Outra das relíquias era um colar feito de ouro salpicado de esmeraldas, com dois aros. O primeiro era fino e o segundo, espesso. Dele, pendia um belo diamante. Era Afrodez, a joia da riqueza, que pertenceu a uma ninfa assassinada, capaz de transformar pedra em prata e metal em ouro, enriquecendo seu usuário cada vez que encostar o diamante encantado num objeto sem valor. Tornando o feio em belo, e o belo em ainda mais.

A sexta relíquia era um longo bastão de madeira marrom-escura que numa das extremidades emulava seis dedos magriços, como se fosse um punho aberto. Era Buer, o cetro do fogo, que pertenceu ao antigo Reino dos Dragões e era capaz de criar e disparar chamas.

O rapaz de barbas fartas e castanhas, com o corpo redondo e pesado, se aproximou dos seis pedestais de ferro. Pegou para si Mercuryon. Foi tomado por um brilho ambárico.

— Com esta pedra poderei correr as mais longas das distâncias — disse Kendal, o esguio. — Sei de suas capacidades e tirarei proveito disso. Meus furtos nunca mais serão os mesmos.

A próxima foi Zya, que colocou Afrodez em volta do pescoço e sentiu-se ainda mais bela em sua vaidade.

— Este colar vai trazer riquezas que nosso vilarejo jamais cogitou. Tudo que tocarei com este diamante se tornará prata e ouro. Não precisaremos mais roubar! — O corpo dela parecia ainda mais atraente ao vestir aquela relíquia.

Pavino aproximou-se de Adonai e a empunhou com orgulho, erguendo-a imponente.

— Nenhum adversário será capaz de nos derrotar. — Seus olhos brilhavam pelo poder em mãos. — Nunca mais!

O outro rapaz, de cabelos longos e ruivos, tomou Treval para si e envolveu seu corpo com o artefato. Sentiu o mundo mais escuro naquele instante e daquele dia para todo o sempre.

— Agora domino a escuridão e a passagem pelo espaço. — Lobbus tinha uma voz rouca e serena. — Os ladrões realizarão as melhores fugas.

Por fim, Tandra encontrou Iom e seus olhos encantaram-se com o novo objeto de conteúdo curioso.

— Nosso trajeto até Damballa não foi fácil. Passamos por muitas coisas, mas finalmente conseguimos, o plano foi um sucesso e agora possuímos as relíquias mais poderosas de toda Necrópolis. — Ela encarou Pavino, feliz. — Não são os Cinco os campeões, mas todo o Vilarejo Leste. Viva os ladrões!

Cinco “vivas” foram dados naquela fatídica tarde. Todos vibraram e Tandra, enfim, beijou seu noivo.

— Podemos nos casar agora, meu amor — disse Pavino, seu coração batendo forte.

— Isso é uma pergunta? — Tandra estava com seus lábios quase colados aos dele. O ladrão sorriu.

— Entenda como quiser.

— Vou conferir no globo. Ele vai dizer o nosso futuro.

Tandra Thisdæa ajoelhou-se no chão úmido e olhou fixamente para Iom. Não sabia como fazê-lo funcionar, mas logo a fumaça cinzenta moveu-se e revelou as imagens de um futuro provável.

— Vejo um bebê! — ela gritou, tomada por uma felicidade nunca antes vista. — Está em posição fetal.

— É o nosso filho, meu amor.

A fumaça de Iom moveu-se mais uma vez enquanto ela o consultava. Então a ladra viu a morte, a perda, o sofrimento, a solidão e a ruína se aproximando. Apavorou-se e jogou o globo ao chão, que rodou até as sombras do outro lado, indo parar na sola de um pequeno pé, que agora se revelava. A risada maligna ecoou pela fortaleza, deixando os ladrões com os pelos eriçados de puro medo. Haviam sido descobertos.

— Vocês são realmente ousados — sibilou uma voz infante.

Naquele momento, Kendal Tales exaltou-se e Mercuryon brilhou mais forte em suas mãos. A luz âmbar voltou a tomar-lhe o corpo e então ele desapareceu. O efeito da velocidade havia se manifestado no ladrão, que correu numa direção qualquer. Em seu lugar, apenas as poças d'água agitadas pelo seu rápido impulso.

Zya escondeu-se atrás de Lobbus por puro instinto. Não era de batalhas. Sua "arma" era a sedução e a lábia. O ladrão do manto negro tomou a frente, suava por dentro de Treval.

Pavino empunhou Adonai com as duas mãos e, por mais que não tivesse habilidade alguma com espadas, imaginou que com aquela teria sucesso. Tandra estava no chão e rastejou até Buer, para que pudesse enfrentar o perigo. As chamas da relíquia logo foram acesas, furiosas.

— Primeiro vocês entram em meus domínios, me roubam e agora querem me atacar. Tsc. — Os olhos dele eram de um amarelo nítido e as pupilas estavam dilatadas na vertical como as de um ofídio. — Vocês são ousados e injustos.

A voz que sibilava na escuridão, ao sair das sombras, revelou-se um garoto de pele pálida como um fantasma. Seus cabelos eram brancos e compridos até os ombros. As orelhas estavam coladas ao crânio, o nariz era comprido e fino, e seus lábios pareciam ressecados. Ele vestia uma toga nobre azul-escuro, e, na cabeça, uma coroa de prata com pedras escuras incrustadas.

— É o Príncipe-Serpente! — Engasgou-se Lobbus ao dizer o nome. Zya abraçou-lhe por trás.

— Ah, ladrões. Vocês não perdoam nada mesmo. Roubando presentes de uma criança — o garoto sussurrou, sombrio. — Vejam só, Mercuryon, que o amigo de vocês levou, foi encontrado próximo aos domínios dos anões e pertenceu ao antigo chefe de uma guilda daquele povo. Já Treval foi uma herança deixada a mim por meu pai, numa conquista antiga que ele teve. — Lobbus tremeu com o manto negro, vendo-o apontar para Zya, que começava a chorar. — Afrodez foi meu triunfo! Arranquei da garganta de uma ninfa que matei durante meu treinamento.

A existência parecia mais triste na presença daquela criança. A própria realidade se contorcia em adoração forçada quando o garoto falava. O medo sufocava cada ladrão no calabouço, a ponto de lhes destruir a alma.

— Iom foi um presente do general Vassago para meu povo. — O Príncipe-Serpente passou os pés que vestiam botas negras pelo globo de vidro e caminhou mais alguns passos até os ladrões. Eles recuaram.

— O príncipe está nos fazendo perder tempo até que sua tropa chegue. Temos de sair daqui! — trovejou Pavino.

— Ele é só uma criança. — Tandra apontou o cetro para o garoto de forma agressiva. As chamas crepitaram entre os dedos de madeira. — Fique longe de nós! Sairemos daqui e você não fará nada, ou eu terei de atacá-lo, Alteza! — ela gritou com ironia enquanto caminhava lentamente para trás.

— Ah, Buer. Este foi uma oferenda dos bárbaros sulistas, que o encontraram no que antes foi o reino daqueles malditos dragões! — sibilou, cada vez mais aborrecido. Ele levantou uma das mãos à frente do rosto e fez seu ectoplasma brilhar. Era negro. Chamas da mesma cor rodearam seus braços e punhos. Era magia negra, mas sua energia certamente originava-se de outro Círculo.

Nas mãos de Pavino, a longa espada foi tomada pelas chamas escuras e o orbe bruxuleou como se respondesse ao comando do garoto. O calor ainda não havia queimado as palmas do ladrão.

— Adonai me pertence! — Ele alargou um sorriso cínico e perturbado. Sua mão flamejava cada vez com mais intensidade. — Essa espada foi forjada para o meu uso. Nessa lâmina corre o meu sangue e o poder flui de forma natural em minha presença. — O garoto encarou Pavino com seus olhos de cobra.

Subitamente, a espada abandonou os fortes punhos do ladrão, voando no ar, indo ao encontro da mão do Príncipe-Serpente. Então, as chamas escuras cobriram o calabouço. Pavino caiu de costas com o impulso, mas foi auxiliado por sua amada. Tandra não hesitou e atacou o garoto com o cetro de fogo. Ela precisou apenas pensar e as chamas vermelhas encontraram as chamas negras, causando uma pequena explosão. Zya foi jogada contra a parede e caiu atordoada ao chão. Lobbus a carregou nos braços para longe do inimigo, mas não sabia como fazer o manto funcionar. Pavino, protegido pela noiva, ouviu passos nos andares superiores. As tropas do reino de Érebus chegavam ao local.

As chamas continuavam a colidir no espaço entre o Príncipe-Serpente e Tandra, até que ele saltou sobre o casal, caindo atrás do homem e abrindo um corte em suas costas com Adonai. O sangue jorrou pelo piso de pedra. A mulher mais uma vez não hesitou e virou o cetro, disparando uma forte rajada de fogo contra ele, que cortou as chamas ao meio como se fossem nada. O garoto a encarou e o sorriso cínico sumiu de sua face. Estava furioso.

— Ele não é uma criança normal — murmurou Lobbus para si próprio, enquanto tentava se ocultar da batalha com Zya nos braços. — É um demônio!

Um vento forte e veloz passou pelo calabouço, apagando as chamas negras que dominavam o lugar. O vulto rodeou rapidamente o casal e o garoto que os atacava, roubando-lhe a coroa de prata. Então, interrompeu a corrida e caiu sentado, atordoado. Era Kendal Tales.

— Meu irmão! Você está bem? — gritou ele para Pavino.

— Não se preocupe. O corte não foi profundo, ficarei bem.

— Desgraçado! — sibilou a criança. — Devolva-me a coroa! — Ele apontou Adonai na direção do ladrão velocista.

Kendal jogou a coroa para dentro de sua bolsa e depois correu, levando um segundo até alcançar Iom e jogar o globo na direção do Príncipe-Serpente, no mesmo instante em que ele disparava uma nova rajada de chamas negras. O ataque explodiu o artefato em dezenas de pedaços, deixando o garoto estupefato.

Das escadas desceram as tropas de Érebus. Dentre os grupos, havia um formado por homens extremamente musculosos de pele vermelha, a cintura para baixo era artrópode, de escorpião, com uma enorme e perigosa cauda que findava num venenoso ferrão. Monstruosas pinças substituíam as mãos e os quatro olhos eram multifacetados. Eram os escorpiontes.

O restante da tropa era formada por criaturas humanoides, cobertas de escamas verdes e caudas de crocodilo, panturrilhas arqueadas e rosto de lagarto, com uma aterrorizante fileira de dentes e olhos amarelos esbugalhados. As garras portavam pequenas lâminas ou lanças e o corpo era protegido em parte por uma armadura de metal. Eram os reptilianos.

A tropa de Érebus estava pronta para um ataque mortal. Os ladrões não tinham por onde escapar. Ou assim imaginaram.

— Parem! — bradou o Príncipe-Serpente para os seus soldados.

— Eles o atacaram, Alteza. Deixe-nos eliminá-los — disse uma voz gutural e grotesca vinda de um soldado escorpionte.

— Não. Eu tenho planos piores para esses humanos.

O garoto encarou os Cinco, um a um, e depois parou seus olhos na direção de Zya.

— Mulher. — Ele apontou Adonai na direção da ladra. — Você levará Afrodez, mas rogo-lhe uma praga. Em vez de transformar tudo em prata e ouro, terá seu corpo consumido pelo diamante que carrega no pescoço e a velhice lhe tomará antes que se torne adulta.

A espada brilhou e a relíquia também. Mesmo fraca nos braços do companheiro, Zya sentiu uma agonia estranha tomando-lhe completamente.

— Covarde. — Daquela vez ele dirigiu sua lâmina para Lobbus, que quase berrou de susto. — Você será o novo dono de Treval. Mas não precisarei rogar-lhe praga alguma, pois as próprias sombras se encarregarão de consumi-lo. — Sorria, perturbado.

O Príncipe-Serpente voltou-se para Tandra. Sua tropa assistia a tudo em silêncio.

— Desgraçada. — A espada estava rente aos olhos dela. — Buer agora é seu e eu lhe amaldiçoo enquanto possuí-lo. Quando finalmente conquistar algo, o perderá para sempre! — Adonai brilhou e Tandra quis chorar.

— Homem. — O garoto deu passos curtos até encontrar os olhos de

Pavino aos pés de sua amada. — Me desafiou e nada terá. Nem minha espada nem outra relíquia. Você será amaldiçoado neste instante e verá o que mais ama ser levado de si, seja agora ou daqui a muitos anos.

A lâmina emanou seu brilho maligno. O ladrão permaneceu cabisbaixo quando sentiu a praga dominando sua existência.

— Ousado. — Kendal o encarou de longe em desafio. — Tomou-me a coroa e também Mercuryon, e agora será amaldiçoado pelo próprio poder que possui. A pedra continuará lhe tornando veloz, mas logo você sucumbirá perante ela e então vai desejar a morte mais do que tudo em sua miserável sobrevida! — As expressões do garoto se aproximavam da insanidade, tomado pela raiva como estava. Sua espada bruxuleou uma última vez no calabouço. — Lembre-se de que esta maldição vai ser passada à sua prole, seja ela vindoura ou já existente. Quanto a minha coroa, saiba que um dia a terei de volta, e será trazida pelas mãos incompetentes de um de seus descendentes.

Kendal Tales não sentiu a praga lhe tomando e correu o mais rápido possível. Nem mesmo o Príncipe-Serpente e a tropa de Érebus foram capazes de vê-lo naquela velocidade. Antes de ir, gritou para o amigo:

— Lobbus, abra e levante esse capuz no ar. Faça essa porcaria funcionar!

Quando correu, o brilho âmbar de Mercuryon formou um pequeno furacão dentro do calabouço, cegando escorpiontes e reptilianos temporariamente. Pavino e Tandra foram envolvidos propositalmente pelo furacão de velocidade e levados na direção de Lobbus por Kendal. O possuidor do manto negro apoiou Zya em um dos braços e com o outro fez com que Treval esvoaçasse pelo ar, cobrindo de sombras aquela parte do calabouço. Então os Cinco atravessaram o manto e depois Lobbus o fechou, sumindo na escuridão. Em seu lugar, restou apenas o nada e as sombras da tropa de Érebus.

O Príncipe-Serpente abaixou a espada e o que havia restado das chamas negras se dissiparam gradualmente. O garoto voltou à sobriedade.

— Está feito — sibilou antes de recolher-se.

Meses depois, o general de Érebus descobriu que um reptiliano renegado deixou que as informações sobre a Fortaleza Damballa vazassem, chegando até o famoso grupo de ladrões. Vassago capturou o renegado e o deixou nos calabouços, onde posteriormente foi devorado pela terrível criatura Tiphon. Ela o mastigou vivo por horas, não lhe permitindo morrer antes que Solux se apagasse. Seu sofrimento durou um dia.

Os Cinco retornaram a salvo às Terras Mórbidas. Seus equinotrotos tinham ficado em Érebus, largados à própria sorte.

A chegada dos ladrões foi uma das cenas mais estranhas ocorridas no deserto: uma sombra se abriu nas areias azuis e de dentro dela saíram pessoas.

De volta ao Vilarejo Leste, os Cinco concordaram em não relatar os detalhes da missão nem falar da maldição que caíra sobre cada um. Dentro da enfermaria, enquanto cuidava de seu corte nas costas, Pavino pediu a mão da amada Tandra.

— Nada vai nos acontecer de ruim. Eu prometo — disse ele.

— Eu quero acreditar nisso. Amo você.

No Cofre, Lobbus Wolfron guardava seus furtos num canto discreto, no meio de muita prata, ouro, joias e objetos diversos. Escondeu Buer e a coroa de prata. Mercuryon e Afrodez estavam com seus companheiros e imaginou que eles jamais se livrariam das relíquias.

— A verdade é que eu não consigo mais me livrar deste colar. É como se ele fizesse parte do meu corpo — confessou Zya, descendo ao Cofre.

— Eu digo o mesmo. Treval tomou conta de mim. Assim como aquela pedra da velocidade agora é um membro essencial para Tales.

— Estou cansada. — Ela levou a mão até a testa. — E não é pela viagem.

— E eu, mesmo em sua presença, me sinto cada vez mais sozinho.

A maldição começava a surtir efeito.

Kendal encontrou seu filho numa cabana com Anamaria, que já era velha naquela época. Ele se aproximou feliz e os dois se abraçaram.

— Estava ouvindo histórias, pai — disse a criança.

— Que bom, Simas. — Kendal era viúvo. O filho e o irmão eram o que mais amava na sobrevida. — Papai voltou e vai transformá-lo no melhor ladrão que este mundo já viu!

Ao longo das semanas, Kendal Tales e Pavino, tio de Simas, ensinaram ao garoto as artes ladinas. As técnicas de persuasão, de se esconder nos lugares certos, como se esgueirar, como cavalgar um equinotroto, a melhor maneira de barganhar, a melhor forma de se traçar uma estratégia, como furtar adequadamente e, também, como correr quando preciso. Mesmo sendo uma criança, Simas Tales compreendeu o que lhe foi passado e seguiu aperfeiçoando as técnicas ao longo dos anos. Não queria ser o melhor. Queria ser igual ao pai.

Rafos e Matyas eram filhos de Pavino de relacionamentos passados, que não resistiram ao amor do rapaz por sua companheira Tandra. As crianças tinham a mesma idade de Simas e também passaram pelo treinamento ladino. Kal era um filho bastardo de Pavino Tales com uma prostituta, fruto de seu passado inconsequente, entregue nos portões do Vilarejo Leste. Com Tandra, porém, o ladrão queria recomeçar sua sobrevida e formar uma família mais digna, dentro do que considerava ser digno.

Cinco meses após o grande furto em Érebus, Zya DiMonei aparentava ter o dobro da idade. Durante aquele tempo, viveu dentro de sua cabana com seus familiares, em depressão profunda. Sua beleza definhava gradualmente, sua pele enrugava e seus cabelos caíam. Ela jamais se conformou com a situação.

Naquela época, os Cinco, que então se tornaram quatro, voltaram à ativa em uma missão pela Capital de Néde. Eles conseguiram furtar uma grande quantia de ouro real quando o rei e a rainha visitavam a cidade para uma conferência. Uma segunda carruagem seguia a da realeza, transportando um carregamento de impostos até o palácio. A Milícia Real uniu forças com os militares da Esquadra de Lítio na caçada aos ladrões e alguns mercenários também foram chamados. Durante a fuga, o grupo se espalhou para despistar as autoridades, de acordo com a estratégia criada por Tandra. Kendal foi o primeiro a conseguir escapar, ativando Mercuryon em suas mãos. A pedra brilhou ambárica e se tornou luz, fazendo-o correr numa velocidade tremenda. Ele abria fendas nos Campos de Soísile e causava pequenos furacões por onde passava. Nunca conseguiram capturá-lo.

Do outro lado da cidade, Lobbus saltava em fuga de telhado em telhado, com dois mercenários em seu encalço e uma bolsa de ouro real nos braços. Correu até onde pôde, mas foi encurralado num beco da Capital de Néde. Ele temeu e, então, fez acontecer. Todas as sombras da cidade, das casas, prédios e monumentos, todas as sombras das pessoas e criaturas que ali viviam, e também das autoridades e mercenários, todas elas foram sugadas pelo seu manto. Ele sentiu o mundo escurecer mais uma vez e a solidão lhe tomou plenamente. Treval esvoaçou alto e a Capital de Néde foi tomada pelas trevas. Depois, a luz voltou, com as sombras em seus devidos lugares. Mas Lobbus não estava mais em Necrópolis. Ele tinha sido devorado para o Mundo das Sombras e de lá jamais saiu. A primeira maldição havia se concretizado: a solidão.

Pavino e Tandra sentiram que perdiam um dos companheiros, mas jamais interromperam a fuga com seus equinotrotos, chegando a alcançar as Terras Mórbidas, avistando ao longe as lenhostrals, sua salvação. Infelizmente, os militares tinham veículos mais velozes e os alcançaram antes que cruzassem o deserto. Dois soldados saltaram sobre o corpo de Tandra, derrubando-a de seu animal e acorrentando-a no mesmo instante. A bolsa que ela havia roubado tinha sido recuperada. Seu noivo, porém, foi deixado em paz. Os soldados ignoraram sua presença como se ele não existisse ou não pudesse ser visto.

— Meu amor — Pavino vociferava, em prantos. — Não!

— Amo você! — Tandra dizia, chorando. Os soldados não entendiam. Imaginaram que ela havia surtado e falava sozinha. — É a maldição! — berrou quando a colocaram num dos veículos. — Vão levar a mim e ao meu bebê!

Pavino gritou, mas não pode ser ouvido. Sua noiva seria presa no impenetrável Forte Íxion, na ilha de Tântalo, e ele jamais a veria novamente. Nem ela nem o seu filho. Em suas, a grande cicatriz lhe causou uma dor aguda e uma voz sibilou em sua mente: "Você viverá para presenciar a maldição e, no fim, nada lhe restará". A segunda maldição: a perda.

O ladrão retornou ao Vilarejo Leste e resolveu contar o que havia ocorrido no passado, em Érebus. Foi punido e não entrou em missão por longos anos desde então. Duas semanas depois, um estrondo arrebentou os portões da vila, rasgando em velocidade pelo pátio, onde as crianças brincavam. Entre elas, Simas. Pavino foi acordado em sua cabana pelo irmão, Kendal, suado de pavor. Falava rápido e movia-se estranhamente, com reflexos de si mesmo aparecendo ao seu redor como fantasmas. Vários Kendal. Era o efeito da supervelocidade.

— Irmão! Não consigo mais parar! Não consigo mais parar!

— O que está havendo com você? — O coração de Pavino doía em amargura.

— Esta pedra, esta maldita pedra — dizia enquanto chorava. — Ela tomou conta de mim. Faz parte do meu corpo e eu não consigo mais parar de correr!

— Fique calmo, meu irmão. Tudo ficará bem, vamos curá-lo. Levaremos você até Absyrto, ele saberá o que faze... — Foi interrompido.

— Não! Isso é impossível. Agora é tarde demais! Irmão, durante essas semanas eu corri as mais longas distâncias para lugares que jamais sonhei em conhecer. Corri por toda Necrópolis, atravessei nosso mundo, transpassei até as barreiras da realidade, alcancei subplanos desconhecidos. Eu corri muito! — Ele lhe mostrou os pés, a sola era carne viva e faltavam-lhe dedos. — Está vendo? Está vendo, Pavino? Isso vai acabar comigo!

— Meu irmão! — Pavino estava em prantos. Não sabia mais o que fazer.

— Escute, Pavino. — A luz ambárica voltou a envolver Kendal. — Simas também será tomado pela maldição. Por favor, cuide dele, pois isso é inevitável. Não deixe que tenha o mesmo destino trágico do pai.

— Kendal... Não. — Foram as últimas palavras de um irmão para o outro.

Kendal Tales correu para fora da cabana e deu três mil voltas em três segundos ao redor da vila, até que seu corpo se desintegrasse por completo. Seu ectoplasma desapareceu na luz. Simas viu o pai por um breve instante. O homem acenou para o filho, sorrindo e chorando. Aquilo, porém, não era ele. Era apenas o reflexo de sua sobrevida segundos atrás. Era apenas o efeito de sua velocidade sobre-humana. Kendal tinha morrido antes. Foi a terceira maldição: a morte.

O poder e maldição da pedra da velocidade haviam passado para Simas Tales, assim como rogava a praga do Príncipe-Serpente. A criança, porém, não necessitava de Mercuryon, como seu pai. A velocidade sobre-humana só se manifestava quando ele queria. Era a herança que Kendal havia deixado para o filho.

Simas cresceu e aprendeu as técnicas que lhe faltavam para ser um ladrão competente e, mesmo tendo em mente querer ser tão bom quanto o pai, demorou muito para superar sua morte. Das mãos do próprio tio, conheceu o álcool que transformou em um tesouro particular, no qual poderia afogar as mágoas e esquecer o passado, pois ele conhecia a maldição dos Cinco. Sabia o fardo que carregaria e temia por isso.

"Desculpe, meu sobrinho. Mas o álcool é, talvez, o único capaz de contê-lo e impedi-lo de ter o mesmo destino de seu pai", lembrava Pavino todas as noites, arrependido da escolha que havia feito. Anos se passaram, Simas Tales, assim como os primos Matyas e Rafos e o colega Marino, realizavam os primeiros furtos na região. Um adoecido Jael Will nomeou Pavino Tales como seu substituto na liderança dos ladrões e de todo Vilarejo Leste.

Zya DiMonei passou sua sobrevida, desde o fatídico furto em Érebus, escondida em sua cabana. Até os familiares não suportavam mais sua presença, nem mulheres nem crianças. Zya havia se tornado mais velha e decrépita do que qualquer ancião conhecido. Ela possuía sessenta anos a mais do que a senhora mais velha da vila e estava um horror, fedendo a urina e vomitando sangue constantemente. Por mais unidos que os ladrões fossem, a maioria deles não conseguia ver uma companheira, que fora tão querida e bela no passado, definhando daquela forma. Afrodez, em sua maldição, consumia a beleza, idade e saúde da ladra. E ela morria.

Pavino, como novo líder dos ladrões, foi chamado às pressas à cabana pelos homens da enfermaria. Sua antiga amiga de grupo queria lhe dizer suas últimas palavras.

— Você já é adulto, Pavino — sussurrou Zya com muita dificuldade. — Mas ainda é belo. — Ela lhe passava a mão pela face e um de seus dedos se desfez. Ele chorou. — E eu estou aqui, morrendo, aos poucos. Feia.

— Zya. — Pavino não se importava com o fedor da ladra nem se alguma parte do corpo se desfizesse ao seu toque. Só conseguia chorar sobre a amiga. — Você ainda é bela por dentro. Pode não enxergar como antes, com aquela visão aguçada, mas ainda é capaz de ver a bondade no coração dos outros. E você, DiMonei, ainda será a mais bela e sincera de todas as ladras deste vilarejo. Saiba disso. — Sorriu-lhe.

A ladra sorriu de volta e seu corpo se desfez diante dos olhos dele, virando pó sobre a cama. O colar brilhou e depois explodiu junto do diamante em vários pedaços. Era o fim da quarta maldição: o sofrimento.

Os Cinco poderiam ter acabado naquele instante. Porém, no coração de Pavino Tales, eles ainda eram vivos e fortes. Os Cinco Invencíveis. Os Cinco Magníficos. Os Cinco Melhores Ladrões do Mundo. Que jamais seriam esquecidos, disso ele sabia e orgulhava-se.

Da janela de sua cabana, ele viu Simas correr igual a Kendal e teve esperança. O sobrinho controlava a velocidade sobre-humana como devia, a poeira se levantava por onde passava e os ladrões festejavam sua habilidade. A cicatriz nas costas de Pavino voltou a doer e, daquela vez, emitiu um brilho negro. Em sua mente, ouvia a voz que sibilava horrores:

"A maldição acabará em você, humano. Mas não será agora. O fruto do seu erro ainda será refletido ao seu redor." Não era mais uma criança que lhe falava. Era a voz de um rapaz. A quinta maldição: a ruína.

Verne Vipero apoiou-se sobre a mesa, suado e atordoado.

O Compêndio das Questões Ocultas terminava então de fornecer suas histórias para ele. Um choque mental derrubou-o no chão da biblioteca, mas ele logo se recobrou. O livro já estava fechado, pronto para ser guardado. Assim ele o fez.

Naquele fim de tarde, o rapaz refletiu sobre muitas coisas. Victor e Simas entre elas. Ponderou enquanto caminhava para a saída da Biblioteca da Coroa e não sentia mais tanta pena de si próprio como antes. Certamente que existiam tragédias piores.

26

O PASSE DE ELÓI

A Pedra Maciça era a segunda taverna mais conhecida e movimentada de Necrópolis e ainda assim jamais conseguiu superar o público e fama que o Covil das Persentes possuía. No entanto, era ali que se encontrava a melhor e mais bem feita cevata, a bebida predileta da maioria dos apreciadores de um bom drinque e também o líquido fermentado que estava sempre preenchendo o cantil de Simas Tales, pelo qual ele era apaixonado.

O ladrão terminava sua cevata num copo grande de vidro, sobre o balcão feito com a mesma pedra escura e polida do restante da taverna. Simas estava zonzo ao fim daquela. Ele ficou preocupando, pois poderia colocar a missão dos mercenários em risco caso se embriagasse e isso prejudicaria ainda mais seu novo amigo. Interrompeu-se, pagou algumas moedas de bronze ao taverneiro Moyes e se retirou da Pedra Maciça de volta às ruas da Capital de Néde, com seu cantil cheio para mais tarde.

Fazia algum tempo que Karolina Kirsanoff tinha ido em busca do passe de Elói num escritório não muito longe dali. O ladrão resolveu averiguar, afinal achava que nada poderia demorar tanto, nem confiava na moça o suficiente para deixá-la sozinha resolvendo uma questão importante como essa. Circundou o escritório e procurou por janelas. Encontrou algumas, pequenas e sujas, que davam a vista fosca para várias salas que tratavam de assuntos diferentes. Lá estava ela.

Num pequeno cômodo fétido, existia uma mesa de madeira enegrecida e podre ao centro, que insistia em permanecer em pé, mesmo depois de dezenas de anos. Também naquele lugar havia duas cadeiras pouco mais resistentes. Em uma delas estava uma moça bela e esbelta, de cabelos ruivos e lábios provocantes. Na outra, um homenzarrão de corpo extremamente redondo e pálido, que tomava quase todo o espaço da salinha. A madeira na qual se sustentava tentava ao máximo resistir ao seu enorme peso. Sua cabeçorra cobria quase que por completo a pequena janela que revelava a paisagem da Capital de Néde, para fora do escritório. Sua boca era grande de lábios grossos e verdes. O queixo redondo encostava no peito inchado, escondendo um pequeno e gordo pescoço. Vez ou outra sua língua gigante e esverdeada capturava algum inseto voador, que rodeava seu corpo. A pele era flácida e cheia de bolhas que pareciam nascer em todos os cantos do corpo instantaneamente, e seus olhos eram esbugalhados pela natureza de sua raça, os ranae.

— Muito bem — disse Karolina com sua voz doce. — Esperei você por longos minutos, Eriteu Flégias. — Ela sorriu. Os dedos estavam entrecruzados na frente do queixo e os cotovelos apoiados sobre a mesa. — Agora que estou sendo atendida, gostaria de alguns minutos a mais. Pode ser?

Eriteu Flégias comia pedaços de uma carne gordurosa, com um caldo amarelado escorrendo entre seus dedos grossos e diminutos. Suas narinas gigantes sem nariz pareciam apreciar aquele odor a cada fungada. A outra mão ele levava até a cabeça, para coçar os poucos fios de cabelos ressecados e esbranquiçados.

— O que você quer? — perguntou uma voz gutural, seguida de um arroto.

— Preciso de um passe. É simples. — Os belos olhos dela nos dele, firmes.

O homenzarrão soltou uma gargalhada alta e forte que ressoou no escritório. Era possível sentir o bafo dele à distância e parecia que algo podre vinha de dentro de seu estômago.

— Do que está rindo? — Ela fez uma careta, mas logo retomou seu sorriso cínico.

— Mocinha, você acha que é simples assim conseguir um passe? — Ele tinha um sorriso grosseiro no canto da boca.

— Não disse que era, mas você é o Fiscal do Além-Mundo, responsável pelo trâmite dos necropolitanos entre os mundos, por isso logicamente sei que conseguirá um passe para um... — Pensou rápido. — Amigo meu.

Ele soltou outra risada, mordiscou mais um pedaço de carne e depois a depositou num potinho gorduroso sobre a mesa. Enquanto mastigava, o fiscal capturou um inseto que o rodeava. Lambeu os beiços largos e encarou a mercenária.

— Quer? — Ele empurrou lentamente o pote com carne na direção dela. O fedor podre atingiu em cheio as narinas de Karolina. Depois virou seus olhos esbugalhados para o alto e os moveu de um lado ao outro bizarramente. — Está delicioso!

— Não, obrigada. Sei que posso obter o que quero.

— Você é muito bonita, mocinha. — Eriteu mordeu os lábios engordurados.

Ela ponderou agilmente. Colocou um joelho sobre a mesa, levantando-se um pouco da cadeira, a perna dobrada. Deitou seu corpo na direção do olhar do Fiscal do Além-Mundo, confirmando para a vista do homem o quanto seus seios eram realmente fartos e belos. Eriteu Flégias suava e seu coração palpitava forte. Um forte calor subia-lhe da cintura ao peito. Novas bolhas surgiram de sua pele suja e ele babou debilmente. Estava atordoado e encantado. Karolina Kirsanoff passou a língua pelos lábios carnudos e vermelhos de forma provocante e apertou os olhos sensuais para o homem, quase se deitando sobre a mesa. O fiscal saltou para trás quando ela se aproximou e quase caiu da cadeira.

— Por favor, Eriteu. — Ela passou o indicador no beiço dele, sutil e lentamente. Ele ficou extasiado. — Me dê esse passe. Estou pedindo.

O Fiscal do Além-Mundo hesitou, mas a excitação tomou conta de seus pensamentos e ele se descontrolou. Ele abriu a bocarra e, com sua língua grande e esverdeada, lambeu o rosto de Karolina, do queixo até a testa, deixando uma gosma grossa e pegajosa em sua pele. Mesmo enojada ela não reagiu e voltou a se sentar na cadeira de forma comportada.

— Existe uma forma de você conseguir o que quer, mocinha — disse desastrosamente o homem, naquele instante com a língua em volta do pescoço dela. — E esse será o único pagamento que me fará dar o passe!

Sua língua apertava a garganta de Karolina, quase a sufocando. Era pegajoso. Seus olhos cobiçando o decote da mercenária. Ela, mais uma vez, não reagiu, apenas esperando o momento certo.

— Ah... Não acho que essa seja uma boa forma de pagar.

— Não! Não existe outro jeito. Só o *meu* jeito. E será assim que você pagará pelo passe!

Karolina Kirsanoff não hesitou mais. Desembainhou sua espada tão rápido quanto Eriteu Flégias conseguiu piscar. Quando ele percebeu, a lâmina da mercenária estava prestes a cortar sua língua atrevida. Ela voltou a se levantar da cadeira, inclinada um pouco para frente.

— Mais um movimento com essa sua coisa e Eos a deixará em vários pedaços! — proferiu séria.

O Fiscal do Além-Mundo franziu o cenho. Sentiu-se ofendido e desafiado. Não gostava disso. Deu um forte murro na mesa, que a fez descer alguns centímetros mais próxima do chão. Depois levantou a língua como um chicote, prestes a atacar Karolina novamente. Ela preparou-se para decepá-la — seria prazeroso. Todo esse ocorrido durou menos de dez segundos.

No instante seguinte, Simas abriu a porta da sala. Havia passado pelo escritório sem ser notado, devido à alta velocidade.

— Pare, Karolina! — trovejou o ladrão, tão veloz quanto suas pernas.

Simas Tales havia assistido ao episódio pelo lado de fora e, quando percebeu que um grande erro poderia ser cometido, resolveu intervir. Eriteu surpreendeu-se com a chegada repentina do ladrão. Karolina permaneceu com Eos em punho, imóvel.

— Não preciso de sua ajuda!

— Mas Verne precisa!

— Quem é Verne? — indagou Eriteu, recolhendo sua língua gosmenta para dentro da boca e voltando a sentar.

— Quanto quer pelo passe de Elói, Flégias? — perguntou Simas.

Ele não imaginava, mas o Fiscal do Além-Mundo sabia muito sobre Elói.

— Passes *não têm* preço, rapaz. Não se pode comprar um. Ele deve ser obtido de acordo com as normas das leis vigentes de Necrópolis. E Elói não está autorizado a retornar a este mundo!

— Você se engana — disse o ladrão. — Existe, sim, algo capaz de comprar qualquer coisa.

Sobre a mesa velha, Simas abriu sua bolsa e espalhou várias moedas douradas com o símbolo de uma coroa. Karolina quase gritou ao ver aquilo, mas conteve-se, guardando sua espada de volta na bainha. O homenzarrão deu um salto da cadeira e quase a quebrou.

— O-ouro real! — gaguejou Eriteu, boquiaberto.

— Isso mesmo.

— Como conseguiu? — indagou o homem enquanto pegava uma das moedas, conferindo sua veracidade.

— Sou explorador e encontrei algo que agradou muito ao príncipe Paulus II. Ele mesmo me pagou em moedas reais — mentiu Simas sem hesitar. Havia planejado tal história muito antes.

— Entendo, entendo... — disse o fiscal, puxando as moedas para perto de si. — Quanto tem aqui?

— Cinquenta moedas de ouro real.

Eriteu Flégias esbugalhou ainda mais seus olhos e deixou o queixo pender, surpreso. Uma baba caiu de sua boca para dentro do pote com um resto de carne.

— Bom... Isso é um valor considerável. — Olhou mais uma vez para uma moeda em sua mão e ela parecia brilhar para ele. — Realmente!

Primeiro ele recolheu as cinquenta moedas de ouro real para dentro de uma gaveta da mesa do lado esquerdo de maneira empolgada. Em seguida, trancou-a e, com a mesma chave, abriu outra gaveta do lado direito da mesa, na parte de baixo, e dela retirou uma pequena caixa de madeira com tampa convexa. Abriu-a e pegou um pequeno cartão metalizado com minúsculos dizeres sobrescritos em alto-relevo. Mesmo hesitante, o fiscal o entregou na mão do ladrão. Karolina corou-se de raiva. A missão era dela, mas o feito de sucesso havia sido realizado por seu adversário e isso a enfurecia. Simas Tales guardou o passe dentro de sua bolsa e a levou de volta às costas, depois abriu a porta da sala, saindo a curtos passos. A mercenária fitou mais uma vez o Fiscal do Além-Mundo, mas ele estava tão distraído com as moedas que nem notou seu desprezo. Ambos saíam quando foram interrompidos.

— Esperem! — balbuciou Eriteu, que havia deixado uma moeda na mão para vislumbrar.

— O que foi? — perguntou a moça grosseiramente.

— Só acho que vocês dois devem saber quem foi Elói Munyr.

Eriteu Flégias se levantou com uma expressão fechada e as duas mãos pesadas sobre a mesa. O ladrão e a mercenária pararam, fecharam novamente a porta e ouviram o que ele tinha a lhes contar.

Solux se apagava e as neblinas do ocaso cobriam os céus, esperando por Nyx.

Verne Vipero havia saído da Biblioteca da Coroa quando avistou Karolina Kirsanoff e Simas Tales se aproximando do prédio. Ela, de cenho franzido e mãos na cintura. Ele, sorridente e assoviando.

— Esperou muito? — perguntou o ladrão.

— Não. Só alguns minutos.

— Vamos embora, então — resmungou a mercenária. — Tenho de finalizar esta missão.

— Eu li o Compêndio das Questões Ocultas . — Karolina parou, virou-se e o encarou, questionando-o com os olhos. — Esse livro me revelou muitas coisas...

— Eu já lhe disse, Verne. O que lá você descobriu, deve ser guardado para si. Seja o que for — disse Simas.

— Sim, eu sei. — Ponderou por alguns segundos. — Mas o livro me mostrou revelações que eu não pensava no momento... É meio confuso isso.

— Eu soube que esse livro pode ler o subconsciente também. — Era Karolina. — Às vezes você não pensou, mas estava no fundo de sua mente e o compêndio interpretou como uma questão importante.

— É, isso faz sentido — disse o ladrão.

— Talvez seja isso então. — O jovem Vipero parecia inquieto. — Além do que eu queria saber, o livro me revelou sobre os Cinco e a maldição que os assolou devido ao... — Foi interrompido.

— Oh! — Simas sorriu e espalmou as mãos à frente do corpo. — Isso é uma história verdadeira. O tio Pavino me contou inúmeras vezes. — Encarou-o com um olhar engraçado. — Você não precisa me repetir a história.

Karolina deixou um sorriso sarcástico escapar. Verne se desculpou.

O trio cruzou uma esquina e desceu uma ladeira. O rapaz parecia estar confuso com seus pensamentos atropelados. Ele fitava a mercenária de forma tensa.

— Diga, mocinho. — A moça sorriu docemente.

— Estive pensando. — Engoliu em seco. — Vai inocentar Ícaro, não?

— Não é tão simples assim.

— Nós sabemos que ele foi enfeitiçado. Pegue o Compêndio das Questões Ocultas e o use como testemunha no tribunal.

— O prisioneiro teve sua cabeça comprada e não vai mais ser julgado pelas leis do nosso reino. E, mesmo que fosse a julgamento, o Juizado não aceitaria livros ou qualquer outro objeto. Precisaria, no mínimo, de uma assinatura formal que comprovasse a veracidade da inocência dele.

A mercenária parou diante do rapaz, olhou-o atentamente e pediu que se acalmasse. Ele assentiu e suspirou. Simas teve pena do amigo.

— Sinto a falta de Chax, de Victor... Acho que não estou bem.

Verne tornou-se cabisbaixo e chutou uma pedra próxima ao pé, ofendendo as outras pessoas e criaturas que passavam pela calçada. Afinal, tal minério era como a alma da cidade.

— Não se aborreça — acalentou o ladrão, apoiando a mão em seu ombro. — Aqui está o passe de seu amigo. — Entregou-lhe o cartão metalizado.

— Vocês conseguiram! — o rapaz exaltou-se, esquecendo por um momento o assunto do corujeiro. — Obrigado!

— *Eu* consegui — orgulhou-se um Simas, satisfeito. — Não precisa agradecer. A caçadora aqui bem que tentou. Seduziu o Fiscal do Além-Mundo para tentar obter o passe e ela quase que... — Ele sorriu e depois virou um gole do cantil. Havia minutos que não bebia nada.

— Cale-se, seu idiota! — gritou ela, furiosa. — Eriteu Flégias é um homem de péssimos costumes. Só isso.

— Mas eu fui mais esperto! — O ladrão gargalhava a cada palavra que dizia. — Eu já conhecia a fama de Eriteu e por isso mesmo peguei mais cinquenta moedas de ouro real e as coloquei em minha bolsa antes de partirmos do Vilarejo Leste. — Ele encarou Karolina e voltou a olhar para o rapaz. — Esse passe foi comprado.

Verne assentiu contente e guardou o cartão metalizado em sua mochila.

— Minha dívida com Elói está paga.

— Elói Munyr — murmurou Karolina. — Vamos voltar até a pista de pouso, vou lhe contando no caminho.

Os três ainda caminhavam pelas ruas escuras da Capital de Néde, pois, sem o brilho de Solux, as pedras de opala e ônix não tinham o que reluzir. O brilho fosco do local criava uma sensação exótica e cinzenta. E ainda não era noite.

— Descobriu algo sobre a expulsão de Elói de Necrópolis? — indagou Verne para Karolina.

— Sim — ela respondeu. — Elói Munyr era um monge.

O rapaz mostrou-se mais uma vez surpreso.

— Ele era da Ordem dos Monges Sagrados do Monte Gárgame, que fica na região norte de Ermo — completou Simas, intencionalmente intrometido. — O Monte Gárgame é a montanha mais alta do mundo. Dizem que é habitada não só por monges, mas também por anões e gigantes.

— Posso continuar? — disse Karolina, com um olhar aborrecido.

— Oh, sim, senhorita! — ele ironizou.

— Monges são muito reclusos. Eles não estão autorizados a ter contato algum com pessoas fora da Ordem. Dentro dela, não podem se envolver emocionalmente uns com os outros. Guardam grandes segredos de nosso mundo. Eles lidam com muitas coisas, como o controle de espíritos e a manipulação do ectoplasma.

— Elói se envolveu com alguém fora da ordem?

— Não. Ele se envolveu com alguém de dentro da ordem. Uma monja de nome Evangeline Ezra.

— Eram companheiros de oração. — Era Simas mais uma vez. — Oh! Desculpe. — Levou o cantil à boca. — Continue, caçadora.

— Eles mantiveram um romance proibido por anos. Só que certa vez foram descobertos pelos monges e Evangeline teve de ser morta pelos membros da Ordem.

— Por quê?

— Os monges mantêm uma tradição ritualística desde sua criação. Quando punidos, os do sexo masculino são açoitados por sete dias e sete noites. Segundo dizem, é para que sintam na pele a dor de seu pecado. Já os do sexo feminino têm uma punição diferente. A Ordem preza pelo não-sofrimento das mulheres... e as mata.

— Nenhuma lei de Necrópolis é aceita no Monte Gárgame — revelou o ladrão. — Os monges ditam as suas próprias regras. E o mundo respeita essa posição. Eles oram por Necrópolis e tentam manter a ordem e o equilíbrio, essas coisas. Bem, é o que dizem por aí.

— Pobre Elói — lamentou o rapaz. — Mas ele foi negligente...

— E sofreu duras penas por isso — continuou Karolina. — Não só foi açoitado sete dias e sete noites, como teve de assistir à morte de sua amada. Além disso, seu crime na ordem foi duplo, por isso o expulsaram. Ele foi considerado o assassino de Evangeline, pelo fato de ter se relacionado com ela de forma proibida, sabendo que, se descobertos, ela morreria.

— Depois disso, sabe-se apenas que o seu amigo vagou muito tempo por Necrópolis, entristecido e sentindo culpa. Quando foi expulso da Ordem, os Monges Anciões o amaldiçoaram para que vivesse cem anos a mais do que seu corpo permitiria. Assim, ele ficou conhecido como o Monge Renegado — Simas completava.

— Depois disso, ele deve ter se retirado para a Terra — concluiu Verne.

— Não. — A moça foi enfática. — Os rumores a respeito de Elói Munyr diziam que ele se tornou um encrenqueiro e arranjou vários problemas em Necrópolis, até que foi expulso do mundo pelas autoridades.

— Ele conhecia as punições, deveria ter se precavido — Verne murmurava consigo próprio, como se Chax estivesse ao seu lado. Sentia pena de Elói e seu coração entristeceu-se mais uma vez. Depois se recobrou ao se lembrar do cartão metalizado em sua mochila.

— Mas agora, com este passe, ficará tudo bem para Elói, não é? — O rapaz estava empolgado com essa ideia.

— Sim. Mas não voltará à sua ordem. Nunca mais.

— Este salvo-conduto pode lhe trazer a sobrevida de antes — revelou Simas.

— Você ouviu o que Eriteu disse, ligeirinho — ela enfatizou. — Os monges ainda guardam mágoas de Elói e ele poderá ter problemas caso retorne.

— Elói achará uma solução. Eu sei — disse Verne com seriedade.

Finalmente avistaram a silhueta do Planador Escarlate ao longe, na pista de pouso. Nyx tomava os céus e um brilho azulado e prateado reluzia pela cidade.

— Então quer dizer que você é filho de um d'Os Cinco? — a mercenária provocou o ladrão.

— Eu não disse isso. — Simas fez um bico cômico. — Nem Verne.

— Não precisa dizer. Você tem aspecto de amaldiçoado mesmo! — Ela gargalhou.

— Olha só quem fala. — O ladrão apertou os olhos, ignorando o comentário dela. Ele sorriu e bebeu do cantil.

Verne se acalmou, vendo que o ânimo de seus companheiros melhorava, e resolveu aproveitar aquele curto e bom momento, pois imaginava que tudo a seguir poderia piorar. Finalmente chegara a última missão: seguir até o Alcácer de Dantalion.

INTERLÚDIO

AS OBRIGAÇÕES DE UM MONGE

Em Paradizo, Elói Munyr terminava a quinta oração daquela tarde chuvosa. Havia se passado três dias desde que auxiliara o rapaz a fazer a travessia, projetando-o em Necrópolis.

O corpo de Verne Vipero estava deitado semimorto no chão, sobre um colchão laranja, ao fundo da grande tenda de Carmecita Rosa dos Ventos. Ajoelhado próximo do rapaz, Elói mantinha os braços estirados e as mãos espalmadas na direção dele. A energia de seu ectoplasma fundido com a magia branca era púrpura e logo se dissipava. O monge enxugou o suor de sua testa e suspirou. Estava exausto.

— Finalmente terminou de falar aquelas palavras esquisitas, meu amigo? — disse Carmecita, entrando de súbito no quarto da tenda, trazendo uma xícara de chá em mãos e a entregando para ele.

— Obrigado. — Elói assentiu. — Na verdade, ainda tenho muito trabalho pela frente. É necessário fazer sete orações por turnos de um dia e faltam mais dez até que a madrugada chegue. Somente assim o corpo real de Verne poderá se manter vivo e não destruir o Verne projetado em Necrópolis.

— Hum... E os pulsos dele, como estão?

— Há três dias você me viu fazendo os curativos nos pulsos de Verne, minha amiga. Depois disso, tomei os devidos cuidados para que ele não perdesse mais sangue. Está tudo estabilizado, o rapaz não corre riscos. — Sorriu e bebericou do chá.

— Que bom. E quanto tempo ele ainda tem em Necrópolis?

— Não dá para saber ao certo. — Elói pousou sua mão sobre a testa gelada do jovem. — Estou fazendo o possível para manter a sintonia do ectoplasma dele com a dos dois mundos. Não é fácil. Por enquanto, nenhum problema preocupante. Mas não lhe resta muito tempo. Talvez menos de um dia. — Terminou o seu chá e parecia nem sentir o quanto ele estava quente para bebê-lo tão rapidamente.

— Então espero que ele consiga realizar tudo o mais rápido possível. É um bom rapaz e realmente precisa do irmão. Além disso, também prometeu lhe trazer o passe.

— Pois é. Mas eu confio nele — disse, devolvendo a xícara para a vidente. — Sinto que vai conseguir.

— Deixei uma cliente esperando na sala principal. Ela está em transe para reviver memórias passadas e isso é um processo lento, mas é arriscado deixá-la sozinha. — Carmecita sorriu outra vez, levantando o pano da tenda para ir ao outro lado.

— Tudo bem. Eu tenho um longo trabalho para realizar com nosso rapaz.

— Eu sei que você pode dar alguns intervalos durante as orações. Por isso sugiro que vá até o orfanato de Verne e dê as devidas satisfações para a tutora dele.

— Tinha me esquecido completamente. Farei isso agora mesmo.

— Boa sorte.

Elói caminhava debaixo da chuva, que ia se tornando garoa a cada passo. A cidade estava num silêncio sombrio e Paradizo permanecia em luto. O Natal seria dentro de dias, mas não imaginou que alguém fosse comemorar. Buquês com rosas ou cravos cobriam as portas das casas das famílias que perderam suas crianças e a mesma cena podia ser vista no Orfanato de Chantal. O monge hesitou, mas depois tocou a campainha. Já havia pensado em uma história para contar no caminho até lá.

Uma senhora de cabelos brancos e cacheados o atendeu. Tinha o corpo redondo e baixo. Era uma das freiras.

— Sr. Elói — disse com uma voz rouca e fina.

— Olá, irmã. Desculpe incomodá-la a essa hora, mas é que gostaria de falar com dona Lacet.

— Oh. —— Ela o puxou para dentro. — Sim, sim. Sente-se, por favor. Vou chamá-la. — E desapareceu escadaria acima.

Elói sentou-se em um sofá branco e confortável. Ouviu o barulho de crianças conversando em outro cômodo. Ouvia o que diziam as freiras e os cães latindo no vizinho ao lado.

— Onde está Verne? — Era Sophie Lacet, surgindo séria aos pés da escadaria, encarando-o.

— Olá, dona Lacet. É justamente sobre isso que vim lhe falar — disse, um pouco constrangido. — Peço que me desculpe. Realmente esses dias foram muito conturbados e não tivemos tempo de esclarecer melhor as coisas para a senhora.

— Não tiveram tempo? Você é apenas um cigano e veio aqui com a promessa de ajudar o meu Verne. Tem três dias que eu não o vejo! Ele perdeu o irmão e não está nada bem! Onde ele está? Aonde você o levou? — gritava.

Algumas freiras passaram próximas ao local, assustadas. Nunca a tinham visto nervosa daquele jeito. Isso era mesmo incomum vindo de Sophie Lacet.

— Desculpe-me, mais uma vez — falava o monge, cabisbaixo. Ele sabia que tinha de manter o equilíbrio e escolher cada palavra. — A senhora tem toda razão. Nós erramos. Verne está comigo e me pediu para que não revelasse o lugar.

— Por quê?

— Como a senhora mesmo disse, ele não está bem. Anda muito perturbado pela morte de Victor e precisa de um tempo para refletir... sozinho. Só o vejo quando levo seu almoço ou água.

— Está se isolando. — Sophie levou a mão até o rosto. — Por quê? Ele não precisa disso. O Verne tem a nós, aqui do orfanato. Sempre pode contar com nossa ajuda! Eu... Eu... Eu não entendo.

— Acalme-se, dona Lacet. Está tudo bem. Ele só precisa ficar um pouco sozinho. A senhora deve entender isso, a situação dele é muito delicada. — Elói se aproximou, colocando as mãos sobre os ombros dela.

— Sim, é verdade. Verne está com os ciganos? — Ela não conseguia mais olhar nos olhos do monge.

— Não. Está comigo em outro lugar, não muito longe daqui. Mas não quer ser perturbado. Ele nem mesmo sabe que vim lhe falar. Fiz isso escondido.

— Entendo. Mas ele está se alimentando bem? Está tudo bem com ele?

— Sim, senhora. Estou cuidando muito bem dele. Verne é um rapaz muito responsável. Muito... corajoso. — Elói sorriu e depois se dirigiu à porta.

— Quando ele volta? — A tutora suspirou e sentou-se no sofá, buscando alívio.

— Não sei, dona Lacet. Mas volta logo. Não demorará muito.

— Por favor. — Ela se levantou, voltando a encará-lo. — Diga a Verne que eu o amo muito e para que ele volte o mais rápido para casa. Aqui é o lugar dele. — Sophie quase chorou, mas conteve-se.

— Sim, eu direi.

Elói sorriu mais uma vez e abriu a porta. A garoa tornava-se novamente chuva em Paradizo. Antes que saísse, Sophie Lacet lhe disse algo mais:

— Desculpe-me, sr. Elói. — Ela mordeu o indicador, um pouco aflita. — É que ando muito nervosa esses últimos dias, desde a morte de Victor e das outras crianças... E depois Verne também sumiu e eu... Eu...

— Está tudo bem, dona Lacet. Eu compreendo sua preocupação. Saiba que Verne lhe ama muito também.

A tutora voltou a sorrir e o monge se foi. Ela sentou-se novamente no sofá e deixou-se chorar.

No caminho de volta, Elói se preocupava com o tempo que havia passado. Precisava retomar logo à décima segunda oração para auxiliar o rapaz em sua projeção e também em sua sintonia ectoplasmática. Parou num cruzamento, onde havia um pequeno movimento de carros passando. O semáforo estava fechado para pedestres e a chuva aumentava. Espirrou. Subitamente a água cessou acima de sua cabeça. Ele olhou ao redor e percebeu que ela continuava pela cidade e que uma sombra cobria o espaço onde estava. Alguém tinha aberto um guarda-chuva atrás de si, protegendo-o. O monge sentiu um forte cheiro e viu uma fumaça vinda de trás.

— Adoro a chuva — murmurou uma voz serena. — Ela me proporciona paz e aconchego. Tenho o hábito de caminhar na tempestade. O senhor também?

— Obrigado por me cobrir da chuva, sr. Neagu.

— Gostaria de aproveitar a oportunidade e pedir que falasse com aquele velho cigano... Saja, não é? — Elói assentiu e Mr. Neagu continuou: — Ele precisa variar as histórias. Eu as ouço a cada dois anos e pouca coisa muda. Adoro as histórias do velho, mas variedade faz a diferença. — Deu uma tragada em seu charuto e depois deixou a fumaça escapar pela boca.

O semáforo ainda estava verde.

— Direi isso a ele. — O homem agia com cinismo, porque sabia das intenções do rapaz, também agindo cinicamente.

— Há! Se você puder contar melhor as histórias do sétimo Círculo, eu ficaria muito grato. Acho bem interessante o mundo das... — Foi interrompido.

— O senhor se engana. Não sou eu quem conta, mas sim o Velho Saja.

Mr. Neagu o encarou com um sorriso largo. Depois esboçou um riso sardônico. Nesse meio-tempo o semáforo mudou para vermelho, liberando a passagem para os pedestres, mas Elói não notou.

— Do que está rindo?

— Fique tranquilo, homem. — Ele deu um tapinha no ombro de Elói de forma debochada. — Guardarei seu segredo comigo.

— Não tenho segredo algum, sr. Neagu.

— Eu já vi você cochichando ao pé do ouvido do velho. — Tragou novamente seu charuto. — De início achava estranho, mas depois percebi que era você quem contava as histórias para ele. — Soltou a fumaça no rosto do monge, fazendo-o tossir.

— A memória de Saja às vezes falha, por isso eu o ajudo com algumas palavras para que não se perca. Nada além disso. — Elói franziu o cenho, mas conteve-se. O semáforo fechou novamente a passagem para os pedestres e mais uma vez ele não notou.

— Pela sua reação, achei que fosse dizer que as histórias são reais.

— Reais? — Fingiu uma risada. — Isso seria ridículo demais, não acha? Histórias são histórias. Só as crianças acreditam nelas e mesmo assim tenho cá minhas dúvidas. Elas foram criadas para entreterem as pessoas.

— Oh, é uma pena. Pois eu sinceramente ficaria muito feliz se soubesse que pelo menos uma dessas histórias é real. — Ele olhou para a frente no sentido do semáforo. — Homem, seu caminho está livre de novo.

Elói atravessou a rua, um pouco aborrecido. A garoa retornava fraca e percebia-se o crepúsculo chegando, mesmo com as nuvens densas. O monge olhou mais uma vez para trás e encontrou Mr. Neagu ainda parado na calçada, com o guarda-chuva aberto e o charuto na boca. O rapaz o encarava friamente, com um sorriso sutil no rosto.

— E, por favor, diga a Verne que logo devolverei o livro que retirei da biblioteca! — Seu grito saiu abafado pelos motores dos carros.

Elói seguiu em frente sem virar para trás. Assim que se distanciou, cruzou uma esquina, indo para uma rua paralela, de onde retornaria à tenda de Carmecita Rosa dos Ventos. A vidente estava atendendo outra pessoa em sua mesinha e fazia a leitura do globo de vidro. Passou por ela discretamente, não querendo atrapalhar e foi direto para o quarto dos fundos, onde estava o jovem Vipero.

— Mas que diabos... — sussurrou o homem ao ver o corpo de Verne coruscante.

27

TURBULÊNCIA

Simas Tales estava muito surpreso.

Verne e Karolina chegaram à pista de pouso da Capital de Néde na companhia do ladrão, assustado e feliz ao mesmo tempo ao ver sobre o chão, nos braços de um dos auxiliares, seu companheiro de aventuras: Marino Will.

Em menos de dois segundos, estava ao lado do amigo, ajoelhado perante ele, segurando suas mãos. Marino estava ferido e tinha o fedor de ferrugem do sangue seco em sua roupa.

— Você está bem? — perguntou Simas, temeroso.

— Não. Mas ficarei — respondeu Marino, enfraquecido. Sorria pelo canto da boca, um dos olhos mais aberto do que o outro. — É bom revê-lo, Simas... — Tossia sangue.

O ladrão questionou Joshua com o olhar, buscando melhores respostas.

— Há pouco, ouvi alguns gemidos, fui conferir o que era e encontrei este rapaz. Noah foi buscar os medicamentos necessários para ele. — Simas assentiu e voltou a olhar para o amigo, preocupado.

— O que houve com você?

— Os duendes... Aqueles malditos duendes!

O gordo cerrou os olhos e mordeu um canto da boca, aparentando revolta.

— Mas o que exatamente aconteceu? Me diga!

— Não me lembro direito... — Pigarreou por longos segundos. — Eles invadiram a tenda de Absyrto. Isso foi logo depois que você e o moço saíram. Me bateram forte na cabeça e desmaiei. Quando acordei, estava nos Campos de Soísile. Consegui caminhar até a cidade e imagino... que levei um dia inteiro para isso.

— Eu não deveria tê-lo deixado sozinho com o curandeiro, ferido como estava. — Ele sentia-se culpado e permaneceu cabisbaixo. — Eu sinto muito.

— Não sinta. — Marino pegou em sua mão. Sorria mesmo com dor. — Você foi ajudar o rapazinho ali. E vejo que já conseguiu. — Olhou para o amigo e piscou. — Seu sacana, até se aliou aos mercenários! — Quis rir, mas quase engasgou com a tosse.

— O que os duendes queriam com o curandeiro? — interveio Karolina, séria.

— Também não sei.

Noah voltou do Planador Escarlate com uma caixa metalizada de medicamentos, mas Simas avisou que ele mesmo atenderia o companheiro.

— Quer dizer então que você não foi curado por Absyrto? — perguntou o gordo enquanto abria a caixa e separava seringas, frascos e ataduras.

— Não. Ele estava procurando a lágrima de dragão vermelho quando fomos atacados. Não deu tempo.

Simas tentou não demonstrar, mas estava apavorado. Sabia que Marino poderia ter sérias complicações, afinal o veneno de escorpionte já devia ter percorrido seu corpo.

— Você ficará bem, meu amigo — disse, apaziguante, enquanto derramava a lágrima de dragão vermelho em suas feridas. Os mercenários mantinham um estoque do antídoto naquela caixa de medicamentos.

— Chega! — bradou Karolina Kirsanoff. — Devemos partir. Agora. — Ela se dirigiu até o Planador Escarlate e o acariciou. Um forte ruído assustou os homens que cuidavam da pista de pouso.

— Marino está ferido e temos de levá-lo até um curandeiro! — Simas gritou.

— Faça como quiser, ligeirinho. Você corre rápido, sei que poderá procurar um bom curandeiro e ajudar o criminoso. Mas eu não ficarei mais nenhum minuto aqui. Está escurecendo e nossa última missão será no lugar mais sombrio de Necrópolis. Não pretendo correr riscos.

Simas não hesitou e retirou a besta de suas costas, apontando para a mercenária de forma ameaçadora. Noah e Joshua direcionaram suas terminatas para o ladrão. Verne, no meio da linha de fogo, enfim acabou se aborrecendo:

— Parem com isso!

— Eu não vou errar dessa distância, caçadora. Nós temos um contrato e você *vai* cumpri-lo.

— Os mercenários não fazem contratos com bandidos. E eu não tenho nada para cumprir com você, seu ordinário! — Karolina apertava fortemente a palma da mão contra o punho da espada Eos.

O ar pesou naquele momento.

— Vocês *vão* parar com isso! — Dessa vez, Verne foi ouvido.

Todas as atenções se voltaram para ele, surpresos com o rapaz segurando uma faca rente ao pescoço de Joshua. Pela primeira vez alguém via uma expressão de susto e medo no rosto imutável daquele mercenário.

— E então?

O auxiliar suava, não se movia, tinha sido neutralizado. Noah ainda apontava sua terminata para Simas e este a sua besta para Karolina.

— O que pensa que está fazendo, Verne? — perguntou a moça, indignada.

— Precisava da atenção de vocês — ele respondeu prontamente.

— Então isso é um blefe.

— Não é, não, Karol — revelou serenamente. — Se eu mover esta faca, Joshua morre e Noah me mata. Simas então vai disparar a flecha em você e Noah atirará em Simas, que vai tentar atacá-lo rapidamente e eles se matarão. *Impasse mexicano*, já ouviu falar? É, creio que não.

— Ele não está blefando... senhorita. A mão dele está... segurando firmemente a faca — disse Joshua, quase gaguejando.

Naquele momento nem mesmo os homens da pista de pouso se moveram. Nem mesmo Marino Will gemeu. O silêncio durou pouco.

— Abaixe a arma, Noah — ordenou Karolina e o auxiliar o fez sem questionar. Verne Vipero encarou Simas Tales de forma fulminante. O ladrão ponderou, olhou para Marino Will no chão e este fez que não com a cabeça. Simas voltou seu olhar para o rapaz, praguejou e baixou a besta. A mercenária suspirou e aguardou uma resposta de Verne.

— Muito bem. — Ele sorriu, abaixando a faca. Joshua engoliu em seco e tentou expressar o mínimo possível de seu alívio. — Quero que todos vocês me acompanhem na missão. Eu sou o contratante e por isso digo que assim será. Ninguém ficará para trás e todos subirão neste planador. — Olhou para os cinco rapidamente e depois guardou a faca de volta em sua mochila. — Durante a viagem até o Alcácer de Dantalion, nós decidiremos o rumo certo e como devemos prosseguir, mas será de forma pacífica.

Ajoelhou-se perante Marino Will e o levantou, com o ferido apoiando-se em seu ombro. Os demais levaram um tempo para se recobrar, mas nada disseram. Simas ajudou Verne a colocar o outro ladrão dentro da cabine do Planador Escarlate.

— Você é maluco, sabia? — ele resmungou.

— Talvez. Mas fiz o que foi preciso, para o bem de todos.

Karolina aproximou-se de seus auxiliares e os indagou:

— E o prisioneiro, onde está?

Antes que um acanhado Joshua pudesse responder, eles ouviram o barulho das correntes não muito longe dali. Era Ícaro Zíngaro. O corujeiro estava sentado sobre os calcanhares, abaixo de uma sombra projetada por uma árvore numa das voltas da pista de pouso. Ele mastigava algo e engolia aos poucos. Parecia extasiado e prazeroso com a refeição. Anoitecia e a penumbra da árvore unia-se com a escuridão que cobria a cidade feita de pedra.

— Estou aqui — piou alto.

— O que está comendo?

— Uma serpente — respondeu voltando-se para a mercenária.

Karolina Kirsanoff viu o guizo e o que restou da serpente ser engolido pelo corujeiro. Seu bico despedaçou a criatura com extrema satisfação. A moça retorceu os lábios, enojando-se com a cena. Os dois ladrões riram de dentro do Planador Escarlate. Verne teve uma sensação estranha.

— Corujeiros tem péssimo gosto! — sussurrou ela com a língua para fora.

— Minha raça não se alimenta de serpentes — guinchou Ícaro. Depois passou a mão pela ferida no pescoço. — Acredito que tenha sido um... ato de impulso. Quando vi esta serpente rodeando o seu planador, eu a ataquei.

Os olhos de Ícaro Zíngaro eram puro ódio. A mercenária se intimidou por um instante. Noah e Joshua aproximaram-se com suas terminatas apontadas para o prisioneiro.

— Não há necessidade disto — disse ela, ordenando que os auxiliares abaixassem as armas. — Voltem aos seus postos. E você, Ícaro, vá para dentro da cabine! Não falarei duas vezes.

Dentro do planador, Simas cuidava de Marino num canto. Verne e Ícaro estavam de frente para os ladrões, sentados do outro lado da cabine. Noah tomou seu posto no controle de ataque, enquanto Karolina dava ordens para Joshua:

— Estou exausta. Fique em meu lugar e tome os cuidados necessários, não quero me ferir ou morrer por incompetência alheia. — Ela retirou um pano rosado da cintura, limpou a testa, com os olhos para o alto e foi se deitar ao lado de Verne.

O rapaz se levantou sem dizer nada e passou por ela. A mercenária piscou para ele e disse:

— Aonde vai?

— Conversar com Joshua.

— Eu sabia que estava blefando. — Ela lhe mostrou os dentes num sorriso maravilhoso.

A resposta de Verne veio em forma de outro sorriso.

— Gostei do *Karol* — disse a mercenária.

— Como? Não entendi.

— Eu disse que gostei da forma pela qual me chamou lá embaixo. Foi carinhoso... Um tanto íntimo.

Verne corou, sem nada dizer.

— Gosto dos seus olhos também. São exóticos.

— Hã... Obrigado.

O jovem Vipero foi para o suporte de comando ver Joshua fazer a ligação forçada, um sistema conhecido entre os usuários de gorgoilez, utilizado na ausência do piloto original. O substituto ligava uma fina membrana na nuca e outras três em cada pulso, nos pequenos furos já existentes. Isso causava uma dor inicial que Joshua sabia disfarçar. Já Karolina não continha os gemidos. A ligação entre ela e o planador era forte demais e, quando outra pessoa se conectava com ele, a mercenária sentia os efeitos abruptamente.

O Planador Escarlate decolou e, acima das nuvens escuras, eles deixaram a Capital de Néde para trás.

O rapaz escorou-se no painel com as bolhas que faziam as vezes de botões de controle. O planador deu algumas tremidas e Verne quase caiu, precisando de apoio para manter o equilíbrio.

— Me desculpe por aquilo — murmurou.

— Está tudo bem — disse Joshua, impassível.

— Eu só fiz o que achei necessário naquele instante.

Verne pensou em voltar ao banco de carne, mas decidiu esticar a conversa. Muitas coisas o incomodavam e gostaria de esclarecer pelo menos uma parte. A principal era o tempo que lhe restava para salvar Victor. Outra era o modo como ele vinha tratando as pessoas que o ajudavam.

— Por que você e Noah são tão fiéis à Karol?

Noah olhou para o jovem e voltou sua atenção para a pilotagem.

— Eu nasci no condado de Carceral, um lugarejo na fronteira entre o Arvoredo Lycan e Feral, duas florestas de povos rivais. De um lado os lycans e do outro os gnolls. Essas raças disputam território há dezenas de anos. Carceral sempre esteve no meio da linha de fogo.

Ele fez um movimento com as esferas de controle e o Planador Escarlate voou mais alto acima das nuvens da noite. Todos sentiram o impulso e ouviu-se alguém reclamar na cabine. Continuou:

— Uma vez, alguns gnolls assassinos atacaram e minha família foi morta. Só eu sobrevivi. Vaguei por semanas, sem comer nem beber e, quando minha sobrevida estava se findando, a srta. Karolina Kirsanoff me encontrou, me acolheu e me ensinou tudo o que sei hoje.

— Sinto muito por sua família. Sei como é perder alguém que amamos.

— Isso foi há seis anos. Sou um mercenário hoje, lido bem com esse passado.

— Pode falar sobre Noah?

Joshua dirigiu rapidamente seu olhar para o companheiro ao lado e suspirou mais uma vez.

— Noah foi recrutado pela srta. Karolina há oito anos. Ele tinha outra profissão, da qual se envergonha até os dias de hoje. Era um caçador de mercenários. — Joshua quase engasgou quando disse a palavra. — Há muitos anos, alguns de nós se rebelaram contra o sistema da Base dos Mercenários e montaram seu próprio grupo, recrutando homens que necessitavam de bronze ou prata para caçar aqueles que caçam. Uma disputa de predadores.

— O caçador vira a caça — refletiu o rapaz.

— Noah recebeu a missão de caçar a própria srta. Karolina, mas falhou e foi capturado por ela. No cárcere, depois de um tempo, ele foi solto, porque ela havia reconhecido suas habilidades e o treinou para que se aperfeiçoasse e voltasse a ser um mercenário.

— Na época eu não entendia o que motivou a srta. Karolina a fazer o que fez — disse Noah de súbito. — Mais tarde compreendi que ela viu em mim não só um grande potencial, mas também um homem que poderia ser leal aos objetivos impostos e que, tendo uma segunda chance, poderia demonstrar a capacidade de se redimir e fazer o seu melhor.

— Compreendo.

Ambos os auxiliares tinham um brilho no olhar. Realmente se orgulhavam de servir Karolina Kirsanoff e sentiam que deviam suas sobrevidas a ela. Verne respeitava isso.

Ao voltar para seu lugar, ele aproveitou para espiar o cenário abaixo. Uma vasta areia azul se misturava com uma planície verde e extensa. No centro, uma divisão que lembrava uma grande fenda escura. Não era possível enxergar claramente o que havia lá, mas a visão causou arrepios no rapaz.

— Essas dunas azuis são as Terras Mórbidas e a região mais clara é Regnon Ravita — revelou Joshua ao perceber a curiosidade de Verne.

— E aquela parte escura?

— Ali é o domínio do antigo vampiro, o Alcácer de Dantalion. — Ele depois diminuiu a velocidade do Planador Escarlate. — Este é um lugar tão escuro, isolado e amaldiçoado, que nem mesmo a luz de Solux consegue tocá-lo.

— É um lugar hostil que poucos ousam invadir — completou Noah.

Karolina Kirsanoff gemeu de forma repentina. Ela se levantou, contorcendo o corpo.

— Droga — resmungou a moça, fazendo uma careta. — O gorgoilez está intimidado neste lugar! Minha imunidade está ficando baixa.

— Senhorita! — trovejaram em uníssono os dois auxiliares, preocupados com a saúde da patroa.

— Não se preocupem, eu ficarei bem. Isso acabará logo.

O Planador Escarlate desceu mais alguns metros até se aproximar do Alcácer de Dantalion. De relance, Verne viu sobre um penhasco dois enormes virleonos. Eles pareciam vigiá-lo com interesse, provavelmente a mando de Kornattuz. Ninguém mais os notou e algo ainda mais impressionante desviou sua atenção: um castelo negro de grandes proporções com um gigantesco jardim de folhas escuras. Circundando castelo e jardim havia uma fina e fluorescente linha dourada. Era sutil, mas podia ser vista no meio do breu. Nyx dominava os céus e ainda assim o Alcácer de Dantalion era mais escuro do que a própria noite.

— Por que estamos aqui? — piou o corujeiro, estupefato ao acordar e perceber o que ocorria. Simas Tales e Marino Will despertaram também. — Não deveríamos.

— E por que não, corujeiro? — indagou o ladrão.

— Não é aqui que se encontra o homem que cura. — Ele moveu a cabeça de um lado para o outro.

— O curandeiro! O que sabe sobre ele?

— Ele está do outro lado deste mundo. Naquele lugar gelado, onde a neve predomina.

— As Geleiras Inábeis — concluiu Karolina. Olhou para Verne e revelou: — Onde habitam os bárbaros sulistas e alguns duendes que os servem.

— Como sabe disso? — Simas perguntou, tenso.

— Ícaro devorou uma serpente. Talvez ele tenha visto algo que ela viu — murmurou Marino, ainda fraco em meio a tosses.

Os dois ladrões ponderavam sobre a questão e pensavam numa maneira de resolvê-la. Karolina e seus homens estavam determinados a concluir a missão no Alcácer de Dantalion. Ícaro Zíngaro sentia-se perdido, sem saber como reagir.

— Então vamos nos separar! — interveio Verne, antes que alguém pudesse falar. O rapaz já sabia o que eles poderiam dizer. — Não podemos abandonar o curandeiro nas mãos daquelas pessoas, ele salva muitas sobrevidas. Ele salvou a minha, inclusive. — Olhou para todos firmemente. — Mas também preciso que me ajudem a encontrar o conde Dantalion para que ele revele onde fica a Fronteira das Almas. Preciso salvar Victor antes que ele caia no Abismo.

— Está ficando louco! — gritou Karolina, indignada. — E como pretende fazer isso? As Geleiras Inábeis ficam do outro lado de Necrópolis, não é possível fazer uma viagem rápida até lá. Pense bem, Verne: ou salvamos o curandeiro, ou salvamos a alma do seu irmão.

— Vamos nos separar. Simas e Marino vão para as Geleiras Inábeis tentar encontrar Absyrto, levados por Joshua e Noah no planador.

— Isso é um absurdo! — reclamou a moça.

— Eu e você, Karol, vamos até o vampiro.

A mercenária refletiu sobre a proposta. Não poderia protestar, porque era o seu contratante quem ordenava. Ela se irritou, respirou fundo e sentou-se, ainda com algumas dores causadas pela conexão.

— Isso pode funcionar — disse Simas.

— É o único jeito de se resolver os dois problemas — concluiu Verne.

E, então, veio o tremor. Depois outro.

Nuvens de tom azul-escuro aproximavam-se trovejantes do Planador Escarlate. O rapaz ouviu o estrondo depois de vários raios. As nuvens envolveram o transporte que planava vagarosamente sobre o Alcácer de Dantalion. Uma forte chuva começou. Ela batia forte contra o casco do planador e, com o vento, causava tremores. Os raios ficaram mais intensos e acertaram as asas do transporte. Karolina berrou em dor, pois sentia o mesmo que o gorgoilez. A moça teve de ser acolhida pelos auxiliares. O vento forte balançava o Planador Escarlate de um lado para o outro, minando sua estabilidade. Os corações batiam cada vez mais apavorados. A mercenária logo se recobrou, brandiu Eos e levantou-se com olhos de guerreira.

— Esta tempestade não vai me vencer. — Encarava o céu negro acima da cabine. — E a missão será concluída, custe o que custar!

Outro estrondo. Vendaval, raios e chuva agrediam o planador e a mercenária sentia suas dores. Mas ela estava mais firme do que nunca e tirava uma resistência impressionante de dentro de si.

— Senhorita — gritou Joshua no meio do barulho dos trovões. — O planador não pode descer mais do que isso ou corremos o risco de sofrer um acidente. Não terá como vocês descerem pelas membranas do gorgoilez. — Ele engasgou e ainda conseguiu concluir: — Terão de saltar!

— Joshua. Noah. Quero que mantenham o Planador Escarlate acima do jardim negro e tentem estabilizá-lo. Eu e Verne saltaremos até o Alcácer de Dantalion.

— Saltar? Eu não tenho asas para isso! — Verne parecia indignado.

— Libertem o prisioneiro dessas correntes. — Ela encarou o rapaz e deixou um sorriso escapar no meio de sua dor. — Ícaro Zíngaro vai nos ajudar nesta missão.

Noah libertou o corujeiro tão rápido quanto pôde de suas correntes pesadas. Ícaro soltou um guincho forte e voraz. A adrenalina tomou conta de seu corpo e ele fez com que braços, pernas e pescoço se estralassem em movimento.

— Agora, homens, levem estes ladrões até o curandeiro, encontrem-no e tragam-no vivo. Matem e destruam quem tentar os impedir e podem usar a velocidade máxima do planador para chegar até o sul. Eu aguento deste lado! — Piscou para eles.

— Sim, senhorita! — responderam em uníssono.

A turbulência se tornava mais forte a cada minuto e o pavor se estendia. Se eles não fossem rápidos, tudo poderia acabar destruído nos ares. Karolina vasculhou seus pertences abaixo do suporte de comando e encontrou uma mochila rosada que colocou nas costas. Depois saiu da cabine e apoiou-se numa base do planador, observando a escuridão.

— Boa sorte! — disse Verne para Simas e Marino. — Obrigado por tudo. E, por favor, vocês e Absyrto, voltem vivos.

— Faremos isso — respondeu um Marino Will fraco, mas sorridente.

— Boa sorte para você também, amigo. — Era Simas, de olhar tenaz e vibrante. — Sei que conseguirá encontrar e salvar seu irmão. Confie em seu coração!

Abraçaram-se e Verne acenou para os auxiliares, sempre indiferentes. Em seguida saiu da cabine com Ícaro. A chuva era densa e machucava a pele. O vendaval empurrava seus corpos para o lado.

— Não tente escapar, passarinho! — gritou Karolina em meio aos estrondos. — Isso não seria uma atitude inteligente. — A água da chuva molhava sua roupa, deixando-a mais colada ao corpo curvilíneo.

— Confie em mim, vermelha. Só preciso que confiem em mim.

— Eu confi... — Verne não completou a frase, seu corpo foi arrastado pelo vento até a traseira do planador.

Ele tentou procurar apoio, mas escorregou no casco molhado pela chuva, bateu a cabeça e tombou para o outro lado, conseguindo se pendurar na traseira do transporte, de onde podia ouvir o motor movido a poluemita. Um raio certeiro atingiu uma das asas do Planador Escarlate e Karolina sentiu uma terrível dor em seu braço, que logo se espalhou pelo corpo. Manteve-se encostada na base, com vontade de berrar em dor. Ícaro tinha o corpo leve demais e poderia ser sugado pelos pequenos furacões, por isso agarrou-se ao casco pelo lado de fora da cabine e não conseguiu mais se mover.

Outro estrondo. Vendaval, tempestade e raios. O Planador Escarlate girou no ar e perdeu um pouco da estabilidade necessária para o salto dos três. Dentro da cabine, os quatro homens preocupavam-se com a situação e Joshua expressou medo pela segunda vez naquele dia, ao ver no painel do suporte de comando que o planador rumaria para uma morte desastrosa em breve. Cerrou os olhos e toda sua sobrevida passou diante sua mente num único instante.

Do nada, uma luz reluziu intensa, chamando a atenção dos tripulantes. Não era mera luminosidade, era uma luz mágica. Seu brilho trouxe conforto ao coração dos aventureiros. Ela protegeu o transporte e seus passageiros dos ataques da natureza e amenizou as dores da mercenária e do ladrão adoecido, ajudando também os auxiliares a estabilizarem o comando para Verne subir novamente ao planador. O brilho renovou a energia do outro ladrão e trouxe boas lembranças ao corujeiro. Era a luz de uma fada. E ela pertencia a Ícaro Zíngaro.

Tudo aconteceu muito rápido e logo a luminosidade desapareceu. Mas foi o suficiente para Verne alcançar Ícaro e subir em suas costas, como ele havia ordenado. Karolina saltou primeiro e, quando estava no meio da queda, acionou sua mochila rosada, abrindo o paraerios, que inflou em resistência à descida num formato octogonal. Da borda do pano pendiam quatro cordas que se ligavam a um anel metálico inferior, preso no corpo da mercenária. Ela caía em velocidade moderada rumo ao Alcácer de Dantalion.

— Preparado, rapaz Verne? — indagou Ícaro para o humano em suas costas.

— Não.

— Então vamos — ele guinchou, mais alto do que o som do trovão.

Ícaro Zíngaro abriu seus braços para cima e encontrou os céus revoltos numa noite turbulenta. Suas plumas leves e resistentes revelaram as asas que iam até os punhos. Por um curto espaço de tempo ele voou livre e feliz.

28

O LABIRINTO DE ESPINHOS

A mercenária havia sumido no meio à escuridão. Ícaro Zíngaro planava em direção ao solo quando Verne Vipero ouviu o barulho forte do motor do Planador Escarlate ser reativado e voar para fora daquela área. A tormenta acima ficava para trás e cada vez mais silenciosa.

O rapaz ainda estava aflito por sobrevoar um lugar tão sombrio e por saber que, justo ali, estava a sua esperança. Tinha medo da altura e do que o esperava lá embaixo. O corujeiro, porém, estava à vontade. Para um ser de sua raça, voar era viver. Ícaro aproveitou ao máximo, respirando o ar denso e mágico. Não tinha nada igual. Farfalhou mais uma vez as asas até alcançar o chão num pouso sutil e tranquilo. Verne suspirou aliviado, o coração batendo forte. Olhou ao redor e notou o quanto a fenda era escura. A grama, as folhas e os troncos das árvores eram cinzentos ou negros.

— Onde está Karol? — indagou Verne.

— Vermelha caiu dentro do jardim — piou o corujeiro sereno. — Foi o que eu vi enquanto descia. Posso farejá-la. Não está muito longe.

Ícaro Zíngaro caminhou pelo jardim negro em direção a uma luz dourada à sua frente. Verne o seguia silencioso.

“Verne. Verne”, ouviu. Ele interrompeu os passos, atento. O corujeiro se deteve por um instante, querendo saber o que acontecia.

— Você não ouviu? — perguntou o rapaz.

— O quê?

— A voz de uma garota...

— É delírio, rapaz Verne. Ou a pressão da descida. Logo sua audição se normaliza.

Verne ponderou se realmente estaria enlouquecendo. Ouvia aquela voz desde que chegara a Necrópolis. Por que ela o chamava? Queria saber muitas coisas, mas estava começando a ficar confuso.

— Essa luz parece estar em volta de todo o jardim... — disse ao se aproximar de uma cerca de luz dourada, da altura dos arbustos que circundavam o jardim de folhas escuras.

— Vermelha está além da cerca mágica. Não se preocupe, essa luz só afeta vampiros — revelou o corujeiro.

Ao se aproximarem sentiram seus olhos arderem. A cerca luminosa os cegou temporariamente. Ícaro retirou uma pluma negra da parte debaixo de seu braço e a entregou para o rapaz. Ela era grande e muito maior do que a palma de sua mão.

— Prenda as extremidades da pena em suas orelhas. Ela protegerá seus olhos.

Sem hesitar, Verne assim o fez. Atravessaram a cerca de luz, sentindo calor e formigamento no corpo. Um calor diferente, mágico. Ícaro foi em seguida e cobriu os olhos com suas asas, os dois braços na frente do rosto. Dentro do complexo espaço do jardim, o rapaz retirou a pluma negra e a guardou em sua mochila. Aproveitou para pegar a faca. Ícaro atravessava a luz e sua silhueta lembrava a de uma águia gigante. O homem-pássaro o fitou sereno e apontou com a cabeça para um caminho mais à frente. Verne seguiu a direção de seus olhos e viu uma silhueta muito mais bela e agradável: Karolina Kirsanoff. A mercenária estava de costas para eles e parecia não os ter notado ainda. Com o corpo inclinado para a frente, ela retirava de suas pernas as cordas do paraerios com um pouco de dificuldade. Ao terminar, suspirou e abandonou a mochila na grama escura.

— Vocês demoraram.

— Temos de atravessar este jardim para chegar até o castelo? — indagou Verne.

— Sim. Você já olhou ao seu redor?

Demorou a notar que estava num jardim de folhas e espinhos tão grandes que poderiam ser confundidos com lâminas afiadas. O medo em seu coração tinha se tornado um companheiro constante.

— Temos escolha? — ele insistiu, mas Karolina fez que não. — E se sobrevoarmos o jardim de espinhos com a ajuda de Ícaro?

— Precisamos atravessar este labirinto de espinhos.

— O lugar foi encantado para que ninguém saia vivo — completou o corujeiro.

— Lembro-me agora do que Martius Oly me disse sobre o Alcácer.

— Não podemos mais perder tempo — Karolina foi enfática. — Esta região é hostil, com perigos diversos. Sejamos cuidadosos. Mocinho, fique entre mim e Ícaro, está bem? — Brandiu sua espada.

— Estou bem atrás de você, Karol — respondeu ele, com a faca firme em mãos.

O perigo iminente fez o medo ceder pouco a pouco a um lampejo de coragem. Verne estava determinado a cumprir seu objetivo. As lembranças do irmão lhe dariam a força necessária. Ele já havia passado por tanta coisa desde sua chegada a Necrópolis, e agora que chegara tão longe nada o faria desistir. Preferia morrer tentando.

Karolina Kirsanoff caminhava na frente com Eos em punho, o olhar atento. Verne Vipero vinha em seguida, com a faca, a mochila e muita coragem. Logo atrás estava Ícaro Zíngaro, sereno como sempre, asas armadas cuidando da retaguarda. O caminho de arbustos e espinhos escuros era apertado e aterrorizante, parecia gigante e infinito. A mercenária cortava os espinhos maiores para que pudessem caminhar, enquanto o homem-pássaro aparava as folhas que atrapalhavam.

— Karol, como saberemos se não estamos andando em círculos? — murmurou Verne.

— Não saberemos.

Depois de quase uma hora no labirinto, os três sentaram-se sobre a grama para descansar e se alimentar. A moça comia um pequeno pão com um creme vermelho no recheio e Verne retirava um pedaço de carne-seca da mochila. Ele ofereceu a Ícaro, mas este rejeitou.

— Só alpiste. — O corujeiro bebericou um pouco de água do odre escarlate da mercenária para aliviar a sede.

— Acho que essa é a nossa última pausa. O percurso até o castelo é incerto, mas estimo menos de meia hora para chegarmos. — Ela terminava seu pão.

Mesmo com a luz de Nyx, eles mal conseguiam ver um ao outro, identificando-se pela voz e instinto. De repente, um brilho dourado veio na direção deles. Verne reconheceu a luz mágica de imediato. Devia sua vida a ela.

— Yuka! — guinchou Ícaro, surpreso, levantando-se do chão.

Verne e Karolina sentiram um pouco de alegria alcançar seus corações. Estavam na presença de uma fada e isso era algo raro. O ambiente onde estavam se iluminou, revelando os corpos cansados.

— Como me encontrou? — indagou o homem-pássaro.

— Passei as últimas noites seguindo o seu rastro, querido Zíngaro. — Ela sorriu com seus lábios pequeninos. — O odor de um corujeiro é inconfundível. Mas percebi que o senhor mudava de lugar sem parar, por isso demorei. É bom te ver, meu amor... *Meu senhor*.

Ela voou em sua direção e deu um minúsculo beijo em seu bico. Ele piou.

— Digo o mesmo — disse ele friamente.

Era claro para Verne a forma como Ícaro tratava os outros. Ele tinha aquela personalidade, escondia seus sentimentos, mas era alguém bom.

As devidas apresentações foram feitas e ninguém teve tempo de perguntar qual a relação da fada com o corujeiro. Karolina sabia que as duas raças tinham interesses em comum, por isso uma aliança entre elas não seria estranha. A única coisa de fato esclarecida era que Yuka tinha salvado o seu amigo e os demais da tempestade, acreditando em sua inocência desde o princípio. Ela o servia e o amava. Simples assim.

— Vou ajudá-los a atravessar o labirinto — disse a fada nuazinha com de asas de libélula. Sua voz era diminuta e agradável. — Posso iluminar o caminho.

O grupo retomou o percurso pelo jardim negro, agora sob a luz de Yuka, que deixava cair um pó mágico. Ícaro ouviu um barulho distante e olhou para o alto à procura. O som, cada vez mais perto, era produzido por pássaros. Vinham aos montes e passaram rente às suas cabeças, voando muito próximos um do outro, tão escuros quanto a noite. Verne identificou os corvos e sentiu náuseas. Tinha presenciado o Revoar dos Corvos na Catedral de Paradizo. Por sorte, na presença da fada, nenhuma tristeza afetaria seus sentimentos.

— O que está acontecendo? — perguntou ele.

— Ninguém é capaz de entender as reais intenções de um corvo, mas sei que eles só fazem sua revoada de um mundo para o outro quando alguém de um Círculo morre — respondeu Karolina.

— Ou quando estão próximas da morte — complementou o homem-pássaro.

— Se eles se aproximam da morte, então estamos próximos da Fronteira das Almas! — Verne socou o punho.

— Ou pode ser que a morte esteja próxima de um de nós.

— Pare de rogar pragas, passarinho! Vamos continuar nosso percurso. — Karolina apontou sua espada para a frente e todos seguiram adiante.

Os corvos já haviam desaparecido por detrás do Alcácer de Dantalion quando Verne sentiu uma dor em sua coxa. "Ainda deve ser o efeito da flecha que me acertou. Droga!", ele pensou. Um arbusto escuro se mexeu. Depois outro. Todos pararam, tensos. O labirinto começou a se mover, os arbustos trocavam de lugar, alterando suas posições, tornando o caminho até o castelo ainda mais confuso.

— Maldição! O encantamento está começando a agir novamente! Temos de ser rápidos, antes que os arbustos nos espremam.

Karolina foi a primeira a correr, abrindo uma trilha com Eos. A fada iluminava o caminho para Verne e Ícaro, ajudando-os a perceber os espinhos que apareciam de repente pela frente. A mercenária deu um salto e desviou de um pequeno tronco na grama. Depois virou à esquerda, escorregando na ação. Levou a mão ao chão em apoio para se estabilizar e voltou a correr e cortar os arbustos que se abriam e fechavam freneticamente. Se de um lado havia a luz mágica de uma fada, do outro restavam sombras encantadas de uma feiticeira. As mudanças constantes do labirinto de espinhos causavam uma sensação vertiginosa. Ícaro, mais acostumado a enxergar no escuro, ajudava Verne a desviar dos obstáculos.

Pareceu uma eternidade até que chegassem a uma árvore morta no centro de um círculo gramíneo, o que poderia ser considerado o centro do labirinto. O Alcácer de Dantalion agora parecia mais próximo. Por um instante, os arbustos pararam de se mover, dando uma trégua. Ninguém compreendeu o que estava acontecendo.

— Esperem. Meus ouvidos estão captando algo — revelou o homem-pássaro.

Antes que pudessem indagá-lo, um grito estridente ecoou pelo labirinto. O rapaz ficou arrepiado. Ele olhava ao redor sem ver nada. Karolina Kirsanoff dançou com sua espada no ar, pronta para qualquer demonstração de hostilidade. Ícaro Zíngaro, feroz, cerrou os punhos e suas plumas se eriçaram. Verne ficou atento com a faca em mãos. Estava preparado para se defender.

— Ali! — trovejou a pequena Yuka coruscante.

Do meio das sombras surgiram criaturas voadoras, um pouco maiores que corvos. Tinham penugem escura, garras afiadas, asas de abutre e o rosto de mulheres velhas. Elas gritavam estridentemente, fazendo o grupo ajoelhar, tamanha a dor. Seus tímpanos pareciam que iam explodir, foi impossível evitar o sangramento. A fada, imune aos ataques, estava hesitante, sentindo-se inútil.

— São harpias — resmungou Karolina. — Escravas das trevas, chupadoras de sangue e de sobrevida!

Uma das criaturas avançou sobre Ícaro, atordoado pelos gritos que elas emitiam. Ao se aproximar, Yuka brilhou intensa e a afastou. A fada conseguiu manter sua luz mágica enquanto derrubava pós cintilantes sobre os corpos dos três, curando-os do ferimento. Terminada a cura, apagou seu brilho e foi recobrar as energias pousando no galho da árvore morta. O homem-pássaro revidou e acabou se machucando nos ombros depois de um ataque das harpias. Usou suas asas como armas letais e matou, num único movimento, três das criaturas, levando um banho de sangue vampírico. A mercenária aproveitou a deixa e decepou mais harpias com Eos, em cortes limpos e rápidos. Uma criatura a sobrevoou, a obrigando a se proteger do ataque mortal. Não queria que sua cabeça terminasse nas garras de uma harpia. Assim que encontrou uma brecha, levantou-se e usou sua espada para cortar a adversária ao meio.

Verne viu olhos amarelos bem abertos vindo em sua direção. A face da harpia era como a de uma anciã em miniatura. Horrenda, queixo quebrado para um lado, presas afiadas na boca ressecada, orelhas pontudas e cabelos desgrenhados perdidos ao vento. Ele não temeu. Fixou-se no alvo à sua frente e virou seu corpo no instante que a criatura passou rasante por ele, arrancando uma de suas patas. A criatura gritou para atordoá-lo e atacou seu pescoço, cravando a garra restante em seu ombro. Quando se preparou para a mordida, Verne ergueu a lâmina e a enfiou no rosto da harpia, que veio ao chão, morta.

Karolina e Ícaro continuavam a lutar, defendendo o grupo. Estavam feridos e sangravam, mas nada que parecesse grave. A mercenária era mais esguia e bem protegida, enquanto o corujeiro acabava se ferindo mais, pois apesar de ágil e veloz, era nele que as harpias concentravam os ataques. O homem-pássaro guinchava alto sempre que decepava uma delas e não parecia querer parar.

— Os corujeiros não reconhecem as harpias como pássaros e elas não os consideram seres dos ares — sussurrou Yuka, muito enfraquecida. — Eu sempre vi os corujeiros darem harpias como almoço para os seus grifos.

O rapaz correu na direção de seus amigos quando percebeu mais uma dezena de criaturas das sombras descerem do céu. Encostou suas costas em Karolina e tentaram formar um círculo.

— Darei cobertura. Saiam daqui. Vão até o castelo! — gritou o corujeiro enquanto decepava mais uma harpia.

— Você não precisa fazer isso, Ícaro! — disse Verne em meio aos pios estridentes das criaturas.

— Eu não preciso fazer nada — guinchou, feroz. — Mas eu quero! — Ele bicou o ventre de uma harpia e arrancou-lhe as tripas, depois as mastigou com prazer e engoliu. — Saiam! O sangue delas agora é só meu.

Esse foi o último guinchar que Verne e Karolina ouviram do homem-pássaro. Ícaro voou acima dos galhos secos e voltou com um rasante fatal sobre dezenas de inimigos. Cinco delas caíram mortas e as demais seguiram ferozes na direção de Ícaro, farfalhando as pequenas asas ao seu redor, acertando seu corpo com as garras. Ele piava feroz e matava sem parar. A mercenária puxou Verne de volta para o labirinto, saindo do campo de ataque.

— Mas... Karol! — lamentou o jovem.

— Ele quis nos ajudar. Deixe-o fazer isso para expiar seus próprios crimes.

"Quais crimes?", ponderou Verne enquanto corria na direção das sombras, torcendo para que o tormento terminasse tão logo fosse possível e que o Alcácer de Dantalion estivesse próximo. Atrás dele, a luz mágica brilhou intensa pela última vez e então se apagou. Uma pluma negra caiu lentamente ao lado de um tronco retorcido.

Dessa vez não era de uma harpia.

29

GELO E SANGUE

A noite negra tornava-se branca para o Planador Escarlate.

Havia pouco mais de uma hora seus tripulantes haviam se separado, três deles ficando na divisa entre as Terras Mórbidas e Regnon Ravita: o Alcácer de Dantalion.

Os auxiliares Joshua e Noah pilotavam cuidadosamente o transporte de sua patroa para que ela não sofresse demais. Tinham sobrevoado os Campos de Soísile e agora cruzavam os céus acima do Rio Kolda, em direção ao sul, nas Geleiras Inábeis, local inexplorado pelos quatro naquela cabine. Havia poucos minutos eles encontraram um rastro sobre a neve, que formava uma estrada até a Cidadela Polar, foco da busca por Absyrto e por respostas.

— Eu não sou o homem-pássaro — disse Simas Tales, tenso. — Mas posso sentir de longe o fedor desses duendes!

Ao seu lado estava o enfermo Marino Will, que alternava entre pequenos desmaios e sorrisos apaziguantes. Seu estado de saúde era muito instável e encontrar a cura se fazia urgente. Isso deixava seu amigo ainda mais nervoso com a preocupação dividida entre ele e Verne, do outro lado do mundo, em uma das regiões mais inóspitas de Necrópolis.

— Me responda uma coisa, Simas... — murmurou Marino com um sorriso.

— Pode falar.

— Como as solas de suas botas não se desgastaram ao longo dos anos com essas suas supercorridas mundo afora?

Simas levou a mão à testa do amigo, preocupado. Marino vinha falando coisas sem sentido. O ladrão não sabia se eram delírios causados pela doença ou brincadeiras que Will fazia para se distrair de sua própria condição.

Ambos estavam cobertos pelo resistente couro de mantícora, protegidos do frio. Os auxiliares usavam apenas seus uniformes, sem reclamar das temperaturas baixas. Diminuíam a velocidade do Planador Escarlate sempre que avistavam partes do rastro e mantinham a altitude baixa, permitindo uma busca mais efetiva.

— Um sinal! Um sinal! — bradou Noah do controle de ataque. — Nós o encontramos!

— O que temos? — indagou Joshua.

— Um blindorr... dois shelltorrs e... mais à frente, um trenó sendo puxado por beosos.

— Malditos duendes! Eles estão bem preparados para uma guerra — trovejou o ladino enquanto se aproximava dos auxiliares. — Vamos aterrissar.

— Não. Atacaremos do alto — disse Noah, indiferente.

Os dois mercenários apertaram os botões em forma de bolha simultaneamente e o Planador Escarlate sofreu um leve tremor.

— Temos poluemita suficiente para a viagem de volta?

— Sim. Podemos abrir fogo contra eles sem problemas. O nosso estoque é suficiente para causar o dano que queremos e continuarmos viajando.

O maior veículo percorrendo a neve lembrava um carro de combate movido a trilho, que se deslocava com uma boa velocidade, graças à sua excelente mobilidade em terrenos difíceis como aquele. Na parte frontal ostentava uma peça de elevado calibre apontada ameaçadoramente para à frente, pronta para qualquer disparo. Sua blindagem tinha um tom verde-escuro e parecia ser feita com o casco resistente de alguma criatura. Era o blindorr.

Os shelltorrs eram um pouco menores e mais velozes. Assemelhavam-se a uma lagarta gigante, com uma blindagem que emulava escamas de metal fragmentadas. Mergulhavam na neve e surgiam adiante, num ritmo frenético e constante, sempre em linha reta.

Num pequeno invólucro de pele transparente, um duende comandava um dos veículos. Ao redor de sua blindagem, existiam pequenas peças preparadas para disparos menores.

— Eles ainda não nos viram — disse Joshua.

— Vou disparar! — trovejou o outro.

Noah apertou o botão de ataque e a poluemita levou o conteúdo inflamável para o grande cano de disparo, que expeliu uma enorme bola de fogo contra os veículos na neve. A explosão partiu o gelo ao meio. Um dos shelltorrs foi feito em pedaços, fogo e fumaça espalhando-se. O outro foi lançado para o lado pela explosão, mas continuou funcional e saiu em fuga. O blindorr, porém, reagiu. Virou seu canhão na direção do Planador Escarlate e cuspiu uma rajada de fogo, acertando uma base do transporte dos mercenários. Marino Will foi o que mais sofreu dentro da cabine durante o tremor. O veículo fez outro disparo e atingiu uma das asas, fazendo o Planador Escarlate se aproximar do solo perigosamente. Joshua e Noah se mostraram nervosos e desesperados pela primeira vez. Simas ficou preocupado, ainda assim confiante.

— Estabilizar! Estabilizar! — gritaram os auxiliares em uníssono.

O planador pendeu mais uma vez e arrastou a asa esquerda na neve, cortando o trajeto. Marino sentiu o intestino remexer por dentro e vomitou sangue na cabine. Simas tentou segurar o companheiro, mas tombou para o lado, batendo a cabeça contra uma base. Joshua e Noah se esforçavam para manter o controle. Sabiam que sua patroa sofreria com aqueles danos. Um terceiro disparo foi feito pelo blindorr, mas Joshua reagiu, retomando o controle das membranas e desviando da rajada de fogo, que explodiu no ar gélido. Noah preparava um novo ataque contra os duendes, mas os danos no Planador Escalarte retardaram suas ações por alguns segundos.

— Vou descer! — gritou Simas repentinamente.

Antes mesmo que os auxiliares pudessem reagir, o ladrão escorregou pela grande membrana que arrastava na neve fofa, de onde correu na direção do veículo inimigo, pronto para um quarto e feroz ataque. Um duende mais esperto abriu a portinhola do veículo ao perceber sua aproximação e, empunhando uma besta, apontou-a para Simas. O ladrão sorriu sarcástico pela conveniência da situação. Sem hesitar, o velocista esticou um dos braços e fechou os punhos com força, aumentou sua corrida e, em milésimos de segundos, estava frente a frente com a criatura. Ele lhe deu um soco em alta velocidade, estourou o crânio do duende, que caiu morto na neve. Outra criatura surgiu pela portinhola, mas foi desarmada e teve seu pescoço quebrado. Nesse meio-tempo, dois duendes agiam no blindorr. Um aprontava mais um ataque contra o Planador Escarlate e o outro saía para tocaiar Simas.

Preparado para uma nova rodada, Noah acionou o botão no momento exato e uma bola de fogo foi disparada na direção do blindorr. Simas Tales, de raciocínio tão veloz quanto seus pés, saltou sobre o duende e ambos rolaram pela neve, enquanto o veículo blindado explodia, derretendo o gelo ao redor. Recobrado, o ladrão notou que um sheltorr vinha em sua direção e que o piloto estava prestes a disparar contra sua inerte pessoa. Usou o corpo da criatura que estava ao seu lado na neve como escudo dos disparos, porém levou um tiro de raspão no braço direito. Furioso, correu na direção do veículo, mas foi jogado longe quando ele explodiu em chamas, no último ataque do Planador Escarlate.

Em seguida, Joshua pousava a nave no gelo. Pedaços de peças, cascos e criaturas se espalhavam pela neve e uma nuvem negra se formava nos céus das Geleiras Inábeis.

— De longe pude ver um bárbaro sulista em fuga. Ele comandava os beosos pelo trenó, acompanhado de um duende e outra silhueta que não reconheci — disse Joshua.

— O poderio bélico dos homens em troca da servidão fiel dos duendes. — Suspirou o outro. — Isso não vai acabar bem.

A conversa foi interrompida por Simas, que segurava com a mão o braço machucado. Ele bateu no ombro dos auxiliares, o rosto sujo de fuligem, e apontou para uma criaturinha verde chamuscada em meio à neve, próxima dos destroços do sheltorr. Estava viva e ria freneticamente.

Marino Will sentiu um frio na espinha. Em seguida, desmaiou.

30

REVELAÇÃO

Karolina Kirsanoff ainda se contorcia em dor. Ela sabia que seu planador havia sofrido danos e aquilo não fazia bem para seu corpo. Tentou não demonstrar fraqueza na presença de Verne, mas o rosto franzido não negava seu sofrimento. O jovem Vipero estava distraído e muito preocupado. Procurava pelas torres do castelo com o intuito de se localizar em meio ao labirinto de espinhos, que parecia cada vez mais longo e distorcido conforme avançavam. As brumas densas, a escuridão plena e o encantamento local só dificultavam o acesso. O rapaz, ainda assim, foi sensível o suficiente para notar Karolina diferente.

— É o planador, não é?

— Você demorou para notar, mocinho. — Ela tentou soltar mais um dos seus belos sorrisos, porém ele surgiu sofrido em sua linda face. — Mas é por isso, sim.

Ele não perguntou nada mais. Apenas sentou-se na grama escura e relaxou os ombros. A moça entendeu o ato e fez o mesmo. Ambos suspiraram.

— Não se preocupe, já está passando. Acho que meus homens resolveram o problema. Estarei melhor em minutos.

Ele sorriu mais tranquilo, ainda que a tranquilidade naquele lugar fosse por si só inexistente.

— Não acredito em maus presságios — disse o rapaz. — Mas estou com um.

— Independente de você crer ou não nisso, a verdade é que o Alcácer de Dantalion causa efeitos que ninguém é capaz de compreender.

— O que acha que aconteceu com Ícaro, Karol?

— Espero que ele tenha sobrevivido — ela respondeu enquanto estralava o pescoço. — O passarinho precisava ir a julgamento. Ainda que sua inocência seja provável.

— A fada também ficou para trás. Não gosto de abandonar meus amigos. Simas, Marino, Joshua, Noah... e agora Ícaro e Yuka.

— Verne, você tem de compreender que todos nós estamos abrindo caminho para você conseguir chegar até o seu objetivo. — Karolina o fitou com seus olhos verdes penetrantes.

Ele fez que sim e ficou rapidamente reconfortado.

— Obrigado, Karol. Victor não vai cair no Abismo. Eu não vou permitir. — Ele apertou os olhos, segurando no pingente de sangue em seu pescoço. — Trarei meu irmão de volta à vida.

— Gosto da sua determinação. — Ela conseguiu sorrir como antes.

A mercenária encerrou o descanso e voltou a caminhar. Verne tentou segui-la, mas sentiu uma dor na coxa. Depois foi tomado por uma tontura e o mundo girou. Apoiou-se num dos arbustos e nem notou sua mão sendo perfurada pelos espinhos. Tudo escureceu e seu corpo pendeu para frente, caindo na grama, quando ele ouviu uma voz familiar chamar seu nome. Precisou se concentrar para ficar de pé e não desmaiar. Espantou-se ao ver Karolina se virar em sua direção, retirar Eos da bainha e jogá-la para ele. A lâmina passou, letal, rente aos olhos de Verne e atingiu o arbusto atrás de si, num barulho seco e rápido. O susto o fez soltar um grito vazio. Olhou para trás e viu uma serpente morta pela lâmina afiada. Ficou aliviado por ter sido salvo mais uma vez. Poderia ter levado uma mordida fatal em seu descuido.

— Pensei que fosse me matar — disse Verne em tom brincalhão.

Ela se aproximou com olhos tristes, a passos curtos, e retirou Eos dos arbustos, deixando a serpente cair na grama.

— Essa era minha principal missão de hoje, Verne.

O ar pesou sobre seus ombros. Indignado, ele sentiu as pernas bambas e caiu de joelhos perante ela, o mundo girava novamente. A mercenária se ajoelhou, retirou da mochila um papiro enrolado e mostrou a ele seu conteúdo.

— Esse sou eu — balbuciou Verne, desanimado. Ela apenas concordou, cabisbaixa. — Você está me capturando? O valor pago pela minha cabeça é o triplo da de Simas! O que eu fiz para ser considerado tão perigoso?

— Há dias recebi um ekos com a missão de capturar um rapaz que veio da Terra. Meus auxiliares fizeram uma ronda por Necrópolis, mas não foi fácil encontrar um terrestre recém-chegado. Por isso fui ao lugar onde todas as informações podem ser obtidas.

— O Covil das Persentes — ele completou. Tudo se encaixava. Os olhos de Karol demonstravam uma grande tristeza.

— Sim. Martius Oly fala demais, porém ele não te entregou. — A moça guardou os papiros de Verne e Simas jogados na grama de volta em sua mochila. — Eu fiz um jogo de perguntas com o taverneiro, que me disse exatamente o que eu queria saber, sem ter a noção do que estava fazendo. Cheguei ao Covil poucas horas depois de você ter saído de lá. Foi bem conveniente e eu não nego minha habilidade em conseguir tudo o que desejo.

— Percebi. Principalmente com o seu sorriso — disse o rapaz, aborrecido.

Novamente em pé, ele se afastou, pensando naquilo tudo. Karolina também se levantou, esperando o momento certo para prosseguir.

— Ekos é a forma mais rápida dos necropolitanos se comunicarem. Usamos corvos para levar mensagens e eles são capazes de chegar a qualquer lugar deste mundo. Quando se apoiam em nossos ombros, podemos ouvir direto na mente o que o interlocutor tem a dizer. Seu interlocutor era da Fortaleza de Érebus.

Verne sentiu mais uma vez seus pelos eriçarem. Retirou a faca do bolso da calça, mesmo sabendo que não poderia enfrentar a mercenária. Karolina Kirsanoff se aproximou um pouco, cautelosa. Ignorou a lâmina nas mãos dele e continuou:

— Não nego que o valor oferecido em ouro real era muito alto. Muito alto mesmo!

— Eu deveria ter ouvido Simas quando ele me falou para tomar cuidado com você. — O rapaz rangia os dentes sem olhar para trás.

— Em minhas missões eu nunca faço perguntas e sempre cumpro o que é combinado. No caso deste serviço, nem fiz um acordo. Aceitei de imediato. De quebra, consegui alguns extras também.

— Além de me matar, você vai capturar Simas?

Verne sentia um turbilhão em sua mente, triste e furioso.

— Recebi um pagamento adiantado pelo corujeiro. Mas o extra, de fato, sempre foi o ladrão.

Verne Vipero se virou com ira na direção da mercenária e, com a faca, encontrou o delicado pescoço de Karolina, a lâmina rente à pele.

— Desgraçada! — trovejou ele. A atmosfera sombria do lugar dominava seus pensamentos. — Você permitiu que Simas partisse com seus homens para que ele fosse capturado, assim eu não poderia impedir. E nem ele poderia impedir que você me capturasse. Foi tudo um teatro. A história de que estava cumprindo uma missão para mim, a ajuda para obter o passe de Elói, tudo o que fez até agora foi para me ludibriar. Sua... maldita!

— Eu estava avaliando a situação mais conveniente. Não nego que tive mais de um intuito. Queria te capturar, entregar o corujeiro, levar Simas e ter um passe nas mãos. — Ela engoliu em seco. — De fato, eu te enganei, Verne.

O silêncio era sufocante.

— E agora? Você sabe que eu lutaria até a morte para salvar o meu irmão. O que vamos fazer?

— Só preciso do seu perdão — disse a mercenária finalmente.

Verne tirou a faca do pescoço dela. Encarou o labirinto de espinhos e tentou afastar as sombras de seu coração. Precisava se controlar, pensar num jeito de sair dali. Capturado ou ajudado, não poderia fazer isso sozinho.

— Meu plano corria com perfeição. Só que, depois que conheci os propósitos de sua busca, minhas motivações mudaram completamente. Eu me identifiquei com a sua missão e deixei os meus planos de lado. Temos muito em comum.

— Em quê? Capacidade de se meter em confusão?

— Você perdeu seu irmão, eu também. — Ela levou as mãos ao rosto e começou a chorar. — Sei como é não ter a pessoa que mais ama no mundo ao seu lado. Sei como é sentir a falta desta pessoa muito antes do esperado. E, quando te conheci, notando a sua determinação e conhecendo a sua história, senti esperança de reencontrar meu irmão. Aquele desejo de procurá-lo retornou. Sei que isso pode parecer bobagem agora, mas...

— Você não me parece o tipo de pessoa que se preocupa com os outros — disse o rapaz friamente. Sabia o efeito que suas palavras teriam.

— Não diga o que não sabe! Você não me conhece o suficiente para esse julgamento.

— Realmente, não te conheço.

— Só quero que saiba que o que fiz desde que partimos da Vila dos Ladrões foi porque *eu* quis. E eu só faço o que quero. — Ela enxugava as lágrimas do rosto, retomando seu ar independente e irônico. — Estou sendo sincera, acredite você ou não.

Verne esticou a mão, ajudando-a a se levantar.

— Acho que estou confuso.

— Sinto muito, só quero que me perdoe. — Ela o abraçou com força e então Verne percebeu o quanto precisava daquilo. — O importante é que iremos até o final. Quero vê-lo de novo com o seu irmão e reencontrar o meu um dia. Eu estava precisando mesmo conhecer alguém como você para tomar essas decisões, mocinho.

Verne fez cara de desconfiado e a mercenária lhe deu um sorriso cansado. Ele enfim retribuiu o abraço e ambos permaneceram daquele jeito por um longo tempo.

O medo, porém, ainda existia. Um ruído detrás dos arbustos fez Verne erguer a faca e Karolina desembainhar Eos.

— Ícaro se sacrificou por nós. Vamos fazer o esforço dele valer a pena! — ela sussurrou.

Ainda que não gostasse de imaginar o que teria acontecido com o corujeiro ou com Simas, Verne começava a se preparar para o pior. Antes de ajudá-los, precisava ajudar a si mesmo. Os arbustos voltaram a se mover, fechando o caminho. O rapaz e a mercenária chegaram a atacar, mas a floresta não cedia espaço, parecia empurrá-los um para longe do outro. Quando Verne deu por si, não conseguia mais ver sua companheira. Foi então que ouviu um grito. Karolina fora puxada por um cipó de espinhos para dentro de um arbusto. Estava obviamente machucada. Ela lutava contra ele, cortando o que conseguia alcançar, mas, assim que um cipó era destruído, um novo a segurava no ar.

— Vai dar tudo certo, Verne. Você *vai* conseguir! — foram suas últimas palavras antes de desaparecer dentro do labirinto de espinhos.

Verne Vipero gritou o nome da mercenária, mas era tarde demais. Naquele instante se deu conta de que estava completamente perdido no Alcácer de Dantalion. O rapaz percebeu que, mesmo com Simas, Ícaro e Karolina ausentes, ele não estava sozinho.

31

O MINOTAURO E A ORIA

Um passo. Depois outro.

Verne ouvia. Seu coração temia a nova presença nas trevas. Ele caminhava com cautela pelo labirinto de espinhos. Passou por dois arbustos enormes, virou para a direita, depois seguiu reto. O rapaz viu pequenas árvores mortas no caminho, nada parecia ter vida. Seu coração palpitava sem parar, alternando-se entre o medo e a ansiedade. Temia por si e pelos amigos. E tinha seu irmão. Victor atravessava a Fronteira das Almas e Verne não sabia ainda como salvar a única pessoa que significara algo em sua vida.

Com a proximidade, ele percebeu que os passos eram galopes. Notou que os arbustos não se moviam mais nem o atacavam. A natureza sombria daquele labirinto celebrava a vinda de algo pior. Verne espiou através de um arbusto e viu uma criatura maior do que dois homens, de corpo humanoide musculoso coberto por couro marrom. Tinha a cabeça de um touro, com dois chifres ameaçadores. Uma cauda pendia por trás de sua nudez grotesca, seus punhos eram do tamanho de um crânio humano e no lugar dos pés havia cascos. Farejava e parecia ter encontrado o que procurava. O rapaz ficou ainda mais apavorado e não conseguiu se mover. A faca escorregou de suas mãos, perdendo-se na grama para sempre. Ele conhecia aquela criatura dos livros de mitos. Era um minotauro.

A besta urrou de uma forma assustadora, ecoando por

todo o labirinto de espinhos. O susto fez com que o jovem se revelasse para o minotauro, que raspou os cascos no chão, preparando-se para atacar. Ele não soube o que fazer. Não teria tempo de correr e não havia como reagir. Permaneceu parado, à espera do pior. De repente, pequenos galhos surgiram velozmente da terra e se revelaram um grande tronco de árvore esverdeado, que cresceu cada vez mais até atingir o corpo do minotauro, jogando-o contra os arbustos.

— Verne.

Era a mesma voz das outras vezes. Ela pertencia à sua salvadora, uma garota de corpo compacto e esguio. Seus cabelos escuros caíam curtos sobre os olhos rasgados e pequenos de pupilas verticais. As orelhas felinas despontavam acima da cabeça e uma cauda felpuda balançava delicadamente por trás. Vestia farrapos sujos de terra e seu corpo de mocinha se delineava sutilmente por debaixo do pano. Cheirava a orvalho e possuía algo em si que Verne nomeou como uma *não presença*. Ele se aproximou com olhar curioso.

— Você é a mesma menina que me salvou na praia. Eu me lembro de ter visto você no túnel da Catedral também.

— Sim. Eu protejo aquilo que é importante — disse com sua voz baixa, suave e vazia.

Era notável para ele a falta de sentimentos nela.

— Por que está me ajudando?

— Porque é preciso.

— Como fez aquilo? — perguntou ele, apontando para o tronco de árvore.

— Sou capaz de controlar os elementos da natureza. É uma habilidade da minha raça. — Ela voltou-se para o monstro do outro lado. — Agora temos que parar esse minotauro. Sou a garota pura que você precisa.

“Leve isso, poderá ser útil quando chegar no castelo. Você deve enchê-lo com o sangue de uma virgem, que poderá salvar a sua vida.” Foi quando Verne relembrou os conselhos de Martius Oly. No mesmo instante, retirou o frasco de plástico que levava em sua mochila e o entregou para ela. Com suas garras felinas ela cortou o próprio pulso. Seu sangue pingou no interior do frasco e o encheu até a borda. Assim que ela o fechou, ouviram um estrondo. A besta havia despertado, pronta para retribuir o ataque. Encarava as duas figuras paradas à sua frente, quando sentiu um cheiro no ar.

A garota jogou o frasco com seu sangue pudico do outro lado do labirinto de espinhos. Como ela previra, a criatura seguiu o odor e desapareceu, destruindo os arbustos em seu caminho. Aparentemente a perda de sangue não a tinha afetado.

— Não há outra maneira de se lidar com um minotauro — ela cochichou enquanto puxava Verne para a sombra de um arbusto.

— Você me seguiu durante todo esse tempo, não é? Antes mesmo de eu vir para Necrópolis. Queria compreender o motivo disso, mas já sei que não me dirá nada agora. Estou indo me encontrar com o Conde Vampiro. Gostaria que viesse comigo. Sinto que lhe devo algo.

— Não, nada. Você deve sobreviver para que outro venha a viver. — Ela afastava-se, caminhando calmamente pelo corredor de arbustos. — O ciclo pode ser alterado, porque a morte não era prevista, ela foi antecipada. Por isso você deve reverter essa situação, deve dar continuidade ao todo, antes que o que não se deve aconteça.

O rapaz não disse nada.

— Verne, eu fiz o que tinha de ser feito. Os seus amigos fizeram o que tinha de ser feito. Todos sempre fazem sua parte, porque é assim que funciona. Agora é sua vez de fazer o que tem de ser feito. Por isso, faça. A realidade e a existência precisam disso. Não há volta. — Abruptamente, o minotauro ressurgiu dos arbustos. O frasco plástico estava esmagado em suas mãos e o sangue virgem permanecia quente em sua bocarra suja, escorrendo pelos cantos. — Minotauros são idiotas por natureza. — Ela encarou a criatura com coragem e estendeu os braços para os lados. O monstro raspou uma última vez o casco. — Ele não vai parar até consumir minha pureza.

A besta avançou. Galopou feroz na direção dela, com seus chifres apontados para o delicado corpo da garota. Milhares de finos galhos brotaram do chão, formando um invólucro de musgo e madeira intransponível. A criatura a acertou sem erros dessa vez, pegando em cheio. Os chifres do minotauro a levantaram para o alto como um boneco. Com o restante de suas forças, a garota misteriosa escondeu a visão mórbida que ele poderia ter, encobrindo ainda mais os galhos com um musgo reforçado. O jovem Vipero só conseguiu ouvir os mugidos da criatura, saciando seu desejo pela virgem.

Então ele correu o mais rápido que pôde. Não era medo, mas ira. Avançou por muito tempo pelos corredores de arbustos negros. Nenhum espinho inanimado no caminho o impediu de seguir adiante. Correu e correu até alcançar um gigantesco castelo de paredes de pedras negras e cinzentas. Cada bloco da estrutura era do tamanho de um corpo e suas torres se erguiam para a neblina até sumir da vista. Um jardim sombrio se formou aos pés da longa escadaria à sua frente. Acima dos degraus que ele jamais subiu, existia uma porta enorme com adornos bizarros que lembravam libélulas. O silêncio predominava no local e o medo se transformava em coragem. Verne estava diante do Alcácer de

Dantalion. Sabia que deveria bater nas portas do vampiro e lhe perguntar a localização da Fronteira das Almas. Sabia que descobriria que ali também correria riscos. Sabia o que tinha de fazer.

Mas não o fez.

Foi impedido por uma voz serena e poderosa que ecoou em sua mente. Não era como antes, quando a garota chamava por ele. Aquela era uma voz diferente. Ela entrava em seus pensamentos e corroía sua alma, destruindo seu espírito.

As grandes portas do castelo se abriram, revelando uma figura alta e onipotente em sua silhueta. Os olhos faiscavam um verde cintilante e amedrontador. O rapaz começou a flutuar pelo ar, planando a mais de dois metros do solo. O coração disparou e ele viu um homem com as mãos estendidas. Aquele era nitidamente um efeito de seus estranhos poderes. Primeiro a mente, depois o corpo. Até que ele foi tragado no ar na direção da figura sombria. Tudo tinha sido muito rápido.

Verne encontrava-se sufocado nas mãos do Conde Vampiro.

32

CONDE VAMPIRO

Verne olhava pasmo para o homem à sua frente.

Suas mãos seguravam fortemente o pescoço do rapaz. A pele albina não escondia a condição de sua raça, que, até onde o jovem sabia de mitos, não sobreviveria à presença de luz natural. Ele era um homem alto, talvez com dois metros, de ombros largos e corpo forte, ainda que esguio. Existiam nele outras dualidades físicas. De feições pétreas, o homem também passava uma impressão de pura serenidade e autocontrole. Suas orelhas pontudas eram curiosas e surgiam por detrás do cabelo liso, negro e oleoso que findava pouco abaixo de seus ombros; estes cobertos por uma fina placa metálica prateada, com adornos sutis e espiralados. Seus lábios tinham uma pigmentação vermelho-sangue e revelavam um par de presas superior e um inferior. O corpo era coberto por uma grossa capa negra que ia até os pés. No lado esquerdo de seu peito havia um minúsculo objeto metalizado que chamou a atenção do rapaz por um instante. Era feito de prata, como o desenho de uma mulher com asas de libélula numa posição fetal.

Verne Vipero já sentia o sangue quente de seu corpo doendo em sua cabeça e o ar abandonando seus pulmões a cada segundo que permanecia sufocado.

— Invasor! — bradou a voz serena e altiva. — Por acaso desejas a morte?

— Não... — gaguejou Verne, quase sem forças para falar. — Procuro sua ajuda!

— Como ousaste entrar em meus domínios, criatura inferior?

— Não! Por favor, eu só quero... — o rapaz tentou novamente.

Ele tossiu, gemeu, mas não conseguiu continuar.

O homem brilhou seus olhos, ainda mais cintilantes. Verne percebeu sua alma ser tocada e ficou perturbado. Algo vasculhava sua mente. Uma presença poderosa e sábia.

Solto pela mão que o sufocava, o jovem caiu sentado no piso do castelo. Sentiu a dor pelo impacto na bacia e depois tocou seu pescoço dolorido. Ainda engasgava para falar quando perguntou:

— Você... é o conde Dantalion?

— Sim. Dono das terras escuras de Necrópolis e mestre das criaturas vampíricas aqui existentes. Patrono do condado de Iblis e senhor deste feudo. Sou conde Dantalion, o último vampiro sobrevivo no Mundo dos Mortos.

Verne meneou a cabeça sutilmente e, ainda que cabisbaixo, levantou-se, mas não teve tempo de se apresentar.

— E tu és Verne Vipero, criatura terrestre que veio para meu mundo em busca da alma do irmão morto e que procura meu auxílio.

— Você está... lendo os meus pensamentos. — Ele ficou pasmo com aquilo.

Sentia seu cérebro formigar sempre que o vampiro vasculhava sua mente.

— No mais profundo de teus pensamentos, descobri que tuas intenções comigo são benévolas.

— Sim. Se pode ler minha mente, sabe que preciso de sua ajuda e não tenho muito tempo! — O rapaz falou com firmeza daquela vez.

As enormes portas atrás deles foram fechadas num instante, causando um grande estrondo no salão em que se encontravam. Verne seguiu o conde pelo castelo. Bem alto no teto, pendia um belo lustre prateado e cristalino, pintalgado de anil. No corredor ao qual se dirigiam, existia um tapete longo, grosso e vermelho como sangue, que se findava numa escuridão. Ao redor, poucas e pequenas janelas verticais que revelavam apenas a treva externa. Diversas tochas de chamas verdes presas às paredes sombrias iluminavam o ambiente.

— Não me apresses — ordenou o conde Dantalion sem olhar para ele. — Tu tens muitas questões em mente e nem todas terão o esclarecimento imediato como desejas. Sê paciente.

— Nem eu nem meu irmão temos esse tempo, conde! A qualquer momento o efeito da minha projeção pode acabar e eu retornarei para a Terra. E Victor poderá cair no Abismo!

— Ah, o Abismo. Como eu o temo.

O rapaz percebeu uma sutil hesitação na voz do vampiro, que levou a mão de grandes unhas à face e cerrou os olhos. O jovem Vipero tentava reorganizar suas ideias, mas de forma alguma se sentia confortável em saber que outra pessoa poderia saber o que ele pensava.

— Há mil anos travei uma batalha de seiscentos e sessenta e seis dias contra a feiticeira Ceres do Palácio Shariot em Regnon Ravita, por motivos que não te convêm saber, mas ela teve vantagens sobre mim e venceu. Após o embate, a feiticeira encantou este território com uma cerca de luz mágica emulando Solux, que me impede de sair de meu próprio castelo.

O vampiro encarou Verne por um instante e o rapaz notou seu nariz aquilino, que lhe dava um semblante de vivacidade e decisão. O queixo tinha um formato proeminente e quadrado, que marcava sua determinação.

— Antes que me questiones, eu te digo que tanto o minotauro quanto o labirinto de espinhos são os efeitos da feitiçaria de minha amada. E sim, não imaginas como a amo.

— Talvez por isso ela tenha trancafiado você em seu próprio castelo — disse o rapaz sem medo. — Para protegê-lo do mundo lá fora e do que ele pode causar.

— Sim. Solux destruiria meu corpo com sua claridade. Mas não falemos a meu respeito. Apenas saibas que, em nosso confronto, a feiticeira Ceres transferiu alguns dos poderes dela para mim por acidente. Por isso eu domino a telepatia e a telecinesia. Agora, voltemos a falar de ti, criatura humana.

— Me chame pelo nome: Verne. Meus amigos estão mortos? — Ele tentou ser objetivo.

— Não consigo ver muito além de meus domínios, e provavelmente pelo encanto da feiticeira tal revelação não me ocorre. Desconheço o destino de teus amigos. Sinto muito, ainda que eu já soubesse que tu farias tal pergunta.

O conde Dantalion parou sua caminhada pelo corredor e se aproximou um pouco do visitante, com um olhar terno e sereno, como o rapaz não presenciava havia muito.

— Sei de tuas inquietações e angústias. Sei o quanto é horrível perder companheiros próximos e também um irmão. Mas tens de ser forte, Verne.

— Por favor, conde, eu estou preparado.

O corredor escurecia a cada passo dado. Nem mesmo as flamas verdes eram capazes de revelar o que surgia adiante.

— Minha raça foi caçada ao longo dos séculos por ser uma das mais poderosas criaturas necropolitanas, impondo um risco à sobrevida deles. Como sabes, sou o único ainda sobrevivo.

O jovem Vipero se preparou para lhe perguntar algo, mas a leitura mental do conde foi mais veloz e ele lhe respondeu o que queria saber:

— Sim. Existiam outros dois senhores vampiros em posição semelhante à minha. Eram meus companheiros: o duque Moa e o marquês Erigor. Há dezenas de anos eles encontraram um mau destino. O primeiro foi petrificado por um olho de basilisco e escondido em algum lugar de Necrópolis por uma seita que desconheço. O outro foi eternamente confinado num esquife de gelo em Naraka pelos monges do Monte Gárgame.

— Mas você não foi pego, por quê?

— A feiticeira Ceres interveio, à sua maneira.

Quando percebeu, tinham chegado ao fim do corredor. À frente, uma parede de azulejos cinzentos que não refletiam a luz. O rapaz olhou para o lado direito e viu uma porta grande, feita de aço.

— Vem comigo — ordenou o conde Dantalion. — Siga-me até um de meus vários aposentos.

Verne notou ser um salão com quadros de tamanhos diversos e algumas esculturas curiosas. O vampiro era de fato excêntrico. Conde Dantalion apontou para um quadro em específico, belamente pintado.

— O que vês aqui?

— Duas criaturas. Uma serpente e um dragão. Elas batalham. — Ele não demorou a responder. Obviamente conhecia aqueles animais de livros e toda sua iconografia. Apesar de achar bela a pintura, não compreendeu além. — Isso significa algo que eu deva me preocupar?

— Não diretamente. Mas tudo que aqui te revelo tem um propósito. Estas são as duas criaturas mais poderosas de Necrópolis. Nem nós, vampiros, possuímos tanto poder. E esta não é uma serpente comum, mas uma evolução da raça, um deus-serpente, que somente um dragão é capaz de destruir. É isto que o quadro representa. A vitória.

— Isso para mim indica que as serpentes representam um grande perigo para Necrópolis.

— Não somente as serpentes, mas todos os reptilianos e seu Príncipe-Serpente também. Concluíste muito bem, Verne.

Espiando os outros quadros, notou que ilustravam lycans, mantícoras, alguns tinham vampiros, humanos e anões. Um salão para reflexão sobre a história de Necrópolis. Talvez existisse ali mais conhecimento coletado do que na própria Biblioteca da Coroa, pensou. Aproximou-se de uma estátua um pouco maior do que ele e feita de um tipo curioso de minério escuro e brilhante, com pedras foscas incrustadas. Lembrava a figura de uma bela mulher nua, em posição fetal, com asas de libélula. Estava de perfil e tinha um olhar misterioso.

— Quem é?

— Minha deusa — revelou o conde. — Lilith, a Princesa de Nyx, Senhora da Noite.

— Conheço a lenda.

— As lendas quando chegam à Terra se distorcem, Verne.

O rapaz levantou uma sobrancelha, curioso.

— Me fale dela.

— Não é o momento.

Verne encostou na estátua. O vampiro ficou zonzo e depois se recobrou. Levou a mão à testa e sentiu um gosto amargo na garganta seca. A dor de cabeça piorou. Temeu pelos seus atos. Seu forte tapa jogou o rapaz pelo salão. Ele bateu contra a parede e os quadros ali pendurados. Caiu atordoado e assustado, e viu o Conde Vampiro descontrolado, parecendo um selvagem. Suas presas haviam crescido em segundos. Seus olhos cintilavam um verde agressivo e suas garras se mostravam hostis. Dantalion avançou sobre o corpo dele. O rapaz não reagiu. Não era medo, sabia que algo estava errado. Permaneceu parado e não foi atingido novamente. O vampiro pairou inclinado sobre seu corpo, a capa esvoaçante no ar, sua expressão feroz.

— Noite. Morte pela luz. O homem evoca aquilo que é proibido. A serpente. O seu senhor. Quando não fui. Sangue. Sobrevida dos pequenos. Meu amor, Ceres. O Abismo. Niyans em perdição. Sangue. Morte, oh, ela vem. Por que tinhas? Cadafalso. Um truque. Sangue. Engano. Medo e ostentação. De fato, um drinque. Eu já deveria...

Verne ficou assustado e ainda mais intrigado. Um surto, certamente. As palavras lhe causaram um tipo esquisito de medo e cautela.

— Conde Dantalion!

Um forte brilho verde emanou e o vampiro desapareceu. O jovem correu pelo salão e voltou ao corredor, mas Dantalion não estava lá. O brilho verde emanou mais uma vez e o conde apareceu mais calmo atrás de Verne. Um líquido vermelho escuro e espesso escorria discreto por sua boca. Seus olhos estavam novamente normais, transmitindo sobriedade. Com um lenço branco ele limpou os lábios e se aproximou do rapaz.

— Desculpe-me, Verne. Descontrolei-me quando tocou em Lilith. Isso aconteceu raras vezes em minha sobrevida. Mas o fato de eu estar usando a telepatia em excesso, mais a minha sede insaciável, colaborou para este meu descontrole. Perdoe-me.

— Tudo bem, conde. Vou tomar mais cuidado daqui para frente.

— Agora devemos partir.

— Para onde?

— Para lugares onde revelarei tuas questões finais. — Seus olhos oscilavam intensos e a mesma luz verde tomou o corpo de Verne, formigando-lhe a pele, deixando-o mais leve. — Vou te mostrar o que é preciso e findar tua busca. É chegada a hora.

A luz verde bruxuleou mais uma vez naquele corredor e os corpos dos dois desapareceram.

33

A CRUEL TORTURA DOS MERCENÁRIOS

Simas caiu de joelhos perante Marino.

Com um pouco de neve sobre a roupa, o ladrão sacudiu de leve o enfermo.

— Nós pegamos um.

— Está falando do duende gritando lá fora? — perguntou Marino, cansado.

— Sim. Eles não me deixaram participar. Fui obrigado a voltar aqui.

— Tem sangue azul nas mãos.

— Eu quase o matei. Os auxiliares me impediram — suspirou Simas de cenho franzido. — Eu quase o matei.

Um berro estridente quebrou o barulho da nevada constante e chegou até a cabine do Planador Escarlate, ganhando tons ainda piores.

— O que eles estão fazendo?

— Noah disse que estão aplicando a "tortura dos mercenários".

— Já ouvi falar. É bem cruel. — Marino Will cuspiu um pouco de sangue, aumentando a mancha ao lado da boca. — Outros ladrões já passaram por isso, voltaram acabados. É um horror.

Simas Tales ponderou, levantou-se e olhou para fora. Tentava conter sua fúria, a tortura dos auxiliares amenizava a situação. Ver o duende sofrer era tão bom como se ele mesmo estivesse machucando-o.

— Não faço ideia, mas está funcionando. Os duendes te machucaram e sequestraram Absyrto. Agora um deles vai falar. — O ladrão mordeu um canto dos lábios. — Vai, sim.

O duende estava jogado sobre o solo, tingindo a neve com seu sangue azul. Aproveitando a fragilidade física da criatura, Noah esperou que os membros do corpo dela congelassem para começar a quebrá-los. Os berros causavam agonia em Marino. Sua dor não melhorava por conta disso.

— Vamos embora... daqui. Está muito frio... — reclamou o enfermo, agora começando a tremer.

— Temos de encontrar o curandeiro, Marino! Será que não entende isso? — disse Simas, reaproximando-se do amigo. — Só ele pode te salvar. O veneno em seu corpo já está num nível muito avançado.

— Esse é um duende treinado militarmente nas tribos bárbaras. Não é como aqueles que enfrentamos no deserto. — O enfermo agarrou o outro pela gola e o encarou. — Absyrto já deve estar morto!

— Não faz sentido. Eles capturaram o curandeiro por algum motivo. Absyrto é um dos melhores de Necrópolis. Tem algo aí.

"Onde está o curandeiro?", os dois ladrões conseguiram ouvir de dentro da cabine. Noah estava impassível perante o ato.

"Há dias general Vassago apareceu nosso acampamento Cidadela Polar, acompanhado outros escorpiontes e... Droga! Estou engolindo neve, ela congelando meu peito. Me virem pra cima!", o monstrinho grunhia em dor.

"Você continuará assim até nos contar tudo", bradou Joshua e um barulho de algo fritando foi ouvido.

A resistência abandonava o corpo do duende. Joshua e Noah se divertiam com os apetrechos de tortura guardados no planador. Eram muito eficientes quando os mercenários precisavam descobrir informações preciosas de alguém pouco inclinado a colaborar. A criatura não suportava mais tanto sofrimento. O máximo que tinham descoberto até agora era o seu nome, já esquecido, e que ele tinha uma péssima tendência a irritar seus torturadores, tornando o processo lento e doloroso.

"Não sei acordo que bárbaros sulistas fizeram com escorpiontes. Deve ser aliança."

— Quem é Vassago? — indagou Simas enquanto limpava o sangue do amigo.

— O senhor dos escorpiontes, general das tropas de Érebus, e atual regente daquele reino na ausência do Príncipe-Serpente. Aquela terra tem sua própria lei. Não é algo que os ladrões gostam de falar muito... Você sabe — revelou Marino Will.

"Nós fomos Pedreira Sombria em Érebus", grunhiu o duende.

— Disso eu já ouvi falar — disse o gordo, cada vez mais tenso.

"Recolheram pedra mefística."

— O que diabos... — Marino não conseguiu completar a frase, engasgou com o próprio sangue, mas disfarçou para que o outro não percebesse e continuasse seu raciocínio.

— O tio já me contou disso. — Simas socou o punho por ter lembrando. — A pedra mefística é um tipo de minério que expele substâncias mortais para quem tem contato com ela ou inala a fumaça que solta. Uma pedrinha preta que só existe na Pedreira Sombria.

— Você me diz então que nem necropolitanos nem terrestres podem sobreviver a isso?

— Exato. — Ele enxugava o suor da testa e sentia um aperto no peito nascendo, que não estava ali antes. — Por que eles iam querer essa pedra? E como poderiam se aproximar da pedreira sem sacrifício?

— Que tal uma poção?

— Absyrto, é lógico — concluiu Simas Tales.

"Sequestramos curandeiro da tenda para fazer soro fáustico."

— É isso. Uma vez Absyrto me contou que o soro fáustico nos dá imunidade completa sobre qualquer elemento. — O ladrão parecia empolgado por sua percepção.

— Sequestraram ele só por isso? Mas por qual razão tomariam esse soro para irem até a pedreira? Não faz o menor sentido... — disse Marino, não sentindo mais dor, apenas uma quentura no corpo. Começava a perder os movimentos.

— Faz, sim.

O duende gritou e o barulho de sua pele sendo fritada foi ouvido novamente, junto de alguns estalidos.

— Absyrto é o único curandeiro que sabe produzir o soro fáustico — revelou Joshua ao retornar à cabine com o outro auxiliar poucos minutos depois. Ambos recolocaram a fina membrana do gorgoilez em suas nucas, reativando a ligação. — Os danos foram poucos, ainda que graves. Preciso repará-los quando voltar à Base. Pobre srta. Kirsanoff, deve ter sofrido com isso.

— O curandeiro ainda está vivo. Eles precisam dele para o soro fáustico, que deve ser feito em grande escala. Temos de nos apressar antes que ele se torne inútil para os duendes — disse Noah.

Simas olhou o lado de fora através da película e ficou indignado.

— Vocês deixaram aquele desgraçado vivo?

— Ele está nas últimas, não vai sobreviver muito tempo ao frio. Agora se aquiete.

Marino Will teve um súbito espasmo. Contorcia-se agressivamente no piso da cabine, vomitando muito sangue e revirando os olhos. Depois ficou estático. Tudo aconteceu rápido demais. Simas cambaleou para perto do amigo.

— Marino? Marino! — gritava o ladrão, assustado. Choroso, encarou os mercenários. — Ele... Ele não responde. Está gelado.

— O veneno de escorpionte avançou em seu corpo — murmurou Noah, condolente. — Seu amigo não resistiu.

Simas Tales não se conformou. Viu a face tenra do companheiro de furtos e o corpo sem vida sobre seus braços. Olhou para ele e temeu. A morte havia chegado, levando um amigo que era como um irmão para si. Sua cevata tinha congelado no cantil e ele não tinha como *fugir*.

Rápido demais para os olhos dos auxiliares, Simas correu até o duende agonizante na neve e finalizou o serviço com um soco veloz como um raio. Voltou ao planador, prestes a decolar. Joshua e Noah notaram que ele empunhava a pistola de seu amigo falecido.

— Marino continuará comigo. Ele continuará nesta arma. Para sempre — sussurrou Simas, magoado e sombrio.

Para sempre.

34

ASTAROTH

A luz verde se esvaiu.

Verne Vipero estava num salão grande e oval. Não havia mais corredor. O teto era alto e os azulejos refletiam a luminosidade das tochas esverdeadas que pendiam assimétricas. Existiam duas janelas compridas de lados opostos — numa delas havia uma pequena sacada.

Á sua frente, Verne encontrou quatro portas. A primeira era feita de madeira em verniz, com a maçaneta de ouro. A próxima, de aspecto enferrujado, possuía uma maçaneta prateada. A terceira era feita de madeira apodrecida, envolta por correntes que surgiam de trás da estrutura, com uma estranha maçaneta que lembrava as formas de um gafanhoto. A última estava entreaberta e revelava um cômodo escuro com objetos em seu interior reluzindo a ouro e prata, que despertaram a curiosidade do rapaz.

— Estamos no penúltimo andar da torre — disse o conde Dantalion.

O rapaz se dirigiu até a sacada no lado esquerdo e observou o território sombrio ao longe e o labirinto de espinhos, que ainda lhe causava arrepios. Naquele lugar a noite era eterna.

— É muito alto aqui.

— Mesmo depois do que te aconteceu, posso dizer-te que és um homem de muita sorte, Verne — disse o vampiro, altivo enquanto se aproximava.

— Por quê?

— Conheceste uma oria, que é um ser puro, com o único propósito de servir, salvar e recuperar.

— O que leu em minha mente desta vez, conde?

— No labirinto, tu enfrentaste um perigoso minotauro, mas foste salvo por uma oria, que desde a tua chegada em Necrópolis vem seguindo-te com o intuito de protegê-lo. E vejo que ela conseguiu, com sucesso, o propósito ao qual se dedicou.

— Oria. Ela não me disse o nome. Mas acho que ela... Ela morreu. Não sei. — Seu olhar ficou levemente perturbado por um instante. — Outros podem ter morrido nesse labirinto por mim.

— Ela pode ter feito um sacrifício necessário.

— Não acho certo alguém morrer pelo outro. Jamais concordaria com isso.

— Os orias são seres das florestas, que protegem a natureza. A maioria deles possui controle sobre os elementos naturais. Muitos deles, no entanto, são designados para missões como as da garota que te salvou. E eles jamais se arrependem de seus atos. — Ele pousou sua mão no ombro dele. — Admito que os admiro em demasia.

— Qual o nome da garota que me salvou?

O vampiro fechou os olhos e o brilho verde de antes tomou conta de seu corpo, circundando-o cintilante. Ele vasculhava na mente do jovem Vipero, mas algo interrompeu sua ação abruptamente.

— Olha — trovejou o conde, apontando para o escuro céu. — Um corvo.

Não demorou para que o pássaro se aproximasse de Verne, pousando em seu braço direito, já estendido ao alto à sua espera. Era um ekos, lembrou-se. Ele ouviu o recado em sua mente. Ainda vasculhando pelo mesmo lugar, o conde Dantalion ouviu o que Verne ouviu do recado transmitido pelo corvo: os duendes tinham recebido a ordem de seguir até Ermo, onde existe uma versão necropolitana da Catedral de Paradizo, na Terra. Limitados pela não autorização entre os mundos, só podiam ir até o ponto neutro — a própria Catedral. De lá, cumpriram sua missão, quebraram as vidraças e atiraram uma pedra mefística contra sete crianças que brincavam na praça em frente, o que ocasionou a morte delas durante aquela semana. Victor Vipero foi uma das vítimas, como ele já sabia. Precisavam de uma quantidade maior de soro fáustico para voltar à Pedreira Sombria mais vezes, repetindo a missão com o passar dos meses até assassinar Verne. O objetivo eram os irmãos Vipero.

O rapaz ouviu a mensagem na íntegra e ficou espantado, caindo de joelhos perante o vampiro. O corvo se foi e desapareceu na escuridão. O ekos fora enviado por Simas, do outro lado do mundo.

— Marino Will está morto! Pobre Simas... — sussurrou Verne, choroso. — E meu irmão... O que fizeram com ele, foi... Foi... — Perdeu a fala por longos minutos.

Conde Dantalion vasculhou a mente do rapaz e descobriu a tragédia.

— Sinto muito, Verne. A pedra mefística é extremamente tóxica.

— Qual o propósito disso? Quem é esse Vassago e o que ele quer comigo? — Ele estava quase berrando. Saiu da sacada e caminhou de volta ao salão.

— Se ouviu bem o ekos, já sabes quem é Vassago. Mas ele, assim como os duendes, está apenas cumprindo ordens de um ser superior. Há mais de uma década, o rei de Érebus, Asfeboth, iniciou a Guerra do Deus-Serpente contra outros reinos de Necrópolis, com o intuito de conquistar mais territórios e ter o domínio completo de nosso mundo. No desfecho da Batalha de Dahes Thamuz, cinco dos sete reis usaram de um ritual antigo e sacrificaram suas próprias sobrevidas, despertando o grande dragão branco Tagnik'zur, que, em uma batalha de enormes proporções, destruiu Asfeboth, dando fim à guerra.

O conde voltou ao salão oval e se aproximou de Verne.

— No entanto, o Rei Deus-Serpente deixou um herdeiro antes de falecer, concebido para ser mais poderoso do que ele: Astaroth.

O nome causou um frio que subiu serpenteante pela espinha do jovem.

— Pelo que se sabe, o Príncipe-Serpente, Astaroth, tem cinquenta vezes a força e o poder do próprio pai, treinado em esgrima, magia negra, assassinato, artes marciais e outras técnicas que o tornaram o ser mais poderoso de Necrópolis. Dizem até que grandes magos, feiticeiras e bruxas lhe deram como presente de nascimento manuscritos proibidos, com ensinamentos de poderes primordiais.

— Tem muito conhecimento sobre Necrópolis, conde. Mas ainda não entendi onde entro nisso tudo.

— Há muito tempo, em teu mundo, um imprudente humano despertou um demônio de seu exílio, o que levou ao nascimento de Astaroth. Essa alma demoníaca do Sheol reencarnou no Príncipe-Serpente em Necrópolis.

— Aonde quer chegar?

— Sei que sabes da existência dos Oito Círculos, graças a um terrestre chamado Velho Saja.

Verne fez que sim.

— O primeiro chama-se Sheol, habitado por demônios, diabretes e outras criaturas. Este Círculo era governado por quatro reis-demônios, mas um deles foi destronado há alguns séculos, quando quis mudar as ordens daquela realidade. Depois, trancafiado no Vácuo, ele vagou pela eternidade até encontrar uma falha na Teia, pela qual pudesse encarnar e habitar um corpo. O demônio então foi para a Terra e possuiu uma criança pura, onde poderia crescer dentro, assim como ela naturalmente cresceria, e acreditou que daquela forma seus poderes voltariam a se desenvolver, até que pudesse retornar ao seu mundo e retomar o posto.

— Mas ele se enganou, não é? — indagou o rapaz, sério.

— Sim. A criança terrestre não reagiu como ele esperava e um sacerdote humano criou um ritual que o expulsou do garoto, jogando-o de volta ao Vácuo. Com este feito, o sacerdote abriu outra falha na Teia, permitindo a Asfeboth, que já conhecia o poderio superior de um demônio, percebesse a anomalia na existência e se preparasse para esse evento.

— Como?

— O Rei Deus-Serpente teve acesso a algumas profecias pintadas por virleonos. Esperou por longos anos até que a falha na Teia que daria acesso ao Vácuo se tornasse maior e, com a ajuda de magos, tragou a essência do demônio para o feto de seu filho, que depois viria a gerar o Príncipe-Serpente.

— Astaroth – murmurou o rapaz.

— Por algum motivo ele quer a tua morte. Procurei pelas respostas, Verne, mas não as encontrei. Isso pode não fazer sentido algum, mas saibas que para tudo há um propósito. E, certamente, Astaroth tem um plano em mente.

— Se o Príncipe-Serpente queria a minha morte, por que não me matou? Por que mandou que matassem meu irmão?

— Não sei. — O conde Dantalion postou novamente sua mão sobre o ombro dele, tentando acalmá-lo. — O príncipe desapareceu há pouco mais de cinco anos. Ele deve estar arquitetando os planos à distância. Tu deves ter cuidado daqui em diante, Verne. Astaroth não descansará enquanto não te matar.

— Maldição! Aquele desgraçado foi o responsável pela morte de Victor!

— Não procures por propósitos agora, e sim por soluções.

Verne estava irritado, com medo e dúvidas. Conde Dantalion sentiu algo diferente no ar naquele instante. Aproximou-se ainda mais do rapaz para ver o que lhe ocorria. Percebeu seus olhos, o verde e o azul, brilharem de forma intensa e se tornarem vermelhos, até que o corpo dele também coruscasse naquela cor. Ele bruxuleou intenso e o vampiro se afastou temeroso. Jamais tinha visto algo assim. Um brilho vermelho também cintilou dentro da sala escura. O conde observou atentamente por cima dos ombros e enfim compreendeu o que ocorria. Era uma ligação.

— Interessante.

Verne voltou a si ao ouvir a voz do vampiro. O brilho vermelho em seu corpo desapareceu e ele ficou zonzo e enfraquecido. Levou alguns segundos até se levantar, com o apoio de uma pilastra.

— Tua vez de perderes o controle.

Verne o seguiu rumo à sala escura.

— Salão de Guerra — revelou o conde Dantalion.

— Impressionante.

O Salão de Guerra era retangular e um pouco maior do que o recinto de quadros que o rapaz havia visitado no alcácer. Ali estavam pendidas espadas longas e curtas, lanças e arpões, uma variedade de escudos redondos e triangulares, elmos pomposos e simples, ombreiras de formatos e cores variadas, capas, arcos e flechas. Algumas dessas armas se encontravam dentro de caixas de vidro ou metal, ou sobre mesas cobertas por um veludo vermelho-sangue. Andando pela sala, o rapaz trombou com uma foice. Ele viu chicotes, tridentes, brasões e toda a sorte de armamentos formando um mural bélico, feitos de ouro, prata ou cobre. Eram visivelmente bem conservados e polidos. Numa extremidade do cômodo ele percebeu uma armadura majestosa, feita de ferro e bronze, e imaginou que dois homens de seu tamanho caberiam nela. Do outro lado, viu uma bela espada de lâmina prateada e punho com fios dourados. Estava dentro de um receptáculo de vidro e parecia pertencer a um homem grande, devido ao seu aspecto colossal. O jovem se aproximou, estava curioso com a arma.

— Não a toque. Há outra arma aqui que quero te mostrar — Dantalion interveio.

O vampiro o levou até uma caixa de vidro menor. Em seu interior, um pano velho cobria uma arma de silhueta pontiaguda, que reluzia em vermelho. Ele levantou a caixa, revelando um punhal. Tinha a cor de chumbo, um tanto sujo e enferrujado, pouco maior do que uma faca de açougueiro. Com dois gumes, possuía uma ponta aparentemente afiada. Seu punho tinha sutis adornos que circundavam até a base e uma lâmina com símbolos grafados indecifráveis.

— Toque-a — ordenou o conde.

O corpo de Verne formigou. Lembrou-se do descontrole no salão oval. Era a mesma sensação. A arma então brilhou. Ele e a lâmina bruxuleavam um vermelho único. O rapaz notou que os símbolos grafados nela também coruscavam e imaginou ser uma língua necropolitana que desconhecia.

— Essa arma eu encontrei há muitos séculos num campo mórbido e desolado em Necrópolis. Não havia vida, não havia nada. Só ela.

O brilho diminuiu até desaparecer por completo. O salão voltou ao normal e conde Dantalion se reaproximou. Tinha saído de perto por precaução.

— Esse é o athame, Verne.

— Athame. Pequeno, mas me senti poderoso com ele.

— Compreendeste o brilho escarlate que o envolveu?

— Não, para ser sincero.

— Desconheço o real dono e os poderes deste athame. Mas, quando tu te descontrolaste ainda agora, ele brilhou em reação aos teus poderes e é por isso que resolvi mostrar-te a arma.

— Como isso é possível?

— Acredito que de alguma forma o athame está ligado a ti.

Espantado, ele voltou sua atenção à arma em mãos. Sentia algo por ela, num efeito imediato, uma sensação de que o athame e ele eram um só. Uma simbiose semelhante ao que possuía com seu amigo imaginário, refletiu.

— Uma extensão do meu corpo... Posso levá-lo comigo?

— Sim. Espero que saibas como usá-lo. Se não souberes, ele mesmo o fará.

— Agora que sei quem é meu inimigo, preciso descobrir como chegar à Fronteira das Almas.

— Niyanvoyo. Venha comigo.

Ambos voltaram ao salão oval diante das outras três portas trancadas. Verne carregava o athame. Começou a se sentir mais seguro com ele. Uma das portas levava para os aposentos do vampiro e a segunda para o Azougue, onde ele estocava sangue em conserva para sobreviver. Verne se aproximou da terceira, de madeira apodrecida e acorrentada.

— Esta porta te levará ao Niyanvoyo. É um portal que eu jamais me atrevi a entrar, pois é lá que está a Morte.

Era nítido para o rapaz o medo que o Conde Vampiro tinha do Abismo.

— Tenha cuidado, Verne. O Niyanvoyo não é um subplano como os outros. Lá a vida e a sobrevida não existem, é onde teus piores pesadelos se farão presentes caso fraqueje. — Ele caminhava para trás e seus olhos já brilhavam em verde. — Se falhares, deixarás de existir para sempre.

Verne tocou a maçaneta da porta em forma de gafanhoto e engoliu em seco. Ouviu barulhos de correntes se movendo por trás e por dentro da madeira.

— No que crês, Verne?

— Creio que salvarei meu irmão.

O outro assentiu satisfeito.

— Quando entrares por esta porta, feche-a logo em seguida. Jamais a deixe aberta. Quando voltares, feche-a novamente. Tu hás de voltar! — ele impôs e desapareceu do salão oval.

As asas de gafanhoto da maçaneta se ergueram, revelando uma última passagem de correntes que logo se abriu, juntamente da porta.

— Agora é hora de salvar Victor.

Verne atravessou a passagem da morte e a porta se fechou atrás de si.

Terceira Parte

NIYANVOYO

A alma com medo da morte
nunca aprende a viver.
Thereza Winter

35

A FRONTEIRA DAS ALMAS

O Alcácer de Dantalion tinha sido erguido havia séculos em uma fenda na Teia de um subplano que levava a um local que jamais deveria ser visitado por vivos ou sobrevivos: o Niyanvoyo.

Verne Vipero achou estranho ao vislumbrá-lo, ocultado por névoas cinzentas fundidas a um tom de azul pálido. A única coisa atrás de si era a porta de madeira apodrecida. À frente, uma gigantesca escadaria de pedras que descia íngreme para um destino incerto, coberto pela brancura que predominava o local. Nas costas levava sua mochila, companheira inseparável. Apoiava a palma sobre o punho do athame preso à cintura, de mãos tão suadas quanto a testa. Desceu com pés cuidadosos. Não sentia cheiro algum nem qualquer temperatura e sua visão se limitava ao nada. Ouvia gritos e lamúrias incessantes. Um arrepio subiu por sua espinha, eriçando os pelos. Determinado, tomou coragem e desceu mais um degrau.

Retirou da gola da blusa o pingente de vidro pendurado ao pescoço que continha o seu sangue misturado ao do irmão.

— Nossa união não pode acabar assim, Victor. — Ele suspirou.

A cada degrau da interminável escadaria o rapaz tinha uma lembrança de seus momentos junto do caçula. E cada uma dessas lembranças o despedaçava por dentro.

Certa vez Verne chegou em casa todo ensanguentado. Havia brigado na escola e teve um dente quebrado. Victor o esperava com um bombom de canela, pois sabia que era um de seus preferidos. *Comprei pra você*, disse o pequeno. *E isso não vai fazer falta na minha mesada*. No entanto, Gaspar, seu pai, o esperava para uma surra. *Sua lição está aqui*, e mostrou-lhe a cinta de couro em mãos. *Verá o que é apanhar de verdade, seu delinquente*. O jovem lembrou que, naquele dia, Victor interveio, pedindo ao pai que não machucasse Verne novamente. *Por favor, papai, ele já está cheio de cortes pelo corpo. Para com isso!* Lembrou também que o irmão apanhou junto com ele. Gaspar considerava um insulto que seus filhos questionassem suas ações. Ao se recordar da violência do pai, uma cicatriz doeu em suas costas.

Em outra ocasião, o pequeno Vipero encontrou Verne sentado na soleira da porta, triste por uma garota com quem estava saindo tê-lo traído com um colega de sala. O rapaz não era de demonstrar seus sentimentos e não chorou, mas seu irmãozinho notou e sentou-se ao seu lado, com um sorriso puro. *Não fica triste. Você conhecerá outra garota algum dia. Não fica assim, não*. Ele se lembrou de ter se reconfortado com as palavras simples do irmão, que depois finalizou: *É como o papai sempre diz: tudo que começa, um dia acaba. A vida é assim... não é?*.

Tudo que tem um começo tem um fim.

Verne escapou das memórias e percebeu o fim da escadaria, já com dores nos pés. Ficou zonzo e caiu no chão. A grama era branca, como quase tudo naquele lugar, e cheirava fortemente a enxofre, fazendo seu nariz arder. A perna esquerda doeu por um instante, mas ele a ignorou, fazendo com que a dor sumisse.

Um cricrilar. Um gafanhoto. A criaturinha saltava alto à frente do rapaz, despertando-lhe a atenção. Curioso, ele seguiu o inseto até seu destino. Os gritos e lamúrias aumentavam conforme o jovem caminhava pela imensidão branca. Verne perdeu o gafanhoto de vista e viu algo muito mais interessante. Humanos, duendes e animais, entre outras criaturas, caminhavam por várias estradas de luz. Estavam nus, alternando entre o branco e um azul translúcido. Alguns gritavam e choravam, outros seguiam em silêncio rumo ao limbo, bem no centro. Ele também notou que as estradas iluminadas formavam um círculo.

Verne ficou apavorado com a cena. Havia encontrado a Fronteira das Almas e os niyans que em breve desabariam para a morte definitiva. Sabia que, apesar do choque, não tinha tempo a perder, então tratou de se mexer e entender o que estava acontecendo. Estendeu as mãos na direção dos niyans, que passavam sem notá-lo. Eles transpassavam seu corpo, na contínua caminhada de luz. Teve um formigamento, seu coração batia forte e a tristeza assumia várias formas dentro de si. Seria essa a sensação da morte?

Não conseguiu entender de onde os niyans vinham. Uma linha do horizonte rubra e ancestral cortava o espaço ao longe e eles chegavam aos montes, sem origem certa. A escuridão branca morria ali e nas nuvens espiraladas acima. Havia uma agitação no ar. Um incômodo por sua presença? Ele levou sua curiosidade para o lado oposto e percebeu que antes do limbo existiam enormes arcos negros para cada uma das estradas de luz. Tinham figuras humanoides esculpidas em sua pedra sobrenatural. Bandeirolas desbotadas brotavam do tope dos arcos, cada uma balançando para um lado. Tudo parecia nascer e morrer ali mesmo. Nitidamente impulsionados pela trilha luminosa, os niyans atravessavam o arco um por um. Verne sentiu o corpo fraquejar ao vê-los cair em um buraco escuro e profundo. A cada queda o limbo baforava uma fumaça de ectoplasma inócuo. Os corpos translúcidos eram desfeitos em milhares de pedaços de luz até virar nada. Ali, inexistiam. Era o Abismo.

Verne deu um salto para trás e engatinhou de costas para longe do arco, temendo ter seu corpo destruído como o dos condenados. "Onde está Victor?", ponderava sem parar. "Teria ele caído no limbo?", imaginava com uma tristeza imensa apertando o coração. Olhou novamente para a Fronteira das Almas com mais atenção, vasculhando estrada por estrada. Não viu nenhuma das crianças que morreram com seu irmão. Procurou pelo niyan de Marino Will e nada. Arriscou perguntar sobre o paradeiro deles para as almas transitórias, sem obter respostas, apenas ruídos que ele aprendia a suportar, ainda que parecesse morrer por dentro.

— Não deu tempo — murmurou para si próprio, temendo o destino do irmão. — Eu demorei demais!

Verne sentia o peso do mundo desabando em suas costas. O âmago despedaçava como cada niyan que inexistia naquele Abismo. Engolia em seco a amargura pela perda do irmão. Era inconcebível, jamais aceitaria o fracasso. Sentia medo de estar ali. Pena dos colegas. Ódio de Astaroth. Saudades do pequeno Vipero.

— Victor! — gritou, enfim, agarrado ao pingente de sangue pendurado ao pescoço.

Gritou e gritou até a rouquidão quase levar sua voz. Usava a esperança como último manancial de energia.

— Verne — sussurrou uma voz doce e familiar.

Ele ficou arrepiado de um jeito diferente. Era algo que tocava sua alma de forma única. A angústia deu lugar à alegria súbita. Ele já sabia quem era.

Levantou-se e olhou para trás na direção da Fronteira das Almas. Ali estava seu irmão, Victor Vipero. Ainda que na forma de um niyan, o garoto possuía as mesmas feições puras, sem as maldades que a doença tinha causado em seu leito de morte. Seu pequeno corpo nu e translúcido tinha o mesmo tom azul e branco dos demais, mas era o único que não se movia em direção ao Abismo. Estava parado, encarando o rapaz com uma expressão tenra e tranquila. Verne caminhou com calma até o irmão. Ele não havia falhado.

— Victor! — trovejou o jovem, vibrando de boas emoções. — Meu irmão. Eu te encontrei. — Passou a mão pelo corpo gasoso do garoto, criando um efeito de vapor pelo ar. O niyan tocava a tez do rapaz, mas o efeito era o mesmo. Estavam em estados físicos diferentes, em planos diferentes e em situações diferentes. Não habitavam o mesmo tempo e espaço. Não faziam parte de uma mesma Teia da realidade e estavam cientes disso. Mas a saudade era demais.

— Sou apenas a consciência do que um dia foi Victor. Uma essência do seu irmão, Verne — disse o garoto com um sorriso cheio de ternura.

— Não importa a forma que tenha. Você *é* o meu irmão. Está aqui, diante de mim. É você, Victor.

— É bom vê-lo também. — Sorriu o niyan.

— Não posso viver sem você. Preciso de você ao meu lado, para sempre! Não era sua hora de morrer. Vamos, volte comigo para a Terra. — Verne se emocionava.

— É o que mais quero, irmão. E sinto que é o que mais quer também.

— Sim. Vou arranjar uma forma de tirá-lo daqui!

— Há algumas coisas nessa travessia que não sou capaz de explicar. Somente estando nesse lugar pra compreender o que falo. Não sei quanto tempo passei aqui, mas meu caminho tem sido o mesmo desde que morri. Estou indo para o Abismo, mas não temo a inexistência. Apenas temo deixá-lo só e ficar sem você...

— Isso termina agora! — bradou o rapaz.

— Já fez uma parte disso. Quando gritou o meu nome, consegui sentir a sua presença e usei sua força de vontade para interromper o meu caminho. Obrigado.

— Ah, Victor... Eu te amo tanto. — O jovem engolia em seco, com os sentimentos confusos. Os gritos dos niyans ao redor eram ignorados por ele, centrado na presença do irmãozinho.

— Sinto que paguei com minha vida pela morte da mamãe quando nasci. E percebi que você me perdoou.

— Eu jamais te culpei por isso.

— Eu sei. Agora está tudo bem. Estou em plena paz. Aceito meu destino.

— Seu destino é partir comigo para a Terra, de volta para casa. Você morreu antes da hora, de uma forma injusta, por isso temos essa chance. Não precisa continuar rumo ao limbo.

— Como pretende fazer isso?

— Não sei ainda. Mas farei e é isso que importa.

— Você é uma pessoa muito bondosa, meu irmão. — O vapor cintilante de seu corpo esvoaçava ao sentir o Abismo sugando os niyans para si ininterruptamente. — E é uma pena que nem todas as pessoas o vejam dessa forma.

— Ivo vê. A nossa tutora também. — Ele sorriu, ainda que conflitante com o restante de suas expressões. — E agora tenho novos amigos. Simas, Karol, Ícaro, Elói... conde Dantalion. Um dia você conhecerá todos eles.

— Não sei quem são, mas sinto que torceram muito para que você me encontrasse.

Verne segurava firmemente o pingente que simbolizava o elo dos irmãos Vipero e encarava o garoto com um olhar determinado e choroso.

— Não vou perdê-lo novamente, Victor!

— "Siga o caminho escolhido." Recebi seu recado. — Ele sorriu.

— O bilhete que deixei em sua mão antes de lhe enterrarem... — O rapaz ficou pasmo.

— Sim. Quando me tornei um niyan, pude lê-lo. Você determinou meu caminho, irmão. Traçou meu destino.

— Não compreendo. Escrevi aquilo num momento de profunda tristeza.

— Acho que isso e todo o seu desejo em me salvar retardaram minha jornada até o Abismo, até este momento.

Um bramido assustou Verne. A má sensação retornou. A presença hostil vinha de um dos arcos negros. Uma fumaça preta nasceu diante do Abismo, formando o corpo de um homem musculoso e alto. Trajava uma armadura negra grafada com rostos lamuriosos. Tinha um elmo ameaçador e olhos sem vida. A fumaça se esvaiu gradualmente até revelar o guerreiro completo, armado com uma gigantesca foice escura como a morte.

— Quem é esse sujeito? — o rapaz gaguejou, entorpecido pelo medo.

— Salve-se, irmão. Este é o Guardião do Abismo!

36

INOCENTADO

Os belos olhos verdes se abriram.

A moça se recobrou e pôs-se de pé com dificuldade, notando o solo escuro e as flamas verdes bruxuleantes acima da cabeça. Estava num alpendre de aspecto excêntrico, no piso gelado e pungente. Ainda sentia dores pelo corpo, mas percebeu-se curada dos danos mais graves, com ataduras limpas nos machucados que persistiam. A ruiva observou o curioso lugar onde se encontrava em busca de respostas. Queria sair de lá. Preocupava-se com as pessoas que havia deixado para trás.

Andou por um corredor escuro e sombrio e se deparou com uma sala de porta entreaberta, repleta de quadros que se pôs a apreciar, até encontrar uma espada reluzente. Eos, sua espada. Tomou-a para si e a empunhou com firmeza no momento em que ouviu um guincho. Era um ruído familiar. Correu na direção dos gritos do outro lado da grande sala e avistou um homem enorme de capa negra sobre o corpo desmaiado do corujeiro.

— Solte-o ou encontrará a morte, conde Dantalion! — ela ameaçou.

— Não é o que pensas, Karolina Kirsanoff — disse o vampiro serenamente.

— O que está fazendo com Ícaro Zíngaro?

— Vasculhando sua confusa mente. É um pobre coitado. — Ele suspirou entediado.

— O que fazemos dentro de seu castelo?

— Salvei a ti e a teu amigo dos encantamentos de meu labirinto, e os recolhi em meu lar. Por isso tenha bons modos, senhorita. Eu os tenho e gostaria que soubesse disso. Passaste uma noite inteira em um dos meus aposentos e eu não tenho culpa se és sonâmbula em horas impróprias.

A mercenária corou ao perceber que o conde lia a sua mente, mas se manteve séria, com a lâmina de Eos apontada para ele. De fato, não via no vampiro a ameaça que sempre imaginou existir.

— Mesmo assim, acho que preciso fazer *isso!* — bradou ela. E fez.

Karolina atacou o conde investindo com a espada, avançando feroz. Jogou-se ao chão e rolou para o lado oposto ao campo de visão do vampiro, depois se apoiou sobre um canto da parede com a ponta do pé, onde conseguiu impulso suficiente para saltar sobre ele, rodopiando no ar de forma bela, precisa e perfeita. A lâmina estava na direção correta da cabeça de conde Dantalion. Não tinha como errar.

Paralisada no ar, a mercenária temeu por sua sobrevida. Em pose ofensiva, lá estava ela, prostrada inutilmente a alguns metros do piso. Sentia-se ridícula também.

— Sei o que pretendes, Karolina — disse o conde, afastando-se de Ícaro, ainda desacordado. — Sentes culpa pelo que fizeste nos últimos dias e queres compensar de alguma forma o peso que toma tua consciência. Eu a compreendo. Porém, não me ataques, de nada adiantará.

— Ele é capaz de ler nossas mentes, vermelha — crocitou repentinamente o corujeiro, que acordava ainda fraco sobre a cadeira. — Mas quer ajudar.

— Teu amigo fez o mesmo que tu. Há algumas horas ele me atacou quando se percebeu em meu alcácer. Tive de inibir seus movimentos para que não se ferisse mais ainda e então vasculhei seus pensamentos para que ele me revelasse mais sobre vocês dois, meus mais novos intrusos.

Os olhos verdes do grande homem brilharam e a mercenária percebeu seu corpo voltando ao solo vagarosamente. Aliviada, ela baixou a guarda, embainhando Eos. Notou Ícaro mais ferido do que ela, cheio de curativos pelo corpo emplumado.

— O que houve conosco? Onde nos achou? — perguntou ela, mais calma.

— Sabia que me perguntarias isso, Karolina. Encontrei teu amigo caído sobre o troncomorto do jardim e identifiquei teu corpo nas entranhas do labirinto, entre os espinhos. Ambos mortalmente feridos. Tu és esperta. Encheste a mochila que trazia contigo de lágrima de dragão vermelho, o que me possibilitou curá-los. Só não vi sinal do minotauro...

— Há quanto tempo estamos aqui?

— Treze horas — respondeu prontamente. — Ainda que teu amigo tenha acordado antes.

— Ele não é meu amigo — disse ela, sem olhar para Ícaro. — É meu prisioneiro.

— Não mais, Karolina. Vasculhei a mente do pobre inocente e descobri uma verdade que até mesmo ele desconhecia.

— Qual? — piou o corujeiro.

— Tu foste mordido por uma serpente, de fato, a mando de Astaroth, o causador disso tudo. Ele usa tais criaturas como extensões de seus poderes, já que está incapacitado de agir no momento. — O homem-pássaro moveu-se na cadeira inquieto. — Ele o hipnotizou para que atacasse Verne e o eliminasse. No entanto, o Príncipe-Serpente não mediu o efeito de seu veneno de duração temporária e falhou, forçando-o a mudar de planos.

— Astaroth! — guinchou Ícaro, surpreso e assustado. Tremeu na cadeira.

— Não sei quais os propósitos maiores por trás das intenções do Príncipe-Serpente para contigo, Ícaro. Saibas apenas que ele tem planos para ti. Toma cuidado em tua sobrevida de hoje em diante.

O corujeiro fez força e conseguiu se levantar da cadeira, ainda enfraquecido. Levantou a cabeça para o alto na direção do teto e depois cerrou os olhos. "Fui usado", ponderou, estava irado. De fato, Astaroth tinha se tornado o real culpado pela morte de seus amigos de Nebulous. Pelo menos agora sabia não ser o real assassino, o que amenizava a culpa, mas não diminuía a dor.

— Onde está Yuka? — Ele se lembrou assustado.

— Está bem. Mas teve de partir assim que se curou. — O conde olhou novamente para o homem-pássaro, encontrando mais perguntas em sua mente. — Eu não sei o porquê. Mas a fada disse que voltaria para ti. Que tu precisas de ajuda para lembrar quem um dia foste. — Ele postou sua mão sobre o pequeno ombro do corujeiro. — Não te preocupes, Ícaro. Ela voltará. Elas sempre voltam.

— E o que acontece agora? — indagou a mercenária.

— Ícaro Zíngaro será levado a julgamento, como as leis necropolitanas mandam, e não mais irá para Érebus. Na corte serás inocentado com isso. — Conde Dantalion retirou debaixo de sua capa negra um pedaço de papiro enrolado e o estendeu por inteiro até o chão. — Como não posso comparecer ao júri, esta será minha Carta Revelação, onde apresento os fatos que o inocentarão. — Ele vasculhou pela mente da moça, encontrando outras questões. — E, antes que tu me perguntes, eu tenho, sim, autoridade perante a lei de Necrópolis. Eles não questionarão um documento por mim oficializado.

— Tudo... bem... — ela respondeu, depois encarou o corujeiro. — Você está livre! — Sorriu belamente, como somente ela saberia fazer.

— Tu és inocente, Ícaro, e os inocentes têm de ser libertos. Além disso, provaste o teu valor na busca de Verne. Tu já sofreste demais por ser fraco e ter permitido que tua alma se corrompesse a ponto de ser dominada por Astaroth. Agora fique em paz.

O vampiro voltou-se para a mercenária, concluindo o sermão:

— E tu, Karolina, também deves se perdoar. Fizeste um acordo com o general Vassago, servo fiel de Astaroth, e quase causou a destruição de uma das únicas pessoas deste e de outros mundos que confiou em ti. Perdoa-te, pois ele já fez isto. E fique também em paz.

Uma lágrima escorreu pela bela face dela.

— O que fez com Verne? — Karolina perguntou, chorosa.

— Ajudei-o, logicamente.

— Ele está bem? — Era Ícaro.

— Ficará. Ou espero que sim. Há um dia ele partiu para o Niyanvoyo, a Fronteira das Almas, para tentar salvar o irmão. Espero que consiga. Verne é um bom rapaz, mas não dá valor à própria vida — disse o conde, suspirando longamente.

— A vida do irmão é mais importante do que a dele própria — concluiu o corujeiro, guinchando fraco.

— Espero vê-lo novamente, Verne — murmurou Karolina para si mesma. — E espero que seja vivo.

37

DOR

Verne observava com atenção a criatura.

Por debaixo da armadura negra existia um homem forte, com tatuagens de serpente espalhadas pelo corpo musculoso. Um bárbaro sulista, deduziu. Não sabia nada a respeito do Guardião do Abismo.

— Ele protege o que é preciso deste lado. Ele nos protege — revelou Victor. — O Abismo é uma força da natureza necropolitana, irmão. E o Niyanvoyo é um lugar que jamais poderia ser violado por um vivo ou sobrevivo. Por isso, quando surgiu, o Abismo criou um guardião para impedir que outros seres como você venham atrapalhar a rota que os niyans fazem para a inexistência, o ciclo natural das coisas. De tempos em tempos, o Abismo seleciona uma criatura de Necrópolis para lhe guardar.

— E o Abismo foi escolher justo um bárbaro sulista, droga! Mas como sabe disso tudo?

— Apenas sei... Não sei como. Mas sei.

— Então esse homem vai tentar me impedir. — Verne o encarou, sentindo o despertar de uma coragem súbita e retirou o athame da cintura. — Droga! Não sou um guerreiro. Mas...

— Fuja agora, irmão! O Guardião do Abismo vai jogá-lo dentro do Abismo!

— Não saio daqui sem você, Victor. Vou salvá-lo, custe o que custar! — cuspiu o jovem, ciente de estar sozinho naquela batalha.

— YENKU VAI ELIMINAR O INVASOR! — ecoou a voz poderosa e sem vida de dentro da armadura negra.

O Guardião do Abismo urrou e correu, liberando uma fumaça negra que evaporava de seus poros, fluindo sinistra e naturalmente. O guerreiro saltou sobre o invasor, descrevendo a foice na direção de sua cabeça. Verne deu um pulo para o lado, esquivando-se da ponta da lâmina letal, que encontrou o solo. Mas o jovem não sabia o que fazer nem como fazer. Agora que finalmente tinha reencontrado Victor, não queria perdê-lo outra vez. Colocou-se de pé e correu na direção contrária ao inimigo, buscando uma estratégia que nunca lhe vinha à mente. O Guardião do Abismo virou o corpanzil na direção do alvo e atacou sem se mover, apenas atirando a foice contra o rapaz. Ela girou no ar velozmente e talhou de repelão alguns fios de seu cabelo. Verne tinha se abaixado no instante exato, por reflexo. A foice atingiu um dos arcos, fincando-se nele. No momento seguinte ao piscar de olhos, viu o guerreiro estender a mão para à frente e fazer sua arma desaparecer em vapor, surgindo em seguida em seu punho, com a fumaça negra diluindo ao redor.

O Guardião do Abismo correu em direção ao rapaz, que mais uma vez se jogou para o lado, deixando a mochila cair. Instintivamente deixou-se deslizar pelo solo polido e agiu sem pensar, atirando o athame contra o inimigo. O punhal foi repelido pela foice, girada habilmente por seu portador, e caiu aos pés do guerreiro. Verne sentiu o medo tomar conta de si. Estava desprotegido, mas ver o rosto preocupado do irmão fez a coragem retornar. Não tinha enfrentado todos os desafios de Necrópolis para morrer ali, repetia para si.

— YENKU VAI ELIMINAR O INVASOR! — repetiu a voz sobrenatural.

Verne encarou o inimigo com o cenho franzido pela ideia que lhe vinha.

Estendeu uma palma na direção do punhal e um brilho vermelho surgiu, envolvendo-o. Foi intenso como antes. O athame bruxuleou na mesma cor, sintonizado pelo seu dono, e levitou no ar, deixando o Guardião do Abismo sem ação. A arma rodopiou no espaço e voltou veloz até os punhos de Verne. Ele tinha copiado os movimentos de seu algoz.

— Incrível! — disse ele, sem a menor noção de como aquilo funcionava. Mas era tentativa ou morte.

— Você está se saindo muito bem com essa arma — sussurrou Victor.

— Vamos ver do que mais ela é... capaz.

Cerrou os dentes e encarou o inimigo com furor, disposto a lutar. Já brigara na época de colégio com gente maior do que ele, mas aquela situação no Niyanvoyo não era nada parecida com os confrontos anteriores.

Verne Vipero tomou fôlego e correu para o lado, descrevendo um semicírculo ao redor do guerreiro. O Guardião do Abismo fez o mesmo e correu na direção oposta, ambos mantendo uma distância segura do outro. Seu vapor negro riscava o ar como serpentes num bote, contrastando com o vermelho cada vez mais intenso que irradiava de Verne. De repente, ele interrompeu a corrida e cortou o espaço com o athame, num ato que surpreendeu a si próprio. A energia no espaço era vermelha e avançou contra o guerreiro, atingindo-o em cheio e jogando seu corpo contra uma parede de pedra. O rapaz aproveitou a situação e correu até o inimigo, empunhando firme o punhal, trovejando fúrias, coragem e palavras de poder, que lembrava ter lido em seus livros de Fantasia. Com as duas mãos sobre o athame, Verne saltou sobre o guerreiro, intencionando atingi-lo no peitoral da armadura negra, mas acertou apenas uma fumaça escura. O corpo não estava mais ali.

O Guardião do Abismo tinha evaporado e se transportado para a sua retaguarda desprotegida. Foi uma manobra rápida, que permitiu a ele traçar um corte nas costas do oponente, tingindo a branquidão de escarlate. O jovem gritou de dor. O sofrimento foi tanto que, mesmo em outro estado físico, Victor pôde senti-lo.

Verne rastejou agonizante, sem rumo, estava ficando zonzo. O corte era grande e profundo, não parava de sangrar. A dor era insuportável. Penetrava até a alma.

— Fuja logo, irmão! — gritou o niyan, temeroso.

— Não quero que repita mais isso, Victor. — Ele mesmo não sabia de onde tirava forças para falar. Encarou o algoz sem medo. — Você não vai me impedir! Ouviu bem?

A luz vermelha bruxuleou em um nível mais elevado e envolveu por completo seu corpo e o punhal. O talho nas costas ardia, mas ele passou a ignorá-lo, concentrando-se em vencer o inimigo. Levantou-se, apoiado no paredão branco, e se preparou para uma nova investida. O Guardião do Abismo elevou a foice e atacou com velocidade. Sem hesitar, Verne cortou o ar mais uma vez, despedaçando as ombreiras do outro. Infelizmente, o guerreiro não tinha sido atingido na pele de forma significativa. Usando o impulso do corpo para manobrar a arma, ele abriu um buraco no pé do jovem.

Verne rodopiou no solo, as mãos na ferida. Seu pé direito estava quase destruído. Tentou se levantar, mas travou ao sentir fortes dores na coxa esquerda, onde dias antes um duende o atingira com um virote envenenado. "Vou morrer", pensou. "Não posso continuar assim", estava inconformado. O vermelho perdia a intensidade ao seu redor, parecia reagir conforme suas emoções. O inimigo se aproximava, arranhando com lentidão a foice no solo, estridente. Um nítido ato de perversão perante a morte. Percebendo a força que o envolvia quando conveniente, Verne se deu conta de que o brilho vermelho era um tipo de energia, um tipo de poder. Não vinha do athame, mas dele.

Cheio de determinação, deixou de sentir o cheiro do enxofre cuspido pelo Abismo. A pele parou de formigar, anulando o tato. As lamúrias dos mortos se calavam e a visão estava ficando turva. Verne estava perdendo os sentidos e, com tudo que o abandonava, o medo também ia embora. Não temia mais ao seu algoz.

O Guardião do Abismo fez a última investida contra a vítima enfraquecida. O corpo do rapaz agia de forma natural, com punhos e athame em movimentos aleatórios que rasgavam o espaço e a armadura negra do guerreiro de forma gradual. As placas de metal caíram uma a uma, enquanto o guardião se aproximava. Resistindo às investidas de Verne, reuniu forças para o golpe final e desceu a foice certeira em seu crânio.

— Verne! — gritou Victor.

O pingente de sangue que Verne carregava no pescoço reluziu vermelho. Na travessia das almas a mesma luz piscou pendurada no pescoço do niyan, em sincronia. Os olhos do rapaz, um verde e outro azul, assumiram uma única cor: vermelho.

Verne agiu rápido e atirou o athame no inimigo. Tornando o espaço um mosaico de talhos, a pequena lâmina girou no ar velozmente e atingiu o centro do peitoral metálico, lançando o guerreiro para trás contra o paredão branco. Ele caiu desacordado. Sua armadura se despedaçou em dezenas de partes e depois se desfez em vapor negro. O athame retornou rodopiando até a mão de Verne. Ainda no chão e sem a maioria dos sentidos, o jovem suspirou com alívio.

38

NIYAN ILUMINADO

O humano rastejou até o niyan.

— Sua força de vontade é o que tem me mantido parado nessa travessia. Você me salvou da inexistência — murmurou Victor, inseguro.

— Só quero tirá-lo logo daqui... — disse Verne sem vigor.

— Obrigado. Não se esforce mais.

Naquele momento ambos queriam se abraçar, mas suas formas física e espiritual não permitiam. Verne Vipero olhava para Victor com desespero. Ainda sangrava muito, seus sentidos esmaeciam. O medo de morrer pelas mãos do guardião não era maior do que o medo de perder o irmão para o Abismo. A existência sem Victor era impensável, inaceitável. Mas não sabia o que fazer para tirar o niyan de onde estavam.

Victor Vipero olhava para Verne com tristeza. Só pensava no sofrimento e na hemorragia do irmão. Seu medo de inexistir no limbo não era maior do que presenciar o rapaz passando por provações sem fim e correndo risco de morrer em busca de uma causa impossível. Mas não sabia o que fazer para impedi-lo de sua obcecada jornada.

— YENKU VAI ELIMINAR O INVASOR! — trovejou de súbito a terrível voz do Guardião do Abismo.

Nu, ele se recobrava do outro lado do Niyanvoyo. Já estava em pé quando projetou a foice no punho. A mente de Verne fraquejou.

— Só há uma forma de ficarmos juntos, Victor. Vou morrer e com isso me tornarei um niyan. Vamos para inexistência juntos. Estarei contigo até o fim.

— Não! — gritou a criança. Teria chorado se fosse possível.

Verne abandonou o athame no solo, conseguindo se levantar com muito esforço. No fundo sabia que com aquele ato abandonava as pessoas que amava na Terra, traía o esforço de seus novos amigos em Necrópolis e encerrava sua jornada para salvar o irmão.

— Você não pode desistir ainda! — insistiu Victor com pouca esperança na voz.

O Guardião do Abismo bateu o punho com a foice contra o peito, causando um bizarro estampido pelo ar morto, e urrou como um verdadeiro bárbaro sulista. Não erraria de novo.

Verne sorriu triste para Victor. Em silêncio pediu perdão e se despediu de Sophie, Ivo, Elói, Simas, Karolina, Ícaro, conde Dantalion e... Arabella. O vermelho que antes o envolvia não estava mais ali. Seus olhos quase cegos voltaram às cores normais das íris, verde e azul. Ele cambaleou uns passos para trás, sua reserva de forças tinha acabado. Com os sentidos desaparecendo, sabia que não sentiria as dores da morte. Havia feito tudo ao seu alcance, poderia morrer em paz.

O propósito de um Guardião do Abismo era proteger o Niyanvoyo de invasores que tentassem impedir que uma inexistência acontecesse, correndo o risco de causar uma anomalia na natureza do limbo. Algo como o efeito de uma Ouroboros forçada.

O propósito de Verne Vipero, desde o início de sua busca, era impedir que o niyan do caçula caísse no Abismo e assim inexistisse. Não poderia permitir que o forte elo entre eles fosse rompido por uma condenação antecipada. Ele queria forçar a natureza da Fronteira das Almas a agir ciclicamente, ficando vivo ou não.

Foi quando Verne se lembrou das palavras do livro:

"É a renovação através da morte, a não morte, um novo início.

O Ciclo.

Tudo que tem um começo tem um fim.

E um novo começo."

Ali ele teve uma nova ideia, mas era tarde demais para ela.

Num salto rápido do guardião, a foice foi de encontro ao pescoço do rapaz. De ímpeto, Victor estendeu a mão direita para o irmão.

— Toque-me.

Não houve hesitação e Verne encostou o indicador direito no do caçula. Foi então que aconteceu.

Uma sensação de vazio.

O rapaz estava vazio. Depois notou uma luz translúcida, branca e azul, que o envolvia e o transformava. Não sentia mais a vida, mas aquilo não era como a morte. Percebeu estar em outro plano. Observou seu corpo mutante. Verne agora era um niyan.

Ambos os Vipero reluziram uma luminosidade indescritível. A luz da vida e da morte, do amor e do elo. De dois seres que naquele momento eram um só. Um niyan iluminado.

A situação durou apenas um segundo e o mundo todo sentiu. Não só Necrópolis, mas os Oito Círculos do Universo. Terra, Paradizo, o Sheol. Do Círculo dos Sonhos ao da Criação. Nos mundos de Moabite, Terras Mórbidas, Érebus ao Alcácer de Dantalion. A existência parou por um único segundo como se celebrasse um evento incomum.

Aconteceria aquela vez e somente aquela, para nunca mais ocorrer.

O Guardião do Abismo foi a única testemunha. A luminosidade não conseguiu cegá-lo antes do ataque, mas Verne era um niyan e o guerreiro o transpassou, talhando o vazio gasoso. Sem conseguir diminuir o impulso, seu salto terminou numa queda direta dentro do Abismo. Atravessado o arco negro, seu corpo foi desfeito em centenas de pedaços no buraco até inexistir. O limbo o criou e o destruiu. Uma ironia de sua própria natureza.

Destravado aquele tempo onde não havia tempo, Verne afastou o indicador de Victor e caiu sentado, atordoado. Arregalou os olhos num espanto de normalidade.

— O que houve?

— Não sei — respondeu o caçula, tranquilo.

O rapaz tateou o próprio corpo ao perceber que seus sentidos voltavam e que a dor tinha desaparecido. Ferimentos e hemorragia também não existiam mais. Estava sujo, com a roupa rasgada, nada além.

— Estamos salvos. O guardião, meus ferimentos. Estamos salvos! — Verne se levantou exaltado com o athame recuperado do chão. Seus olhos estavam úmidos, não conseguia mais se conter. Victor sentiu que voltava a ser sugado para o Abismo. O vapor translúcido do niyan esvoaçava mais forte na direção do arco negro e o garoto escorregava de leve até o limbo. Seu tempo na travessia tinha chegado ao fim. O pequeno Vipero voltou a caminhar pela Fronteira das Almas, prestes a atravessar o arco negro, não conseguia mais parar.

Seus últimos passos foram interrompidos por um rompimento súbito na estrada da morte. Um objeto brilhava em vermelho no final do trajeto, impedindo sua passagem. Era o athame fincado por Verne.

— O que fez? — indagou o garoto, espantado.

— Fiz o que tinha de fazer. Seu destino muda agora, irmão — respondeu Verne firmemente.

— E o que acontece conosco?

— Não sei. Mas para o Abismo você *não vai!*

Olhou para o alto, as nuvens em tormenta, o horizonte rubro, a imensidão branca. Um feixe de luz vermelha emanou da travessia para o céu, um efeito do golpe do punhal de Verne na estrada. A rajada criava ali um novo destino para um novo lugar. Desconhecido, mas era uma alternativa melhor do que a inexistência, ele pensou. O fluído gasoso do niyan de Victor se mesclou ao risco escarlate e começou a se desprender de um caminho para o outro.

“Siga o caminho escolhido”, ecoou na mente dos irmãos Vipero.

— Então é isso, é para lá que eu vou... — sussurrou a criança sem ser ouvida.

— Há pouco você salvou minha vida, Victor. Eu fraquejei, mas me reergui. Agora é minha vez de salvá-lo. Seja feliz, onde for. — E o jovem verteu-se em mais lágrimas.

— Eu sempre estarei contigo, Verne.

— Eu também.

Ambos apertaram os pingentes de sangue pendurados no pescoço, que brilharam findando a jornada do rapaz. Depois, Verne contou doze gafanhotos que surgiram sem origem e subiram com o menino num cortejo em seu misterioso destino.

— Victor — gritou Verne antes do final. — Minha busca não termina aqui, esse é só o primeiro passo.

— Nós nos veremos novamente, irmão. Tenho certeza.

— Sim. É nisso que acredito — ele respondeu com segurança.

— Até breve — disseram um para o outro, em uníssono.

Deram o último aceno. As nuvens se abriram para a passagem do niyan, que desapareceu com os gafanhotos. O feixe de luz se desfez em seguida.

A Fronteira das Almas continuou os eventos de sua casualidade, como se nada tivesse acontecido. Almas despencando para a inexistência no Abismo. Gritos de horror, o silêncio da morte. Verne respirou com alívio. Feliz, ele enxugou as lágrimas. Não formava uma ideia de Paraíso cristão nem nada do tipo, mas o peso abandonou suas costas com o conhecimento de que seu amado irmão estava a salvo do limbo. Não iria desistir. Após tudo que havia presenciado, dignava-se a acreditar no improvável, não existia mais o impossível.

O rapaz encarou o arco negro e o Abismo, contemplando o Niyanvoyo com ironia. Ele sussurrou ao vento para o lugar:

— Eu o venci.

Verne prendeu o athame no cinto e recuperou a mochila. Deu as costas para a estrada da morte e retornou à escadaria, subindo de volta para a porta do castelo.

39

REENCONTRO

A maçaneta em formato de gafanhoto se moveu e a porta apodrecida foi aberta e fechada num instante. As correntes a envolveram e selaram a proibida passagem para a Fronteira das Almas. Verne estava de volta ao salão oval do Alcácer de Dantalion.

Das sombras das pilastras surgiu o conde, sempre temeroso pelo outro lado. Entreolharam-se por um tempo, o vampiro vasculhando sua mente para descobrir o que tinha acontecido ao rapaz.

— Bom revê-lo, Verne.

— Por que não me disse que eu não conseguiria?

— Porque eu não sabia. Não tinha como saber. Sinto muito por não estares junto de teu irmão.

— Não sinta. — O jovem tocou o punhal na cintura. — Eu o salvei. Victor não caiu no Abismo. — Ele se dirigiu até a sacada do castelo e pareceu respirar o ar mórbido das trevas com certo prazer. — Para onde ele foi?

— Não sei, mas gostaria de acreditar ser um lugar melhor, onde teu irmão possa descansar.

— Eu também.

— Tu cumpriste muito bem tua missão. Derrotaste o Guardião do Abismo, o invencível. Surpreendes, de fato.

— Você também não me falou do guardião. Por quê?

— Se eu falasse, tu temerias a missão e poderias não a concluir. E, de qualquer forma, eu não tenho muito conhecimento além desta porta.

— E agora?

— Não sei do futuro. Deves compreender isso. Tudo depende do que tu pretendes fazer.

— Não vou desistir de Victor. Agora preciso descobrir para onde enviei meu irmão e se poderei tê-lo de volta.

— Tu estás obcecado. Torço para que faças uma jornada justa.

— Obrigado por tudo, conde.

— Assim como a oria, fiz o que tinha de ser feito. Tu tinhas um propósito nobre, com o qual eu sempre lutei como aliado. Teu coração é bondoso, Verne, ainda que estejas propício a ser corrompido. — O conde sorriu, mantendo a serenidade.

O rapaz estava para lhe perguntar algo, mas o vampiro respondeu antes:

— Teus amigos estão bem. A srta. Kirsanoff e o corujeiro Zíngaro foram salvos pelas minhas mãos e agora estão além deste castelo e do labirinto. Aguardam-te no condado de Iblis.

— Como chego até lá?

— Usarei de meus poderes para teletransportá-lo para fora daqui, diretamente para o condado. — Seus olhos brilharam em verde e ele tocou o ombro do rapaz, o envolvendo pela luz. — Muito me surpreendeu a manifestação de teu ectoplasma. O athame agora te pertence. Os teus poderes se manifestam através dele, mas vêm de dentro de ti. Faze bom uso.

— Por favor, me fale mais sobre isso antes de eu partir.

— Não é o momento, nem serei eu o instrutor certo a te revelar tais conhecimentos. O dia e a pessoa chegarão quando assim tiver de ser. Agora deves partir.

O rapaz respeitou e assentiu.

— Respire fundo, esse processo pode te causar enjoo. Será rápido.

Uma explosão de luz verde bruxuleou no salão oval e Verne desapareceu.

Não muito longe do castelo do vampiro, onde a noite sempre era noite, existia um lugarejo tranquilo e sombrio. As poucas pessoas que ali habitavam cultuavam as sombras e sua senhora, Nyx. Esse era o condado de Iblis.

Em uma de suas seis ruelas, duas figuras caminhavam pelo anoitecer. A luz dos lampiões era fosca, e as casas, velhas, aumentando as sombras pelo trajeto. Em silêncio, a dupla não se comunicava. Curiosos, os iblianos observavam a silhueta de um garoto emplumado e uma moça curvilínea. Um estampido ecoou, curvando as esquinas, e uma pequena explosão verde se fez visível próximo ao único estábulo do local. A terceira silhueta revelava Verne, vomitando num canto.

Não era seu conde dessa vez, então o populacho se desfez, trancando as janelas.

— Verne! — gritaram Karolina e Ícaro, quebrando o silêncio da noite.

— É bom vê-los bem. — O rapaz sorriu para eles, pouco visível.

— Digo o mesmo — murmurou Karolina Kirsanoff, emocionada, abraçando e beijando o jovem. Ele corou, mas ninguém percebeu.

— Rapaz Verne, esperávamos por você há dois dias — crocitou o corujeiro sem se aproximar.

— Quanto tempo eu fiquei na Fronteira das Almas?

— Duas horas. O tempo de lá não é o mesmo daqui. Dantalion me explicou.

Verne riu. Não sabia bem o porquê, mas achava graça até no jeito que Ícaro falava. O alívio e a sensação de vê-los a salvo lhe deixava assim.

Os três se sentaram próximos a uma colina que dava visão para as silhuetas sinuosas do horizonte além da fenda escura dos territórios do Conde Vampiro. Nyx dominava o firmamento com as trevas, permitindo a invasão de neblinas e criando contrastes no clima sombrio. Ali eles contaram suas histórias sem pressa. A Fronteira das Almas e o guardião, a morte de Marino, a tortura do duende, o tratamento de Dantalion em seu castelo, Astaroth e Victor. Cada um deles omitiu um ou outro detalhe, logicamente. Algumas horas após o reencontro, o trio ainda confabulava na colina. Ícaro, mais quieto, falava somente quando necessário.

— Notei rastros de fadas por esta região — guinchou o homem-pássaro. — Preciso encontrar Yuka e recuperar algo que me pertence. Tem de ser logo.

— Melhor aguardar o julgamento, apenas para oficializar as coisas, passarinho — avisou Karolina.

— Não posso mais retornar a Nebulous, ficarei por outros céus, não será difícil de me encontrar.

O solo tremeu num estrondo. O ar vibrou agressivo e um forte vento chacoalhou árvores mortas. O povo de Iblis tomou as ruelas para vislumbrar com assombro o enorme gorgoilez sobre o condado. Nem mesmo o breu daquela região conseguia engolir o Planador Escarlate. Karolina foi engolfada pelo elo, experimentando uma força que só conseguia sentir ao se juntar ao seu veículo vivo. Deixou cair uma lágrima de emoção por tê-lo de volta, mesmo que com os danos.

— Vamos — gritou Simas, do alto. — Subam logo! A tempestade pode voltar.

Ícaro voou e seus companheiros escalaram as extensas membranas suspensas do planador, subindo até a cabine. Joshua e Noah comandavam o gigante vermelho e Simas permanecia sentado no banco de carne com o cadáver de Marino estirado ao lado, envolto por um cobertor de pele.

— Qual o estado do planador? — perguntou a mercenária.

— Devemos repará-lo na Base, senhorita — respondeu um deles prontamente. — Torcemos o tempo todo para que você não tivesse sofrido muito.

— Está tudo bem. — Ela sorria enquanto revelava a inocência de Ícaro para eles, mostrando a Carta Revelação assinada por Dantalion.

Simas deu um forte abraço em Verne. Era vivo e quente, como só um verdadeiro amigo conseguia transmitir de pele para pele. O jovem não demorou a concluir quem estava no cobertor.

— Sinto muito por Marino — disse, ajoelhando perante o defunto e revelando seu rosto mórbido. Um silêncio perturbador se fez em respeito à memória do falecido, sem orgulho ou ironia.

— Eu tentei salvá-lo — sussurrou uma voz velha, rouca e cansada. — Mas fui capturado. Não tive como ajudar.

— Absyrto! — gritou o rapaz, surpreso ao ver o curandeiro salvo.

— Você parece muito bem, meu jovem. — Fingiu rir e cofiou a longa barba.

Verne deixou um sorriso sincero lhe escapar. Perda de um lado, vitória do outro.

— Não sei o que houve lá, mas percebo você satisfeito e fico feliz por isso — disse Simas, emocionado.

— Vocês devem ter sido informados pelo corvo sobre a tortura do duende — disse Noah abruptamente. — Após isso, subentendemos que eles haviam levado o curandeiro até a Catedral, em Ermo. Isso tomou mais tempo do que imaginamos, mas a viagem foi necessária. Matamos os duendes e encontramos o velho. Ele produzia o soro fáustico, que destruímos também.

— Mas perdemos o rastro do bárbaro sulista, que se dirigiu ao extremo sul — completou Joshua. — Não sabemos o que ele pretendia.

— Isso não importa agora — disse Karolina. — Vamos até a Vila dos Ladrões, Simas precisa enterrar seu defunto.

— Vou cremá-lo. Depois faremos uma celebração por sua morte. São nossos costumes.

O Planador Escarlate fez uma curva forte nos ares de Necrópolis e viajou em direção ao Vilarejo Leste. Naquela velocidade não levaria muito tempo para chegar.

— Preciso procurar Yuka agora — piou Ícaro, despedindo-se de todos. — Estarei por aí. — Ele começou a levantar a membrana da cabine, saindo sem mais delongas. — Vou revê-lo, rapaz Verne?

— Espero que sim.

Cumprimentaram-se com honra e respeito. Ambos buscavam elementos importantes para suas existências e se entendiam por esse motivo em comum. Yuka e Victor, Ícaro e Verne. Voando ao lado do planador, o corujeiro observou com calma seus tripulantes e sentiu uma felicidade súbita lhe envolver. Voar lhe fazia bem, trazia uma sensação de liberdade e paz essencial para os homens-pássaros que havia muito ele não desfrutava. Não demorou a desaparecer nas nuvens da noite.

Sentados sobre os bancos de carne, Verne e Simas relataram suas aventuras um ao outro, enquanto Karolina e Absyrto descansavam em um canto.

— Encontrou Marino Will na Fronteira das Almas? — indagou o ladrão com uma mísera esperança.

— Não. Sinto muito.

— Não sinta. E o que será da alma do seu irmão?

Verne negou com a cabeça.

— Sinto que vou revê-lo. Não é uma esperança, sabe? Ele está em algum lugar por aí, me esperando. Eu não vou desistir.

— É disso que gosto em você. Quero que venha comigo até o vilarejo.

— Tudo bem. Obrigado por salvar Paradizo. — Ele apontou para Joshua e Noah, inabaláveis. — Se vocês não tivessem impedido os duendes em tempo, minha cidade estaria perdida agora.

O ladrão deu um sorriso triste, cobrindo a face de seu amigo morto novamente.

— Preparei isso para você, jovem — sussurrou Absyrto, entregando um frasco fosco e grande. — Vai impedir que outras mortes desnecessárias ocorram.

— O que é?

— Lágrima de dragão vermelho misturado com soro fáustico. Poção melhor não há. Distribua em duas gotas para cada humano de sua cidade que more próximo à Catedral de lá e estarão salvos da infecção da pedra mefística. Posso lhe garantir.

O jovem pegou o frasco e guardou em sua mochila, agradeceu ao curandeiro e depois se voltou para a mercenária, preocupado:

— Você está bem, Karol?

— Agora estou. — Todos puderam ver a beleza em seu sorriso.

Passado pouco mais de uma hora, o Planador Escarlate pairou sobre o Vilarejo Leste, despertando a atenção dos habitantes que aguardavam pelo retorno de seus homens.

— Trégua? — perguntou um sereno Simas Tales para Karolina Kirsanoff.

— Por ora, sim — respondeu ela e ambos se cumprimentaram.

O ladino levou o corpo de Marino Will nos ombros, enquanto Absyrto descia pela grande membrana do planador, escorregando até as dunas azuis das Terras Mórbidas. Os auxiliares cumprimentaram Simas de longe, em respeito pela rápida aliança que tiveram numa missão.

— Vamos, Verne! — gritou o ladrão, pendurado logo abaixo.

O rapaz já se despedia de Karolina quando aconteceu. De súbito seu corpo foi tomado por uma nova dor. Estariam os efeitos da batalha contra o guardião retornando? Percebeu algo de familiar na sensação, mas de início não a reconheceu. Depois teve uma convulsão. Todos ficaram apavorados, não sabiam o que fazer. Verne caiu no piso da cabine e se contorceu, virando de um lado ao outro. Uma espécie de fumaça derivada de sua energia vermelha era expelida pelos poros, numa reação existencial. O tempo tinha morrido ali.

— O que está acontecendo? — indagou uma Karolina preocupada.

— Não sei. Só me sinto... estranho — gemeu o jovem em dor.

— Verne! — gritou Simas do lado de fora.

— É como se eu estivesse me... deslocando.

Seu espanto sumiu tão repentinamente quanto tinha surgido, quando ele se lembrou de algumas palavras de Elói antes de viajar para Necrópolis.

— Estou voltando... É isso. *Estou voltando!*

— Como?

— Fui transportado para cá. *Projetado*. Não estou realmente aqui. Meu corpo real está na Terra, em Paradizo — Ele ainda se contorcia de olhos apertados, tentando se conter. — Esta é apenas uma manifestação do meu ser.

— Para onde vai agora? — perguntou a mercenária, com o coração apertado.

— Voltar para casa — o rapaz respondeu enquanto o vapor avermelhado fragmentava seu corpo no vácuo, fazendo com que ele sumisse aos poucos em fragmentos no ar. — Meu tempo em Necrópolis acabou.

— Até logo!

— Verne... — Karolina tentou dizer alguma coisa com sua voz chorosa, mas não deu tempo.

— Até — ele finalizou.

Ela deve ter visto um projeto de sorriso surgindo quando o vapor se desfez e, com ele, Verne Vipero. De Necrópolis para a Terra.

40

A COROA RETORNA AO PEDESTAL

Tawrus tinha pressa.

Havia abandonado seu trenó havia muitos quilômetros, na divisa entre sua terra e aonde chegava. Cavalgava em uma criatura grande e peluda, semelhante a um urso branco da Terra, mas com enormes presas suspensas pela bocarra e listras tigradas em cinza — um beoso. Havia matado um para se alimentar e resistir ao frio do sul, e conservando o sobrevivente como montaria. Seu corpo coberto de tatuagens figuradas em serpentes permitiu que entrasse no território hostil sem problemas. Os reptilianos abriram os portões negros de Dahes Thamuz, que davam para a gigantesca e sinuosa torre, para que ele levasse ao seu general algo havia muito perdido. Em seu cinturão pendia uma bolsa de couro com um objeto de grande valor para aquelas criaturas.

Ele deixou o beoso preso no estábulo e caminhou pelo corredor sombrio da fortaleza, feito de rocha e metal. Tawrus só esteve uma vez ali e o arrepio congelante que lhe tomava agora era o mesmo que lhe sobreveio antes. Bateu três vezes em uma porta de madeira negra, sem perceber movimentação do lado de dentro. Foi uma longa espera até um pequeno reptiliano vir abri-la, autorizando a entrada.

Tawrus deu um forte tapa que jogou a criatura contra a parede.

— Curve-se diante de mim, pobre diabo! — De sua voz emanava poder, orgulho e arrogância.

— Chazzz pede perdão, oh senhor — sibilou a criatura semelhante a um lagarto apoiado em duas patas, ajoelhando-se perante o grande homem de armadura prateada. — Por favor, siga adiante, o general está à sua espera.

O homem atravessou um véu negro no fim da sala escura, chegando a um pequeno cômodo, onde três grandes e compridos espelhos pendiam do teto, refletindo o seu senhor. Ao centro, um pedestal feito inteiramente de prata brilhava nas trevas, adornado com a figura de uma serpente mordendo a garganta de um dragão. Mais ao fundo, uma voz imponente e ameaçadora bradou:

— Reverência, cão! — ordenou sem revelar sua face no negrume.

— Eu, Tawrus, líder da Zona Um da tribo da Cidadela Polar e bárbaro sulista do Clã da Serpente Sagrada, venho à presença do general de Érebus entregar-lhe o que me foi ordenado recuperar. — Com o forte punho, ele socou a placa de ferro em seu peito numa saudação militar. Abaixou, apoiando um dos joelhos no piso pedregoso e estendeu a sacola antes presa no seu cinturão, com a cabeça inclinada para baixo.

— Muito bem — disse o general. — Agora me diga: foi muito trabalhoso conseguir o que lhe pedi?

— Não muito. Mas devo admitir que os ladrões facilitaram minha busca.

— Ela está intacta?

— Certamente, general.

Uma gigantesca e avermelhada cauda segmentada com um enorme ferrão na ponta surgiu das sombras e atravessou o cômodo até alcançar a sacola de couro. Com o ferrão, o general retirou o objeto e depois se deslumbrou.

— Ainda linda. — Seus olhos brilhavam pelo prateado real. — Magnífica!

— Gostaria de me retirar agora, general — disse Tawrus, que não ficava à vontade naquele lugar.

— Tem a minha permissão. Pode pegar seu pagamento em ouro com os meus serviçais.

O bárbaro sulista socou novamente o peito em reverência e se voltou para o véu negro, saindo do cômodo. A grande cauda atingiu seu corpo de súbito e o jogou longe, fazendo-o atravessar a sala e se arrebentar contra a porta do outro lado. Sua armadura de ferro ficou toda amassada e ele sentiu dores na coluna, cuspiu alguns dentes.

— E nunca mais toque em *meu* reptiliano. — O general sorriu, mostrando seus dentes pontiagudos num rosto humanoide comprido e rubro que somente os escorpiontes possuíam.

Tawrus ficou apavorado e partiu quieto. A pequena criatura Chazzz gargalhou da situação. O general Vassago voltou para seu cômodo.

Suas monstruosas pinças seguravam com cuidado o objeto prata com o qual se deslumbrava. Era um diadema maior do que os usados pela realeza humana, incrustado com quatro pedras mefísticas, uma de cada lado.

— Oh, meu príncipe — monologou Vassago. — Finalmente recuperamos aquilo que lhe pertencia e que há muito havia sido tirado de Vossa Alteza. — O general escorpionte andava em círculos ao redor do pedestal prateado. — Sei que teve de partir. Foi preciso, mas é chegada a hora de seu retorno. Esta coroa de grande importância não significa nada perante sua vinda. Ela é apenas uma celebração de sua chegada, meu príncipe.

Ele levantou o diadema por um instante e depois o desceu em frente ao rosto vermelho.

— O corujeiro foi inocentado e a mercenária entrou em trégua com o filho do maldito. O rapaz voltou ao outro mundo, desconhecendo as consequências de seus atos. Mas algumas portas foram abertas, oh senhor. Retorne, por favor, retorne. Precisamos de você, Príncipe-Serpente. — Vassago encarava o vazio. — Sei que de onde está pode me ouvir. Por isso ouça nosso clamor: *retorne!*

Então, depois de muitos anos, o general escorpionte colocou a coroa de volta no pedestal. A sombra do tronco da colossal árvore anciã Gaia, que podia ser vista na janela do cômodo, permitiu a passagem de um feixe de luz que refletiu o brilho de Solux nos objetos. O diadema e o pedestal. Prata com prata.

A coroa de Astaroth.

41

QUANDO A NEVE ESVAECE

Foi como uma queda infinita no vazio, na claridade.

Alívio, satisfação e paz se tornaram um sentimento só. Tudo ocorreu de forma suave. Ao abrir as pálpebras, os olhos de Verne arderam como se tocados pelo fogo. As pupilas se dilataram de forma assustadora. O ar retornou aos pulmões numa inspiração densa e dolorida. Ele tinha dores de cabeça e mal-estar. Não resistiu e vomitou sobre uma das almofadas. Levantou-se do veludo azul e sentiu um agradável cheiro de incenso. As mesmas roupas, o corpo formigava.

— Uma semana — disse de repente uma voz familiar. — Fim de sua projeção. Você está bem?

— Sim, Elói Munyr — respondeu Verne. Os dois se encararam por alguns segundos. — Tenho muito a lhe contar.

— Se quiser, sou todo ouvidos. — Elói sentou-se à vontade sobre uma almofada.

— Até quando ficará em Paradizo?

— Pouco tempo. O Natal se aproxima, talvez partamos no início da primavera, no começo do próximo ano. Os ciganos têm outro destino neste inverno.

— Agora estou cansado, mas até lá falo com você. — O rapaz suspirou.

— Verne! — gritou o AI ao canto de seu ouvido, sobre seus ombros.

— Chax! Que bom vê-lo. — Verne ficou emocionado.

— Você está mudado, amo.

— Ainda sou a mesma pessoa. Mas humanos evoluem, não é?

— Me sinto melhor agora. — Sorriu o AI.

— E eu me sinto completo novamente.

Eles se abraçariam se pudessem.

Um fluído vermelho se esvaiu como areia numa tempestade no deserto. Disso surgiu a mochila e o punhal de Verne.

— Interessante — disse o monge, erguendo a mochila e a arma. — Quando voltou de sua projeção conseguiu trazer esses objetos.

— Pois é. — Verne recuperou suas coisas e lhe entregou o passe. Percebeu emoção nos olhos do monge.

— Obrigado — disse Elói.

Saíram do quarto e se depararam com Carmecita Rosa dos Ventos sentada em uma poltrona, bebericando chá.

— Querido, vejo que está bem. Sua missão foi concluída. Mas sua busca, não.

— Não vou perder Victor. Eu não vou desistir, você sabe.

Chax andava em seus ombros, alternando entre um e outro, tenso.

— Isso não posso saber. O que foi dito, já disse. Só posso torcer por você. — A vidente se levantou e o beijou na testa, deixando uma marca.

— Obrigado aos dois pela ajuda.

Elói e Carmecita menearam suas cabeças, sorrindo complacentes.

— Quer um chá, querido?

— Não, obrigado. Preciso descansar e devo explicações à sra. Sophie.

— Eu já providenciei isso, Verne. Agora se vá, outro dia conversamos melhor — disse Elói, que voltou para o quarto de antes.

No Orfanato Chantal, Sophie Lacet beijou o rosto do rapaz como uma mãe desesperada, num abraço apertado. Chorava, mas estava feliz. As irmãs assistiam a tudo com emoção. No dormitório de Victor, a tutora havia colocado uma rosa de plástico sobre a cama, simbolizando a eternidade do garoto no coração dos demais. Sophie tinha planejado iniciar a partir do Natal semanas de orações pelo luto das crianças. As outras famílias concordaram, mas Verne criou maneiras de se esquivar dessas ações. Chax o acompanhava na solidão e na dor diária.

Por um período chato, ele teve de repetir a mesma história que Elói inventou sobre seu sumiço, não queria que sua tutora desconfiasse.

Em seu dormitório, dentro de um guarda-roupa não mais assombrado, estavam escondidos seu athame e a mochila que trouxera de Necrópolis.

Na véspera do Natal, Verne passou uma tarde inteira escrevendo cartas. À noite, saiu pelas ruas de Paradizo na companhia de Ivo Perucci e as entregou para cada uma das famílias enlutadas. Seu amigo não leu o conteúdo, só sabia que era um tipo de poesia criada pelo jovem Vipero, dando um feliz desfecho para as seis crianças mortas. Não era de seu feitio escrever nem prestar condolências, mas naquele dia sentiu que deveria fazê-lo.

— Você está mudado, cara — disse Ivo, contente.

— Acho que sim. Sei lá.

— Sophie foi passar o Natal em Paris e as freiras levaram as crianças do orfanato para um evento em Roma. Então quero você em casa às dez.

— Eu não vou, Ivo.

— Ah, vai sim. Meus pais prepararam uma ceia bacana. Tem pernil e risoto, do jeito que você gosta!

O jovem Perucci enterrou o pé sobre a neve fofa e com a mão fez uma bola. Atirou e atingiu o rosto do amigo. "Você vai!"

— Tá bom. Você me convenceu.

Já não eram moleques, mas naquele momento se permitiram sê-lo por um minuto, com uma guerra de bolas de neve. Ivo venceu. Então, Verne Vipero passou a Ceia de Natal com a família Perucci, falando com seu melhor amigo sobre colégio, garotas e Victor. No Réveillon, Verne resolveu ficar só, e festa alguma o arrastou do escuro do seu quarto. Sem dormir, o rapaz lembrava-se dos eventos de Necrópolis. Realmente, não era mais o mesmo.

Equinócio de Primavera.
Paradizo, março

Um pouco antes do ano terminar, Verne havia se encontrado com a influente Giulia Tuzzi para lhe entregar a poção que misturava lágrima de dragão vermelho com soro fáustico, dado por Absyrto.

— Por favor, senhora, sei que pode conseguir uma forma de distribuir este remédio para as pessoas que moram próximas à Catedral. Isso vai deixá-las imunes de uma possível infecção pelo veneno que respiraram. Duas gotas para cada é o suficiente — revelou Verne na ocasião.

Giulia questionou como ele sabia da cura e como poderia afirmar que foi um "veneno no ar", e ele respondeu usando o cigano negro como desculpa, um tipo de médico entre os seus. No ano seguinte, o rapaz ficou aliviado ao ouvir da mulher que não houve nenhum caso de pessoa adoecida, graças ao "remédio". A primavera chegava em Paradizo, espantando a neve para longe. Muitas famílias já não estavam mais em luto e seguiam suas vidas.

O céu estava púrpura pelo crepúsculo tardio, pintando na paisagem nuvens de cores belas e vívidas, como havia muito não se via. Verne e Elói se encontraram próximo à Catedral, no exato local onde Victor fora infectado pela pedra mefística. Eles confabularam por horas e o rapaz contou sem pressa cada desventura em Necrópolis.

— Os ciganos estão partindo neste exato momento. As pessoas estão lá na matriz da outra igreja se despedindo. Só voltam daqui dois anos.

— Você se despediu?

— Não. — Elói levantou-se da grama. — Achei melhor deixar uma carta. O Velho Saja compreenderá. É um homem sábio.

— E o que será de você agora?

— Não sei, mas preciso voltar ao meu mundo. Pertenço a Necrópolis e Necrópolis pertence a mim. Estou indo embora.

Abraçaram-se.

— A manifestação de seu ectoplasma é um evento interessante. Você deve fazer exatamente como lhe instruí e dominará as artes do athame. Lembre-se: você *precisará* desta arma. Astaroth não terminou sua vingança e não sabemos como ele pretende executá-la.

— E eu estou começando a minha — sussurrou Verne.

— Então esteja preparado. Muita coisa mudará em sua vida a partir de agora.

— Estou ciente disso, Elói.

— Deve treinar sua mente e corpo diariamente e, mais importante do que isso, deve levar sua vida adiante. Viva por você, viva por Victor.

— Victor viverá... um dia.

— Eu torço por isso e espero revê-lo, Verne.

— Digo o mesmo.

— Mas não vou lhe abandonar. A energia de meu ectoplasma estará em sintonia com a sua, seja lá onde estivermos. — Meneou a cabeça, confiante. — Cuide de sua Terra, que agora cuidarei de minha Necrópolis.

O monge entrou na Catedral. A porta fez um rangido ao abrir e fechar.

— Boa viagem.

Elói Munyr se foi. Do outro lado de Paradizo, os ciganos partiam.

Num domingo de calor ameno, Verne Vipero voltou ao banco da praça da matriz da nova igreja, onde sempre gostou de ir para relaxar e recordar o que levaria consigo para sempre. Estava com sua mochila e o athame. No dia seguinte começaria o treinamento que Elói tinha lhe ensinado. Quebrando sua concentração, uma moça sentou-se ao seu lado.

— Arabella!

— Olá. — Ela sorriu. Apertava os olhos escuros quando fazia isso.

Ele adorava.

Arabella vestia preto como sempre. O rosto fino, branco e delicado, tinha detalhes realçados pela maquiagem curiosa e costumeira. Alguns piercings aqui e ali, botas longas, vestido curto e convidativo. A primavera para Verne fervilhava. Mas o rapaz estranhou, já que ela nunca tinha lhe dirigido a palavra antes. Decidiu não se importar. Nem Chax poderia tirá-lo daquele transe da paixão.

— Vim lhe devolver isso — disse ela, lhe entregando um livro.

— Que livro é esse?

— O que eu aluguei da biblioteca do orfanato.

— Oh, sim. Faz tempo que o pegou. Ano passado, não é? Eu nem me lembrava mais.

— Desculpe-me! Quanto é a multa pelo atraso da devolução?

— Ah! — Ele acenou com a mão. — Esquece isso. Não tem problema.

— Então tá, né... — Ela riu timidamente.

— Fiquei sabendo que emprestou esse livro para o Mr. Neagu.

— Sim. — Arabella já se levantava do banco, ajustando a saia. — Estávamos saindo. Mas não deu muito certo.

Verne engoliu em seco, quase engasgou. Ponderou rápido, pois não queria demonstrar seu descontentamento. Depois expressou indiferença. Se conseguiu ou não demonstrar isso, nem ele sabia.

— Por que não deu certo?

— Aquele cara... ele é estranho, sabe?

— Como assim?

Chax, sobre seu ombro, ria da situação do amo sem parar.

— Mr. Neagu fazia coisas estranhas. Vivia pesquisando assuntos que eu não entendia e também perguntava muito de você.

— De mim? — Ele ficou surpreso.

— Sim. Mas eu sei tanto de você quanto ele e acho que isso o decepcionou. Ele não me dava muita atenção, então desisti. Hoje somos apenas bons amigos. Foi melhor assim.

— Se você acha...

— Na mansão dele tinha um lugar frio, horrível. Cada mania, sabe? O melhor que fiz foi terminar com ele mesmo.

Verne balançava o livro sem saber o que dizer. Não tinha gostado de descobrir que sua amada havia saído com seu desafeto, mas procurou se reconfortar, já que eles não estavam mais juntos.

— Que tal um sorvete? — Ele se encorajou a convidar. — Está um dia quente hoje.

— Melhor não.

Verne se achou um idiota. Não deveria ter falado aquilo.

— Mas um passeio pelo cemitério, quem sabe.

— Sem problemas. — A felicidade o tomou de assalto.

— Sábado que vem. Pode ser?

— Sim!

— Então eu passo lá no orfanato para te buscar. Você vai gostar. — Ela sorriu e caminhou pela praça da matriz.

Verne encarou o vazio e ficou se imaginando junto dela. Cogitou que Arabella talvez pudesse salvá-lo da sua depressão pela morte do irmão. Uma vida com ela e Victor ressuscitado seria perfeita. Não precisaria de mais nada.

Substituindo a caixa de lembranças, ele abriu a mochila com recordações de Necrópolis, de onde retirava peça por peça, juntando o mosaico de memórias. Ali tinha a pluma negra de Ícaro Zíngaro, o papiro com sua cabeça a prêmio dado por Karolina Kirsanoff, a pedra faiscante — labaredium — dada por Simas, e o athame, um presente importante do conde Dantalion. O rapaz chorou.

Escurecia quando Verne Vipero partia de volta ao orfanato. Caminhando pela cidade, ele permitiu-se observar a lua com calma. A brisa da primavera soprava um vento agradável, tocando sua tez como veludo. Com os braços estendidos para os lados e os olhos fechados, o rapaz deixou as emoções fluírem. Sorria, chorava, lembrava-se. Puxou pela gola da camiseta o pingente com o sangue sagrado que formava o elo com o caçula. Não se lembrou de Victor, porque jamais o tinha esquecido.

“Eu sempre estarei contigo, irmão”, recordou em seu coração.

Verne acreditava.

EPÍLOGO

Havia vinte anos que Elói Munyr desejava estar naquele lugar.

A saudade era tanta que ficou emocionado ao pisar no solo pedregoso da região de Ermo após atravessar a Catedral. Ficou de joelhos perante a Galyntias e beijou o chão, dando permissão para as lágrimas descerem pelo rosto. Celebrou Solux com os braços para o alto e gritou de alegria palavras em uma língua sagrada.

Precavido, o monge renegado atravessou Necrópolis com muita cautela, disfarçado em trapos. Sabia o risco que corria com a amargura de sua antiga ordem. Ele trabalhou longas semanas num estábulo em Galyntias e tempos depois conseguiu bronze para pagar um equinotroto, viajando por meses pelo mundo até seu destino: o Covil das Persentes.

— Parabéns, Martius! — bradou Elói, levantando o copo acima do balcão, celebrativo. — Você aperfeiçoou ainda mais o sangue de orc das montanhas desde a última vez que estive aqui.

— Obrigado, mas o senhor sabe que esta bebida é mesmo minha especialidade e que eu... — dizia Martius Oly, o taverneiro.

— Como está Maryn-Na?

— Está muito bem, afinal como minha noiva ela é uma pessoa muito feliz...

— Por que está vazio aqui hoje?

— Dia de limpeza — ele revelou, esfregando freneticamente um pano sobre as mãos.

Elói observou ao redor e não viu ninguém limpando a taverna, ainda suja. Depois desviou seus pensamentos para algo que lhe perturbava havia semanas.

— Fendas foram abertas por todo o mundo, sabia? — disse o monge.

— Isso lhe preocupa?

— Certamente que sim. — Sorveu mais um gole da bebida.

— Como sabe disso?

— Você conheceu Verne Vipero, o humano da Terra. Pois bem, muitas coisas aconteceram desde sua passagem. — Ele virou outra jarra contendo sangue de orc das montanhas para dentro do copo.

— Maryn-Na está terminando de arrumar seu cômodo, senhor, ficará bem confortável no quartinho dos fundos, ele é pequeno, bem pequeno mesmo, e meio escuro também, mas o senhor vai gostar, ele é confortável, pode acreditar.

— Lembra-se do que aprendeu sobre os ectoplasmas, Martius?

— Sim, sim, há muitos anos o senhor me explicou sobre eles.

— Qual a cor do ectoplasma de um necropolitano?

— Oras, oras, que pergunta, mestre! — Ele jogou o pano sobre o ombro. — É verde.

— Correto. — O monge renegado parecia um pouco inquieto sobre o banco. — E qual a cor do ectoplasma de um terrestre?

— É azul, senhor.

— Correto mais uma vez. Vejo que não esqueceu o que lhe ensinei.

— De jeito nenhum. Mas por que a pergunta? Algo lhe aflige?

Depois de dar o último gole, Elói contou ao taverneiro que, mesmo sem magia, Verne tinha manifestado um poder incomum. O ectoplasma dele era vermelho.

E isso era péssimo.

AGRADECIMENTOS

Eu e este livro devemos nosso niyan para dezenas de pessoas, por diversos motivos. Todas elas colaboraram nesta minha jornada sombria por Necrópolis e merecem ser lembradas. Sempre.

Primeiro, Danilo, meu irmão, pela inspiração através do temor da morte. Sem minha paranoia em perdê-lo quando nasceu, há mais de vinte anos, o fio-condutor desta obra não teria nascido. Ele é a pedra-fundamental.

Na família: Izilda, minha mãe, pelas apostas e pela educação; Ronaldo, meu pai, que já partiu, pelos primeiros investimentos literários; Francisco, Lourdes e Benedita (*in memorian*), meus avós, pelas histórias sombrias contadas ao pé da cama em noites frias, mas nunca solitárias; Débora, Thaís e Bárbara, minhas irmãs e quase-irmãs, por me darem diferentes níveis de interação entre irmãos, um ponto-chave na série.

Entre amigos: Catena, Tereza e Mancha, pelo apoio infinito; Marina, Lobo e Alisa, pelas leituras-beta essenciais; Ed Anderson, pelas primorosas novas capas; Leonardo, por definir o rosto de muitos personagens quando este livro ainda era um broto; Isis, pela trilha sonora que tocou na alma de muitos; Márcio Oli, pela inspiração do taverneiro; ao pessoal das comunidades literárias do Orkut, mais de quinze anos atrás, onde aprendi um bocado.

No meio editorial: Artur, pela nova investida; Erick e Gabi, pelas primeiras apostas; Antonio e Barreto, pelas leituras críticas que me fizeram reescrever um universo; Camila, pela revisão; Luciana, pela diagramação. Leonel Caldela, meu autor nacional predileto, pelas palavras e pela motivação; King, Gaiman e Pullman, por me ensinarem como fazer; e a Eric Novello, autor e mago, por ter revelado novas alternativas através do uso nobre da pena.

Obrigado a você, leitor, novo ou das antigas, por me acompanhar nesta jornada e por ter sobrevivido a ela.

Douglas MCT

SIGA O AUTOR E A OBRA NAS REDES SOCIAIS:
INSTAGRAM: @BYDOUGLASMCT
FACEBOOK: DOUGLAS.MCT
X: @DOUGLASMCT

AVEC
EDITORA